告白
倒计时

蒙淇淇 著

MENGQIQI
WORKS

青岛出版社
QINGDAO PUBLISHING HOUSE

图书在版编目（ＣＩＰ）数据

告白倒计时 / 蒙淇淇著. — 青岛：青岛出版社，
2019.5

ISBN 978-7-5552-8228-0

Ⅰ．①告… Ⅱ．①蒙… Ⅲ．①长篇小说－中国－当代
Ⅳ.①I247.5

中国版本图书馆CIP数据核字（2019）第071745号

书　　名	告白倒计时
著　　者	蒙淇淇
出版发行	青岛出版社
社　　址	青岛市海尔路182号（266061）
本社网址	http://www.qdpub.com
邮购电话	010-85787680-8015　13335059110
	0532-85814750（传真）　0532-68068026
责任编辑	郭东明
责任校对	耿道川
特约编辑	孙小淋
装帧设计	千　千
照　　排	梁　霞
印　　刷	三河市良远印务有限公司
出版日期	2019年5月第1版　　2019年5月第1次印刷
开　　本	16开（700mm×980mm）
印　　张	17
字　　数	220千
书　　号	ISBN 978-7-5552-8228-0
定　　价	39.80元

编校印装质量、盗版监督服务电话　4006532017　　0532-68068638

建议陈列类别：畅销·青春小说

目　录

目 录

第一章 | 蒹葭

告 白 倒 计 时

任何世间所取，必付出代价，雄心虽值得拥有，却非廉价之物。

——加拿大作家蒙哥玛丽

2021年6月，天空澄碧，纤云不染。

教学楼前的草坪上，一群穿黑色学士袍、戴流苏学士帽的毕业生正在拍照。

"来，露出大长腿。"23岁的舒蜜吆喝着，率先撩开学士袍。

女生们笑嘻嘻地站成一排，十多个人同时撩开袍子露出白花花的腿，蔚为壮观。

拍完照，女生们开始讨论接下来去哪儿浪："撸串去！"

草坪外的马路上传来一声喇叭响，那儿停着一辆银灰色的奔驰。

舒蜜急匆匆地抓起一旁的书包："不好意思，我就不去了。"

"那不是裴巡的车吗？"有女生眼尖，注意到马路那边。

舒蜜背上书包，挥挥手："你们好好玩，我去结个婚。"

学校主干道两旁种植着高大的凤凰树，红花似火，仿佛点燃了天空。

银灰色奔驰在凤凰树下行驶着。

驾驶座上的裴巡瞥了眼车内后视镜里的舒蜜："爸妈都到了。"

"这么快就改口了？"舒蜜摘下学士帽。

裴巡薄唇微勾，不再多言。

车内飘着一首民谣，歌词来自席慕蓉，歌手嗓音温柔却带着淡淡的悲伤。

"所有的结局都已写好，所有的泪水也都已启程，却忽然忘了是怎么样的一个开始。"

舒蜜坐在后座，双手搭在书包上，面无表情地凝望着窗外的花树。

"含着泪我一读再读，却不得不承认，青春是一本太仓促的书。"

窗外的花树飞快地掠过舒蜜湿润的眼眸。

酒店婚礼大堂内华灯璀璨，繁花似锦，高朋满座，觥筹交错。

裴巡一身黑色燕尾服，内搭白色百褶衬衣、丝质领结和腰封，在红毯尽头等待。

"下面有请新娘入场。"司仪用话筒发言。

在《婚礼进行曲》中，侧门被打开，舒蜜挽着父亲的手一步步走进来。

她穿一身蕾丝镂空长袖的纯白露肩婚纱，拖着长长的曳地裙裾，发髻上插着一朵百合。

裴巡静静地凝望着自己的新娘，一双墨眸熠熠生辉。

红毯旁边的酒桌上，舒蜜的母亲激动得红了眼眶，转过头问旁边的黎一珺。

"小珺你看，这真的是我们那个野丫头吗？"

黎一珺一身简单的黑西装，打着蓝色条纹领带，他看着红毯上的舒蜜，带着淡淡的微笑。

闪耀的灯光，浓郁的花香，无数张贺喜的笑脸，舒蜜觉得头有点晕，却勉力笑着。

新郎新娘交换戒指后，司仪宣布："接下来有请新娘的亲友团代表致辞。"

满堂掌声响起，裴巡侧过身看向黎一珺。

黎一珺与裴巡对视了一秒，然后站起身。

他走到红毯上，站在舒蜜旁边的发言台上，调整了一下话筒。

全场寂静。

"今天是舒蜜大婚的日子，也是她大学毕业的日子。"黎一珺环视全场。

舒蜜望着黎一珺，微微眯起眼。

裴巡站在舒蜜旁边，他握紧舒蜜的手。

"五年前，高考最后一天，舒蜜跟我说，她的梦想是大学毕业就结婚。"

黎一珺说完，侧过脸看向舒蜜："恭喜你，你的梦想实现了。"

台下掌声如雷鸣，舒蜜却倏忽垂了眼。

2016年6月，舒蜜坐在马桶上，手捧着《高考英语3500词汇表》。

她伸手去抓旁边柜子上的纸巾，却没抓到，她瞥了一眼就嚷道："妈！厕所没纸啦！"

正在厨房做早餐的舒母系着围裙，手里拿着锅铲，急匆匆来送纸。

"快点快点！你爸牙膏都给你挤好了！"舒母把一卷纸丢进来，催促道。

舒父把做好的西红柿炒鸡蛋端到餐桌上，碗很烫，他放下后吹了吹手指。

"豆浆！倒豆浆！"舒母一边夹馒头，一边用筷子指了指豆浆机。

舒蜜在洗面池前刷牙，一边刷一边看身后爸妈忙忙碌碌的身影："爸、妈，问个问题。"

"刷个牙还说话！问什么？"舒母瞪她一眼。

舒蜜俯身低头，把满嘴的牙膏泡沫吐出来："高考完，我就可以恋爱了吧？"

舒父倒豆浆的手一顿，笑出声来。舒母转过头："笑什么笑！"

"女儿都18岁了，也该恋爱了。"舒父笑着把豆浆放到餐桌上。

舒母用围裙擦擦手："还没读大学就野了？翅膀硬了？说，你看上谁了？"

话音未落，阳台外传来一道男声："舒蜜！"

"哎呀，催我了！"舒蜜用清水漱漱口，走到餐桌边，抓起豆浆咕噜咕噜一饮而尽。

舒父走到阳台上："小珺，吃早餐了没有？进来一起吃？"

黎一珺一身宽松的校服，背着书包，骑在自行车上，单脚着地，在阳光下年少气盛。

"谢谢叔叔，我吃过了，您让舒蜜慢慢吃，我等她。"

舒父回过头。舒蜜嘴里叼着一个馒头，手上还拿着一个，背上书包冲向门口换鞋。

"骑车慢一点！最后两门给我认真考！"舒母朝着舒蜜的背影喊。

舒蜜跑到黎一珺旁边，黎一珺正要开口，舒蜜扬手，把手里的馒头塞到他嘴里。

她嘴里叼着馒头，转身把自己的自行车推出来，骑远了。

黎一珺把馒头叼在嘴里，骑车追上。

路口，不少行人、摩托车和自行车在等绿灯。

舒蜜和黎一珺穿同款红白相间的校服，骑同款自行车，在人群中分外抢眼。

两人坐在自行车上，一手扶着车把，单脚支撑地面，动作一致地啃馒头。

"你怎么还穿校服？"舒蜜歪着头看黎一珺。

黎一珺目不斜视："因为这是最后一天，和你穿情侣装啊！"

舒蜜咽馒头时差点呛到，她咳嗽几声，一脚踹过去："找死啊你！"

绿灯亮，黎一珺笑，把剩下的大块馒头塞进嘴里，嘴巴鼓鼓的，骑车向前。

大家开始穿过马路，唯独舒蜜在原地愣了两秒才开始骑，脸颊微微泛红。

几只海鸥飞过绮丽的红霞，蔚蓝海浪冲击着褐色岩石，喷溅出雪白的泡沫。

海岸线的骑行道上，舒蜜和黎一珺并肩骑着。

海风吹拂，撩起舒蜜的刘海和齐肩学生头。黎一珺的校服被风灌入，鼓胀起来。

"黎大傻，你以后想做什么？"舒蜜一边骑一边问。

黎一珺耸耸肩："不知道。这么多年的目标都是考个好大学，现在反而迷惘了。"

"果然是黎大傻！"舒蜜笑，"我可不迷惘，我有个梦想。"

黎一珺瘪瘪嘴，继续骑。

舒蜜骑了一会儿："你不问我是什么梦想？"

黎一珺笑："就知道你憋不住。"

"喊！"舒蜜白他一眼，"黎大傻你听好了！我的梦想是大学毕业就结婚！"

黎一珺的速度稍微减缓，他瞥了舒蜜一眼："还没恋爱过，就想着结婚？"

"你可别小看我！"舒蜜加快速度，"要不咱俩比比，看谁先脱单？"

黎一珺也提速追上，右手扶着车把，左手做出一个手枪的形状，对准舒蜜。

"等着输吧你！"

交卷铃响了，所有考生起立，离开教室，有人欢喜有人愁。

舒蜜的表情却是忐忑和紧张。走廊上，她抱着书包，逆着人流走向卫生间。

"黎大傻，其实早上我的话没说完。"她手指抠着书包带子，指尖发白，声音都在发颤，嘴唇微微发抖，她清了清嗓子。

"我的梦想是大学毕业就结婚……和你结婚。"

卫生间的门被推开了，几个女生一边讨论题目一边走进来。

舒蜜定定神，呼出一口气，看了看镜子里的自己，拧开水龙头，掬水洗了把脸。

隔间传来冲水的声音，舒蜜拍拍自己的脸："勇敢点，舒蜜，你可以的。"

考场门口，人群摩肩接踵，不少考生和家长拥抱落泪，还有不少考生聚在一起合影。

舒蜜推着自行车，东张西望寻找黎一珺："怎么还没出来？"

她突然双眸一亮——在人群中找到了推着自行车的黎一珺，她举起手正准备喊。

有个穿同款校服的长发女生走过去，伸手按住黎一珺的自行车把。

黎一珺脚步一顿，抬头看向那女生。

舒蜜放下手，推着车穿过人流走向黎一珺。

"黎一珺，高一开学那天，我就对你一见钟情了。"

女生霸气的声音传入舒蜜的耳朵，舒蜜浑身一颤，停住脚步。

黎一珺微怔，他旁边的男生惊了一秒就开始起哄："哇哦！"

女生的长发上有被皮筋扎过的痕迹，应该是刚刚解下皮筋。她微微一笑。

"高中生不能早恋，所以我一直默默地喜欢着你，整整三年都没有变过。"

这自信的表白让不少考生驻足，大家聚在黎一珺和那个女生旁边低声讨论。

黎一珺虽然被不少女生表白过，但是这样大庭广众之下被表白还是第一次。

那女生从书包里掏出一个笔记本，递给黎一珺："你看看。"

黎一珺并没有接，倒是旁边的男生接过去翻开看："哇，黎一珺，全是你的素描耶！"

"对，我一直在偷偷观察你，画你，这样画满了你的本子，我有满满一箱子。"

男生们纷纷凑过来看："我的天哪！黎一珺，你就从了吧！"

不远处的舒蜜脸色铁青，双手握紧自行车把。

黎一珺并未注意到舒蜜，他面无表情地望着那个女生。

"对不起，阮芯晴，我现在还不想恋爱。"

男生们安静下来，围观者们都静默地看好戏。

舒蜜诧异地扬睫。

阮芯晴一双澄澈的大眼睛定定地望着黎一珺，一秒，两秒，倏地笑成了月牙儿。

"黎一珺，你讨厌我吗？"

黎一珺侧了侧头："不讨厌。"

"那就好！希望你以后也不要讨厌我，因为我要死皮赖脸地追你了！我吃定你了！"

阮芯晴丝毫不介意围观者的目光，她落落大方地表达着爱意。

不知是谁鼓起掌来，很快，掌声蔓延到整个人群。

阮芯晴眨眨眼："哎呀，我忘了问问你的意见了。黎一珺，我可以追你吗？"

男生们再度起哄："这么漂亮的女生！黎一珺，你知不知道怜香惜玉啊！"

众目睽睽之下，黎一珺只能点点头。

阮芯晴甜甜一笑，朝黎一珺摆摆手，潇洒地转身离去。

"黎一珺，你不和我们一起去网吧打《英雄联盟》？"男生们喊。

"你们去吧。"黎一珺环视四周，看到马路对面正在飞快骑车的舒蜜的背影。

夕阳的余晖将海天染成一色，水面红光粼粼，海风浩荡。

舒蜜把自行车骑得飞快，身体前倾，用力呼吸得肺都疼了。

骑行道这一头，黎一珺飞速骑车追了上来，他用力蹬着踏板，面无表情。

两辆自行车的距离渐渐变短，八百米，六百米，三百米，一百米……

终于追上了，黎一珺喘着粗气："你骑这么快干吗？"

舒蜜吸了吸鼻子，不理他，继续飞快地骑。

黎一珺只有拼命地骑，才能和她保持同速。

十字路口，对面红绿灯显示着绿色，但是已经在跳跃了，快跳成红色了。

舒蜜不管不顾，直接冲了过去。

黎一珺犹豫了一秒，红绿灯跳转成红色，他被迫停下，眼睁睁看着舒蜜骑远了。

舒蜜刚骑到家门口，就看到自己的父母和黎一珺的父母在门口等着。

"回来了回来了！"舒母看到女儿，"咦？小珺呢？"

"不知道，"舒蜜跳下车，向黎一珺的父母打招呼，"叔叔阿姨好。"

"终于考完了，很开心吧？别管成绩，今晚我们两家人一起庆祝庆祝！"舒父笑着拍拍舒蜜的头。

黎母还没有看到儿子，忍不住感叹："小舒蜜真懂事，小珺肯定又去打游戏了。"

"谁打游戏啊？"黎一珺飞快地骑过来。

他停在舒蜜旁边，看向舒父舒母笑："叔叔阿姨好。"

舒蜜满脸不爽，不想和他站太近，径直推着车到旁边去了。

"小舒蜜考得怎么样？"黎父蹲下身帮她锁自行车。

舒蜜点头："应该可以上重本。"

"走吧走吧，一起去吃饭。"黎母挽着舒母的手，来拉舒蜜，"小舒蜜想吃什么？"

舒蜜瞥了黎一珺一眼："他也要去啊？"

舒母瞪了女儿一眼："说什么呢！小珺当然要去了，去吃小珺最爱吃的小龙虾！"

黎一珺笑："谢谢阿姨。"

"喊，"舒蜜翻白眼，"到底谁是你孩子？"

"你还好意思说？高三这一年小珺给你补了多少课，靠你自己怕是专科都考不上！"

舒母还要说什么，黎母笑着把她推走了。

黎父和舒父一边交谈一边走，舒父回过头："你们放下书包就跟上啊！"

黎一珺锁了自行车，看舒蜜还在那边生气，他走过去要帮舒蜜脱书包。

"别碰我！"舒蜜甩开他的手，脱了书包扔到阳台上去了。

夜色温柔，海面倒映着万家灯火，也倒映着满天繁星。

客厅里，舒父在看电视。舒母在厨房切水果。

浴室门打开，舒蜜穿着短袖短裤睡衣，一边用毛巾擦头发一边走向自己卧室。

她走到卧室门口，脚步骤停，擦头发的动作也停了下来。

黎一珺正躺在她床上用手机玩游戏。

"下来！不能躺我床上！"舒蜜冲上去，用手拉黎一珺的胳膊。

"为什么不可以？我都洗了澡了！"黎一珺纹丝不动，继续盯着手机屏幕。

舒蜜正要强行拉他下来，舒母端着一盘哈密瓜走进来："小珺，来，吃水果。"

"谢谢阿姨！"黎一珺坐起身。

舒母把水果放到床头柜上，把叉子递给黎一珺。

舒蜜震惊地道："妈，你不是说不能在床上吃东西吗？"

"那是说你，不是说小珺！"舒母瞪了舒蜜一眼，"好了，你们玩，别吵架啊！"

舒母一离开房间，黎一珺就把手机丢给舒蜜："你会玩法师吧？你玩。"

他说完就叉哈密瓜吃。

舒蜜瞥了眼屏幕："人头落后一半，经济差这么多，坑成这样，就让我玩？"

"不玩你就挂机啊，反正是你的号，信誉分扣你的。"

黎一珺嘴里塞满了哈密瓜。

舒蜜气得跺脚，却无可奈何，只能坐在床上打游戏收拾烂摊子。

黎一珺坐在舒蜜旁边，把下巴搁在舒蜜肩膀上。

"别打野了，草丛里一堆人等着捉你。"

"闭嘴！"舒蜜一转脸，黎一珺的嘴唇就触到了她的脸。

两人都愣住了。

"滚开！"舒蜜从床上跳起来，"你跑我家来干吗？无聊就去找你的阮芯晴啊！"

黎一珺单手枕在脑后，躺倒下来，眯起眼好整以暇地望着舒蜜。

"怎么？你吃醋了？"

舒蜜蹬掉拖鞋，抬脚踹上去："滚！"

高考一周后，连续一周睡懒觉，中午才起床的舒蜜难得起了个大早。

"妈，今天我和同学去学校咨询老师填志愿的事。"

终于不用穿校服了，她穿了雪纺衫和牛仔裤，搭配小白鞋，素面朝天。

自行车路过蔚蓝海面，风声呼呼。舒蜜大口呼吸，知道这是自由的味道。

刚到校门口，突然有人从旁边跳了出来，吓了舒蜜一大跳。

上次见阮芯晴她是一身校服，虽然气场强大，但到底被校服遮掩了几分，今天阮芯晴穿字母印花潮T，搭配高腰牛仔热裤，一双腿又长又直又白。

她摘下韩式复古墨镜，右手轻轻搭在小挎包上，对舒蜜微微一笑。

"舒蜜同学，我等你很久了。"

舒蜜定了定神，跳下车，表情很冷："有何贵干？"

阮芯晴把头发染成了亚麻色，还化了淡妆，嘴唇泛光，充满女人味。

她勾勾唇："别装了，舒蜜，你知道我为什么找你。"

舒蜜直直地与之对视："如果你想问黎一珺的事，抱歉，我无可奉告。"

阮芯晴把头发拢到耳后："我还不至于蠢到让你来帮我。"

"那你找我干什么？"舒蜜不耐烦起来。

校门口不时有学生经过，可阮芯晴和舒蜜浑然不觉，只是用目光不断交锋。

阮芯晴仰起下颌："向你宣战。"

舒蜜与之对视，目光相交，刀光剑影。她盯着阮芯晴，一字一顿："你会输的。"

"其实你已经输了。"阮芯晴眯起眼笑。

舒蜜皱眉。

阮芯晴走近一步，压低声音。

"你和黎一珺一起长大，高考结束了他居然还没有向你表白，你难道不是输了？"

舒蜜目光一颤，咬住下唇。

阮芯晴伸手，轻拍了拍舒蜜的肩膀。

"这么多年朝夕相处，近水楼台先得月，居然还没有产生感情，你难道不失败？"

舒蜜就像被这两句话定住了似的，浑身动弹不得。

学校食堂人声鼎沸，舒蜜狠狠地咀嚼嘴里的红烧肉。

"你怎么啦？刚刚听老师说怎么填志愿的时候，你也心不在焉的。"

高中好友给她盛了一碗免费的海带汤。

"没什么，"舒蜜总不能承认自己被阮芯晴气到了，"我在估分呢。"

好友扒了一口米饭："我知道我上不了本科，已经准备复读了。"

舒蜜惊诧地转过头："不会吧？你再考虑下，复读也未必能考好。"

"复读我或许能冲个本科，不复读我就只能读专科了。"好友耸耸肩。

舒蜜咽下嘴里的肉："打死我也不复读。"

"你是独生女，虽然家里条件一般，但你爸妈会倾其所有帮你，我只能靠我自己。"

"为什么？"舒蜜喝了口汤，却被烫到，伸出舌头来。

"因为我家重男轻女啊，我家一切都是我弟弟的，没有伞的孩子只能努力奔跑。"

午后气温攀升，舒蜜在高中校园走了一小会儿就微微出汗了。

在这里生活了整整三年，哭过，笑过，兴奋过，失落过。再见，少女时代。

"舒蜜！"篮球场传来黎一珺的声音，一个篮球朝这边飞来。

舒蜜跳起来接住，再朝篮球场扔去。

黎一珺正和高二的学弟打篮球，黑色的篮球背心，在他高瘦的身体上显得空荡荡的。

从小到大，舒蜜早就看腻了黎一珺打篮球，她转身准备走。

黎一珺传球给学弟，瞥了眼舒蜜，朝她喊："就走了？你能不能等我一下？"

舒蜜无奈地转身："你要打多久啊？"

"你反正闲着没事，等我一起回去！"黎一珺说完投了一个三分球。

舒蜜手摸下颌想了想："那你请我喝草莓芝士奶盖茶。"

"好贵的！你敲诈！"黎一珺一边运球一边瞪她，球很快被对面抢走了。

舒蜜做了个鬼脸，正要说话，不远处突然传来一个女声："黎一珺加油！"

阮芯晴挥舞着手里的矿泉水，一脸甜甜的笑，跑到篮球场边。

舒蜜表情一僵，向阮芯晴投去充满敌意的目光。

黎一珺看了阮芯晴一眼，接过队友递来的球，飞快地运球过人，假动作，投篮。

"好帅！"阮芯晴激动得跳了起来。

舒蜜翻了个白眼。

中场休息，黎一珺喘着气，阮芯晴笑着走过去，拿出纸巾给黎一珺擦额头上的汗。

黎一珺猝不及防，舒蜜也怔住了。

没等黎一珺拒绝，阮芯晴就把矿泉水递给他："辛苦了，黎一珺，你是最棒的！"

"谢了。"黎一珺实在是渴了，接过矿泉水，仰头喝了一大口。

他的喉结上下蠕动，有汗珠顺着下颌滚落。

阮芯晴眼睛眨都不眨一下。

喝完后黎一珺拧好瓶盖，递给阮芯晴。

阮芯晴回过神来，笑着接过那瓶水，拧开瓶盖，也喝了一口。

学弟们开始起哄："哇哦！"

黎一珺挑眉。

阮芯晴微微一笑："不奇怪吧？因为我喜欢你，全世界最喜欢你。"

那几个学弟越发热烈地起哄。

黎一珺正要说什么，旁边突然传来摔跤的声音，舒蜜趴在地上："痛痛痛。"

阮芯晴脸上笑容一冷。

黎一珺立刻跑向舒蜜："你傻啊？走个路还能摔跤！"

舒蜜被黎一珺扶起，她顺势倒在黎一珺怀里，一脸痛楚："脚踝好像扭了。"

黎一珺蹲下身，用食指指腹轻轻摸了摸她的脚踝，蹙眉道："这里吗？"

"疼！别碰！"舒蜜没想到自己的演技如此高超。

阮芯晴勉强保持笑容，小跑过来，一脸关切："你没事吧？"

舒蜜冷冷扬眉，看向阮芯晴："有事。"

黎一珺转身对学弟们说："对不起了，我不打了，我要送她回家。"

他说完，蹲下身："上来。"

舒蜜得意地爬上黎一珺的背，双臂紧紧搂住黎一珺的脖颈，笑着看阮芯晴。

阮芯晴扯扯嘴角："路上小心。"

夕阳的余晖把舒蜜和黎一珺交叠的身影拖得长长的。

舒蜜心情好，双手搭在黎一珺的肩膀上，手臂在黎一珺胸前晃荡。

"黎大傻，去我家吃饭吧。"

黎一珺声音很冷："不去。"

舒蜜身体前倾，歪着头想看黎一珺的侧脸："怎么？生气了？"

黎一珺冷哼一声。

舒蜜吐吐舌，把脸埋在黎一珺的后颈上，撒娇地蹭了蹭："好啦，我知道错了。"

刚刚打了篮球，他身上有好闻的汗味儿。

黎一珺脚步一顿，侧过脸，一脸严肃地训斥：

"以后走路小心一点，别再给我出幺蛾子！"

演戏要演全套，后来几天舒蜜都宅在家里。

吃过晚饭，舒母在厨房洗碗，舒父在客厅扫地："脚让一让。"

舒蜜瘫在沙发上用手机玩《王者荣耀》："快快快！再拿一个人头我就超神了！"

舒母一边脱围裙一边走出来："你也出去走走啊，整天宅在家里，要发霉了！"

"明天就出高考成绩了，让她放松放松吧，出成绩后可就忙了。"舒父笑。

舒母不听劝，上来夺过舒蜜的手机："别玩了，都近视了！出去玩一玩！"

舒蜜来抢："我在打排位呢！而且这么晚了，去哪儿玩啊？"

舒父帮她把手机抢过来："你天天待在家里，你妈妈看着你烦，你去小珺家。"

"我到底是不是你们亲生的？"舒蜜抓起手机，气冲冲往外走。

她啪地关上自家门，敲响隔壁黎一珺家的门。

等了半天黎一珺才开门，他刚洗完澡，头发还在滴水，啪嗒掉在他的锁骨上。

他身上有沐浴露的味道，带着他特有的少年体香，莫名地撩人。

"你脚踝好了？"他蹲下身仔细查看她脚踝。

"好了好了。"舒蜜径直走进去，"咦？叔叔阿姨不在？"

黎一珺撕开一包泡面，倒入开水。

"他们去旅行了。你又不看我的朋友圈，我下午就发了一条吐槽我爸妈的。"

话音未落，门被敲响了，黎一珺只能丢下调料包。

"谁呀？"舒蜜已经开了一局游戏，正低头打着，随口一问。

一个甜美悦耳的女声传来："晚上好，黎一珺。"

舒蜜浑身一个激灵，抬起头来。

阮芯晴一身藕粉色雪纺裙，蔷薇红唇，海藻长发，俏生生地立在门口。

"你怎么来了？"黎一珺诧异。

"我看了你的朋友圈呀！饿不饿？我带了自己做的饭菜，你要不要尝尝看？"阮芯晴笑眯眯地扬起手中的粉色保温盒。

黎一珺一愣。

阮芯晴歪了歪头："很好吃哦！"她说着打开保温盒，饭菜色彩鲜艳，香气袭人。

"先进来吧。"舒蜜落落大方地走过来，一副女主人的模样。

阮芯晴显然没想到舒蜜竟然也在，她的笑容僵了一秒，又绽放开来："谢谢。"

舒蜜打开鞋柜，拿了一双拖鞋，啪地丢在地上。

阮芯晴咬咬牙，俯身换鞋。

舒蜜接过阮芯晴手里的饭盒，放到餐桌上："黎大傻饿了吧，来吃！"

黎一珺乖乖地坐到餐桌边埋头吃饭。

舒蜜双手抱胸站在餐桌边："阮芯晴，看不出来，你居然这么会做饭。"

阮芯晴没看舒蜜，一直盯着黎一珺笑："你喜欢的话，我以后经常做给你吃。"

舒蜜瞥了眼饭盒里的辣椒，转身去厨房拿来一双筷子，帮黎一珺拣出辣椒。

"黎大傻吃不了辣，他吃辣长痘痘。"

阮芯晴脸色一冷。

黎一珺瞥了眼舒蜜的手机："你游戏挂机？不怕被举报？"

舒蜜冷睨了阮芯晴一眼："这么重要的客人来了，我怎么能玩游戏呢？"

黎一珺伸出舌头哈气："确实有点辣。"

"我给你倒水。"阮芯晴站起身来。

舒蜜抬手阻止她："你知道在哪儿倒吗？"

阮芯晴坐回座位上，舒蜜转身去厨房倒水。

端着水杯回来时，她突然睁大眼睛，手里的水杯差点滑落。

阮芯晴不知何时坐到了黎一珺旁边，她捧着黎一珺的脸，凑上去要亲吻他的唇。

舒蜜的瞳孔骤然收缩。

她没有看错，黎一珺要被人亲了！

"你干什么？"舒蜜咆哮着冲过去，把水杯啪地砸到桌面上，水花四溅。

黎一珺也反应过来，用力推开阮芯晴。

他坐的椅子啪地倒向后面。

阮芯晴倒退几步，笑得一脸单纯天真："这样就不辣了呀。"

舒蜜真恨不得撕烂阮芯晴这张假面，她咬牙切齿地道："有你这么厚脸皮的吗？"

黎一珺也脸色阴沉："阮芯晴，你回去吧。"

阮芯晴委屈地瘪嘴："你生气了？"

黎一珺皱眉："我以前同意你追我，现在我后悔了，不好意思，以后不要追我了。"

阮芯晴怔住了："黎一珺，你讨厌我了吗？"

黎一珺走到门口，打开门："谈不上喜欢或者讨厌，我一直把你当普通同学。"

舒蜜把饭盒收拾好，递给阮芯晴，皮笑肉不笑："回去注意安全。"

阮芯晴走出门，颇为留恋地回头凝望。

舒蜜笑着挥挥手。

黎一珺关上门。

送走阮芯晴，舒蜜双手叉腰，瞪着黎一珺："你是猪吗？随随便便让人亲？"

黎一珺烦躁地用叉子搅拌凉掉的泡面："她突然就亲上来了，我防不胜防啊！"

"果然是大傻子！"舒蜜抓起手机，冲出去，啪地甩上门。

虽然黎一珺差点被夺走初吻，但他明确表示拒绝阮芯晴了，也算是因祸得福，可舒蜜的平静日子没有持续太久。

查完成绩，她呆坐在笔记本电脑前。

"怎么样？查到了吗？"舒父推开卧室门，察觉到异样，"蜜蜜？你怎么了？"

舒母跟在舒父身后进了卧室："小珺查到了，超过重本二十分，学校随便挑了。"

舒父走到舒蜜身后，把手搭在女儿肩膀上，俯身看电脑屏幕。

舒蜜突然跳起来，满脸惊惶："这不可能！这不可能！这不可能！"

"怎么回事？"舒母探身一看，"英语……49分？"

舒父推了推眼镜，神情复杂地望着女儿。

舒蜜在卧室里焦躁地走来走去："我要给老师打电话，肯定弄错了，绝对弄错了！"

"高考分数不可能弄错的，你仔细想想，是不是答题卡填错了？"舒父分析。

"答题卡？"舒蜜蓦然停住脚步，如五雷轰顶，浑身发抖。

舒母连忙抱住女儿。

舒蜜的眼泪顷刻间落下来："不会的，不会的，我没有，我没有！"

舒父叹息着拍拍舒蜜的背。舒母咬紧牙关，紧紧抱住女儿。

"我为什么不好好检查一下？为什么不好好检查一下？"舒蜜抱着母亲号啕大哭。

当时只想着考完了跟黎一珺表白，心神不宁，所以没有再好好检查一下。

舒父慢慢地走出卧室，在阳台上点燃一支烟。

对面阳台上，黎一珺在帮黎母晒被子，转过头来："叔叔，舒蜜考得怎么样？"

烟雾缭绕中，舒父苦笑着摇摇头。

黎一珺意识到问题的严重性，丢下被子："叔叔，麻烦您帮我开下门。"

等黎一珺急匆匆推开卧室门时，舒蜜已经哭得没力气了。

"怎么办？这样的分数，我只能读贵死人的三本或者专科了！"

舒母也气得不行，却不能发泄到悲恸欲绝的女儿身上，只能自己咬住牙。

黎一珺蹲下身，把舒蜜从舒母身上抱了过来。

舒蜜泪眼婆娑，声音都哭哑了："我完了，完了，学了这么多年，全完了。"

"我懂，我懂。"黎一珺轻拍舒蜜的背。

"凭什么？凭什么要靠一场考试来评判我们这么多年的努力？凭什么？"

舒蜜把眼泪鼻涕全擦在黎一珺的胸口。

"哭吧，哭吧，在我身上好好哭一场。"黎一珺抱紧了怀里颤抖的人儿。

那几天舒蜜的眼睛就没有干过，早上一睁开眼就开始哭。

家里的气氛相当阴沉。

舒母做菜时走神，明明站在灶台前，汤溢出来都没反应。

舒父烟瘾越来越重，经常大半夜在阳台上独自抽烟。

黎一珺不敢特意跑过来——他考得好，他出现就会刺激舒蜜。

"阿姨，我去倒垃圾，你们家垃圾给我吧，顺带倒了。"他只能找各种借口。

"小珺，你真懂事。"一脸疲惫憔悴的舒母把厨房垃圾拿出来。

黎一珺提着垃圾袋，经过舒蜜的房间时，小心翼翼地看了一眼那紧闭的房门。

舒蜜把自己关在房间里，半夜三更不开灯，在漆黑的房间里打开电脑。

她在搜索框里输入"读三本好还是专科好"，一条一条地看。

眼睛看得痛了，就闭上眼趴在电脑前睡着了。

第二天夜里她搜索"要不要复读"，翻了整整80张搜索页。

那几天她没心情洗澡洗头，整天蓬头垢面，在床上吃饭。

舒母舒父也不敢说她，怕她受不了自杀。

这天是提交志愿的截止日期。

黎一珺拿着一杯草莓芝士奶盖茶站在舒蜜家门口，正准备敲门，手机叮咚一声。

他掏出手机，是阮芯晴发来的微信："厦门大学，不见不散。"

前几天班级微信群里似乎在说，阮芯晴是这次的黑马，超出重本二十多分。

黎一珺皱了皱眉，没有回复阮芯晴，他把手机塞回口袋里，敲响了门。

"叔叔，舒蜜还没出来吗？"

"明明是一个很坚强乐观的孩子，一瞬间就被击溃了。"舒父叹息。

黎一珺低下头："我什么都不能帮她。"

舒父让黎一珺来到客厅："很多路注定要一个人走，孤独是人生的常态。"

"这对她来说，一定是人生最大的打击了。"黎一珺声音很轻。

舒父给黎一珺倒茶："那些杀不死她的，终究会让她更强大。"

黎一珺点点头。

"你的志愿填了吗？"舒父喝了口茶，"厦门大学？"

黎一珺端起茶杯，又放下。

"我从小到大都和舒蜜在一起，我以为大学我们也不会分开。"

舒父放下茶杯："你们长大了，总是要分开的。成年人的世界，有太多无奈。"

"这是我第一次体会到人生的残酷无常。"

黎一珺抬头看舒蜜紧闭的卧室门。

下一秒，哐当一声，卧室门突然被打开了，舒父和黎一珺都吓了一大跳。

舒蜜站在门口，脸上有重重的黑眼圈，头发乱糟糟的，整个人瘦了一圈。

"我决定了，复读。"

阴沉沉的清晨，全世界仿佛被调成了冷色调。

舒蜜穿着睡衣抱着毛毯，在乱糟糟的床上蜷缩着酣睡。

啪的一声，卧室门被推开，黎一珺走进来拍舒蜜的脸："起来！起来！"

舒蜜迷迷糊糊，躲开黎一珺的手，翻了个身。

"快起来！我查了，那所复读学校名额很少，再不去报名就报不上了！"

黎一珺一边喊一边推舒蜜。

"烦死了！再让我睡会儿！"舒蜜用枕头捂住耳朵。

迫于无奈，黎一珺只能使出撒手锏——俯下身左右开弓，挠舒蜜的胳肢窝。

"别别别！"舒蜜扭动身体笑起来，忙着躲闪，"我起来！我起来还不行吗？"

卫生间传来冲水的声音，舒蜜打开门走出来。

黎一珺正站在卫生间门口，见她出来，就递上装满水的水杯和挤好牙膏的牙刷。

舒蜜瞪他一眼，接过水杯和牙刷，站在镜子前刷牙。

黎一珺站在她身后，拿起梳子给她梳头发。

"疼疼疼！你轻一点！"舒蜜大喊。

黎一珺凶她："你是不是女生啊？头发都打结了！"

舒父和舒母把早餐端上桌："小珺，今天要辛苦你陪舒蜜去报名了！"

拥挤的公交车上，舒蜜被挤得五脏六腑都要移位了。

黎一珺拼命挤到一个戴白色耳机、黑色棒球帽的男生面前。

他拉了拉男生的耳机线。

男生转过脸看他，面无表情，摘下耳机。

黎一珺一本正经："不好意思，我妹妹今天痛经，可以麻烦你让个座吗？"

舒蜜愣住了。

黎一珺伸手指了指舒蜜。

车上的人都向她行注目礼，舒蜜恨不得找个地洞钻进去。

戴棒球帽的男生抬头，视线淡淡地掠过舒蜜的脸。

6月天，舒蜜却莫名地打了个寒战。

那人起身。

好高，与黎一珺不相上下。

两个一米八五左右的男生，瞬间拔高了车内的平均身高。

"谢了。"黎一珺挤到舒蜜身边来，双臂护住她的身体，往那边挪去。

摩肩接踵的人群中，黎一珺抱住舒蜜从那人身前挤了过去。

舒蜜耳鬓的碎发被微小的气流轻轻撩起。

那人手拉头顶的吊环，戴上耳机望向窗外。

明明是拥挤的车厢，他却自成气场，疏离又淡漠，与周遭格格不入。

舒蜜坐下，黎一珺双手搭在她前后的座椅靠背上，将她圈在里面。

那人站在黎一珺旁边。

舒蜜原本想道个谢，却又被他一脸的"生人勿近"给打消了念头。

"拽什么拽？"她忍不住嘀咕。反正他戴着耳机听不见。

她突然感觉脚下好像踩到了什么东西。

舒蜜低头弯腰，捡起一张用塑料壳装着的准考证。

黎一珺俯身过来看："这是什么？"

准考证都是黑白的，左边是考生信息，右边是照片。舒蜜先看照片。

黑白的一寸照片，有点像遗照，五官周正，气质凛冽，禁欲系厌世脸，重点是光头。

仔细一看，就是刚才给她让座的男生，难怪戴着棒球帽。

黎一珺已经读出左边的考生姓名："裴巡？"

他直起腰，用手肘戳了戳身边那人。

裴巡转过脸，视线落在舒蜜手中的准考证上。

舒蜜抬头，与裴巡目光相交。

压迫感十足，绝非善类。

舒蜜暗自调整一下呼吸，咬牙继续与之对视。

黎一珺开口打破这两人暗自的较量，一把摘下裴巡的耳机："是你的吧？"

裴巡瞥了眼黎一珺，眉心若有若无地拧起："嗯。"

"还你。"舒蜜把准考证递过去，不想与之过多纠缠。

裴巡并未伸手接。

这么拽？舒蜜正要说话，黎一珺已经从舒蜜手里拿过准考证，塞到裴巡怀里。

"嘿，拿稳了。"黎一珺丝毫没有受裴巡气场的影响。

裴巡被迫接住，眸中闪过不加掩饰的不悦。

戏剧性的一幕出现了：一个急刹车，黎一珺没站稳，向裴巡身上倒去。

裴巡猝不及防，一手抓紧扶手，一手抱住黎一珺的腰，扶住了他。

车上不少人差点摔倒，抱怨声一片。

黎一珺站稳身体，看向裴巡："谢了啊哥们。"

裴巡往旁边站了站。

黎一珺很不会察言观色，凑过去笑："怎么剃了个光头？"

不知是因为睫毛太长、牙太白，还是因为那双狭长的桃花眼一笑就抿成弯弯的酥糖，抑或是因为那若隐若现的小梨涡，裴巡被黎一珺明晃晃的笑容给闪了一下。

"是不是嫌洗头发麻烦？我就是，但是我没有剃光头的勇气。"

黎一珺自顾自说着，挠了挠头顶的头发，又抿出个奶气十足的小梨涡。

身为一个重度酒窝控，裴巡眉心的阴霾以肉眼可见的速度渐渐散去。

"都说光头是检验帅哥的唯一标准，我剃光头会不会丑？"黎一珺吐吐舌。

裴巡勾唇，声音干净清晰："不会。"

黎一珺眯眼笑，手搭上裴巡的肩："哥们你才是真帅，颠覆了我对光头的印象。"

裴巡的视线垂落到黎一珺的手上，黎一珺笑容一僵，抽回手，话却没停。

"真的！我第一次见有人把准考证上的照片都拍得这么好看！"

裴巡唇角略微上扬，勉强算作一抹笑意，表情却恢复成拒人于千里之外。

黎一珺还想说什么，舒蜜终于忍无可忍："喂喂，你们当我不存在吗？"

裴巡冷冷地瞥了舒蜜一眼，转过身，戴上耳机，不准备继续对话。

第二章 | 白露

> 所有的事物都是谜团，而解开一个谜的钥匙，是另一个谜。
>
> ——美国哲学家爱默生

2021年6月，繁忙的格子间，高跟鞋急匆匆跑过，打印机传来声响。

"快！晨会马上开始了！你把资料打印好送过来，每人发一份！"

精干的女上司拉开会议室的门，探出头来吩咐。

"方总，开完晨会我可以请假半天吗？"舒蜜上前一步。

方总皱眉："最近公司忙成这样，你有什么事周末再去！"

"可是，去民政局领证只能在工作日。"

准备关门的方总又探出头来："婚礼都办了，还没领证？"

"因为您一直不给我准假。"

"那给你半天！天哪，没时间了！你倒是快点把资料拿过来啊！"

"马上来！"舒蜜从打印机里拿出一沓资料，捧在胸前，小跑向会议室。

她穿着卡其色职业套装，跑步时胸前的工牌也随之跃动。

深蓝色的带子系着柔软的塑料壳，白色工牌上写着"影视企划二组实习生"。

会议室内所有人屏气凝神，方总环视全场："剧本你们都看了吗？"

舒蜜忙着给与会者分发资料。大家轮番发言。

"男女主角的互动甜度爆表，作为校园甜宠剧，发糖发得毫不手软。"

"很戳少女心，大部分情节都充满粉红气泡，男主角真是完美偶像。"

方总听了半天，蹙起眉头："没有别的意见吗？"

舒蜜把最后一份资料发到方总面前，方总瞥了她一眼："实习生，你来说说。"

"我？"舒蜜愣住。

在场所有人都望向她，方总朝她点点头。

"你是1998年生的，这个故事讲述的就是你们这一代的青春，我要听听你的意见。"

舒蜜紧张得手心濡湿，她咬了咬唇："我可以直说吗？"

"当然。"方总给了她一个鼓励的眼神。

舒蜜深呼吸一下，环视所有人。

"这个故事很甜，却规避了所有成长中需要付出的代价，这不是我们的青春。"

此言一出，大家面面相觑。

"初恋哪有那么一帆风顺。只是一味的甜宠，缺乏现实的观照，很容易腻。"

方总挑眉："可是，年少轻狂，义无反顾，初恋就是可以战胜一切。"

舒蜜轻轻笑了笑，抬头望向窗外琉璃般易碎的蓝天。

"初恋的伟大不在于它能对抗现实，而在于在现实面前，它即便失败，也光辉璀璨。"

出租车停在民政局门口，舒蜜用手机支付之后，裴巡的电话来了。

"堵车，大概还要十分钟，等我。"

"别着急，我……"舒蜜一边接电话一边下车，她突然噤声。

民政局前人来人往，黎一珺双手插兜，立于阶梯下，静静地望着她。

他穿着卡其色亚麻西装，戴玫瑰金水晶石英腕表，阳光给他颀长的身姿镀上一层金。

舒蜜的心缓慢而悠长地颤了颤。

2016年6月，公交车停靠到站，站台离复读学校还有点距离。

下了车，舒蜜一脚踹上黎一珺的屁股："你才痛经！痛一辈子的经！"

黎一珺转身，抓住舒蜜的脚："说正经的，你真的做好复读的准备了吗？"

舒蜜单脚着地，站立不稳，跳了几下，扶住路边的树："复读怎么了？"

"长时间坐着不动而变胖、爆痘、月经不调、视力下降戴眼镜，总之会变丑。"

黎一珺的话让舒蜜愣了愣："你怎么知道？"

他打了个哈欠："你说要复读，我熬夜看了一宿的复读贴吧。"

"我知道复读一年就是有期徒刑一年，可是我不甘心，我一定要考上厦门大学。"

舒蜜话音未落，黎一珺突然上前一步，把舒蜜压迫得背脊抵住树干。

她穿着薄薄的雪纺衫，树干粗粝，磨得背后肌肤刺痛。

黎一珺右手撑在树上，左手依然抓住舒蜜的脚，把她困得密不透风。

他俯身，贴近舒蜜的脸，两人呼吸交缠。

这是什么节奏？舒蜜呼吸间吸入的全是黎一珺的气息，气管里直冒粉红泡泡。

黎一珺目光灼灼，介于男生和男人之间的声音低沉悦耳。

"你该不会是为了我才复读的吧？"

那声音让舒蜜双腿发酥，耳膜一鼓一鼓的。

突如其来的声音打破了两人的旖旎氛围。

"你们两个，滚一边去！别碍了我们老大的眼！"

七八个不良少年走了过来，走在最前面的小喽啰用拇指往后一指。

他们老大一头金发，穿着短裤，露出浓密的腿毛，嘴里叼着短得不能再短的烟头。

人手一根钢管，来者不善。

黎一珺立刻放下舒蜜的脚，转身，把舒蜜挡在身后："你们要干吗？"

"滚滚滚！没看到我们要教训人？不想被打就有多远滚多远！"

小喽啰不耐烦地摆手。

舒蜜顺着他们的视线望去。裴巡依然戴着耳机，双手插兜，面无表情。

"哟，巡哥，真要复读？兄弟们都不要了？"金毛咧嘴，露出发黄的牙齿。

裴巡眉毛都没动一下，看他们就像看路边的垃圾。

"还这么拽？"金毛噗的一声吐掉嘴里的烟头，"金盆洗手前，把旧账结结吧？"

小喽啰们挥舞着钢管起哄："老大真有文化，成语一个接一个！"

形势不妙，黎一珺上前一步，舒蜜立刻拉住他："你要救人？"

黎一珺皱眉："难道见死不救？"

舒蜜抓紧他的手臂："我们三个加在一起也打不过他们！这些人不要命的！"

黎一珺掏出手机："那报警吧。"

话音未落，一个小喽啰冲过来，用钢管啪地将黎一珺的手机打到地上。

力道极猛，手机屏幕瞬间开裂。

"你俩再捣乱，先弄死你们！"小喽啰恶声恶气。

舒蜜慌忙去看黎一珺被打红的手。

裴巡朝黎一珺瞥了一眼，慢条斯理地摘下耳机，顺手抄过路边垃圾车里的烂拖把。

他提脚踩到拖把头上，手臂肌肉一鼓，就将脏兮兮的木棍抽了出来。

"哟，"金毛朝地上吐了口唾沫，"巡哥生气了？"

裴巡手里掂着木棍，眉宇间依旧气定神闲，薄唇吐出四个字："跟他道歉。"

那四个字不怒自威，七八个不良少年都震了震。

舒蜜和黎一珺也愣住了。

一个小喽啰上前一步："老大，他再狂，咱人多，一人一口唾沫都能淹死他！"

金毛推开小喽啰，把钢管扛在肩头，大摇大摆地朝裴巡走去："不愧是巡哥。"

裴巡的棒球帽压得很低，遮住了眉眼。

舒蜜只能看到他紧抿的唇，唇形冷峻，像锋利的刀刃。

"你这什么眼神？看不起老子是吧？"

金毛似乎是忍到极致，猛地举起钢管朝裴巡头上砸去。

裴巡扬起木棍，挡住这一击。

下一秒，他单手揪住金毛的衣领，膝盖顶向他胯下。

他的速度快得惊人，金毛还没来得及捂住下面，胳膊就传来咔嚓一声，金毛痛得杀猪般叫了起来。

不良少年们脸色遽变。

金毛倒在地上嗷嗷的。裴巡提脚，把运动鞋鞋尖强行塞进他嘴里。

地上那个没声儿了。

裴巡把木棍一扔，拍拍手，淡淡吐出两个字："道歉。"

打坏黎一珺手机的小喽啰乖乖道了歉，不良少年们搀扶着金毛走了。

金毛站都站不起来，还不忘恶狠狠地丢下一句："裴巡，老子跟你没完！"

黎一珺捡起砸坏的手机，尝试开机，却完全没反应。

舒蜜愤恨地跺脚："不行！得找他赔！"

一道高大的身影挡住了阳光，舒蜜抬头，裴巡逆光而立，不辨眉目。

风骤起，拂动少年一袭黑衣。

他的目光淡淡地落在黎一珺身上，薄唇微勾："手机号。"

黎一珺的白衬衫被风吹得鼓鼓的，他愣了三秒，报了手机号："微信同号。"

裴巡垂眸，修长手指在手机屏幕上输入号码："手机我赔你。"

"感谢巡哥！"黎一珺右手贴近太阳穴，笑着敬了个礼。

裴巡挑眉："你多大？"

黎一珺笑意满满："1998年夏天生的，你呢？"

"1997年冬天。"

两个少年一黑一白、一冷一热，果然，一个冬天，一个夏天。

舒蜜见他俩还要聊，忍不住翻了个白眼："黎大傻，还报不报名？"

黎一珺脑子里灵光一闪："巡哥，你该不会也在这所学校复读吧？"

裴巡眯起眼："你也是？"

"不是，我陪她来的。"黎一珺指了指舒蜜。

裴巡这才瞥了舒蜜一眼，似被搅了交谈的兴致，戴上耳机，不再多言。

他转身朝学校大门走去。

"喊！"舒蜜没憋住，朝他的背影竖起中指。

有风自海上来，吹落一地凤凰花。

海产街上鱼翅、花胶的味道随之飘散开来。

舒蜜踹了一脚黎一珺家的门，再点开复读班班主任发到微信群里的一条语音。

"三条红线不能碰：男女生不能接触过密，不能上网，不能和社会闲散人员交往。"

老调重弹。她快速回复了一句"收到"。

门开了，黎母笑着招呼她进去。

"小舒蜜来啦？一珺在卧室打游戏呢。我给你们倒两杯牛奶。"

舒蜜端着两杯牛奶，用手臂推开黎一珺卧室的门。

黎一珺半躺在床上捧着手机。

"玩《王者荣耀》？那么坑还玩，铂金都打不上。"舒蜜啪地放下牛奶。

黎一珺头也不抬："我坑没关系，有大神带我飞啊，再打两把就上铂金了！"

舒蜜喝了口牛奶："哪个大神？"

"裴神啊！"黎一珺的话让舒蜜差点把嘴里的牛奶喷出来。

她捂住嘴，咳嗽几声："裴巡？"

"他网购了手机，下午就送到家了。我看了他的朋友圈，最强王者！"

舒蜜用手背擦了擦嘴角的牛奶，放下杯子，坐到黎一珺旁边看他的手机。

23

"他用小号带你打排位上分？"

"对啊！手机屏幕就这么大，你这么探头看累不累？"

黎一珺伸手，用左胳膊搂住舒蜜的脖子，把舒蜜圈在怀里，左右开弓玩游戏。

舒蜜猝不及防，被黎一珺抱着，全身都是他的气息，她的脸颊有点发烫。

黎一珺把下巴搁在舒蜜头上，他的前胸贴着她的后背。

明明是暧昧无比的姿势，可黎一珺恍如未觉，依旧心无旁骛地玩游戏。

"看到没？跟他玩，躺赢，他玩的刺客随随便便就五杀了，走位骚断腿！"

舒蜜定定神，认真地看了一会儿裴巡的操作，终于明白何谓"两分钟拿一血，五分钟推高地，把对面一直摁在自家泉水里"。

果然是传说中的"人狠话不多"，舒蜜实在没话说，甘拜下风。

黎一珺一边补刀抢人头，一边打字："巡哥威武！"

这一把赢了之后，黎一珺喝了口舒蜜喝剩下的牛奶："你要不要一起玩？"

舒蜜心跳还有点快，她挣扎着从黎一珺怀里站起来："不要。"

"你不是想上钻石吗？"黎一珺一口气喝光牛奶。

舒蜜没好气："不想和他玩，看他很不爽。"

黎一珺很快又开了一局。两只手忙着，他只能舔了舔嘴角："嘿，过来给我擦擦嘴。"

准备离开的舒蜜抽出一张纸，捏成一团，狠狠地朝黎一珺脸上扔去："自己擦！"

墙上的挂钟显示晚上十一点半，舒蜜睡不着，打开《王者荣耀》APP。

一开始她并不爱玩手游，只是为了和黎一珺一起玩，结果练得比他还厉害。

此刻她不想打游戏，只是想登录看看黎一珺是不是还在玩。

果然，黎一珺的头像是亮的，显示"开局12分钟"。

舒蜜气得把手机扔到一边，把脸埋进枕头里，咬牙切齿。

"黎大傻从来没有陪我玩过这么久！"

送走阮芯晴，又天降一个裴巡，这个暑假自己绝对水逆了！

周末，阳光正好，舒父舒母在家里大扫除，木地板湿湿的。

黎母进来送她自己酿的糯米醪糟时，舒蜜正站在凳子上擦玻璃。

"小舒蜜真懂事，我家那个，大早上就骑车出去了，说约了朋友。"

舒蜜听到黎母的话，手一顿，转身从凳子上跳下来，拿起茶几上的手机。

她给黎一珺发了一条微信："死哪儿去了？"

等了半天没回复，她丢了手机继续擦玻璃。

"你那块玻璃都擦二十分钟了，要擦破啊！心不在焉的！"舒母喊。

舒蜜又抓起手机，飞快地打字："黎大傻，你死了是不是？"

直到吃午饭的时候，黎一珺才回微信。

手机就在舒蜜手边，屏幕一亮，舒蜜立刻放下筷子。

"我在网吧和巡哥打《英雄联盟》，饿死了，想吃你妈妈做的饭了。"

舒蜜紧盯着屏幕上的"巡哥"两个字，恨得牙痒痒，打字："去死！"

"唉，有时候不努力一下，你都不知道什么叫绝望。"

舒蜜刚打出"滚"字，想了想，又删除了。

黎一珺胃不好，而且容易低血糖。

她默默地走进厨房，用饭盒盛了饭，再到餐桌边夹菜。

舒母瞪她："你干吗？不吃饭了？"

"给黎一珺送饭。"舒蜜把自己碗里的一大块可乐鸡翅夹到饭盒里。

舒母跟川剧里的变脸似的，立刻露出笑容："快去，快去，别让他饿着。"

刚从阳光充沛的室外走进来，舒蜜有点不习惯网吧里的阴暗。

以前的网吧乌烟瘴气，现在虽然隔开了无烟区和吸烟区，但依然空气污浊。

周末网吧生意火爆，都是男生们组队来玩网游，外卖餐盒堆满了垃圾桶。

舒蜜用食指抵住鼻子，小心翼翼地绕开地面的垃圾，四处寻找黎一珺。

一拐弯，她就看到裴巡迎面走来。

裴巡手里拎着两杯外卖可乐，面无表情地瞥了眼舒蜜。

舒蜜最烦他这种目中无人、不屑一顾的表情，她咬着后槽牙，抬眸怒视之。

过道狭窄，只容一人通过，裴巡在舒蜜面前站定。

舒蜜纹丝不动。

一股阴冷的穿堂风吹来，裴巡棒球帽下一双冷眸寒意迫人："让开。"

"麻烦别人的时候，难道不会说'请'字吗？"舒蜜冷声说完，寸步不让。

裴巡薄唇紧抿，目光里的不悦愈盛，两人久久对峙。

直到黎一珺的声音从过道尽头传来："你可来了！"

舒蜜侧身回头。下一秒，裴巡径直与舒蜜擦肩而过。

他走过时带起的微风撩起舒蜜耳鬓细小的头发。

又输了。舒蜜懊恼地握拳。

电竞椅边，舒蜜把饭盒递给黎一珺："你还要玩多久？"

黎一珺狼吞虎咽地扒饭："你先回去。"又看向裴巡，"外卖还没到？"

"快了。"裴巡要坐下，可舒蜜站在他椅子前，他把椅子往后拉。

舒蜜并不准备让位，她就要站在黎一珺和裴巡中间。

"你让一让！"黎一珺嘴里有饭，手里夹着筷子，用手背把舒蜜往外推。

舒蜜被迫后退，眼睁睁看着黎一珺和裴巡并排而坐——她是多余的那个。

"你还不走？"黎一珺擦擦嘴角的油，扭头看舒蜜。

舒蜜忍无可忍，猛地踹了一脚黎一珺的椅子，大喊："你把我当丫鬟使唤？"

旁边打游戏的男生被吵到，纷纷投来抗议的目光。

黎一珺没想到舒蜜发这么大火，他放下筷子，一脸无辜："怎么？你要一起玩？"

"玩你个大头鬼！"舒蜜脾气上来了，就是这么暴躁。

被打扰的几个男生站起来："喂喂喂！要吵架出去吵！别打扰我们打游戏！"

舒蜜狠狠地瞪了黎一珺和裴巡一眼，转身跑出网吧。

一路上舒蜜把自行车骑得飞快，额头上很快布满了汗珠。

到家门口了，她一个急刹车，跳下车来，突然脚步骤停，眼神戒备。

阮芯晴戴了一顶小巧的遮阳帽，红衬衫配白色阔腿裤，朝舒蜜微笑。

舒蜜正在气头上，冷哼一声："打扮得这么漂亮，可惜黎一珺不在家。"

阮芯晴伸手捏了捏遮阳帽的帽檐，巧笑嫣然。

"我不是来找他的，我是来找你的。"

舒蜜把车停下，俯身锁车："我没空搭理你。"

"听说你要复读？真是太好了！你知不知道，我也被厦门大学录取了。"

阮芯晴挑衅的话让舒蜜动作一顿，她直起腰，望着阮芯晴冷哼一声。

"你以为黎一珺那么好追？"

阮芯晴手指摆弄着斜挎包上的流苏："大学和高中不一样，大学很闲的。"

舒蜜斜勾嘴角："你太不了解他了，他没事只会玩游戏，而不是谈恋爱。"

阮芯晴明眸善睐："那更好，我可以陪他玩游戏，曲线救国。"

中午没怎么吃饭，气都气饱了，舒蜜不想跟她多费唇舌："你说完没有？"

"你还是这么嚣张啊。"阮芯晴嘟嘟嘴，"明明高考失败，落后我们一大

26

截了。"

舒蜜上前一步："你知不知道黎一珺为什么选了传媒学专业？"

阮芯晴微微皱眉，并未回答。

舒蜜笑了笑："因为我想学传媒学。"她一字一顿，"他会等我的。"

整整一个下午，舒蜜手机的微信提示音响个不停，她干脆调成静音。

都是黎一珺发来的微信，内容千篇一律。

"别生气了，我知道错了，原谅我好不好？"

舒蜜宅在房间里整理高三的学习资料，把要带到复读学校的资料放好。

她一条微信都没有回黎一珺，整理好资料就躺在床上用手机看电影。

电影还没看完，她就睡着了。

一直睡到自然醒，舒蜜揉了揉惺忪的睡眼，一眼看到黎一珺近在眼前的脸。

舒蜜吓了一大跳，用被子蒙住头。

黎一珺笑着拉她的被子："都五点了，你是猪啊，睡这么久！"

舒蜜一把掀开被子，抬腿踹黎一珺的肚子。

黎一珺不躲不闪，故意接了舒蜜这一脚，痛得捂住肚子。

他弓着身子喊："First Blood（第一滴血）！"

"滚出去！"舒蜜下床，推黎一珺出去。

黎一珺慌忙拿起桌上的草莓芝士奶盖茶，双手呈上，毕恭毕敬，语气诚恳。

"我真的知道错了，你8月份就开学，时间不多了，我应该好好陪你。"

舒蜜瞪他，两秒，三秒，五秒。

黎一珺笑得像猫咪，把吸管送到舒蜜唇边，用塑料吸管轻轻触碰她的嘴唇。

草莓酸甜的味道与芝士浓郁的气息交融，诱惑着舒蜜的味蕾。

七秒，九秒，她张开嘴，把吸管含进嘴里，猛地吸了一大口。

"你什么时候进来的？"她依然没好气。

黎一珺拿着奶盖茶喂她："什么？"

"我问你偷看我睡午觉偷看了多久！"舒蜜提高音调。

黎一珺想了想："半小时吧，我怕吵醒你，没乱动，一直坐在床边等你。"

舒蜜翻了个白眼："有病吧你？"

黎一珺伸手，用拇指指腹轻轻擦掉舒蜜嘴角的奶茶泡沫。

他一本正经地胡说八道："真的，睡美人，你再不醒来，我就要亲你了。"

舒蜜被他这句话刺激得没忍住，噗的一声，嘴里的奶茶全喷到了他脸上。

黎一珺一脸生无可恋。

晨曦灿烂如金子，细细碎碎地洒进厨房，灶台上，锅里冒着水汽。

舒母把面条下到沸腾的水里，再打开冰箱拿出肉和葱。

"妈，早餐还没好？"舒蜜突然出现在门口，吓了舒母一大跳。

舒母转过身："太阳从西边出来啦，你起这么早？"

"黎大傻约我去游乐园玩。"

刷完牙，舒蜜回卧室挑衣服。

穿什么好呢？要骑车，所以不能穿裙子。想穿热裤，但是又怕晒黑。

哪件T恤好看？红色的太艳了，白色的太容易脏……搭配什么凉鞋呢？

舒蜜站在镜子前试了又试，床上扔了一堆衣服。

舒母在外面敲门："不是催我要早餐吗？面条做好了，人呢？"

卧室门打开，舒母瞥了眼女儿："你这裤子太短了吧？哟，还涂了唇膏？"

舒蜜把脸上的BB霜抹匀："你们不总说我不像个女孩子吗？我变身给你们看。"

舒父笑："蜜蜜，你是不是恋爱了？"

舒母一喜："你和小珺恋爱了？太好了！老妈我天天担心小珺被别人抢了。"

舒蜜无奈地抚额："没有！复读班的班主任说了，不能早恋！"

"你都18岁了！难道要当剩女？"

时代真的不一样了，以前的父母生怕孩子早恋，现在的父母担心孩子找不到对象。

虽然她精心打扮了，但黎一珺看到舒蜜的时候并没有特殊的表情。

"慢死了！"黎一珺直接无视了舒蜜满怀期待的眼神。

舒蜜噘着嘴，推着自行车跟在黎一珺后面，刚走到巷子口，她就愣住了。

裴巡一身白衬衫、牛仔裤，换了一顶白色棒球帽，大长腿歪着，斜倚在电线杆上。

终于不是一身黑了，虽然白色让他看起来明朗不少，但那冷漠的气质依然欠扁。

黎一珺喊："等久了吧？不怪我啊，是她太慢了，女生就是麻烦！"

舒蜜定定神，追上黎一珺："他怎么来了？"

黎一珺侧过脸："哦，忘了说，他和我们一起去玩，反正他也是一个人。"

舒蜜脚步骤停。

黎一珺走到裴巡旁边，两个一米八几的男生一起回过头，看到舒蜜还在原地站着。

"走啦！"黎一珺朝舒蜜喊，"我俩去游乐园都去腻了，多一个人，不是更好玩？"

舒蜜有点想哭。

"快点！来比赛，看谁先到游乐园！"黎一珺坐上自行车，裴巡坐上他后座。

舒蜜眼睁睁地看着裴巡伸手抓住黎一珺的腰。

她跺了跺脚，骑上车，用力蹬踏板，去追黎一珺和裴巡。

漫长的海岸线，天空恍若蓝水晶，大海波光粼粼。

黎一珺和裴巡骑在右侧，舒蜜骑在左侧，时而舒蜜在前，时而黎一珺在前。

海风吹过少女的齐肩乌发，吹过少年浓烈的眉和灿烂的眸，吹向无尽的远方。

游乐园人不少，有一家三口来玩的，还有情侣档，也少不了叽叽喳喳的学生。

黎一珺和裴巡排队买畅玩通票。

舒蜜站在队伍外面狠狠地咬着吸管，不爽地看向他们热络交谈的背影。

"走走走，先去坐那个超刺激的过山车！"黎一珺挥舞着门票推着舒蜜往里走。

舒蜜一听，难掩胆怯的表情。

黎一珺用手肘戳了戳裴巡："你知道吗，上次坐过山车，她居然把嗓子喊哑了！"

说完黎一珺就毫不客气地大笑起来，舒蜜瞪他，但不管用。

裴巡双手插兜，面无表情。

"巡哥，你笑点也太高了吧？"黎一珺拍裴巡的肩膀。

舒蜜大声反击："黎大傻，你别忘了你小时候去鬼屋吓得尿裤子！"

黎一珺把舒蜜推到裴巡面前："这青梅竹马我不要了，送你了，别客气。"

舒蜜转过身追打黎一珺，两人扭打到过山车的入口。

过山车一排有两个座位。

黎一珺坐到第一排："巡哥你陪她坐第二排，我可不想听她鬼哭狼嚎。"

舒蜜冷着脸坐上第二排："不需要，你们俩坐吧，我和别人坐。"

裴巡看都没看舒蜜一眼，径直坐到黎一珺旁边的位置上。

舒蜜恼怒地瞪着裴巡的背影。

很快有其他游客坐到舒蜜旁边，工作人员来检查大家是否扣好安全带。

"这个也要扣上。"黎一珺侧过脸，帮裴巡把右手的安全带扣上。

工作人员提醒裴巡："不好意思，你的帽子要摘掉。"

裴巡抬头，棒球帽下一双冷眸睨向工作人员，工作人员呆了呆。

如此机会，舒蜜怎么会错过。

"我来！"舒蜜身体前倾，猛地摘下裴巡的棒球帽。

青色的头皮在阳光下泛着光，头型很漂亮，众人行注目礼。

裴巡回头，嘴角下沉，目光凌厉。

那眼神让舒蜜感觉自己的生命受到了威胁。

"你有没有礼貌？"黎一珺来圆场，长臂一伸，从舒蜜手上夺过棒球帽。

工作人员回过神来，转过头看舒蜜："你好，麻烦扣下安全带。"

舒蜜满脸不爽，咔咔咔地用力扣安全带。

黎一珺把棒球帽递给工作人员，再回头上下检查舒蜜："扣这么好？真怕死！"

舒蜜咬牙切齿："狗嘴里吐不出象牙！"

坐完过山车，舒蜜、黎一珺和裴巡还坐了大摆锤、海盗船和太空飞碟。

下了电动章鱼，舒蜜腿都在抖，却傲娇地不肯扶黎一珺。

几个高中生模样的女孩围了过来，笑得紧张又羞涩。

"打扰一下，请问小哥哥是不是……裴神？"

裴巡大长腿走下台阶，压了压棒球帽，帽檐下是万年冰山脸。

黎一珺胳膊搭上裴巡的肩膀，斜勾着唇笑："你这么低调，还是被认出来了。"

"哇！"女孩们要疯了，原地跳了起来，双手握拳放在胸前，个个涨红了脸。

她们一个劲地在后面咬耳朵："好高好帅，脸也小！腿那么长！"

黎一珺歪着头看裴巡："上次在网吧被粉丝堵住，来个游乐园也不能幸免。"

舒蜜站在后面一头雾水。

女孩们看黎一珺和裴巡勾肩搭背站在一起，更激动了："可以给两位拍照吗？"

还有女生满眼红心："这个小哥哥也好帅哦！小哥哥是裴神的队友吗？"

黎一珺对着镜头比剪刀手："我可不够格当你们裴神的队友，我是游戏渣。"

女生们纷纷掏出纸笔："裴神可以给我们签个名吗？"

自始至终冷着一张脸的裴巡终于开口："不可以。"

狂热的粉丝们笑容僵住，面面相觑，气氛降至冰点。

黎一珺于心不忍，安慰那群小女生："不是针对你们，他天性如此。"

女生们互相对望一眼，突然齐声兴奋地尖叫："好酷啊！"

作为"裴神"强大的后宫团，她们就是被虐个千百遍，也心甘情愿地躺平让他补刀。

黎一珺一脸黑线，正要说什么，裴巡迈步向游乐场外走去。

女生们又是一阵尖叫，声浪一阵高过一阵："真是偶像！人帅腿长操作溜！想嫁！"

舒蜜还愣在原地，黎一珺伸手拽住她的后领，拉着她跟上裴巡。

"什么情况？"舒蜜甩开黎一珺的手。

"巡哥在职业电竞队待过，全服第一白起，最强上单，被称为'白色死神'。"

舒蜜回忆了下裴巡的操作，无论是正面硬杠，还是风骚走位，的确carry全场。

她哼了一声："又是不良帮派，又是电竞队，黑历史还挺多。"

三人已躲开那群女生，黎一珺看见不远处的便利店："我去买水。"

夕阳挥霍着最后的炽热来温暖冰冷的海洋，海风吹皱流泻千里的暮色。

舒蜜坐到自行车上，双脚脚尖点地，左手扶住车把，右手把头发往后拢。

裴巡立于不远处，棒球帽帽檐遮蔽了光线，他眉目晦暗，神色莫辨。

"裴巡同学。"舒蜜清清嗓子，尽量用平和的语气说话。

裴巡不动如山，灵魂似飘于九霄云外。

舒蜜咬了咬后槽牙，提高音调："裴巡同学！"

裴巡终于转过脸，一双清清冷冷的眸子映出舒蜜的脸。

舒蜜握紧了车把，目光死咬住裴巡，一字一顿："黎一珺和你不一样。"

裴巡抿唇不语，等她继续说。

"他出生于幸福的家庭，父母恩爱，他单纯开朗像小太阳，甚至有点傻；"舒蜜顿了顿，"而你，我对你的过去不感兴趣，只希望你离他远一点。"

白衬衫包裹着裴巡颀长的身躯，他目光一冷，舒蜜只觉冰寒透骨。

她硬着头皮说完想说的话。

"他从小到大都很优秀，名校高才生、社会精英，而你，没资格做他的朋友。"

海风吹乱了舒蜜的额发，一绺额发遮住了她的眼睛。

良久，裴巡掀了掀眼皮，薄唇吐出一个音节："呵。"

打破两人剑拔弩张氛围的是黎一珺，他小跑过来，摇晃着手中的水。

"居然全是冰的，好不容易求老板从里面拿了一瓶常温的。"黎一珺嚷。

舒蜜调整了一下情绪，转头看黎一珺："干吗不拿冰的？"

"你快来大姨妈了，喝冰水痛经怎么办？"黎一珺拧开瓶盖，递给舒蜜。

舒蜜刚接过，黎一珺就转身把另一瓶水抛向裴巡："还有你的，巡哥！"

那瓶水在空中划出漂亮的曲线，被裴巡稳稳地接住了。

舒蜜喝了一口才问："你怎么就买了两瓶？"

黎一珺抢过她手上的水瓶："微信里没钱了，我喝你的。"

"我还没喝够呢！"舒蜜跳起来抢，黎一珺躲闪着抢着喝。

裴巡喝下一大口冰水，再把视线缓缓投向打闹中的两个人，目光意味不明。

黎一珺高高举起水瓶，咕噜咕噜，喉结上下蠕动。

舒蜜突然停下争抢的动作，静静地望着黎一珺仰头喝水的样子。

第三章 | 关雎

一件事的荒谬，不能成为驳斥它存在的论据。相反，这恰恰是它存在的条件。

——德国哲学家尼采

2021年6月，民政局门口烈日当头，舒蜜没抹防晒霜，脸颊有点刺痛。

她打开一把黑色暗纹菱格遮阳伞，朝黎一珺走去。

"黑眼圈不轻啊，又熬夜了？"黎一珺也热，单手扯开领带，眯眼看舒蜜。

"没办法，这家公司实习生很多，竞争激烈，不努力就过不了实习期。"

舒蜜在他面前站定，右脚向后翘起，用高跟鞋鞋尖有一搭没一搭地戳地面。

黎一珺解开衬衫最上面的扣子，敞开衣领透气："户口本呢？"

"放心。"舒蜜把遮阳伞搁在肩头，低头打开斜挎包翻找，突然，她脸色一变。

黎一珺觉察到异样，动作一顿："怎么了？"

"不见了！"舒蜜把遮阳伞塞到黎一珺怀里，疯狂翻找挎包。

黎一珺握紧遮阳伞，伞倾斜着，把舒蜜罩得严严实实，他自己却在暴晒。

"想起来了！我的户口本和工作资料一起落在出租车上了！"舒蜜懊恼地拍自己的脸，"我的天，为什么我年纪不小了还丢三落四？"

黎一珺拍拍她肩膀安慰道："不是网约车吗？那你记得车牌号或者有发票吗？"

舒蜜急得满头大汗，摇摇头。

"那边就是派出所，去调监控看下车牌号，再和出租车公司联系。"

关键时刻，黎一珺总是比舒蜜镇定，他拉着她往派出所走，帮她撑了一路的伞。

派出所值班民警听黎一珺说完后就去查监控，舒蜜和黎一珺坐在外面等。

"别怪自己了，肯定能找到。"黎一珺揉了揉舒蜜的头发。

舒蜜推开他的手："发型都被你弄乱了！"

派出所的冷气很强，黎一珺把西装外套脱下来披在舒蜜肩头。

"对了，我换了一个调光师做后期，画面风格写实为主，不要之前的艳丽。"

舒蜜掏出手机，把调色镜头对比照片展示给黎一珺看。

第一张是婚礼上舒蜜和裴巡交换戒指的照片。

调光后四周光线被压暗，人物的脸部做了补光，变为视觉中心，有油画质感。

"一般爱情片段的色彩处理都会比较艳丽吧？"黎一珺滑动手机屏幕。

"但咱们这个公益宣传片是在爱情外衣的包裹下，聚集成长的主题，扎根现实主义。"

黎一珺点头："所以用淡雅、自然的色彩风格来辅助主题的表达？"

"聪明！"舒蜜整理了一下被黎一珺弄乱的头发，"话说你和裴巡的演技真不错。"

黎一珺笑："你妈才是演技派，竟然真的哭得稀里哗啦的。"

一辆银灰色奔驰停在民政局门口，车门打开，下来一双黑色牛津鞋。

白色衬衫领口点缀了整齐细小的铆钉，裴巡单手系上西装下面的扣子。

寸头、墨镜，下颌线凌厉，薄唇紧抿。

他修长的手指握住手机，发了一条微信到三人微信群里："我到了。"

2016年7月，鸭跖草色的蓝天，夕阳璀璨，不可久望。

太阳像个咸蛋黄，还是流心的，泼洒上舒蜜、黎一珺和裴巡的身影。

两辆自行车一前一后停在家门口，裴巡跳下车，黎一珺拉住裴巡的胳膊。

"别走啊，都到我家门口了，去我家吃晚饭，反正你回家也是吃泡面。"

舒蜜锁自行车："他一个人住？他爸妈呢？"

黎一珺瞪了舒蜜一眼："不要随便问别人的隐私，很没礼貌。"

舒蜜愣住时，裴巡已经迈开大长腿，跟黎一珺走向他家。

"居然为了一个来路不明的小混混凶我？"舒蜜又气愤又委屈。

她用力踹了黎一珺的自行车一脚，把他的车踹倒，然后冲进黎一珺家里。

"叔叔阿姨好。"裴巡摘下棒球帽，跟黎父黎母打招呼。

舒蜜瞠目结舌。装得这么乖巧？一副人畜无害的温润少年模样，奥斯卡影帝。

黎父笑："欢迎欢迎，来，洗手吃饭。"

黎母正端菜上桌："小舒蜜也来啦？"

黎一珺和裴巡站在洗手池前，舒蜜径直插进两人之间，打开水龙头洗手。

她把水龙头开得很大，水声哗啦啦，洗手动作也大，溅了黎一珺和裴巡一脸的水。

"急什么？要饿死了？"黎一珺扯下毛巾擦了把脸，再把毛巾递给裴巡。

有黎父黎母在，裴巡抿唇未语，慢慢地用同一条毛巾擦了擦脸上的水。

黎一珺拿回毛巾，转身抓住舒蜜湿漉漉的手，用毛巾擦拭她的手心手背，舒蜜没好气地甩开他的手。

餐桌上，黎母给舒蜜夹菜："来来来，小舒蜜，阿姨做了你最爱吃的糖醋排骨。"

"谢谢阿姨。"舒蜜碗里都是菜。

裴巡伸出筷子要夹一块红烧鱼，舒蜜眼明手快，抢过那块鱼塞嘴里。

裴巡瞥了舒蜜一眼，要夹一根豆角，舒蜜的筷子只快了一秒，抢了豆角。

嘴里还有鱼，她就把豆角塞进去，接下来，又抢了裴巡要夹的豆腐、炒蛋。

埋头狂吃的黎一珺觉察到异样："你就饿成这样了？"

舒蜜的嘴巴被菜塞得满满当当，没办法说话。

黎一珺无奈地放下筷子："慢点慢点，别噎着。"他去给舒蜜倒水。

舒蜜咀嚼了一口，突然喉咙一痛，她咳嗽一声，黎一珺慌忙拿杯子去接。

她把嘴里的菜全吐了出来，咽口水时才发现舌根卡了一根鱼刺，疼得眼泪都快出来了。

黎父黎母都慌了神，黎一珺气得啪地拍了一下桌子："这么大人还被鱼刺卡住！"

裴巡一脸冷漠，从容地喝汤。

舒蜜伸手捂住喉咙，拼命咳嗽，却没办法把细小的鱼刺咳出来。

黎一珺打开手机里的手电筒，对着舒蜜的嘴："张开嘴，伸出舌头。"

舒蜜拼命张大嘴巴。

"看到了，扎舌根里头了。"黎一珺起身跑去拿镊子，"你别动，我帮你夹出来。"

裴巡放下筷子，挑眉看黎一珺："你还会这个？"

"她经常被鱼刺卡到，每次都是我帮她弄出来的。"黎一珺用手托住舒蜜的下巴。

失败了好几次，因为一碰到舒蜜的舌根，她就本能地想吐。

"没关系，别怕，相信我。"黎一珺目光坚定，声音温柔，抚摸着舒蜜的头发。

舒蜜眼里噙着泪水，可怜兮兮地看着黎一珺，重重地点头。

裴巡以手托腮，静静地望着黎一珺和舒蜜。

最后一次，黎一珺屏住呼吸，飞快地夹出那根刺，舌根立刻渗出血珠。

舒蜜疼得眉毛都拧在一起了。

黎一珺松了口气，擦擦额头上的汗，瞪舒蜜："以后吃鱼，我先帮你挑出刺！"

吃完饭，黎母切了西瓜端到客厅茶几上。

黎一珺摸着圆滚滚的肚皮："吃不下了。巡哥走，去我卧室开黑。"

舒蜜拦住他们："在客厅玩不行啊？"

"卧室网好，"黎一珺推着舒蜜到沙发上坐下，"你追你的肖奈大神吧。"

电视上正在播《微微一笑很倾城》，是舒蜜在追的剧，可此刻她没心情。

裴巡和黎一珺进了卧室，舒蜜不爽地啃完一块西瓜，越想越气，走向卧室。

上次是阮芯晴突然跳出来，这次是裴巡赖着不走，每次她试图告白都有拦路虎。

这次她豁出去了！就算裴巡在场，她也要表白，再拖下去她要炸了！

卧室门半开着，舒蜜蹑手蹑脚地走近，里面传来黎一珺的声音。

"巡哥你别误会，她真的不是我女朋友。"

舒蜜脚步骤停，手掌轻轻搭在门框上，屏住呼吸，侧耳偷听。

裴巡向来惜字如金，只轻轻吐出一个字："哦？"

黎一珺的声音很快响起："我一直把她当妹妹。"

舒蜜的心脏漏跳了一拍。

"高中那帮损友天天开我和她的玩笑，我都懒得解释了，我和她就是兄妹。"黎一珺顿了顿，继续说，"简单来说，就是太熟了，下不了手。"

他平静的叙述却在舒蜜心里掀起惊涛骇浪，她按住门框的手指指尖发白。

"那帮损友居然还说，我不下手的话，她可能很快就被别人抢走了。"

黎一珺说着说着居然笑了起来。

"我怕什么？是我的，别人怎么抢也抢不走；不是我的，我怎么留也留不住。"

舒蜜似被一盆冷水当头浇下，浇了一个透心凉。

身后传来黎母的脚步声，舒蜜回过神来，慌忙转身，落荒而逃。

翌日上午九点半，舒母检查了一下紫砂锅里的杂粮粥，拿起钥匙准备出门。

"小珺来啦？来得正好，我家那个懒猪还在睡觉，你帮阿姨叫醒她。"

黎一珺站直，敬了个礼："遵命！"

舒母笑嘻嘻地去买菜了。黎一珺走到舒蜜卧室门口，扭动门把手。

门没打开。他低头，一边扭动门把手一边用肩膀撞门，依然没打开。

"你锁门了？"黎一珺啪啪啪地敲门，"快起来，带你去海边游泳！"

卧室里没动静。

黎一珺扬起声调："你是不是不想和巡哥一起？这次咱俩去行不行？"

里面终于传来舒蜜冰冷的声音："我要学习了。"

黎一珺用手扶着门，皱眉想了想说："那我辅导你吧，像高三那样。"

"不用了，"舒蜜始终没开门，"我终究要一个人去复读的。"

黎一珺皱眉，还想说什么，话到嘴边还是咽了下去，搭在门上的手渐渐垂了下来。

墙上的吊钟嘀嗒嘀嗒响，不远处电视柜旁边的路由器一闪一闪。

黎一珺垂下浓长的睫毛，目光晦暗，他的喉结蠕动了一下，发出轻轻的叹息。

良久，他额头抵住冰冷的卧室门，声音低沉："对不起，我没有陪你去复读。"

卧室里没有回复。

舒母忘记关的电风扇还在转着头吹着风，窗帘被吹起，飞舞，又落下。

黎一珺久久地保持着以头抵门的姿势，指尖轻轻地摩挲门上的纹路。

不知过了多久，卧室里终于传来舒蜜不带任何情绪的冷漠声音："你走吧，享受你美好自由的暑假和大学生活，我要学习了。"

早上八点起床读英语，一张张模拟试卷地做，吃饭都用手机放英语课文。

满脑子函数几何，屏保换成中国地图，看《新闻联播》就想着政治会不会考。

舒蜜扎扎实实地学习了半个月。

黎一珺也没闲着，除了偶尔来骚扰舒蜜，就是和裴巡从铂金打到钻石、星耀、王者。

舒蜜坐在马桶上刷朋友圈，看到黎一珺发的最强王者的截图。

还有一张黎一珺和裴巡的合影。黎一珺笑着竖剪刀手，裴巡则是万年冰山脸。

舒蜜死死盯住裴巡的脸，直到屏幕黑下来。

那天晚上舒蜜一家照常吃晚饭，舒父的手机突然响了起来。

他走到客厅去接电话，说了几句就没声了。

舒蜜端着碗去看情况，看到爸爸脸色惨白。

在此之前，舒蜜对生老病死并没有多大的感悟，因为年轻，青春无敌，世界亮堂堂，可就在那个寂静的夏夜，她猝然听闻奶奶去世的消息。

舒父伸手扶住墙，跟跟跄跄地背靠向墙，身体缓缓地滑了下去，直挺挺地坐到地上。

舒蜜一家连夜坐火车回老家。摇晃的车厢里，舒蜜趴在小桌板上睡着了。

老井，古树，家狗，斑驳的石板路，村子里的小桥还在，只是没了流水。

刚下过一场雨，花生地里有星星点点的花开了。

大家都在哭，唯独舒蜜面无表情，一脸冷静。

有人背后嚼舌根："那孩子怎么不哭？她上小学之前都是她奶奶在带。"

农村的习俗要披麻戴孝，舒蜜穿着白色的粗麻寿衣，头戴白麻布，跪在奶奶灵前。

"吃点东西吧，别饿坏了身子。"舒母一口一口喂舒父喝粥。

有腰间系着白布的亲人过来喊："舒蜜，有人来看你了。"

舒蜜拍了拍寿衣膝盖上的灰，走到灵堂外。

黎一珺和裴巡穿着一身黑，站在大槐树下。

槐树上挂满了密密匝匝的嫩黄色，繁星一般细碎的小花闪烁在枝繁叶茂中。

蝉声聒噪，光从叶的罅隙中千丝万缕地抖落，两个少年与光融为一体。

舒蜜缓缓地眯起眼。

裴巡难得没戴棒球帽，高高瘦瘦，板寸头。黎一珺凌乱的头发上挂着片嫩绿的槐叶。

舒蜜原本一直在生黎一珺的气，此刻她平静地望着他，眸中渐渐氤氲起来。

除却生死，其余哪一件不是小事？

黎一珺瞥见灵堂前一身孝衣的舒蜜，立刻迈步上前，一把抓住舒蜜的胳膊。

"你还好吗？"他眸中涌动着疼惜的情愫，声音略微沙哑。

舒蜜并未回答，只是深深地望着他。

这几天送葬、守灵、照顾爸爸、安慰妈妈等带来的疲累和痛苦瞬间全部涌上心头。

她蓦然鼻酸，强忍泪水点点头。

"别逞强了。"黎一珺目光一闪，手上青筋暴起，猛地把舒蜜拉入自己怀里。

舒蜜把脸埋在黎一珺胸口，眼泪终于簌簌落下。

奶奶去世后，她一直没有哭，并不是因为她不悲伤，她只是找不到一个肩膀。

他来了，终于来了。她无声地抽泣，泪水瞬间浸湿他的衣襟。

黎一珺紧紧地抱住她，灼热的胸口贴着她冰冷的脸，他的嗓音低沉坚定。

"别难过，你还有我。还有很长的路要走，我会一直陪在你身边。"

舒蜜心里最柔软的地方被轻轻触碰，她蜷在他温暖的怀里，重重地点点头。

裴巡依然立于树下，垂眸望着相拥的两人。

一阵风过，飘落的黄槐花像翩跹飞舞的蝴蝶，落在三人的发上、颈间。

远处青山如黛，那些夜里会流萤弥漫的山谷，缓缓腾起缥缈的云雾。

2018年舒蜜大一的暑假。高铁站自助取票机前人声鼎沸，黎一珺摊开两只手："你俩的身份证。"

小站不能刷身份证进站，必须取票。裴巡修长的手指夹着身份证递过去。

黎一珺把三人的身份证叠在一起，一张张取票。

裴巡的视线淡淡地落在两张身份证上。

舒蜜，出生于1998年8月27日。地址：福建省厦门市海沧区东珠城1栋101。

黎一珺，出生于1998年8月27日。地址：福建省厦门市海沧区东珠城1栋102。

两人的身份证号码前面一模一样，只有最后两个尾数不同。

身份证上的照片，两人穿着同款校服，表情一致，叠在一起像结婚照。

不知为何，这两张身份证，裴巡难得耐心地看了许久。

"巡哥你的票！"黎一珺转头，"你在看什么？哦，我和她一起去户政中心办的。"

他把裴巡的身份证和车票递过去，再伸手拍了下舒蜜的脑袋。

"你的身份证和票我替你保管啊！省得你弄丢了，上不去车！"

二等座车厢，他们刚好买了三人一排的座位，裴巡先选了靠窗的位置。

黎一珺坐在中间，舒蜜坐在靠过道的座椅上。

下午两点左右，乘客们大多数饭饱酒足、昏昏欲睡，车厢内已经算安静的了，可裴巡一落座就戴上降噪耳塞和黑色眼罩，把座椅向后调，合眼假寐。

"昨晚我和巡哥打了一通宵《英雄联盟》。"黎一珺轻声跟舒蜜解释了一句。

他从包里翻出一条薄毛毯，转身给裴巡盖上，动作很轻。

舒蜜刚想说话，黎一珺转过脸，竖起食指靠近薄唇，声音压得更低了。

"嘘，别吵醒他，咱们戴耳机看电影吧。"

车厢内冷气很足，舒蜜抱着自己赤裸的手臂，撇嘴："我也冷。"

"就一条毛毯。"黎一珺并未犹豫，脱下自己的衬衫，只穿一件篮球背心。

舒蜜不忍心看他光着膀子，推开他的手："还是你穿吧。"

黎一珺不由分说地用他大大的衬衫把她包裹起来："乖。"

衬衫犹带他的体温，舒蜜低头埋进领口，深呼吸一口，肺里充满了他身上的味道。

下一秒，黎一珺把一个耳机塞进她左耳，白色耳机线的另一端塞在他右耳里。

手机屏幕上开始播放《阿甘正传》。这部经典电影，他们百看不厌。

黎一珺长臂搭在舒蜜的肩膀上，他伸手把她的脑袋压到他的右肩上。

舒蜜枕着他的肩膀，唇角上扬，听到自己扑通扑通的心跳。

看了一个多小时，屏幕上珍妮脱光了衣服，诱惑阿甘。

舒蜜咽了口口水，感觉体内一股燥热，酥酥麻麻发痒，她侧头去看黎一珺。

他竟然睡着了。

少年鼻尖微翘，唇角轻抿，肌肤泛着光，浓密的长睫恍若蝴蝶的羽翼。

舒蜜定定地望着他的睡颜，一颗心融化成一池春水。

车厢里传来婴儿的哭闹声和家长哄孩子的声音，可舒蜜浑然不觉。

乘务员推着售货车从过道上走过，别的座位上有人吆喝着要买新鲜的葡萄。

没人注意到这边。

舒蜜缓缓探身凑近黎一珺，贪婪地望着他两片薄唇，唇珠盈盈，饱满撩人。

她的眸色越来越深，灼热的呼吸喷上黎一珺的脸颊。

他没醒，她继续凑近。五厘米，三厘米，两人鼻尖压着鼻尖，呼吸交缠。

睡梦中的黎一珺薄唇微微张开，舒蜜的唇颤抖起来。

她的心脏几乎要跃出胸腔，忍不住闭上双眼。

只差一点点了，四片悸动的唇。

舒蜜在心里默默倒数：三、二、一。

倏忽，一声嗤笑传来，刺痛了她的耳膜。舒蜜浑身一抖，猛地睁开眼。

裴巡不知何时已经醒来，剑眉深目，唇角微勾，用讥讽的目光睨着她。

舒蜜连耳郭都染上绯色，慌忙坐回到自己的座位上。

她懊恼地皱眉，咬了咬唇，为了掩饰羞涩而怒视着裴巡。

"乘客您好，欢迎您乘坐本次列车……"车内广播声骤然响起。

黎一珺终于被吵醒，揉揉眼，打了个哈欠，看了看舒蜜："越战结束了吗？"

"珍妮都死了！"舒蜜瞪了黎一珺一眼，起身脱下他的衬衫，"我去卫生间。"

等她离开座位，黎一珺转头看向裴巡："巡哥醒早了吧？还有半小时才到。"

裴巡把毛毯递给黎一珺，意味深长地挑眉："不，刚好。"

窗外夜色如泼墨，窗内书桌上亮着橘黄色的台灯，闹钟显示是晚上九点半。

复读班微信群有新消息，是班主任发的语音，舒蜜点开。

"8月12日开学，开学第一天全校月考，大家收收心好好复习。"

下面有同学问："老师，复读有体育课和音乐课吗？"

很快微信群被一行字刷屏了："年轻人别做梦了。"

班主任又发了一条："你们每人都准备一张2017年高考倒计时表。"

舒蜜拉开抽屉，拿出准备复读时黎一珺给她下载打印好的倒计时表。

她刚洗完澡，湿漉漉的头发淌着水，水珠啪嗒一声掉到表格上，晕染开来。

空白的表格右上角有黎一珺画的傻兮兮的笑脸，还有他手写的一句话："稳住！我们能赢！"

这句来自《王者荣耀》的台词让舒蜜嘴角勾起。

黎一珺的正楷写得很漂亮，铁画银钩、道劲有力，光看字就令人怦然心动。

舒蜜怔怔地望着那行字，脑海里蓦然闪过一个念头——

太不甘心了。所以等明年6月高考结束，不管发生什么，她都要向他告白。

这张高考倒计时表，对她来说，就是告白倒计时表。

舒蜜抓起红色圆珠笔，在2017年6月8日这个日期上面画上饱满的红心。

怕什么，大不了就不做"兄妹"。还有302天。舒蜜咬住圆珠笔笔帽。

就算是为了能自信地站在他面前大声地告白，复读的这一年，她也拼了！

夜凉如水，居民楼无数扇窗户亮如星，夜跑者闪过路灯下树与树之间的缝隙。

小区篮球场亮着橘黄色的照明灯，黎一珺一身蓝色篮球背心，喘息着拍球。

他喉结蠕动，碎发被汗粘在鬓角，后背湿透了，背心贴着肌肤，肌肉鼓动。

"巡哥，我就不明白了，你打篮球都不出汗、不喘气的？"

黎一珺试图带球过人，却被裴巡看透假动作，啪的一声，球被裴巡抢了。

夜色迷离，裴巡一身白，篮球裤下露出线条流畅、肌肉紧绷的小腿，纤长笔直。

篮球对他来说似乎太简单，他抢了球，从容地转身，直接三分线外跳投。

关于投篮，黎一珺喜欢模仿乔丹、科比那样经典的滞空后仰跳投，他也想学习雷·阿伦无球跑位、接球拔起就投的干净利落，可裴巡不一样，他出手速度太快，不像一般后卫那样先起跳再出手，他是一次连续动作投篮，行云流水，像电影镜头一样，美如画。

从肩膀到手肘，从手肘到手腕，从手腕到指尖，所有角度和线条都无可指摘。

啪的一声，球中了。黎一珺鼓掌："完美！"

裴巡神色淡淡的，把球传给黎一珺，黎一珺接住球，抱在怀里。

"巡哥，其实今晚叫你出来，不是为了打篮球，我有件事要拜托你。"

裴巡走到网格护栏边，拿起两瓶矿泉水，扔了一瓶给黎一珺："说。"

黎一珺却突然扭捏起来，接过矿泉水也不喝，咬了咬下唇。

"这个请求有点强人所难，巡哥你别怪我唐突，我是真的把你当好哥们才说的。"

裴巡拧瓶盖的动作一顿，抬头望向一脸严肃的黎一珺。

黎一珺清了清嗓子："接下来的一年，可不可以……替我照顾她？"

不用点明，他的巡哥知道他说的是谁。

"她喜欢吃面食，讨厌米饭，爱吃鱼和排骨，对海鲜过敏，不吃生姜和大蒜。"

黎一珺喝了口水，放下矿泉水，一边拍球一边继续说。

"如果不午睡，她下午三点会犯困。秋天她嘴唇会起皮，却总忘记喝水。"

黎一珺跃起，把球投入篮筐，顿了顿又说了起来。

"早上太匆忙会忘记梳头发，感冒不会咳嗽，但是会狂流鼻涕，会很嗜睡……"

他一次次地运球投篮，一句句地细细嘱咐。

城市的夜空看不到星星，唯有夜航灯光在闪烁。

仲夏夜的微风中，裴巡斜倚在网格护栏上看黎一珺投篮，听他说关于她的一切。

裴巡站在球场照明灯之外，高大的身影披了半身薄薄的月光。

他眉目晦暗，神情难辨，唯独星眸熠熠，幽邃似海。

不知过了多久，黎一珺喘着气，转过头来："巡哥，你倒是说句话啊！"

裴巡放下矿泉水，迈开大长腿走到黎一珺面前，拿过他怀里的篮球。

少年转身，矫健的身姿在夜色里划出一道炫目的白光，三步上篮，球啪地进筐。

他落地的瞬间，慵懒的声音随风传来："知道了。"

阳台上的多肉还在服盆期，舒蜜用喷壶给冰灯玉露、千佛手和观音莲喷水。

她看到路灯下抱着篮球的黎一珺低头寻找着什么："黎大傻！"

黎一珺头也不抬："刚刚打篮球，不知道耳机落哪里了。"

舒蜜放下喷壶："那耳机可是你在网上做兼职刷单辛辛苦苦攒钱买的。"

"大概是落小区里了。天太黑了，明天白天再找。"黎一珺打了个哈欠。

等黎一珺回了家，舒蜜翻箱倒柜找了一个手电筒，走出家门，转身轻轻关上门。

夜深了，小区里空无一人。从家门口到篮球场，舒蜜打着手电筒一点点地找。

她聚精会神地看草丛、石子路和小花园，手电筒的光在夜色里跳跃。

因为太过认真，她始终没留意到小花园拱门处有猩红的火光一明一灭，直到嗅到一股烟味，舒蜜脚步顿住，抬起头。

云散月出，给那斜倚在拱门上的颀长身影洒上一层银辉，白得灼眼。

舒蜜关掉手电筒，冷眼看着裴巡娴熟的吸烟模样，烟雾缭绕中，他眉眼纤长。

"裴巡同学。"既然碰上了，把话说清楚也好，舒蜜轻咳一声。

裴巡修长的手指夹着烟，月色下，他神色倦懒，微垂着眼皮看她。

"非常不幸，我刚刚在复读班微信群里看到了你。"舒蜜蹙眉。

裴巡脸上寻不到丝毫情绪，他薄唇微启，吐出一口迷幻的烟圈。

舒蜜咬字越发重："这一年都要做同学，可我不希望和你有任何交集。"她顿了顿，继续说，"在老师和别的同学面前，希望你装作不认识我。"

月下的少年被烟雾熏得神情颓废，色淡如水的薄唇若有若无地斜勾起来。

舒蜜不再多言，啪的一声打开手电筒，去别处寻找。

朝阳如蓝瓷瓶里的肉桂汁，浇了舒蜜和黎一珺一身。

复读学校门口人声鼎沸，不少家长来送孩子，各种万向轮拉杆箱，大包小包。

"叔叔阿姨，谢谢你们特意来送我。"舒蜜朝黎父、黎母微笑点头。

舒母挽着黎母的手，拍了拍黎母的手背："她读个书，还劳烦你们一家人来送。"

"说什么呢，都是一家人。"黎母拍拍舒蜜的肩膀，"加油，未来儿媳妇！"

舒母喜笑颜开，拉着黎母往旁边走："咱们留点时间给他们小两口好好道别。"

舒父和黎父跟着走到一边去。一早上闷闷不乐的黎一珺上前一步。

只剩下舒蜜和黎一珺了，舒蜜掏出耳机，塞到黎一珺手里。

黎一珺愣了愣："你找到了？什么时候找到的？"他面露欣喜。

"黎大傻，"舒蜜一脸认真地反问，"你准备在大学里谈恋爱吗？"

黎一珺伸手捏她的脸："为什么要谈恋爱？是游戏不好玩还是篮球不好打？"

果然，小学上课费嘴，初中上课费笔，高中上课费脑，大学上课费流量。

她还要说话，黎一珺目光一闪，朝舒蜜后面挥舞手臂："巡哥！"

舒蜜恨得牙痒痒——早不出现晚不出现，连她和黎大傻最后的时间都不放过。

"你俩穿一样的校服！"黎一珺又看向舒蜜。

舒蜜抬腿踹黎一珺的屁股，黎一珺慌忙逃向裴巡，舒蜜去追。

裴巡双手插兜，停住脚步。黎一珺躲到裴巡后面："巡哥救我！"

舒蜜在裴巡面前急刹车，一个风风火火，一个没睡醒的样子，一脸不屑。

旁边不少女生注意到裴巡和黎一珺，有女生掏出手机给他们拍照："好帅！"

裴巡压了压棒球帽，迈开大长腿向校门走去，却被黎一珺拉住胳膊。

"巡哥，我怕她找不到教室，你带她一起去吧。我去宿舍给她铺床。"

裴巡站定，转身，视线勉为其难地落在舒蜜身上，薄唇一勾："过来。"

舒蜜刚想拒绝，预备铃响，第一次上课不敢迟到，她硬着头皮跟上裴巡，可走了几步，她又转过身，目送黎一珺推着行李箱朝宿舍楼走去。

黎一珺迎着璀璨朝阳大步向前，炽热的阳光如滚烫的镏金，烙印在他身上。

他一头扎进那炎热的风中，高大颀长的身影晃得舒蜜双目刺痛。

上课铃响了，空荡荡的走廊上，舒蜜跑到裴巡前面，转过身："我先进去。"

舒蜜进教室的时候，班主任吴老师刚开始点名："陶蓁。"

"到！"舒蜜旁边的女生站起来，丸子头、空气刘海、圆框眼镜，萌妹一枚。

吴老师提前在微信群里发了座位表，舒蜜早就加了同桌陶蓁的微信聊过了。

陶蓁的朋友圈里全是TFBOYS的"盛世美颜"，她信奉"颜值即正义"。

"明年不是他们的成人礼吗？如果考上一本，我妈妈给我一万为他们庆生！"

一年后，2017年王俊凯生日当天，她们竟然购买了18颗恒星组成"W、J、K"三个字母……

"陶蓁啊，你来给我解释一下。"吴老师翻出一个暑假作业本，扬了扬。

"这道题的答案是q分之b，你写成什么？3分之2，怎么算出来的？"

陶蓁站起来，一脸无辜地摇摇头。吴老师啪地把作业本拍到讲台上。

"那我来告诉你！你抄别人答案，q分之b抄成9分之6，然后自己约了分！"

吴老师话音未落，全班哄堂大笑。

复读班分文理，舒蜜这个班有50多个同学，吴老师念到最后一个："裴巡。"

裴巡斜倚在教室门框上，打完哈欠才慵懒地吐出一个字："到。"

他脸上写满了"老子很困，谁也别来惹我"，径直走到班上最后一排的空位边坐下。

班上男生沉默，眼神带着敌视；女生骚动，花式冒红心。

裴巡一坐下就趴在课桌上睡了，看都没看老师一眼。

"好拽啊！班上有这么帅的男生，让人怎么学习啊？"

女生们纷纷红着脸低声讨论。陶蓁也双眼放光，戳了戳舒蜜，压低声音："复读班竟然还有这种级别的帅哥？陪他复读十年我都愿意啊！"

舒蜜内心冷笑："呵呵。"

她们坐在第三排，陶蓁一直扭头看裴巡，直到脖子发酸，双眼发直了，嘴里还在念叨："完了完了，我中毒了。"

吴老师皱眉看了看裴巡，想要说什么，推了推黑框眼镜，还是没说出口。

舒蜜不知道吴老师在忌惮什么，总之这节班会课，裴巡一动不动睡了整节课。

一下课就有好几个胆大的女生围到裴巡旁边，近距离欣赏巡哥的睡颜。

陶蓁掏出小镜子整理了一下刘海，拽过舒蜜的胳膊："帮我壮壮胆好不好？"

舒蜜被她强行拉到裴巡的座位边，陶蓁推开众女生："让一让！让一让！"

"我要背英语单词，不陪你玩了。"舒蜜试图甩开陶蓁的手，但很快宣告失败。

这般吵吵嚷嚷，裴巡终于缓缓抬头。

女生们瞬间安静下来，个个屏住呼吸。

刚睡醒的迷糊在他眸中一闪而过，随即就被锋锐的冷漠所取代。

女生们被这气场震住，噤若寒蝉，唯独陶蓁不怕死，上前一步。

"小哥哥你好，我叫陶蓁！你真的好帅哦！我想和你交个朋友可不可以？"

裴巡慢条斯理地坐直身子，懒洋洋地向后靠，哗的一声，座椅往后移动。

他坐在最后一排，宽敞得很，足够他抬起一双大长腿，随意地搭在课桌上。

校服裤脚被折了两层，露出骨感十足带黑色刺青的脚踝，女生们看得一愣一愣的。

裴巡的视线淡淡地掠过陶蓁的脸，停留在她旁边的舒蜜身上。

陶蓁定定神，再接再厉："小哥哥，交个朋友好不好？不要无视我嘛！"

裴巡打了个哈欠，似乎怎么也睡不醒，然后轻飘飘吐出三个字："没兴趣。"

陶蓁可不是一般的女生，她居然越笑越甜，手搭在裴巡课桌上。

"别这么冷漠嘛，小哥哥，人家只是想交个朋友而已，再考虑一下好不好？"

舒蜜原本很不耐烦，此刻见陶蓁这般死缠烂打，突然觉得好玩，就站着没动，等着看好戏。

裴巡瞥见舒蜜眸中掩饰不住的幸灾乐祸。

"马上就要上课了，答应人家嘛！小哥哥，和我做朋友，难道你怕了吗？"

陶蓁这一波操作很强势，她一直卖萌撒娇，如果裴巡硬生生拒绝，反倒落了下风。

越来越多的同学聚拢过来，想看裴巡怎么收场。

舒蜜心下窃喜：想不到你裴巡也有今天。

"小哥哥……"陶蓁刚想继续进攻，裴巡倏忽放下大长腿，懒懒起身。

全班都安静下来，众人的视线追随着裴巡的身影，就见他迈出一步，径直走到舒蜜面前。

舒蜜心里咯噔一下，背脊发凉，莫名有不祥的预感。

裴巡双手插兜，眯眼望了望舒蜜，蓦然俯身，贴到舒蜜耳畔。

他薄唇吐出的气流拂过舒蜜白瓷般的脖颈，颈上细小的绒毛微微摇曳。

"你也不帮帮我。"

撩人的低音炮，暧昧的言辞。

众女生的视线集中火力喷向舒蜜，陶蓁也怔住了，舒蜜头皮一阵发麻，双腿发颤。

裴巡站直身子，不再多言，转身回到座位上，打了个哈欠，又趴了下去。

如果女生们的目光是箭矢，舒蜜早就万箭穿心了。

陶蓁回过神来，好奇地去拉舒蜜的手："舒蜜你深藏不露啊，你和他什么关系？"

已经洗不清了，舒蜜哭笑不得地解释："我和他只是认识而已，根本不熟的。"

她说完狠狠地瞪了裴巡一眼。果然是王者，轻松破局，还顺带拉她下水。

幸好上课铃响了，舒蜜得救了似的回到座位上。

陶蓁凑过来小声说："这小哥哥酷得不行，正是我的菜，你可要帮我撩他呀！"

舒蜜没好气地咬牙："上课！"

第四章 | 甘棠

告　白　倒　计　时

我根据长相选择朋友，根据人品选择熟人，根据智力选择敌人。

——爱尔兰作家王尔德

2021年6月，民政局旁的派出所，值班民警出示了那辆出租车的车牌号。

"根据出租车公司的GPS定位，那辆出租车接了个长途单，已经出城了。"

舒蜜皱眉："那就算今天拿到了户口本，民政局也关门了。"

"好事多磨。"黎一珺话音未落，就瞥见派出所门口一道高大冷峻的身影。

裴巡微微仰了仰下颌，迈开大长腿走到舒蜜和黎一珺旁边。

黎一珺笑着伸手搭上裴巡的肩膀："证领不成了，咱送她回公司？"

舒蜜懊恼地把手机收回挎包里："我自己坐地铁回去，你们不是很忙吗？"

"新开发的AR游戏刚上线，确实有很多bug需要处理……"黎一珺一边说一边拿过舒蜜的挎包，"但你一个人挤地铁，遇上咸猪手怎么办？"

裴巡薄唇微勾："我开了车过来。"

黎一珺转过头看裴巡："今天你不是尾号限行吗？"

裴巡歪了歪脑袋，朝派出所大门走去："所以记得给我交罚款。"

"又不等我！"舒蜜瞪了他们一眼，小跑跟上，"你俩研发的那个游戏我下载试玩了。"

那款基于移动端的侵入式虚拟现实互动游戏，在全球AR游戏榜单上杀入了前十。

裴巡和黎一珺停住脚步，等舒蜜追上。舒蜜走在中间，裴巡在左，黎一珺在右。

街道上种满了合欢树，6月，合欢花盛开，一团团绯色恍若雾气弥漫。

三人走在花树下，头顶粉红色绒花吐艳，花香袅袅。

"你们不考虑做一个面向少女粉丝的AR游戏？恋爱养成类。"舒蜜建议。

黎一珺走到裴巡的车边，拉开副驾驶座的门："不如你到我们公司来做游戏策划？"

他用手护住舒蜜的脑袋，舒蜜屈身坐上副驾驶座，噘了噘嘴："谁稀罕！"

"你别瞧不起我们创业型公司，刚融了五千万美金，过几年就纳斯达克上市了。"

黎一珺帮舒蜜关上车门，他坐到后座，拿起两瓶矿泉水，先递了一瓶给裴巡。

驾驶座上的裴巡推了推水，表示不喝，黎一珺就拧开瓶盖递给舒蜜。

舒蜜喝了口水："对了裴巡，这周末复读班同学聚会，你有空参加吗？"

裴巡专心开车，目不斜视："没空。"

"一起去吧，"黎一珺倏忽来了兴致，"我们仨一起去。"

舒蜜翻了个白眼："你又不是复读班的，瞎掺和什么？"

黎一珺手搭在副驾驶座的靠背上："我想去看看传说中的'撩汉狂魔'。"

舒蜜扑哧笑出声："你说陶蓁啊？"

2016年8月，食堂窗口前都排起了长队，舒蜜和陶蓁一边排队一边唠嗑。

"你说他认识我了没有？记住我的名字没有？"陶蓁拉着舒蜜的手摇摆。

舒蜜还没回答，陶蓁眼尖，突然兴奋地跳起来："来了来了！小哥哥来了！"

"声音小点行不行？公共场合！"舒蜜用两根食指塞住耳朵。

陶蓁开始狂摸舒蜜的裤兜："你的纸巾呢？借我用一下！我要去刷一波存在感！"

"等一下，我就剩这一包了！"舒蜜去抢——这是黎一珺父母去韩国旅行时买的纸巾。

"别那么小气嘛！等我凯旋！"陶蓁左手把纸巾往后一藏，右手打了个响指。

裴巡一进食堂就引起了小小的轰动，他五官硬朗，干脆利落的寸头更是让他荷尔蒙爆棚。

他之所以总能第一时间成为众人瞩目的焦点，是因为那张天性凉薄的厌世脸。

向下的嘴角总是给人一种拒人千里之外的疏离感，自带少年的不羁与叛逆。

陶蓁盛了一碗免费的海带汤，深呼吸一口，大步朝裴巡走去。

"小哥哥！"她假装走得太快刹不住车，手一抖，整碗海带汤就洒到了裴巡的校服上。

裴巡脚步顿住，依然面无表情。

"对不起对不起小哥哥！我真的不是故意的！我帮你擦擦！"陶蓁慌忙拿纸巾去擦。

裴巡后退一步，视线落在陶蓁手里拿着的纸巾上，瞳孔微微收缩。

"你别躲我呀小哥哥！你不记得我了吗？我是你同班的陶蓁！"陶蓁继续凑近。

海带汤滴滴答答顺着裴巡的校服往下流淌，围观女生越来越多。

裴巡抬头，冷冷地扫视全场，最后目光落在不远处的舒蜜身上。

舒蜜正躲在人群中看好戏，此刻猝不及防与裴巡目光相交，她浑身一个激灵。

惹不起躲得起，您悠着点，我不奉陪了。舒蜜迅速转身，饭也不吃就逃了。

下午上课前，舒蜜在教室里狂啃面包，陶蓁在旁边叽叽喳喳。

"他居然丢下一句'不用'就转身走了！真是酷到没朋友！希望他记住我的名字！"

"放心啦，"舒蜜大口咀嚼，"你都这么拼了，就算被讨厌，也要让他对你有印象。"

"别噎着别噎着！"陶蓁把水递给舒蜜，"话说你好像挺讨厌他的？"

舒蜜用水咽下一大口面包，啪地放下水杯："你知道我心里叫他什么吗？"

陶蓁探身过来："什么？"

舒蜜咬牙切齿，一字一顿："裴狗！"

陶蓁突然瞪圆眼睛，舌头打结，望着舒蜜身后，半天挤不出话来。

舒蜜以为是吴老师来了，匆忙收了面包，擦擦嘴角，转过头，露出一个好学生的微笑。

过了两秒，她扯开的嘴角开始抽搐，实力演绎何谓"笑比哭难看"。

寸头，黑T恤，脚踝刺青，眼神乖张。

裴巡的目光深不可测，沉沉地盯住下巴快要掉下来的舒蜜。

最怕空气突然安静。

丁零零，平时最不想听到的上课铃，此刻在舒蜜耳里宛如天籁。

陶蓁一脸尴尬地笑了一声，友好地提醒："小哥哥，这节课是'蒙娜丽吴'的课。"

开学没多久吴老师就喜得此外号，因为从任何一个角度看他都觉得他在看你。

裴巡瞥都没瞥陶蓁一眼，长臂一伸，把手上带汤渍的校服扔到舒蜜的课桌上。

舒蜜垂眸看了看他那件短袖校服，又仰起头："什么意思？"

裴巡眯起眼："纸巾是你的。"

平淡冷漠的五个字，为什么舒蜜感觉充满杀气？看来刚才背后骂人真的得罪他了。

可是舒蜜的确是被冤枉的，她硬着头皮对上裴巡锐利的视线。

"你怀疑是我给陶蓁出的馊主意？"

裴巡无视了她对事实的澄清，他下颌线条紧绷，嘴角下沉："明天给我。"

舒蜜哭笑不得，思忖两秒，朝裴巡的背影喊："今晚洗了，明天也干不了啊！"

裴巡并未回答，径直回到座位，吴老师刚进教室，他就趴了下去，似乎永远睡不醒。

晚上十点半下了晚自习，舒蜜心急火燎地冲回宿舍，气喘吁吁地拿了盆子和肥皂。

她要赶在熄灯之前洗掉裴巡的校服，去晚了根本抢不到水龙头。

一米八几大高个的校服，虽然是短袖，但舒蜜依然拧得满头大汗。

"吹风机借我一下！"她拿了室友的吹风机跑到走廊尽头的插座边吹衣服。

宿管阿姨在旁边催："要熄灯了，还不快回宿舍！吹什么衣服？"

"不好意思，我马上弄好了！"舒蜜赔笑求情。要做就做好，她不能输。

吹了足足二十分钟，电吹风散发出烧焦的味道，衣服好歹半干了。

宿舍熄了灯，她爬上窗子把校服挂在风口。

室友惊叫："你别摔下去啊，会死人的！"

折腾掉半条命，第二天早自习，她把干干净净的校服丢到裴巡课桌上。

裴巡耷拉着眼皮，还在犯困，他打了个哈欠，抓起校服，转身。

舒蜜张大嘴巴，眼睁睁看着他把她辛辛苦苦洗干净的校服扔到脏兮兮的垃圾桶里。

"你耍我？"舒蜜气得浑身发抖。

陶蓁见状不妙，慌忙从后面抱住想要上去揍裴巡一拳的舒蜜："冷静冷静。"

舒蜜用手肘撞开陶蓁，啪地拍了一下裴巡的桌子："你以为老娘好欺负？"

她这般大阵仗，裴巡却始终云淡风轻，根本不把她放在眼里。

舒蜜越想越气："要不是看在黎大傻的面子上，老娘才不会给你洗衣服！"

他们旁边围了一群看热闹的同学，陶蓁一个劲地打圆场："消消气，消消气！"

裴巡身体后仰，下颌微仰，唇角微勾，看她动怒就像看猴戏。

"你给老娘记住！这笔账，老娘迟早跟你算清楚！"

众目睽睽之下，舒蜜极力克制，狠狠踹了一脚裴巡的课桌，转身回到座位上。

裴巡懒洋洋地屈起手指揉揉太阳穴。手机叮咚一声，是黎一珺发来了微信。

黎一珺："巡哥，她手机上交了，我只能联系你了，你有没有罩着她？"

裴巡的嘴角越发上扬，纤长手指触动屏幕，难得耐心地多回复了几个字。

"放心，会好好照顾的。"

阴雨天，教室外放了一排雨伞。现在是课间休息，可无人在走廊上打闹。

复读生们上完厕所就回了教室，和同学说几句话就继续学习，争分夺秒。

"第一次月考的成绩出来了，我们班第一名是602分，超过重本15分。"

吴老师把一沓试卷放到讲台上，宣布这个消息时面露惊喜。

全班骚动，同学们惊讶地交头接耳："谁呀？这么逆天？"

"这个分数刚好是厦门大学投档线，厉害！大家掌声送给舒蜜同学！"

吴老师说完带头鼓掌，班上同学纷纷向舒蜜行注目礼，全是艳羡的眼神。

陶蓁激动地一巴掌拍到舒蜜的后背上："学霸啊！你还有这种隐藏属性？"

舒蜜起身领取各科试卷，落落大方："谢谢老师。"

"接下来要说的是班上最后一名，237分，裴巡同学……"吴老师欲言又止。

底下同学们交头接耳——果然是复读班的学渣扛把子，分数连舒蜜的一半都没有。

吴老师不敢说重话，无奈地看了看在最后一排趴着睡觉的裴巡。

他轻轻咳嗽几声，推了推眼镜："还是有进步的，再接再厉。"

同学们窃窃私语的声音越来越大，陶蓁凑近舒蜜，小声嘀咕。

"这蒙娜丽吴也太偏袒小哥哥了吧？小哥哥有什么神秘背景吗？"

舒蜜拍她肩膀："你不是号称'追星族中的技术咖'？用你的黑客技术搜下他！"

"交给我吧！"陶蓁打了个响指，"我保证把他幼儿园交的小女友都搜出来！"

所有人的视线都集中在裴巡身上，他却没有丝毫反应，依然睡得沉沉的。

吴老师颇为尴尬地提高音量："裴巡同学，麻烦你来拿一下试卷。"

全班寂静下来，裴巡纹丝不动。

气氛瞬间降至冰点。

救场的是舒蜜，她站起身，走到讲台上："吴老师，我帮他拿下去吧。"

吴老师得救了似的把试卷袋递给舒蜜，班上所有人都准备看好戏。

舒蜜把试卷袋夹到腋下，双手插兜，冷笑着走到裴巡的座位边。

全班屏气凝神，连吴老师都期待地搓搓手。

啪的一声，舒蜜把试卷狠狠砸到裴巡的课桌上，全班同学抖了三抖。

裴巡青色的寸头泛着凛冽的光，他慢条斯理地抬起头，耷拉着眼皮看向舒蜜。

一般人都会被这阴沉冷漠的目光给唬住，可舒蜜是谁？她向来遇强则强。

舒蜜单手撑在他的课桌上，俯下身，灼灼双眸中映出裴巡因被吵醒而不悦的脸。

"睡觉是学霸的专利，像你这样的学渣，没资格上课睡觉。"

舒蜜此言一出，全班哗然。

陶蓁兴奋得满脸通红，双手握拳："我的天，太彪悍了！以后叫舒老板！"

裴巡到底是裴巡，被这般挖苦嘲讽，他依然云淡风轻，面色沉静，甚至身体还往后靠。

教室的白炽灯光笔直地垂落，在他深邃的眼窝间绘出撩人的暗影。

舒蜜早预料到他会不置一词，她直起腰，转身："吴老师，我有个请求。"

一直在看好戏的吴老师猝不及防，背脊一直："什么事？"

"裴巡成绩这么差，拖了我们班后腿，我申请帮裴巡补课，提高成绩。"

舒蜜话音未落，班上同学骚动不已，吴老师也愣了愣。

陶蓁忍不住窃笑着自言自语："还是舒老板厉害，这一波操作太骚了！"

"怎么？老师你不同意？放心，我不会耽误自己的学习。"舒蜜补上一句。

吴老师回过神来："这个还得征求裴巡同学的意见吧？"

"当然。"舒蜜再度转身，与裴巡目光相交，火花四溅。

她清了清嗓子："你可以拒绝，继续当学渣，反正长得帅就什么都可以被原谅。"

完美的反讽，很快有同学忍不住笑出声来，又慌忙捂住嘴。

裴巡目光微动，脸上终于有了表情，他眯眼望着舒蜜，薄唇微勾："好。"

答应得这么爽快，舒蜜反而愣住了："什么好？你是同意还是不同意？"

裴巡淡漠的目光垂下，落在他旁边一直空着的课桌上，声音懒洋洋。

"这个位置，归你了。"

教师办公室，吴老师用纸巾擦拭眼镜："你为什么不肯和裴巡做同桌呀？"

窗外的雨淅淅沥沥，舒蜜站在办公桌边瘪瘪嘴："我只是想帮他补习而已。"

"所以就应该坐在他旁边呀。"吴老师戴上眼镜，眼神有几分恳求。

舒蜜想了想说："老师，这件事我真的不能同意。"

"什么原因？"吴老师很坚持。

"不是我不想和他做同桌，是因为他太帅了，我担心我被他分心，影响成绩。"

舒蜜一本正经的说辞让吴老师愣了愣，旋即笑出声来。

"舒蜜啊，有你这句话，我就更要安排你和他同桌了。"

舒蜜瞠目结舌："为什么？"

"小女生最喜欢他那种酷酷的男生，我要给他找个自制力强的同桌。"

"那老师为什么不找个男生？"舒蜜据理力争。

吴老师摇头叹息："时代不一样了，你以为男生就安全了？"

舒蜜皱眉："总之，我不同意，如果您强行安排，我下次月考数学交白卷。"

自习课，陶蓁凑过来笑得贼兮兮："舒老板，你是借口补习去整小哥哥吧？"

"当然，其他方面我比不过他，至少可以在学习成绩上面狠狠羞辱他。"

陶蓁往嘴里塞了一根辣条："可是我听说，小哥哥高中三年就没上过学。"

舒蜜接过陶蓁递来的辣条放嘴里嚼："没上学？打电竞？"

"对啊！没读过书还考了237分，我怎么觉得小哥哥是天才啊？"

正喝水解辣的舒蜜差点把水喷出来："莫非他想复读一年学高中三年的课程？"

数学课代表吆喝了一嗓子下课要交作业，陶蓁慌忙伸手拿舒蜜的数学作业本。

"我可不是抄作业，我只是答案的搬运工。"

舒蜜还在思忖怎么收拾裴巡，陶蓁抄得怨声载道。

"我真的搞不懂，这些二次三角函数学了有什么屁用？"

作为一个学霸，舒蜜必须教化学渣，她咳了两声，一本正经地开始传道解惑。

"人有两条路要走，一条是必须走的，一条是想走的。"她顿了顿，继续说，"你要把必须走的路走漂亮，才可以走想走的路。"

陶蓁双手抱拳哀求："给条活路吧舒老板，别灌毒鸡汤了。"

抄完作业，她用笔帽戳戳舒蜜："数学真有意思。"

舒蜜侧过脸："你觉悟了？"

"有意思到什么程度呢？自从学了数学，我觉得连活着都没什么意思了。"

陶蓁说得一脸严肃。舒蜜憋笑憋出内伤。

要知道，陶蓁可是她的欢乐源泉，她怎么舍得放下陶蓁和那个冰山脸做同桌？

她可不想折寿。

晚自习之前，学习委员发了昨天随堂测试的文综模拟试卷。

舒蜜站起身，一脸笑："学委，裴巡的试卷给我吧。"

试卷上的分数让舒蜜满意地点点头，她走到裴巡课桌前，甩下试卷。

"300分总分，你拿99分？脑子是个好东西，我希望你有。"

裴巡难得没有睡觉，大长腿交叠着，以手托腮望着她。

围观同学交头接耳："开始了开始了，前排卖瓜子、矿泉水、小板凳！"

舒蜜指着一道地理题："我国南部有针叶林分布？你分不清东南西北吗？"

裴巡并未垂眸看试卷，始终眉目沉静，似局外人般欣赏舒蜜的表演。

"还有这个，精准扶贫是为了什么？你的政治是体育老师教的吗？"

舒蜜双手撑在课桌上，讲一道题就挖苦一句。

"明中期普通人都用玉质器皿是经济发展冲击等级秩序，用脚趾都做得出吧？"

不少同学窃窃私语："果然舒学霸没安好心，这哪是补习，分明是狂怼。"

"裴巡同学，看来你出生前打败两亿竞争对手的时候伤得不轻啊！"

舒蜜恶狠狠地瞪着他说完。裴巡眉目丝毫未动，只是薄唇微勾，似饶有兴致。

还想继续的舒蜜突然后脑勺被一个纸团砸中，她转头，看到陶蓁朝她挤眉弄眼。

她捡起纸团，打开看，上面是陶蓁蚯蚓般的字：

"查到了，小哥哥的爸爸是教育局局长，妈妈是厦门大学教授！"

舒蜜脑子里轰的一声，无数念头一闪而过，三秒，五秒。

她再度抬起头来，已是一脸谄媚的笑。

"巡哥，我刚才讲笑话给您逗逗乐而已，别当真，您没看过书还考了99分，佩服！"

舒蜜说完又低头看试卷，闭着眼胡吹。

"巡哥你的字写得颇有王羲之、颜真卿的风范，令人陶醉其中，念念不忘。"

旁边的"吃瓜群众"面面相觑，不知道舒学霸这唱的是哪一出。

裴巡唇角上扬的幅度越发明显，终于忍俊不禁，勉强算是露出一个笑容。

"巡哥，这是我的历史、地理和政治教科书，上面有很多笔记，您慢慢看。"

舒蜜折回座位翻出一大沓教科书，毕恭毕敬地放到裴巡课桌上，然后笑着退下了。

裴巡脸上恢复了淡漠的神色，他修长的手指翻着教科书，每一页都是满满的笔记。

舒蜜的字一点也没有女生该有的娟秀柔美，一笔一画都很刚劲，可裴巡并不讨厌。

一直到晚自习下课，舒蜜才战战兢兢地回头。

裴巡居然还在翻阅她的教科书。

窗外的夜幕衬得他眉眼纤长，表情是难得的认真专注。

校园超市，舒蜜撕开酸奶的包装，舔了舔盖子，嘴角就沾上了白色的酸奶。

"小哥哥最近上课都不睡觉了，舒老板你训导有方啊。"

陶蓁喝了口阿萨姆奶茶，笑着用手肘戳舒蜜。

舒蜜嘟着嘴不想讨论这个话题，陶蓁忽而直起腰："那不是小哥哥吗？"

裴巡戴了一顶黑色棒球帽，帽檐压得很低，看不清表情，迈步走过超市门口。

舒蜜翻了个白眼，视线停留在不远处一道身影上，舔酸奶盖的动作停了下来。

那不是金毛吗？左脸颊有道疤，叼着烟，生怕别人不知道他是不良少年。

金毛身后跟着不少小喽啰，在校门口恶狠狠地盯着裴巡的背影。

隔得不太远，舒蜜隐隐约约看到那群不良少年身上有伤，还有人流鼻血了。

"怎么回事？"陶蓁好奇地眨巴着眼，"小哥哥和他们打群架？太酷了！"

快上课了，舒蜜和陶蓁小跑着回到教室，裴巡依然戴着棒球帽，眉目沉稳。

"平时小哥哥在教室里不戴帽子的呀。"陶蓁嘀咕了一句。

复读班上的是大课，两节课连在一起上，吴老师讲解完一套试卷，难得没拖堂。

舒蜜转过头往后看，裴巡正在垂眸看试卷，修长的手指握着笔。

手真好看，所以握笔的姿势也很漂亮。舒蜜盯着他的手看了会儿。

陶蓁推了舒蜜一把："看什么看？上啊！"

她拉着舒蜜走到裴巡的课桌前，陶蓁笑嘻嘻地道："小哥哥不会做这道题吗？"

裴巡抬头瞥了她们一眼，把试卷往前一推。

陶蓁装模作样地看了半天，摇摇头。

"对不起小哥哥，这道题不在我的智商能解决的范围内，还是请教我们舒学霸吧。"

舒蜜被陶蓁推到桌边，她低头看题，很快有了解题思路，一本正经地讲解起来。

裴巡垂头静听，舒蜜讲完题，蓦然睁大眼睛。

他微微偏头的时候，她看到他耳后有一道狭长的伤口，还在渗血，四周都红肿了。

舒蜜的心脏扑通扑通狂跳。那伤口看起来特别疼，鲜血缓缓流淌进他的黑T恤。

这还只是冰山一角，帽子下面应该更恐怖吧？这种程度早就该去医院缝针了，可裴巡神色如常，没事人一样。

午休时间，舒蜜想起自己耳机落在教室了，去拿时在教学楼门口碰到陶蓁。

"正好，帮我把这个放到小哥哥的课桌上去。"陶蓁把塑料袋塞到舒蜜手里。

舒蜜打开看——消炎喷雾、医用纱布和创可贴，她挑眉："爱心泛滥了啊你？"

"小哥哥的神颜可不能因为留疤而毁了，守护他的颜值是为了全人类！"

送走陶蓁，舒蜜用小拇指勾着塑料袋，穿过空荡荡的走廊。

教室里空调还没关，发出细微的出气声。舒蜜正准备去关，倏忽脚步一顿。

本该空无一人的教室，裴巡正趴在座位上睡觉。

寂静的午后，风吹过窗外的洋紫荆，羊蹄印似的叶片随风摇曳。

舒蜜定定神，把耳朵边的头发往后拢了拢，蹑手蹑脚地走过去。

裴巡的肩膀蓦然颤抖了一下，吓了舒蜜一大跳，不过他没醒。

舒蜜做贼似的站在裴巡的课桌旁边，看到他脖颈上渗出密密麻麻的汗珠。

做噩梦了？那伤口血和汗混在一起，看得舒蜜心惊胆战。

走廊外有别的班的学生走过，脚步声并不大，裴巡却受惊了似的，浑身一颤。

舒蜜实在于心不忍，深呼吸一口，小心翼翼地伸出手，按住他颤抖的肩膀。

裴巡猛地坐了起来，舒蜜只觉一阵天旋地转，手上的塑料袋啪地掉落。

等她回过神来，她已经被裴巡掐住脖子按在墙上。

顾不上背脊剧痛，她抬头对上裴巡凶狠的眼神。

他阴沉瘆人的目光让她倒吸一口冷气，脖颈被掐又给了她濒死的错觉。

一开始裴巡手上的力道极重，舒蜜喘不过气来，直到他看清她的脸。

舒蜜伸手去抓裴巡的手臂和手腕，她的指甲不短，在他手臂上留下了红色的抓痕。

"你放开我！"舒蜜声音都沙哑了，满脸痛苦。

裴巡盯了她半晌才松开手。

舒蜜弓起身子，大口喘气，额头上冷汗涔涔，脖颈的雪肌上有分明的手指印。

裴巡的视线落在地上的塑料袋上，声音喑哑："你来给我送药？"

刚从鬼门关里逃出来的舒蜜已无力解释，她猛地咳嗽几声，跟跟跄跄逃出教室。

裴巡眉心半拧，目送舒蜜的背影消失，他垂眸，弯腰捡起塑料袋。

准备得还挺齐全。

裴巡目光一动，把喷雾、纱布和创可贴拿出来，静静地看了许久。

连续一周的阴雨天气终于结束，骄阳似火，吟唱着夏日最后的咏叹调。

丁零零，下课铃响起，复读生们一窝蜂从教学楼里涌出来，涌向校门。

舒蜜想混在人群中逃出校门，正低头鬼鬼祟祟地走着，门卫一把抓住她的胳膊："通校证呢？就你这心虚的样，还想逃过我的火眼金睛？"

"大叔，我朋友好不容易来看我一次，求你放我一马！"

门卫冷哼一声："你求我放一马，别人又求我放一马，我是守门的，不是放马的！"

舒蜜求了半天未果，只能站在雕花铁门里面，双手抓着黑色的栏杆向外张望。

陶蓁嘴里叼着一根辣条凑过来："舒老板，你在等谁呢？"

舒蜜仰起下颌："大美人。"

"啧啧啧！"陶蓁嚼着辣条，"让我拜见下，究竟是何等绝色佳人。"

"滚滚滚！"舒蜜推她走，"难得见一次，别来打扰我们宝贵的二人世界！"

刚赶走陶蓁，铁门外突然传来黎一珺的声音："笨蛋！在大太阳底下不晒啊？"

舒蜜慌忙转过脸，死死地盯住不远处的黎一珺。

这么久不见，他晒黑了不少，大概是天天打篮球吧？

把黎一珺送过来的公交车驶远了。

舒蜜还在怔怔地望着黎一珺，眼眸亮得像刚刚打磨好的钻石。

黎一珺走过来，长长的手臂从铁门栏杆之间伸进来，啪地拍了一下舒蜜的脑袋。

"别发呆了，被晒傻了啊？到阴凉地儿来！"黎一珺指了指传达室门口。

"哦。"舒蜜简单地回了一句，乖乖地走到指定地点。

她不想说太多话，只想看着他，贪婪地看着他，把这半个多月分离的空虚全部填满。

黎一珺转身跟门卫求情，笑得甜甜的，小梨涡漾起，肆意卖萌。

门卫板着一张脸大公无私，一个劲地拒绝。

舒蜜就在旁边静静地看着黎一珺，此时此刻，天地之间，她的眼里只有他。

天空湛蓝如洗，几片薄薄的白云跟被晒化了似的，随风缓缓浮游。

吹拂过一株株白杨树的风吹起黎一珺雪白的衬衣，他整个人在阳光下闪闪发光。

好久不见，一看到他，她就觉得自己的一颗心像被剥了皮的柑橘，瓣瓣晶莹。

黎一珺终于注意到舒蜜的异常，他转过脸看她："你怎么不说话？"

舒蜜定定神，噘嘴："放弃吧，怎么求情也没用的。"

黎一珺摊摊手，打开书包拿出一个纸盒，从铁门外递进来："生日礼物！"

明天就是他们共同的十八岁生日，原本以为可以一起办成人礼的，谁知世事难料。

舒蜜双眸放光："你是特意来送礼物的？"

黎一珺抓了抓被风吹乱的蓬松短发。

"那倒不是。我今天是来看裴巡的，他不是受伤了吗？"

舒蜜笑容一僵，嘴角抽搐，一颗火热的心似被泼了一盆冷水。

说曹操曹操到。黎一珺笑着朝舒蜜的身后挥舞着手臂："巡哥，你好慢啊！"

舒蜜翻不出什么有水平的白眼，只能简单粗暴地转身瞪了裴巡一眼。

黎一珺浑然不觉舒蜜的失落，他伸手指了指舒蜜手里的纸盒。

"给你的生日礼物里，也有巡哥的一份。"

舒蜜强忍住爆粗口的冲动，忍下一口恶气，动作粗鲁地拆开包装。

纸盒里有三个瓷杯，杯子上画着他们三人的Q版头像，活灵活现，萌翻天。

舒蜜一愣："你画的？"

"对啊，我按照我们仨的照片画的，然后在淘宝上定做了这三个杯子。"

舒蜜怔怔地望着杯子上的自己——学生头，嘴角抿着，透着少女的甜美和倔强。

再看黎一珺，笑得像夏日骄阳，露出一口大白牙，仿佛可以融化余生所有的寒冬。而裴巡呢？不苟言笑，性感中透着一丝邪气的少年感，自带颓废与神秘色彩。

"你知道为什么送杯子吗？"黎一珺偏了偏头，"因为送杯子，代表一辈子。"

舒蜜憋了好久才没问出口那句"我们俩一辈子就行了，为什么还要拉上裴巡"。

黎一珺从铁门外伸手进来，拿走他那只杯子，再把裴巡的杯子递给它的主人。

裴巡伸手接过，垂眸望着杯子上的画像。

"渴不渴？"黎一珺拿出塑料袋里的草莓芝士奶盖茶，插上吸管，递给舒蜜。

舒蜜还在气头上，噘着嘴不理睬。

"那我喝。"黎一珺收回手，猛地喝了一大口，朝舒蜜眨眨眼。

草莓和芝士的香气袭来，舒蜜急了，扑到铁门栏杆上："别喝了别喝了！给我给我！"

黎一珺大笑，把奶盖茶递到裴巡面前："来，你尝尝。"

"不要！"舒蜜转身，抓住裴巡的胳膊，无奈她才一米六，裴巡比她高20厘米。

原本以为高冷如裴巡，是不屑于喝小女生爱喝的奶盖茶的，没想到，裴巡犹豫了一秒，一手挡住舒蜜，另一只手把奶盖茶送到嘴边吸了口。

舒蜜气得跺脚，跳起来去抢裴巡手里的奶盖茶。

"给。"裴巡把奶盖茶抛向黎一珺。

黎一珺稳稳接住，又喝了一口，舒蜜转而扑向黎一珺，可黎一珺眼明手快，喝完一口后立刻递给裴巡。

奶盖茶在两个大男生之间传递，舒蜜根本抢不到。

最后她停止动作，咬牙切齿："你们俩给我记住！"

"看把你急的。"黎一珺笑着伸手来擦舒蜜额头上的汗。

舒蜜恶狠狠地打掉他的手："走开！"

黎一珺把奶盖茶从裴巡手里拿过来，递给舒蜜："给给给。"

舒蜜怒气冲冲地咬着吸管，咕噜咕噜狂吸。

黎一珺扶着栏杆笑："好了好了，你慢点，别呛着。"

话音未落，芝士就呛到气管里了，舒蜜放开奶盖茶，猛烈咳嗽。

铁门外的黎一珺把手从栏杆之间伸进来，轻拍舒蜜的后背："你呀你，真让人操心！"

裴巡静立于旁边看着他们二人的互动。

黎一珺转过脸："看来巡哥你的伤没事了。"

他突然想到了什么，靠近舒蜜问："对了，你给我的生日礼物呢？"

舒蜜清了清嗓子，依然皱着眉："我在复读呢，怎么给你准备礼物？"

"那你答应我一个生日愿望吧。"黎一珺伸手帮她把凌乱的头发抚平。

舒蜜被他摸得没脾气，吸了口奶盖茶："只要不过分，我尽量满足吧。"

黎一珺抽出纸巾，从铁门外伸进来，帮舒蜜轻轻擦拭嘴角的奶茶泡沫。

"我的生日愿望是你和巡哥做同桌，你帮我辅导他学习，你们一起考厦门大学。"

舒蜜嘴里的奶茶差点喷出来："你是认真的吗？"

"当然，我都送了杯子了，我们仨要一辈子的。"黎一珺一本正经。

舒蜜目光一冷："黎大傻，你就不怕我和你巡哥做朋友了，抛弃你？"

黎一珺愣了愣，旋即开朗大笑："我不相信，你怎么舍得抛弃我？"

裴巡微微眯起眼，倏忽薄唇一勾："我先回教室。"说完转身迈开大长腿。

黎一珺朝他的背影喊："别走啊！我带了三人份的寿司，咱们一起吃！"

裴巡没有回头，只是扬扬手："不用。"

舒蜜和黎一珺隔着铁门，一边站着吃寿司一边闲聊。

美好的时光总是稍纵即逝。

很快到了上课时间，不时有吃过饭的复读生从他们身边匆匆经过。

舒蜜犹豫了片刻，还是问出口了："阮芯晴是不是又缠着你了？"

"她换专业了，换成了我们的传媒学专业，而且她再三声明只想和我做朋友。"

"以退为进。"舒蜜冷哼一声，"到时候军训，她说不定会上演晕倒的戏码。"

黎一珺皱眉："见招拆招吧。"

舒蜜内心叹息，不管怎么样，接下来的一年，舞台就是她阮芯晴的了。

一阵风过，婆娑树影中蝉鸣已弱不可闻，一片落叶回旋飘舞，昭示着四季的更迭。

风吹得刘海挡住了舒蜜的眼睛，她突然问："你怎么和裴巡关系这么好？"

黎一珺咽下嘴里的寿司："感情的深厚，不是看时间长短，而是看是否投缘。"

舒蜜冷哼一声："你俩一起打了一个月游戏，就成了生死与共的战友了？"

黎一珺微垂下长睫，声音低沉。

"你不理解裴巡。你不知道他的过去，他看起来孤僻冷漠，其实很令人心疼。"

"什么过去？"舒蜜问得冷冰冰的。

风拂动黎一珺的白衬衣，他轻而软的声音随风传来。

"他总是那么孤独，让我想要守护他。"

舒蜜无话可说，反复告诫自己：不要多想，不要多想。

两人陷入了短暂的沉默。

丁零零，预备铃响了。

门卫走出传达室，不耐烦地朝黎一珺摆手："快走吧，她要上课了！"

舒蜜回过神来，双手握住铁门栏杆，争分夺秒地问："你准备加入哪个社团？"

"我想自己创办一个AR游戏社团。"黎一珺伸手把她握住栏杆的手扒拉开。

"这铁门被晒得滚烫，别握着！"他担心她手心被烫着，低下头吹了吹她的手心。

舒蜜把脚伸出栏杆踢他："大傻子！就知道玩游戏！"

黎一珺难得没有和她斗嘴，深深地凝望着她。

舒蜜被他看得耳郭泛红："我要去上课了。"

黎一珺没有松开舒蜜的手。

丁零零，上课铃响了，门卫皱着眉走过来："上课了上课了，快回教室！"

舒蜜看了看门卫，又望向黎一珺："我真的要走了！你在大学要好好的！"

门卫过来拉舒蜜："快点，别磨蹭了。"

黎一珺倏忽傲娇地冷哼一声："没有你的大学，还有什么好不好的！"

他说完，蓦地松开舒蜜的手，转身就跑。

舒蜜在烈日下眯起眼。

少年单薄的身影逆着光，幻化成细长的线条，消失在街道尽头。

舒蜜知道，2016年的夏天，已经彻底结束了。

第五章 | 嘉鱼

人们最终真正能理解和欣赏的事物，不过是一些在本质上和他自身相同的事物罢了。

——德国哲学家叔本华

2021年7月，时尚杂志摄影棚。

两个摄影助理一边调整反光板一边低声讨论。

"封面都是明星偶像，这次破天荒地选了两个科技创业界新贵，主编的口味真难捉摸。"

"有什么难捉摸的？主编就是看脸和气质！虽然是科技界的，但人家有颜任性啊！"

摄影师推开门："还有时间闲聊？那边采访快结束了，马上准备衣服给两位嘉宾换！"

一位助理慌忙推着衣架过去："我们挑了十套衣服，您选两套吧。"

"他们俩身材都好，穿衣显瘦，脱衣有肉。"摄影师一边夸赞一边挑了两件。

杂志采访间。

窗台上放着一株藤蔓纤长的绿萝，翠色汹涌，沁人心脾。静音空调缓缓地释放冷气并调节空气湿度，小记者怯生生地送来两杯碧螺春。

采访记者虽然见惯了高颜值帅哥，此刻也被裴巡侧脸时利落的下颌线给惊艳了一下。她慌忙转移视线，却又被黎一珺灿烂的笑容给晃花了双眼。

"喀喀，"她垂头轻咳几声，继续采访，"那复读的时候为什么成绩突飞猛进呢？"

黎一珺抿了口茶："我派了一个学霸辅导他，和他做同桌，天天监督他。"

"这位同桌想必非常严格吧？"采访记者看了看平板电脑上的资料。

裴巡修长的手指搭在乳白色茶杯的纤巧杯耳上，勾唇不语。

"何止是严格，"黎一珺放下茶杯，笑着摇头，"她简直不把他当人看。"

采访记者笑了笑："没办法，只要高考存在一天，那种学习模式就不会消失。"

"对，那一年的圣诞节、元旦，她都拉着他做模拟试卷。"

采访记者好奇地问道："对复读生来说，寒假是不存在的吧，只有过年七天才放假？"

黎一珺颔首："过年七天她都不放过他，她还说，泯灭人性，是为了一生的尊严。"

裴巡脑海里倏忽浮现出五年前舒蜜张牙舞爪的彪悍模样。

"高考是一锤子买卖，结果至上，你不要把自己当人，要当机器，学习机器！"

2017年1月，腊月二十八，还有两天就是除夕夜。

临近过年，发廊生意火爆，黎一珺排了半个多小时才轮到他。

"小帅哥，想理个什么发型？"发型师招呼他坐下，透过镜子打量他。

那时韩剧《孤独又灿烂的神：鬼怪》正火，黎一珺说："像孔刘那样的中分。"

发型师想了想："我倒觉得你更适合《W两个世界》里李钟硕的发型。"

那是露出额头的三七分短发，将刘海向上梳，蓬松造型清爽时尚。

黎一珺还没回答，发型师笑着说："我觉得你也很像漫画里走出来的王子呢。"

"吹太狠了吧？小爷我可不会被糖衣炮弹打败乖乖办你们的卡。"黎一珺笑。

那发型师是00后，一边给黎一珺剪头发一边闲聊。

"你是大学生吧？放寒假这么久，怎么不早点来剪头发？过年前人最多了。"

"今天下午我要去接我妹妹和我最好的哥们。"

"难怪了，你身上这呢子大衣是新的吧？这双耐克和乔丹的联名鞋也是刚买的？"

"一个学期没见面了，老实说，我真有点紧张。"

教室里，同学们早就坐不住了，等着放假，吴老师擦掉黑板，转过身来嘱咐：

"针对自己薄弱的科目好好做题复习，早起早睡，不要沉迷于手机。"

底下同学开始骚动，吴老师整理了一下教案，又抬起头来加了一句：

"孝顺父母，多多沟通；合理膳食，适度运动；欢度春节，注意安全。"

眼看着吴老师的吩咐没完没了，舒蜜带头鼓起掌来，很快，全班掌声雷动。

这下吴老师也没办法啰啰唆唆了，他只能一句话收尾："同学们辛苦了。"

"老师辛苦了！"全班齐声喊，震耳欲聋。

等吴老师离开，班上不少同学兴奋地跳起来："终于放假了！万岁万岁！"

陶蓁单肩背着书包，嘴里叼着一根辣条走到舒蜜和裴巡的座位边。

"舒老板，小哥哥，你们怎么还不走？"教室里已经没剩几个人了。

裴巡埋头写着一张数学试卷，聚精会神，草稿纸上写了很多演算步骤。

舒蜜坐在旁边以手托腮，悠闲地转着笔："等他写完。"

"小哥哥真拼……对了！今年春晚有我们家TFBOYS的歌舞，记得支持哦！"

陶蓁为偶像宣传完之后，一溜烟地走了，教室里只剩舒蜜和裴巡两个人。

一片安静中，只听得见裴巡笔尖发出的沙沙的细微声响。

舒蜜看了会儿英语单词，裴巡把试卷推了过来，她侧首："写完了？"

"嗯。"裴巡换了一根中性笔芯，转身，长臂一伸，把用完的笔芯扔到垃圾桶里。

舒蜜快速地对了答案，发现只错了几个选择题。

学校广播发出女声："请同学们尽快离开校园，放假期间学校不予开放。"

舒蜜背上书包："走吧，路上说。"

两人一前一后地穿过走廊，舒蜜一边走一边抽查："椭圆周长定理？"

"椭圆周长等于短半轴长为半径的圆周长加上四倍的长半轴长与短半轴长的差。"

"相交弦定理？"

"圆内的两条相交弦，被交点分成的两条线段长的积相等。"

两人走出教学楼，穿过校园，走到校门口，一路上，舒蜜不停地问，裴巡对答如流。

快走到校门口时，舒蜜倏忽脚步一顿。

黎一珺在校门口打电话："放心吧阿姨，我保证把舒蜜平安送回家。"

裴巡双手插兜走上来，与舒蜜并肩而立，侧头看着她。

舒蜜半天挪不开脚步。

其实她早就猜到黎一珺会来接她，所以她才在教室里拖了这么久——她不敢见他。

因为太过思念，反而在即将见面的时刻畏缩不前，这就是异地恋。

挂了电话的黎一珺转身就看到舒蜜和裴巡，笑着招手："怎么？被我迷住了？"

一句话就让舒蜜翻了个白眼："自恋狂！"

"巡哥你瘦了，学习太拼了吧？"黎一珺打量他们，"舒蜜你……胖了。"

舒蜜气得跺脚："黎大傻！说女孩子胖会有生命危险你知道吗？"

"珍惜生命，远离舒蜜。"黎一珺伸手搭上裴巡的肩膀，"今晚通宵玩游戏？"

舒蜜朝他们两人勾肩搭背的背影喊："不行！裴巡今晚要背单词！"

黎一珺一愣，转过身："好不容易放个假，舒老师你就睁一只眼闭一只眼吧。"

"不行！"舒蜜斩钉截铁，"今晚高二下册的英语单词必须全部背得滚瓜烂熟！"

黎一珺白了舒蜜一眼，懒得搭理她，又凑到裴巡耳边："咱屏蔽她的发言。"

舒蜜冷冷地道："裴巡，明天早上我要听写单词，错一个，罚抄一百遍。"

黎一珺放开裴巡，转过身走到舒蜜面前，声音放软："小舒蜜，给我个面子。"

舒蜜铁面无私："不给。"

黎一珺回瞪她。两人相对而立，久久对峙，目光相交，火花四溅。

裴巡面色沉静，饶有兴致地挑眉看着舒蜜和黎一珺的"正面杠"。

黎一珺倏忽伸手，拿下舒蜜单肩背着的书包："这么重的书包，也不给我背。"

舒蜜心一软，正要说话，一辆黑色奔驰商务车驶近，是斯宾特爱马仕七座版。

驾驶座上下来的是一位司机模样的大叔，黑西装，白手套，头发一丝不乱。

裴巡脸色微变，眉心拧起。

司机大叔拉开车后座的大门，语气不卑不亢。

"好久不见。眼下快过年了，裴局长让我来接你。"

裴巡目光一冷，声音不怒自威："不用，我要学习，住我老师家。"

商务车上居然下来了几个保镖模样的人，司机大叔轻声道："裴局长很想你。"

黎一珺上前一步，挡在裴巡前面："你们要绑架吗？"

司机大叔微微蹙眉："这位同学，请你让开，这是裴家的家事。"

"要让开的是你！"黎一珺丝毫不惧，声调上扬，"裴巡的事，就是老子的事！"

面对挑衅，几个黑衣保镖脸色不悦，纷纷围上来。

64

裴巡伸手，把黎一珺往后拉，沉声道："你带她先走。"

司机大叔冷睨黎一珺和舒蜜一眼："我劝你们不要多管闲事。"

黎一珺伸手拽住裴巡的手腕，把人拉到自己身后，他怒视司机大叔。

"老子告诉你，今天这闲事，老子管定了！"

司机大叔还要说什么，黎一珺猛地把舒蜜重重的书包甩向大叔的脸。

书包里全是书，比石头还硬，司机大叔猝不及防，倒退几步，鼻血喷了出来。

当着保镖的面打人，那几个保镖脸都黑了，恶狠狠地朝黎一珺走过来。

裴巡赤手空拳，飞脚踹倒了离黎一珺最近的那个保镖，保镖应声倒地，捂住肚子。

其余的保镖围了上来，正要开打，后面的司机大叔倏忽喊了一声："不要伤害他！"

有了这个护身符，裴巡打得相当轻松，几拳几脚就搞定了两个。

还有一个保镖想趁乱偷袭，被舒蜜从后面踹了一脚。

"别打了，快跑吧！"黎一珺一手抓住裴巡，一手抓住舒蜜，往公交车站跑。

一辆公交车正准备驶出公交车站，黎一珺拼命挥手："等一下！等一下！"

公交车停了下来，车门打开，三人气喘吁吁地赶了过去。

黎一珺先把舒蜜推上车，再让裴巡上，他殿后。

舒蜜一上车就朝司机喊："开车开车！那群人要追杀我们！"

司机慌忙关门开车，差点把黎一珺卡在门口。

几个保镖不死心，喘着粗气追公交车，黎一珺隔着玻璃朝他们做了个鬼脸。

晚餐非常丰盛：海带龙骨汤、西红柿炖牛腩、清蒸鲈鱼、肉末豆腐和清炒莴笋。

舒蜜进来的时候，黎一珺一家三口和裴巡已经吃了一半多了。

"小舒蜜来啦，来喝碗汤。"黎母起身拿碗筷，笑脸相迎。

舒蜜吃得很饱，正要拒绝，刚给她开门的黎一珺抢答："她不喝，要减肥。"

黎母白了儿子一眼，给舒蜜盛汤。舒蜜在桌子底下猛踩黎一珺的脚。

桌子底下，一个踩，一个躲，舒蜜没留神，不小心踩上裴巡的脚。

裴巡就坐在黎一珺旁边，猝不及防，他放下筷子，挑眉看向舒蜜。

舒蜜不准备道歉，反倒仰起下巴问："宋代史背完了吗？"

"嗯。"裴巡抽出纸巾，擦了擦嘴角，动作优雅。

舒蜜考他："宋代的经济特点？"

"土地兼并激烈，经济中心南移，出现了世界上最早的纸币，海上贸易兴盛。"

舒蜜还想问宋代的政治，黎一珺不耐烦地打断："吃饭呢！舒老师消停会儿。"

他说完，就给裴巡夹了一块牛腩："补充营养，你都快被舒老师榨干了。"

"说什么呢？要不是我辅导他，他上次月考能考486分？进步了200多分！"

"考神啊！"黎一珺竖起两根筷子当作香，朝舒蜜拜了拜，"保佑我不挂科！"

舒蜜懒得理他，转头看裴巡："你还要吃多久？我要给你讲南美洲地理。"

黎一珺哼了一声："过分了啊！巡哥吃个饭你还催！"

"复读生每餐只能吃半个小时你知不知道？没复读过的人没资格指手画脚！"

两人针锋相对，黎父黎母早就见怪不怪。

见他们越吵越凶，裴巡只能放下碗筷："我吃完了。"

"别啊，继续吃啊！这鱼还有大半条呢！"黎一珺伸手要给裴巡夹鱼。

舒蜜抓起一双筷子伸过去，压住黎一珺的筷子，两人的筷子刀光剑影地挥舞着。

裴巡觉得有趣，唇角微勾。黎母笑："他们从小就这样，越吵感情越好。"

"我已经吃饱了。"裴巡语气淡淡的，给了舒蜜和黎一珺一个台阶下。

黎一珺瞪了舒蜜一眼，放下筷子："走，巡哥，一起洗澡去！"

舒蜜愣了愣，甩下筷子："干吗非要一起洗？"

黎一珺伸手搭上裴巡的肩膀："他不会开热水器，我得教他！"

舒蜜再次感觉到自己的多余："我回家了！"

"等一下！麻烦舒老师帮我找下换洗的睡衣和内裤！"黎一珺欠扁地叫住她。

舒蜜没好气地转身："让阿姨帮你找啊！"

正在收拾饭桌的黎母耸耸肩："我要洗碗呢，麻烦小舒蜜了。"

黎一珺的卧室乱糟糟的，他寒假才放了半个多月，各种快递盒却堆积如山。

舒蜜不爽地踹开门，捏着鼻子踢飞一双臭袜子，径直走到衣柜前。

睡衣容易找，但是内裤……舒蜜把衣柜翻了个底朝天也没找到。

莫非是在上面那一层？这个衣柜很高，一直连着天花板，上面一层她够不着。

舒蜜环顾四周，黎一珺卧室里只有一个黑色电竞椅，带滚轮的，没法踩上去。

她拼命踮脚，试图打开上面的柜子门，可指尖离柜子门总是差一点点。

"该死的黎大傻！"她嘀咕着，准备跳起来，倏忽一道身影出现在她背后。

舒蜜保持着仰头的姿势，看到一双修长的手越过她头顶，打开了柜子门。

那人靠得很近，舒蜜整个人被他压到柜子上，动弹不得。

她刚刚进来时没有开大灯，只是扭开了柜子旁边电脑桌上的台灯，橘黄色的灯光只映照出卧室的一角，舒蜜转过头，瞥见半明半暗中裴巡的脸。

上帝在雕琢他时真的太用心了，下颌线无论是角度、流畅度还是清晰度都是标杆级的。

那饱满性感的喉结，即便纹丝不动，也荷尔蒙爆棚。

莫名地，舒蜜的心跳开始加速。

"这个？"裴巡从柜子里翻出一条男士平角内裤，微垂下眸子问舒蜜。

舒蜜摇摇头："这条还有标签，没洗过不能穿。你再找找。"

裴巡双手伸入上层柜子里翻找。

舒蜜身体紧贴着下层柜子门，可她的后背还是感受到他胸膛的健硕与硬朗。

她的脸烧出一片绯红，掌心略微濡湿。

"这个没有标签。"裴巡平静如水的声音从她头顶滑落。

舒蜜慌忙点头："对，就是这个。"

"你看都没看。"裴巡淡然的语气里竟带了一分戏谑。

他的声音是那种最撩人的低音炮，此刻卧室光线暧昧，空气中仿佛冒着粉红色泡泡。

舒蜜腿发软，抖得不行，越发没出息地贴在柜子门上。

"巡哥，"她颤声道，"咱能不能别凑这么近说话？"

裴巡缓缓俯身，蜜色唇角勾出一丝邪气，唇齿间的气流喷上舒蜜羞红的耳垂。

"这么经不起撩？"

客厅，黎一珺在饮水机前倒了一杯水，仰头咕噜咕噜地喝。

黎父剥了个橘子，把橘子皮扔进饮水机旁边的垃圾桶里。

"儿子啊，裴巡是你的好哥们？"

黎一珺放下杯子："对啊，怎么啦？"

"只是单纯的好哥们？"黎父剥了一瓣橘子塞进嘴里。

黎一珺愣了愣，倏忽笑起来："如果是你们最担心的那种，你们要怎么样？"

黎父被橘子酸得皱眉，把酸橘子丢到一边："你别吓你老爸！"

"这事吧，一个巴掌拍不响，就算我是，巡哥也未必是，老爸你就别瞎想了。"

黎一珺笑着拍拍黎父的肩膀，说完就转身朝卧室走去，打开卧室门。

"还没找到我的内裤？"黎一珺喊了一声。

黎父还愣在原地，看见舒蜜红着脸跑出来，然后裴巡慢条斯理地迈着长腿走出。

"走走走，洗澡去。"黎一珺把换洗衣裤搭在肩膀上。

黎父头皮一阵发麻，他定定神，上前一步："家里的热水器坏了。"

"那洗冷水澡吧，我和巡哥体质好！"黎一珺走向浴室。

黎父轻咳几声："不行，会感冒的！"他沉着脸，语气严厉，拦在浴室门口。

黎一珺歪了歪脑袋，转过头："那巡哥，咱们去舒蜜家洗澡。"

舒蜜还来不及反对，黎一珺已经推着裴巡走出家门。

"你们等一下！"舒蜜正要去追，突然被黎父喊住，她回过头，"怎么了叔叔？"

黎父一脸无奈："拜托了，小舒蜜，你可千万要看好你的小竹马啊！"

舒蜜冲回自己家的时候，黎一珺和裴巡正在跟舒父舒母打招呼。

"我们家浴室小，不能两个人一起洗！"舒蜜趿拉上拖鞋跑进屋。

黎一珺也不勉强，晃着毛巾走进浴室，刚关上门就喊："小舒蜜，帮我开热水器！"

舒蜜跑到阳台上打开热水器，黎一珺又喊："你家洗发水是哪瓶？"

"你不识字啊？"舒蜜在浴室门口喊。

"都是韩文看不懂。上次把护发素当洗发水，洗了半天一点泡沫都没有！"

舒蜜告诉了他，可刚转身，黎一珺又喊："脱下来的衣服放在哪儿？"

"没地儿放？那你给我吧大傻子！"舒蜜无可奈何，回到浴室门口。

浴室门打开，只穿一条内裤的黎一珺把衣服塞给舒蜜。

"你闭上眼，我要脱内裤。你帮我把衣服和内裤一起丢洗衣机里去。"

黎一珺说完，手放在内裤边缘。没想到还有这种操作，舒蜜瞬间愣住。

虽然小时候经常看黎一珺的身体，但是长大了就看得少了，乍一看颇为惊艳。

宽肩细腰窄臀，长期打篮球练就的胸肌，紧绷的腹肌，双腿笔直而修长。

一个学期没见，他的肌肉线条更加流畅，结实的胸肌和若隐若现的腹肌看得她唇干舌燥。

和裴巡的白皙不同，黎一珺的皮肤是健康的淡麦色，光滑紧致，如抹了一层橄榄油。

性感得让人移不开眼睛。

"你怎么还不闭眼？我没穿衣服，很冷的！"

黎一珺话音未落，舒蜜身后就有两条长臂环绕过来，将她圈在其中。

熟悉的清冷气息荡漾在她鼻端，舒蜜呼吸一窒，双眼被两只大掌轻轻盖住。

裴巡那骨节分明的双手上，莹润饱满的指甲被修剪成几近完美的圆弧形。

眼前一片漆黑，没有了视觉，其他感官就变得异常敏锐。

她的眼皮是灼热的，可他的掌心微凉，令人想到上好的羊脂玉。

他的手肘轻搭在她的双肩上，低沉戏谑的嗓音从她头顶落下："还看？"

黎一珺笑："看你那色眯眯的样子！小时候你不是还嘲笑我一身排骨像电线杆？"

舒蜜羞红了脸，懊恼地咬住下唇，心脏扑通扑通狂跳。

黎一珺把脱下来的内裤塞到舒蜜手上那一堆衣服里，准备关门。

裴巡蓦然俯身，下颌搭在舒蜜头上，他的目光淡淡地扫过黎一珺的脸，语调轻缓。

"你们已经长大了，你也该避避嫌了。"

这样的情景在2018年2月的春节也发生过，那是舒蜜大学一年级的寒假。

浴室里传来哗啦啦的水声。

舒母用榨汁机榨了橙汁，先倒了两杯："过来，给你一杯，另一杯给裴巡。"

舒蜜端着两杯橙汁走到书房，裴巡正在灯下抄写英语单词。

"单词不能只是抄，必须读出来，读多了自然脱口而出。"

舒蜜把橙汁放到桌上，她搬了把椅子坐在书桌这一边，和裴巡保持距离。

裴巡并未喝橙汁，而是专心抄单词。他的汉字写得很潦草，英语却写得很漂亮。

"裴巡同学。"舒蜜咽下一大口橙汁，突然一本正经地开口，冷冷地盯着裴巡。

裴巡笔尖停顿，缓缓抬头。

"你大概也猜到了，我喜欢黎大傻，从我明白什么是喜欢时就开始了。"

裴巡目光如水，静默地望着她，空气中弥漫着橙汁酸甜的味道。

"小学三年级之前，黎大傻父母工作忙，他一直住我家，我和他睡高低铺。"

舒蜜追忆过往，唇角勾起一抹微笑。

"晚上我做噩梦或者窗外电闪雷鸣的时候，我就爬下来，和他睡在一起。"

舒蜜顿了顿，抿了口橙汁，嘴角沾上了一些晶莹的果粒。

"他呢？一边笑我胆小鬼，一边把我抱到怀里，一整晚，我压得他胳膊都麻了。"

裴巡浓长的睫毛不易察觉地轻颤了颤。

"五年级我被一个坏同学欺负，他打掉对方一颗牙，差点被学校开除。"

舒蜜笑意愈深，垂眸看着杯中微微荡漾的水面。

"每年生日都一起过，大蛋糕就我俩吃，别人谁也不许碰，吃到我们看到奶油就想吐。"

舒蜜舔了舔嘴角的果粒。

"13岁冬天爸妈出差，大半夜我发烧，他袜子都没穿，背着我跑了一小时去医院。"

舒蜜絮絮叨叨地说了许多陈年往事，裴巡始终眉目平和，静静聆听。

"有些喜欢只是一阵风，吹过就没了，有些喜欢却是盘根错节的树根，紧紧缠绕。"

舒蜜扬眉，直直望进裴巡幽邃的双眸，她的眼神纯粹而赤诚。

"我喜欢他，所以我才做你的同桌，辅导你的功课，把你当朋友，我只是听他的话而已。"

裴巡微微眯起眼。

舒蜜把杯中剩下的橙汁一饮而尽，啪地放下杯子，把话说完。

"在我心里，你只是帅得有点过分的普通朋友，希望你注意朋友之间的分寸。"

卧室门倏忽被推开，黎一珺用毛巾擦着头发："我洗完了，来捉奸了！"

舒蜜瞬间破功，扑哧笑出声，站起身抬腿踹黎一珺："我去拿针，把你嘴巴缝上！"

裴巡眯眼看舒蜜和黎一珺嬉笑打闹，瞳眸深处荡漾起一丝孤寂。

他并不想承认，他真的很羡慕舒蜜和黎一珺这样的亲密无间。

早晨的厨房，蒸锅里的水沸了，咕噜咕噜直响，馒头的香味弥漫开来。

舒母准备做紫菜蛋花汤，正用筷子迅速搅拌鸡蛋，不锈钢盆子里泡着紫菜。

她听到门开的声音，吆喝了一嗓子："谁呀？"

开门的是舒父，他是折回厨房帮忙的："小珺和他朋友来叫咱家的小懒猪起床。"

舒母脸一沉："昨天小珺爸妈跟我说，他们现在很担心小珺和他朋友……"

舒父笑着拿来围裙给舒母系上，再转身剁葱。

"别瞎想了，我看，裴巡那孩子只是太冷太孤单，想要靠近两个小太阳罢了。"

大学一年级的寒假，晨曦的光芒如细碎的金子，在舒蜜脸上跳跃闪烁。

迷迷糊糊中，舒蜜感觉有人在轻拍她的脸。

"起来啦！再睡美容觉也变不成大美女！"

舒蜜既想继续睡，又想撕烂黎大傻的嘴，纠结了半秒，还是睁开迷蒙的睡眼。

她掀开被子，抬腿就要踹黎大傻，腿却停留在半空中，整个人愣住了。

除了黎一珺，她卧室里还有一个人。裴巡双手插兜，淡淡地转眸环视房间。

舒蜜还躺在床上，穿的是舒母的大裤衩，大裤衩松松垮垮，露出草莓内裤的一角。

她慌忙扯下睡衣遮住内裤，收回脚，盖好被子："你们俩要干吗？"

黎一珺来掀她的被子："我爸怀疑我和巡哥关系不纯，想方设法让巡哥走。"

舒蜜和黎一珺一人扯住被子一头，她愣了愣："那跟我有什么关系？"

"为了让巡哥安安心心在我家过年，你和他假扮情侣吧。"

黎一珺手一松，舒蜜因为反作用力而向后倒去，哐当一声撞到床头。

她痛得捂住脑袋："为什么我要和他假扮？我和你假扮不就行了？"

黎一珺俯身，摸摸她被撞疼的脑袋："可是我对你，完全擦不出爱情的火花。"

舒蜜怔住，头上的疼痛顷刻间消失，大脑一片空白，耳朵里什么都听不见了。

黎一珺说完，大概觉得自己言重了，又加了一句委婉的话，可舒蜜听不见。

一直在饶有兴致地打量舒蜜卧室的裴巡转过脸来望向舒蜜，目光复杂。

不知过了多久，舒蜜才缓过来，心口像是被亿万只蚂蚁啃噬，依然说不出话。

"你没事吧？撞了一下床头就撞傻了？"黎一珺又伸手来摸舒蜜的脑袋。

舒蜜扬起手臂，把黎一珺的手挡开，语气很冲："别碰我！"

"你就答应我嘛。"黎一珺嬉皮笑脸地要来抱舒蜜。

"滚！"舒蜜一脚踹上他的腹部，用力很猛，黎一珺蹙眉捂住肚子。

"我又不是让你一直跟他假扮，就过年这七天而已，我只想大家一起过个热闹年！"

黎一珺龇牙咧嘴，揉了揉肚子，不死心地再度靠近。

舒蜜从床上跳起来，双手用力推黎一珺："我问你，他重要还是我重要？"

她下手很重，黎一珺猝不及防，加上肚子还很疼，一下子没站稳，坐倒在地。

舒蜜顺势骑到黎一珺身上，双手压住他的胸膛："回答我啊！到底谁重要？"

黎一珺躺倒在地，看舒蜜张牙舞爪，知道她是真的动怒了，他一时之间不知如何作答。

舒蜜越想越气，俯下身，双手掐住黎一珺的脖子。

"我和你18年的交情，居然还比不过暑假里突然冒出来的家伙？"

她手上没怎么用力，只是掐住他的脖子摇晃，似乎是要摇醒黎一珺。

黎一珺被掐住喉咙，半天才从嗓子眼里挤出一句话。

"你要杀我，好歹让我写一封遗书，伪装成自杀啊！"

舒蜜转身找了一双干净袜子，正要塞进黎一珺嘴里，手腕倏忽被人攥住。

裴巡手指微凉，他俯身，一双幽邃的墨眸里映出舒蜜气疯了的脸。

他的眸子冷若冰霜，只一眼，就让舒蜜浑身一颤，冷静了几分。

"适可而止。"他攥住舒蜜的手腕，稍一用力，舒蜜就被他拉着站了起来。

黎一珺立刻爬起来，心有余悸地抚摸脖子："谢巡哥救命之恩。"

舒蜜岂肯这么轻易地放过黎一珺？她甩开裴巡的手，一把揪住黎一珺的衣领。

"你还没回答我！如果二选一，我和裴巡，你选谁？"

黎一珺看她头发凌乱，下意识地伸手帮她整理，一边整理一边回答。

"为什么非要二选一？你们都是我最重要、最想好好珍惜的人。"

他望着舒蜜，目光纯净不染尘埃，那单纯的小美好，让舒蜜一阵心软。

黎一珺伸手把舒蜜揪住他衣领的手握住，另一只手继续抚平舒蜜的乱发。

"你从小就个性强，小时候经常被欺负，有一次你蜷缩在厕所墙角哭，记得吗？"

黎一珺温柔的话语让舒蜜点点头。

"那时我个子不高、力气不大，但是就算拼了这条命，我也要揍飞他们，保护你。"

回忆如雪花纷至沓来，翩翩起舞。舒蜜垂下睫毛，咬了咬下唇，倏忽觉得鼻子发酸。

"我就是这样的性格吧，不能坐视不理。以前对你是这样，现在对巡哥也是这样。"

裴巡微微动容，目光闪烁。

"巡哥很强大，但是高处不胜寒。舒蜜，我很想大家一起过年，你答应我好不好？"

这样的黎一珺真的让人没办法拒绝，舒蜜仿佛被蛊惑了，鬼使神差地点了头。

一进超市，浓浓的"年味"扑面而来，到处张灯结彩，遍布"中国红"。

红灯笼、红对联、中国结，还有一串串鞭炮挂饰。采办年货的人摩肩接踵。

舒母推着购物车走到鲜肉冷柜前："师傅，麻烦给我称六个猪蹄，对半切开。"

师傅利落地挑了六个猪蹄："您是留着过年吃吧？别切了，招财。"

"对对对！"舒母一拍脑门，接过猪蹄，又转身吩咐舒蜜、黎一珺和裴巡。

"你们仨去买八角、桂皮、花椒、料酒，我去买龙骨，打八折，多囤点。"

舒父和黎父打了声招呼："我们去酒水区，买几瓶茅台，还有葡萄酒。"

黎母瞥了裴巡一眼，突然抓住舒蜜的手，压低声音："小舒蜜，帮阿姨看好他们。"

舒蜜咬咬牙，硬着头皮，勉强挤出一个笑容，扬起声调："阿姨你误会了！"

正往酒水区走的舒父和黎父停下脚步回头看，挑龙骨的舒母也转过身。

"误会什么？"黎母诧异。

黎一珺从后面推了推舒蜜："说出来吧，大家都放心。"

虽然超市很热闹，不过无人围观他们，但大庭广众之下，舒蜜清了清嗓子，半天说不出话。

"到底怎么回事？说清楚！"舒母丢下龙骨，皱着眉头气势汹汹地走过来问。

一双长臂蓦然从舒蜜身侧伸过来，搭在她肩膀上，舒蜜整个人被圈了过去。

她猝不及防，险些站立不稳，额头触碰到他硬朗的胸膛，心跳莫名加速。

裴巡搂住她的肩膀，朝四位父母微微勾唇："叔叔阿姨，我和舒蜜恋爱了。"

舒蜜与裴巡并肩而立，裴巡原本想把她的脑袋压到他肩膀上，可她身高不够……

他搭在她肩膀上的右手扬起，伸出拇指和食指，轻轻揉捏舒蜜的耳垂。

指尖刚触碰到舒蜜的耳垂时，她浑身微颤，似受惊的夜莺，却又无法反抗。

她的耳朵小巧粉红，宛如贝壳，耳垂肌肤光滑细腻，令人爱不释手。

这动作暧昧极了，非常适合佐证他的言辞。

一石激起千层浪，四位父母顿时脸色大变，气氛瞬间降至冰点。

先反应过来的是舒母，她推开购物车，瞪着舒蜜："这是真的？"

舒蜜咬了咬下唇，尽量让自己的声音听起来底气十足。

"大学开学没多久我们就在一起了。妈你看，他这么帅，我怎么把持得住？"

舒母瞠目结舌："你眼瞎吗？你身边不是有个人从小帅到大，你看不见？"

舒蜜艰难地保持微笑："不好意思，我从小看到大，审美疲劳了。"

身后的黎一珺扑哧笑出声来，又慌忙捂住嘴。

舒蜜再接再厉："我很肤浅，我就看脸，我对裴巡一见钟情，爱得死去活来。"

黎一珺插嘴："叔叔阿姨最开明了，当然会支持你！"

黎母回过神来："所以裴巡你来我们家过年，是因为不想和小舒蜜分开？"

裴巡唇角似抹了蜜，光泽莹润，微微荡开："我想每天对她说'早安'和'晚安'。"

那低音炮让舒蜜一颗心都酥了，加上他又开始轻揉她的耳垂，她没出息地双腿发颤。

"累了？"裴巡觉察到舒蜜的异样，侧过身，长臂一伸，将她公主抱抱起。

舒蜜双脚悬空，失去重心，惊慌失措地伸手圈住裴巡的脖颈，生怕掉下去。

裴巡冷峻的面容上恍若镀了一层柔光，舒蜜近距离看着他，心脏几乎跃出胸腔。

他转身，把舒蜜放到购物车里，伸手揉了揉她松软的头发："乖。"

舒蜜怔怔地望着他，只觉他的眼神温柔得能掐出水来。

这一波操作行云流水，甜到发腻，不光是四位父母，连黎一珺都看呆了。

"行了行了，别秀恩爱了，给单身狗留条活路行不行？"黎一珺顿了顿，扬起手上的购物清单，"咱们还有很多东西要买，出发出发！"

舒蜜还没回过神来，坐在购物车里一动不动，裴巡已推动购物车向调料区走。

超市里熙熙攘攘，三人终于离开了父母们的视线范围。

黎一珺迫不及待地打了个响指："奥斯卡影帝！"

裴巡的表情恢复成平素的疏离淡漠，大长腿来回于琳琅满目的货架之间。

黎一珺拿起一包花椒丢到舒蜜怀里："巡哥你累不累？她的吨位可不轻。"

气得舒蜜翻身从购物车里跳下来，猛推黎一珺："你是不想活了是不是？"

黎一珺看到她被裴巡揉得绯红的耳垂，忍不住凑上去吹了吹："疼不疼？"

裴巡倏忽停下脚步，一双眸子深如寒潭、冷若冰霜，看得舒蜜浑身一个激灵。

黎一珺也觉察到不对，他回头："怎么了，巡哥？"

裴巡瞳孔中的温度又冷了几分，唇角不悦地勾起。

"既然她是我一周的女朋友，这七天，任何人都不能与她暧昧。"

听了裴巡的训示之后，黎一珺果然安分了很多。他把舒蜜选的酱油放回货架。

"你外婆有三高，你和你妈妈都是高危，所以要吃低钠的酱油。"

他重新挑了一瓶，认认真真地看了营养成分表和生产日期，才放入购物车。

三人推着购物车一转弯，一个兴奋的女声传来："黎一珺！好巧啊！"

都说大学是家整容院，再土气的女孩读了大学也会变得精致，像变了一个人。

白色短款摇粒绒外套搭上水蓝色高腰阔腿裤，比舒蜜臃肿的里三层外三层时尚多了。

完败啊！舒蜜下意识地收回腿，以免露出自己土得掉渣的红色袜子。

"我不相信这么巧，你是不是看了我朋友圈的定位？"黎一珺没给阮芯晴好脸色。

"别揭穿人家嘛！"阮芯晴嘟着嘴。她用的是纪梵希小羊皮的正红色口红，落落大方。

黎一珺挑了一盒咖喱丢入购物车，看都不看阮芯晴一眼："你找我有什么事？"

"没事，就是想你了！咱们在学校天天见，放寒假你却总是躲着我。"

阮芯晴伸手，从货架上拿了一盒同款的甜辣口味的咖喱。

她刚做了磨砂美甲，咖啡色的哑光琉璃甲上镶嵌着亮晶晶的水钻，有质感又抢眼。

真是从头到尾的精致，舒蜜看看自己狗啃似的指甲，本能地把手插进口袋。

"在学校天天见？全班一起上课，全社团一起活动，我不想见你也很难。"

黎一珺丝毫没有怜香惜玉的意思，始终与阮芯晴保持距离。

"不要这么冷淡嘛，"阮芯晴微笑，"我没有舒蜜的幸运，就只能一点点地靠近你。"

黎一珺冷着一张脸，态度坚决："你这是浪费时间。"

"你听过林宥嘉的《浪费》吗？"阮芯晴把亚麻色长鬈发往后拢了拢。

黎一珺继续在货架前挑黑胡椒粉："我不听歌。"

"你没有喜欢过一个人，没有那么多酸酸沉沉的心事，自然不会听那些缠绵的歌。"

阮芯晴的语调变得低沉，黎一珺却不耐烦起来："你说完了吗？"

不知为何，舒蜜突然有些同情阮芯晴，大概是她和阮芯晴同病相怜，都爱而不得。

阮芯晴这才注意到不远处的舒蜜和裴巡。

并非裴巡存在感弱，而是阮芯晴眼里就只有黎一珺。

"你好，我是阮芯晴。让我猜猜，你是不是黎一珺经常说的想一起创业的朋友？"

舒蜜看得出来裴巡并不屑于与阮芯晴说话，他对陌生人向来高冷得很，一脸肃杀。

"他叫裴巡。"舒蜜也不知自己为何很给阮芯晴面子地回答了。

阮芯晴面露讶色，转头看向舒蜜："你和裴巡站在一起，是最萌身高差啊！"

黎一珺嘴角一沉："我和舒蜜就不是最萌身高差了？"

他的话脱口而出，连黎一珺自己都诧异了，为什么突然说出这种飘着醋意的话？

大概是巡哥刚才那句不准他和舒蜜亲近的话，让他心里有点不爽吧？

黎一珺自己也不知道自己是什么心思，总之，心里的不舒服发泄到阮芯晴身上了。

"没什么事你就消失吧，"黎一珺冷冷地扫了阮芯晴一眼，"我很忙。"

超市收银处人山人海，尽管加开了好几个收银台，依然供不应求，队伍排得很长。

舒蜜和黎一珺帮自家父母检查购物车看有无遗漏，裴巡独自逗留在酒水区。

"你喜欢威士忌？不，应该是买来调鸡尾酒的吧？"阮芯晴推着购物车走近。

酒水区人稍微少些，裴巡冷睨阮芯晴一眼，漫不经心的视线又回到货架上。

阮芯晴从货架上拿下一瓶粉红气泡酒，低垂下睫毛，语调轻缓。

"我不知道你和他们是什么关系，但我觉得我有必要以过来人的身份提醒你一下。"

裴巡挑了一瓶苏格兰的单一麦芽威士忌，又拿了一瓶朗姆酒，薄唇紧抿，不置一词。

阮芯晴继续："他们俩的关系根深蒂固、坚不可摧，任何人都无法插足。"

裴巡连眉毛都没抬一下，可阮芯晴不介意。

"我暗恋黎一珺三年，明追他一年多，他一直告诉我不可能，你知道为什么吗？"

阮芯晴顿了顿，寂寞的指尖摩挲着粉红气泡酒的光滑瓶身，自问自答。

"因为舒蜜不喜欢我。黎一珺说，他就算要找女朋友，也要找被舒蜜认可的女生。"

裴巡最终挑了一瓶黑色的古巴哈瓦那朗姆酒。

"可我无法放弃，就像林宥嘉唱的，反正我有一生来浪费，即便他不给我任何机会。"

阮芯晴说完，苦涩地笑了笑："你真是高冷，从头到尾一句话都不肯说。"

裴巡转身朝收银台的方向走去。

阮芯晴追了几步："你是不是和我一样，一开始都是被他们之间的亲密所吸引？"

裴巡脚步一顿。

"我是独生女，连表兄妹都没有，父母工作很忙，发烧到40度也只能自己去医院。"

阮芯晴把手中的酒放入购物车，双手轻轻搭在购物车的把手上。

"所以高中开学认识他们的时候，看他们嬉笑打闹、形影不离，我真的好羡慕。"

裴巡修长的身影立在一排葡萄酒边，静默如松。

"我也好想有一个一起长大、牵绊一生的青梅竹马，我想把舒蜜拥有的抢过来。"

裴巡并未停留太久，他迈开大长腿，高大的背影消失在货架尽头。

阮芯晴发出一声轻叹，自言自语："黎一珺，咱俩就这样耗着吧，一辈子也无所谓。"

排了半个多小时的队，终于快轮到他们结账，前面就只有一家人了。

黎一珺却突然想到了什么："等我一下，有个东西我忘了买了。"

舒蜜正要问他是什么，黎一珺不由分说地拉住舒蜜的手腕挤出队伍。

黎母催了一句："你们快点，后面还有很多人等着呢！"

黎一珺没回答，拉着舒蜜往日用品区跑。裴巡刚好从酒水区走过来。两人和裴巡擦肩而过，跑过时带起的风撩开了裴巡衬衣的领口。

舒蜜不知道黎一珺是没看到裴巡还是不想理睬，总之黎一珺没有片刻停留。

"你到底要买什么？"舒蜜跑得气喘吁吁，被黎一珺攥住的手腕泛着薄汗。

两人转了个弯，黎一珺在卫生巾姹紫嫣红的货架前停住脚步。

舒蜜愣了愣，抬头看黎一珺。

跑得太快，他蓬松的头发被吹乱，俊朗悦目的脸上透着孩子气的单纯美好，双眸一笑起来就如星辉落入眼中那般璀璨。此刻，他正专心为她挑选卫生巾。

他认真的模样，无论看几次，都令她怦然心动。

黎一珺修长的手指在货架上流连："你总是用网纱的，要不要换成棉柔的？"

舒蜜的心脏扑通扑通狂跳，随口回答了一个字："好。"

黎一珺买了两包日用的抱在怀里，又去拿夜用加长版的。

"38厘米的不会漏床上吧？"

"不会。"舒蜜定定神，"对了，你怎么知道我的卫生巾用完了？"

一米八几的大男生怀里抱着花花绿绿的卫生巾，承受着众人的目光，丝毫不觉得尴尬。

不少女生朝他看过来，低声议论，再看舒蜜时目露艳羡。

"我经常会检查你放卫生巾的抽屉啊！以前你用完了，我直接给你买了补上。"

舒蜜怔住，一颗心软成天上的白云："我一直以为是我妈买的……"

黎一珺伸手拍她的脑袋："你总是大大咧咧的，不给你准备好，来大姨妈时有你哭的！"

舒蜜望着黎一珺，一双杏眸亮晶晶的。

黎一珺突然收回手，视线停留在舒蜜身后的一道身影上，目光复杂。

"轮到我们结账了。"裴巡冰冷的声音从舒蜜的头顶落下。

舒蜜猝不及防，吓得浑身一颤。

黎一珺纹丝未动，静静地与裴巡对视，气氛莫名有点紧张，舒蜜缩了缩脖子。

三秒，五秒，七秒。

黎一珺倏忽笑了起来，小梨涡甜甜地漾起，他上前把手臂搭在裴巡的肩膀上。

"巡哥你知道吗，她第一次来大姨妈时吓得不行，内裤都不敢洗，最后我洗了！"

舒蜜脸一红，习惯性地抬腿踹黎一珺："你根本没洗干净好吗？还不是扔了！"

黎一珺慌忙躲在裴巡身后："巡哥救我！"

裴巡长臂一伸，拉住舒蜜的手腕，制止她的拳打脚踢。他如黑曜石般澄亮耀眼的眸子里闪烁着凌厉的英锐之气，声音低沉悦耳："听话。"

第六章 ｜ 采薇

告 白 倒 计 时

对我们帮助最大的，并不是朋友们的实际帮助，而是我们坚信得到他们的帮助的信念。

——古希腊哲学家伊壁鸠鲁

2021年7月，性冷淡风格的复古仓库空荡荡的，没有任何家具。

黎一珺戴上耳机，一只手掀开眼皮，一只手把AR眼镜片快速地塞入眼眶。

"《倚天屠龙记》《笑傲江湖》《射雕英雄传》和《神雕侠侣》四个任选？"

裴巡单手插兜，右手拿着手机连接他们新开发的武侠类AR游戏。

他语气淡淡的："金庸系列只开发这四部热门的。"

AR眼镜戴上后，黎一珺眼前立刻浮现出壮美的山河背景。

峨眉主峰金顶绝壁高插云霄，其他诸峰含烟凝翠，重峦叠嶂，飞瀑流泉，涧深谷幽。

黎一珺很快反应过来："峨眉山？"他低头看自己手上执着的利剑，"倚天剑？"

话音未落，两道剑光倏忽而至，黎一珺慌忙抬剑格挡。

少年一袭青衫，少女一身红装，衣袂飘飘，剑招咄咄逼人："狗贼还剑！"

黎一珺一边躲闪一边挥剑乱刺，嘴里念叨："这就是张无忌和周芷若？"

他打得满头大汗，可在裴巡看来，黎一珺只是在仓库地上打滚挥手罢了。

手机屏幕上倏忽出现"KO"两个字母，黎一珺看到自己的脖颈被张无忌的利剑割开。

鲜血四溅，眼前的一切变得模糊，黎一珺倒在地上，很快眼前一片漆黑。

耳机里没声音了，取而代之的是裴巡的声音："你都没撑过三分钟。"

黎一珺扯下耳机，摘掉AR眼镜："女性玩家，譬如小舒蜜，估计三秒钟就挂。"

裴巡走上前，摘下黎一珺手腕上的智能手表，记录上面的心率监测结果。

"她下午会来我们公司，你让她试试。"

黎一珺一愣："她不是不肯来吗？天天忙影视公司的实习工作。"

裴巡眉毛都没抬一下："她过不了实习期。"

黎一珺瞬间明白了："不愧是巡哥，论霸道腹黑，我只服你。"

裴巡把耳机线一圈一圈地缠好，黎一珺把AR眼镜片放入营养液里。

"巡哥，死的时候要不要来点烟花特效？就像我们俩第一次一起过年时放的烟花。"

2017年1月，黎一珺的卧室，外面是阴天，书桌上亮着台灯，裴巡伏案做题。

舒蜜把窗帘哗的一声拉开，光线依然不强。

她打开房顶的大灯，手捧历史书，一边看书一边监督裴巡做数学模拟试卷。

门把手被扭开，黎一珺的声音打破了卧室里的静寂："还没做完？等你开黑呢！"

舒蜜卷起历史书，走上去啪地打在黎一珺的背上："有多远滚多远！别吵他做题！"

黎一珺关了卧室门："我不吵，我就静静地在这边玩手机，行不行？"

"不行！"舒蜜打开门，把黎一珺往外推，"出去出去！鬼才信你会保持安静！"

黎一珺在门外转过身求情："舒老师……"

舒蜜啪地甩上门，一脸冷酷无情。

她刚折回书桌边，裴巡就把试卷推过来，指了指一道立体几何题。

那道题是求异面直线的距离，还有二面角的大小。舒蜜拿出一支笔在草稿纸上算。

"等一下，这道题确实挺难的。"她咬了咬笔帽，半张草稿纸都写满了演算步骤。

裴巡坐在她旁边，静静地看她做题，台灯柔和的光把她耳鬓细小的绒毛染成橘色。

她握紧笔，笔尖与草稿纸摩擦，发出沙沙声响。

一缕头发从她耳后滑落，遮住她的右脸颊，发丝轻漾，光影婆娑。

裴巡目光一动，倏忽抬起手中的笔，用笔帽轻轻地将她那缕头发拢至耳后。

舒蜜被题目难到，眉心紧蹙，苦思冥想，根本没察觉裴巡的动作。

三分钟，五分钟。"太难了，做不出来。"舒蜜放下笔，站起身，"你等我一下。"

她走到卧室门口，打开门喊："黎大傻，你给我过来！"

黎一珺正躺在沙发上看游戏直播，眼睛还盯着手机屏幕："不是叫我滚吗？"

舒蜜依然站在门口，手抓着门把手："你等会儿再看行不行？先过来一下！"

"不行！"黎一珺躺在沙发上一动不动，"你以为我是宠物狗，招之即来？"

舒蜜觉得这脸打得真疼，她只能走到沙发边，放软声调。

"别闹了，有道数学题逆天了，怎么也算不出来，你教教我嘛。"

黎一珺斜睨她一眼，一双大长腿抬起搭在沙发靠背上："叫声哥，就教你。"

舒蜜一把抢过黎一珺的手机："造反了你！怎么不让我叫你爸爸啊？"

黎一珺从沙发上跳起来，要抢回手机，舒蜜转身就跑向卧室，黎一珺紧追而至。

"把这道题做出来，手机就还你！"舒蜜把笔塞进黎一珺手里。

黎一珺瞥了眼试卷："这么简单的立体几何都不会？"

"你做出来给我看啊！"舒蜜把座椅推到黎一珺身后，让他坐下来做题。

黎一珺快速地在草稿纸上画了原图，再加了几条辅助线，开始演算。

两分钟，四分钟，黎一珺用笔帽挠了挠蓬松的短发："这什么破题？"

"啧啧啧，谁说简单来着？"舒蜜笑得贼兮兮的，朝裴巡挤挤眼。

裴巡倏忽扬眉："我再试试。"他把试卷拿了回去。

"高考状元都做不出来，你怎么可能会做？"舒蜜把手臂撑在书桌上。

裴巡抬眸，目光灼灼，眼尾稍稍向眉角扫去，唇角微勾："如果我做出来了呢？"

"要打赌？"舒蜜歪了歪脑袋，兴致盎然，"你想要什么？"

两人目光相交，裴巡深栗色的瞳仁中不时有一颗颗火星迸发，眼白泛着淡蓝色的微光。

他的睫毛浓长得不可思议，此刻微微低垂，令双眸如笼罩在云雾之中，难辨深意。

"提前知道赌注多没意思。"裴巡目光流盼。

舒蜜丝毫不惧，仰了仰下颌："你以为我不敢吗？赌就赌，你有本事做出这道题！"

黎一珺蹙眉看舒蜜："你就这么确定他做不出来？"

舒蜜自信满满："他的数学是我教的，我怎么会不确定？"

裴巡不再多言，重新拿了一张草稿纸，画上原图和黎一珺刚用过的辅助线。

两分钟，三分钟，舒蜜和黎一珺紧紧盯着草稿纸上裴巡的演算步骤。

时间嘀嗒嘀嗒流逝，舒蜜的嘴角越发下沉，黎一珺则惊讶得微张开薄唇。

写完最后的答案，裴巡把试卷往舒蜜面前一推："你输了。"

舒蜜和黎一珺已经石化，瞠目结舌，半天说不出话来。

黎一珺先回过神来，把视线从数学题转移到裴巡身上："所以赌注是什么？"

裴巡的目光淡淡地掠过窗台上那盒烟花："晚上再说。"

做完数学模拟试卷，接下来是背文言文，舒蜜拍桌子："半小时后默写。"

黎一珺哀号："我就想和巡哥玩一局游戏，你还没完没了啦？"

舒蜜于心不忍，掏出手机："开黑？我陪你。"

"你才钻石段位吧？咱们不能打排位。算了算了，匹配就匹配吧。"

裴巡在桌前背《过秦论》："奋六世之余烈，振长策而御宇内，吞二周而亡诸侯。"

舒蜜和黎一珺半躺在床上拿手机玩《王者荣耀》。黎一珺在舒蜜之后选英雄。

"你选甄姬？小心被对面的娜可露露抓。我选个吕布吧，末日机甲的皮肤很酷。"

甄姬是法师，虽然输出强大，但是很脆，对面刺客会玩的话，法师就起不来了。

结果这一局，对面的娜可露露简直开了挂，跑过来抢野，还杀了他们的打野英雄。

娜可露露刷了两波野区，就来中路抓舒蜜，一只鸟飞过来，甄姬的血量噌噌噌掉到零。

"你应该选个'闪现'，光'治疗'没用，娜可露露速度太快，伤害太大。"

黎一珺用的吕布几次三番想要救她，可敌不过娜可露露猛如虎的操作。

舒蜜根本不敢出塔，没法发育，又一直被娜可露露抓，对方还越塔强杀。

屏幕左下角被队友的抱怨刷屏了："甄姬你别送人头了行吗？"

"举报甄姬，坑货，猪队友！"

塔都推到高地了，人头数落后了一半，舒蜜气得不行，又被骂，委屈得想哭。

"输定了，我评分肯定低，顺利举报又扣我信誉分，排位都打不成。"

明明很努力地在打，但是没人保护，就只能做娜可露露的"提款机"。

黎一珺叹息一声，心有余而力不足："我应该选东皇太一跟着你保护你的。"

他用的吕布在上路一直苦苦支撑，连打字发到频道里为她说句话的时间都没有。

舒蜜鼻子发酸，咬住下唇，眼睁睁看着一只鸟飞来，很快屏幕又暗下来。

一条长臂倏忽伸了过来，不由分说地夺走了舒蜜的手机。

舒蜜抬头："你干吗？我在玩游戏。你背完书了吗？"

裴巡瞥了眼复活倒计时，勾唇："语文书拿过来。"

舒蜜愣了愣，黎一珺用手肘戳她："去拿吧，让你见识一下裴神的操作。"

隐约有点明白的舒蜜乖乖地拿来语文书，手机屏幕上甄姬复活了。

甄姬的经济落后，装备很烂，裴巡卖掉了一件法术装备，买了"贤者的庇护"。

娜可露露的鸟飞过来了，舒蜜一颗心提到了嗓子眼。

裴巡接下来的操作简直帅瞎她。

他先是精准地冰冻住了娜可露露。娜可露露的走位特别难估算，他竟然这么准。

娜可露露被冻住了一秒，裴巡立刻操作甄姬后退，退的同时丢出大招和二技能。

同时三个操作，快得让舒蜜眼花缭乱。

娜可露露被甄姬大招减速、二技能小兵弹射冰冻，再加上两次普攻，没几分钟就挂了。

舒蜜兴奋地跳起来："哇！"

频道里，队友们也在惊叹："终于感觉到法师的存在了。"

"这法师突然开挂了？这操作太帅了吧！"

舒蜜刚想说什么，裴巡单手操作甄姬清兵扫野，另一只手把舒蜜拉过来。

"把书举起来。"他让舒蜜坐在他腿上，清冷的气息喷上舒蜜的后颈。

舒蜜怔了怔，全身被他的气息环绕，脸上的温度开始飙升。

"你要一边玩逆风局游戏，一边背《过秦论》？"她声音发颤。

手机屏幕上，裴巡单手的操作竟然让娜可露露再次被冻住，进而被集火秒杀。

舒蜜被这如虹气势所震慑，听话地坐在裴巡腿上，将语文书举在手机屏幕下方。

裴巡双臂环绕舒蜜，又换成双手操作，将她牢牢圈在怀里。

他瞥一眼手机屏幕，再瞥一眼语文书，背书的时候基本上靠记忆在操作。

传说中的最强大脑？

舒蜜浑身绷得很紧，感受到他健硕的胸膛紧贴自己的背脊，她脸颊腾起一层绯红。

他浅浅的呼吸就在她头顶上方，拂动着她的头发，让她心痒难耐。

她不安地扭动了一下腰："还要多久啊？"

已经推到高地塔了，裴巡估计了一下时间："30秒。"

舒蜜手颤得厉害，语文书举得低了点，裴巡只能俯身低头，唇贴近她耳畔。

"到底还要多久啊？"舒蜜脸涨得通红，快撑不住了。

裴巡低声倒数，唇齿间的气流喷上她羞红的耳垂："26、25、24、23……"

他向来缄默，可一开口就是撩人的低音炮，声线不鸣则已一鸣惊人。

清冷、慵懒、澄澈，这是怎样绝美的声线，只是单纯的倒数，就让舒蜜魂飞魄散。

每个数字、每个音节，都如一股暖流从她心里渗透进四肢百骸，泛着甜甜的香味。

"18、17、16、15……"

扑通，扑通，扑通。

舒蜜瘫软在裴巡腿上，一颗心恍若被那低音炮炸成了满天烟花。

"5、4、3、2、1……"

屏幕上水晶轰然崩裂，激情洋溢的"Victory"传来，舒蜜手里的语文书啪地掉到地上。

裴巡慢条斯理地松开舒蜜，她摇摇晃晃地站起来，伸手扶住墙壁。

黎一珺聚精会神地打游戏，丝毫没注意到刚才发生的事情，他伸手搭上裴巡的肩膀。

"逆风翻盘啊！对面娜可露露估计要吐血了！裴神果然是裴神！"

裴巡淡淡地瞥了舒蜜一眼："可以默写了。"

舒蜜伸手掐了掐自己的手背，告诉自己别这么没出息，被一个男生的声音撩成这样。

黎一珺这才注意到舒蜜的异样："你怎么了？发烧了？"

舒蜜拍开黎一珺伸手摸她额头的手："我想睡会儿觉，你给裴巡默写吧。"

2018年2月，舒蜜大学一年级的除夕夜。

小区里到处张灯结彩，一年四季风雨无阻跳广场舞的大妈们也不跳了。

陶蓁早早地把祝福的微信发了过来："新的一年，做爱做的事，睡想睡的人。"

舒蜜睡了两个小时，感觉好多了，她正要回复，卧室门被推开了。

舒母系着围裙喊："你也来厨房帮帮忙！不帮忙的不能吃！"

年夜饭很隆重，四个家长从早忙到晚，杀鸡剖鱼剁肉煲汤，切的配料一碗一碗的。

舒蜜走出卧室，黎一珺和裴巡也被舒母叫到厨房了。

黎一珺挽起毛衫袖子："是不是还要包饺子？我来剁肉馅！"

舒蜜挑了个轻松的活儿："我来洗蔬菜。"

唯独裴巡立在厨房门口，没吱声。舒母看向裴巡："你会什么？"

裴巡灿若繁星的双眸里闪过一丝迷惘。舒母挑眉："你该不会什么都不会吧？"

黎一珺笑："他可是个小少爷，家里有家政保姆还有司机保镖，怎么会下过厨房？"

舒母和黎母对视一眼，嫌弃地摇摇头。

向来气场强大的裴巡此刻只能弱弱地开口："我会剥蒜。"

"那你把这些蒜剥了。"舒母递给他一个白瓷碗。

裴巡接过去，笨拙地用手指撕蒜皮，那蒜沾了点油，瞬间从他手里滑了下去。

他伸手去抓，手肘不小心碰到了白瓷碗。舒母睁大眼睛，试图抢救已来不及。

啪的一声，漂亮的白瓷碗摔得粉碎，厨房里一片死寂。

舒蜜瞥了眼裴巡那难以形容的脸色，忍不住扑哧笑出声来。

舒母开口骂："你还笑得出来？这可是我刚从超市买的，从来没有用过！"

裴巡语气诚恳："对不起，阿姨，我明天就去买一模一样的回来。"

舒母冷哼一声："大过年的，超市不开门。"

看来舒母还不能接受裴巡把她女儿拐跑的事实，黎一珺笑着给舒母揉肩膀。

"阿姨消消气，这是个好兆头啊，碎碎平安，岁岁平安。"

一句话就让舒母笑逐颜开，她拍了拍黎一珺的手："还是小珺乖巧懂事。"

黎一珺用扫把清扫地上的碎片："巡哥，剥蒜不是用手剥，要先用刀背拍一拍。"

裴巡拿起一把菜刀，扭了扭脖子，深呼吸一口，对准一颗蒜拍去。

蒜猛地飞了出去，不偏不倚地飞到舒母脸上，舒母吃痛，横眉竖目，又生气了。

空气瞬间凝固，舒蜜都不敢看裴巡的脸，怕自己笑到肚子疼。

高高在上的裴神居然还有这样的"反差萌"，真是值得纪念的高光时刻。

"阿姨你忙了一整天了，先去休息一下，吃点水果。"黎一珺把舒母推到厨房外。

厨房里只剩下舒蜜和裴巡两个人，舒蜜嘴角含笑走过去："我来教你吧。"

裴巡手握着菜刀刀柄，苦苦思索着，朝那颗蒜拍去。

"不对啊笨蛋！"舒蜜没想那么多，伸手握住裴巡的右手，手心紧贴他的手背。

裴巡的睫毛不易察觉地颤了颤。

舒蜜就站在他身侧，右手手臂和他的手臂相贴，少女指如葱根，十指纤纤。

"要这样。"舒蜜握紧他的手，一使力，扬起菜刀，快狠准地拍到蒜上。

白蒜顷刻间被拍扁了，难剥的蒜皮也裂开了缝隙。

舒蜜收回手，捏了一颗蒜放到砧板上："你来一次。"

啪的一声，裴巡成功地拍了一颗蒜，黎一珺刚好走进来，见状鼓掌："巡哥威武！"

剥完一整碗蒜，黎一珺全部倒进捣蒜器里："我来捣蒜，你洗手吧，省得有蒜味。"

裴巡打开水龙头，冲洗了一下左手。

黎一珺一边咚咚咚捣蒜一边问："怎么不洗右手？"

"我再切点葱。"裴巡切葱的动作很慢，黎一珺看着紧张，真担心他切伤自己。

家里有客人过来拜年送礼，黎一珺要出去招呼，离开厨房前跟舒蜜喊了一嗓子。

"你看着点巡哥，他可能切到手。"

黎一珺的背影刚消失，裴巡切葱的声音就停了下来，舒蜜慌忙回头。

硕大的血珠从裴巡白皙如玉的指尖渗出，手指裂开了一条触目惊心的伤口。

"真是笨到家了！"舒蜜哭笑不得，丢下手上的活儿跑过去，抓住裴巡的手。

鲜血啪嗒滴落到地上，舒蜜想也没想，就把裴巡的手指含到嘴里。

裴巡的瞳孔微微收缩。

舒蜜含了一会儿，突然意识到这个动作太过暧昧，立刻松开他的手。

她的温暖残留在他指尖，疼痛都变得微乎其微了。

舒蜜挤出一丝尴尬的笑容："不好意思，你别误会，就算是普通同学，我也会帮的。"

裴巡微仰起下颌，厨房的灯光落下来，映得他五官深邃而俊美，目光里尽是倨傲。

舒蜜的心莫名地扑通扑通狂跳。

为什么这么没出息？她擦了擦掌心的濡湿："你别这么看着我，我真的没想勾引你。"

勾引？这两个字让裴巡唇角斜勾，他微敛着眉，目光似水。

"我干脆把话说明白吧，"舒蜜深呼吸一口，"你这样的男神，任何女生都难以

86

招架。"

裴巡眯起眼，狭长的双眸如打翻的浓墨，仿佛星光熠熠的脸庞令人不敢直视。

"我不能再跟你假扮情侣了，你一个暧昧的眼神我都把持不住，更别提你的声音。"

裴巡指尖凝固的鲜血恍若一朵盛开的红梅，颇符合他清冷的气质。

"每次你这么看着我或者靠近我，我就心跳加速慌得不行，我……已经到极限了。"

话音未落，舒蜜只觉腰肢一紧，身体瞬间被束缚进一个有力的怀抱。

疯狂撞击胸膛的心脏倏忽停下来，她瞪圆眼睛，刹那间被夺走了呼吸。

不到一厘米，她颤抖的眸中映出他一双湿润的瞳，甜蜜又灼热的视线令她全身酥麻。

意识到不对的舒蜜下意识地想要推开，却被他箍得更紧。

他薄唇微勾，声音喑哑，几不可闻："我也已经到极限了。"

舒蜜被那撩人的低音炮搅得浑身燥热难耐，双腿发软。

她连耳垂都红得滴血，鼻尖渗出细小的汗珠，薄唇微张，露出鲜嫩水润的舌尖。

裴巡扬眉，喉结蠕动。

最后的理智让舒蜜转身欲逃，裴巡右手掌猛地托住她后脑，左臂拦腰将人拥紧。

下一秒，他微凉的唇覆上她颤抖的燥热的唇。

厨房里处处是烟火气息，黄的姜、红的辣椒、紫的茄子、绿的小油菜、白的鲜藕。

紫砂锅里煲着菌菇炖鸡汤，咕噜咕噜，清甜的香味四处弥漫，将窗户蒙上一层薄雾。

厨房外是待客的声音，宾客言笑晏晏，笑声入耳，唯独厨房里是一片旖旎的岑寂。

一秒，两秒，三秒。

四片微颤的唇轻轻贴合着，明明只有三秒，却久得像一个世纪。

脚步声传来，舒蜜终于回魂，用力推开裴巡，扬起手。

啪的一声，裴巡不躲不闪，接了舒蜜用尽全力甩过来的一耳光。

黎一珺刚走到厨房门口，就被从里面冲出来的舒蜜撞到一边。

舒蜜握紧拳头，咬住下唇，狠狠撞了黎一珺一下，头也不回地跑远了。

"怎么回事？"黎一珺一头雾水地走进厨房。

裴巡垂眸，轻抚上指尖凝固的血珠，语气淡若止水："我找她要赌债了。"

这是舒蜜有生以来最糟糕的一个除夕夜，满桌子美味佳肴她都提不起兴趣。

黎一珺夹了一个鸡腿，去了皮，再夹到舒蜜的碗里："不用谢。"

"谁跟你说谢谢了？"舒蜜白了他一眼，手拿着鸡腿，另一只手快速地扒饭吃。

黎一珺把一碗白嫩嫩香喷喷的鱼肉推过来："刺都给你挑出来了，别客气。"

"吃饱了。"舒蜜把碗筷一丢，"别叫我看春晚，我要学习。"

舒母瞪眼："学什么？吃完年夜饭，一家人不聚在一起嗑瓜子看春晚，叫什么过年？"

"学渣还过什么年？"舒蜜没好气地转身就走。舒母气得起身去追。

黎一珺拉住舒母："阿姨，我去吧。"

只一句话，舒母就放下心来，点点头。

裴巡放下筷子，用纸巾擦擦嘴角，正要起身，舒父叫住了他。

"让小珺去陪她就好，裴巡你来陪我们喝点酒？"

舒母瞪了舒父一眼："小孩子喝什么酒？"

黎父笑着拿过葡萄酒和一个高脚杯："喝点红酒没事，来，叔叔给你倒。"

裴巡彬彬有礼，双手接过："谢谢叔叔。"

舒母正要反对，黎母拉她坐下："操劳了一整年，咱也休息一晚上，别管孩子了。"

黎一珺端着一碗汤推开卧室门。里面没开灯，窗外有很好的月光，银粉般洒进来。

他看到舒蜜正一动不动地趴在床上，脸埋在枕头里，那姿态令他心一颤。

"巡哥是不是在厨房里欺负你了？"

黎一珺声线温柔，把汤放到床头柜上，他坐在床边，轻轻地抚摸她的头发。

"别碰我！"舒蜜躲开，冷哼一声，"我是谁，怎么可能被人欺负？"

黎一珺起身，把旁边书桌上的台灯打开，再折回床边："不想吃饭，至少喝点汤。"

鸡汤的香味弥散开来，黎一珺端起汤，用勺子搅了搅，靠近嘴边吹了吹。

"来，我喂你。不喝的话，这只为了给你补营养而赔上性命的乌鸡会伤心的。"

舒蜜笑点可不低，她虽然没笑，但气氛变得轻松一些了。

她坐起身看向他，橘黄色的灯光将黎一珺的俊颜映得半明半暗，眉眼俊秀。

他舀了一口热汤，放嘴边吹凉了，再送到她唇畔："就喝几口，好不好？"

黎一珺的双眸恍若浸于一缸清水里的雨花石，石上斑斓的花纹让她无法拒绝。

舒蜜张开嘴，被黎一珺喂了一口暖汤，她伸手接过碗："我自己喝。"

"我和巡哥准备陪他们看一会儿春晚就溜出去放烟花，你可千万别说你不来！"

直接端着碗喝汤，有点烫，舒蜜伸出舌头哈气："每年都放烟花，都放腻了！"

"烟花那么美丽浪漫，你到底有没有少女心啊？"黎一珺凑过来给她吹汤。

两个人都凑到碗边吹汤，额头碰到一起，距离很近，鼻息交缠。

舒蜜慌忙放下碗，身子往后。以前她并不介意和黎一珺亲密，可今天她表现出抵触。

她真的很讨厌这种暧昧不明，不管是和黎一珺，还是和裴巡。

"你和你巡哥去放烟花吧，祝你们兄弟的深情在灿烂的烟花下得到升华。"

舒蜜正在卧室里努力静下心来听英语，窗外倏忽传来噼里啪啦的声音。

她家在一楼，她卧室的窗户对着一个狭窄的巷子口。舒蜜摘下耳机，蹙眉起身。

一走近窗户，砰的一声巨响，一条银蛇腾空而起，在夜幕中炸开，宛如花朵怒放。

舒蜜被吓了一大跳，她仰头看烟花，姹紫嫣红的光芒辉映在少女娇嫩的面庞上。

"吓傻了啊？"黎一珺的手从窗外伸进来，拍了下舒蜜的脑袋。

舒蜜瞪他："你为什么非要在我窗边放烟花？打扰我学习了知不知道？"

话虽如此说，她还是抬头仰望漫天烟花。

烟花如天女散花，又如彩蝶飞舞，喜庆的红，生机勃勃的绿，温暖的黄，浪漫的紫。

璀璨的火光照亮了天鹅绒般的夜空，也照亮了窗下裴巡的身影。

舒蜜侧过脸看裴巡，他双手插兜，淡淡地望着她，身影静默如雪后的青松。

绽放之后，烟花向下坠落，宛如多情的流星雨淅淅沥沥，也似无数萤火虫翩翩起舞。

裴巡清冷的眉梢眼角在这一刻被映得温柔至极，那瞬间舒蜜连呼吸都忘却了。

"发什么呆？"黎一珺又伸手进来，把舒蜜拍醒了。

她慌忙咳嗽几声，掩饰尴尬。

黎一珺双手搭在窗台上："拍视频了吗？刚刚那烟花可贵了！"

"有点出息好不好？"舒蜜翻了个白眼，"我要学习了，你们到别处放去！"

黎一珺抓起一把仙女棒，贼笑："小仙女，你确定你不跟我们一起玩仙女棒？"

"滚！"舒蜜啪地关上窗，戴上耳机，回到桌边继续做英语听力题，可是她家离指定燃放烟花爆竹的地点不远，市民们都在那里放鞭炮，吵得不行。

舒蜜把耳机的音量调到最大，还是听不太清楚。

她无奈地甩下耳机，走出卧室，四位家长在沙发上看春晚，笑得前俯后仰。

那个相声剧由春晚专业户冯巩搭档"洪荒少女"傅园慧，还有"毒舌"林永健。

父母们看得聚精会神，根本没搭理舒蜜，她抓了一把瓜子，在玄关换了鞋，走出门。

黎一珺就在门口的院子里放仙女棒，看她出来就嚷："起风了，你该穿件厚的！"

"少啰唆！"舒蜜吐了口瓜子壳，环顾四周，"你巡哥呢？"

"他不屑于玩这些。"黎一珺耸耸肩，点燃一根仙女棒，递给舒蜜。

小小的花火点亮了舒蜜的双眸，她瓜子也不嗑了，情不自禁地拿着仙女棒挥舞。

黎一珺又点燃一根，塞到她另一只手上，然后退到一边看着周身流光溢彩的少女。

他目光荡漾，唇色光泽似蜜，倏忽轻轻地道："小仙女，送个礼物给你。"

舒蜜停下动作看着黎一珺，一张小脸玩得红扑扑的。

黎一珺抬起手中燃烧的仙女棒，手腕灵巧挥舞，在空中画出一个漂亮的心形。

舒蜜睁大双眼，愣了愣，手中的仙女棒燃烧殆尽，灿烂的花火归于平静。

她蓦然变了脸色，语气冰冷："你什么意思？"

黎一珺手中的仙女棒还在闪耀，可他瞳眸晦暗，眉心微拧："你今晚很反常。"

"你难道不反常？"舒蜜扬起声调，"你为什么送我一颗心？你是我男朋友吗？"

黎一珺低眸看舒蜜一张怒颜，眸色又暗了几分，喉结滚了滚，终究无法作答。

舒蜜愠怒未消，挑起眉梢："裴巡说得对，我们长大了，该避嫌了。"

噼啪一声，黎一珺手中的仙女棒烧完了，夜风冷得刺骨，却吹不散他眉间的悲伤。

舒蜜将黎一珺脸上的落寞看得一清二楚，她的心里何尝不是同样的感受。

为什么要说这么冷酷无情的话？舒蜜惶惑了。一切都乱套了，搅成了一团乱麻。

她丢下仙女棒，转身就跑，几近狼狈地逃离了此处。

裴巡一走进卧室，黎一珺就嗅到他身上萦绕的淡淡烟味。

黎一珺的卧室是高低铺，以前舒蜜睡上面，黎一珺睡下面。

过年这几天，黎一珺把下铺让给裴巡，自己睡上铺。

90

他没开卧室大灯，只亮着书桌上的台灯，昏暗的光线中，他一双星眸冷睨着裴巡。

一片静默，裴巡觉察到他目光的异样，剑眉微挑。

原本想爬到上铺睡觉的黎一珺一步步从扶梯上下来，衬衣白得刺眼。

两个一米八几的少年在暧昧的光影中对视，裴巡静若止水，黎一珺咄咄逼人，空气中仿佛有细小的花火刺啦啦作响。

不知过了多久，黎一珺森然开口："你对舒蜜做了什么？"

裴巡眯起眼："你介意？"

黎一珺声音沙哑，一字一顿："我很介意。"

裴巡目光平淡，波澜不惊："她没告诉你？"

黎一珺勃然迈步，逼近裴巡，瞳眸宛如深沉的夜幕："你到底做了什么？"

灯光淌过他犀利的眉宇，这样的黎一珺，裴巡第一次见。

裴巡目光轻闪，薄唇缓缓勾起，漫不经心地吐出答案："拿了她的初吻。"

黎一珺脸色遽变，转瞬间，额头上青筋暴起。

裴巡瞳孔收缩。黎一珺这样的反应，他始料未及。

接下来黎一珺的动作快如闪电，几乎是身体的本能，他扬起拳头朝裴巡挥去。

裴巡是何人？他早有防备，身形一闪，抬臂，手掌硬生生地接下那一拳。

他骨节如竹的手包裹着黎一珺的拳头。

黎一珺浑身颤抖，裴巡云淡风轻。

两人久久对视，黎一珺额头上的汗珠粘住碎发，双眸似被点燃的星辰。

"她是我妹妹，我不允许任何人欺负她、强迫她，哪怕是你。"

裴巡目如寒潭，倏然勾唇："仅限于此？"

即便是春晚压轴的《难忘今宵》响起来了，这个漫长的除夕夜依然没有结束。

"小珺这么早就回卧室睡觉了？还没帮忙贴春联呢！"黎母开始收拾瓜子壳。

舒父拿着的春联是他自己写的，方正而柔美的楷书，模仿的是元代赵孟頫的字体。

"叔叔我来。"裴巡长腿一迈，站在舒蜜旁边，修长的手指拿起横批。

舒蜜脸色微变，往旁边挪了挪，不情愿地把胶水递过去。

两人的指尖微微触碰，舒蜜立刻收回手。

裴巡并未看她，垂眸在横批后面抹上胶水。

"长得高就是好，都不用凳子，踮脚就贴上了！"黎母提着垃圾袋准备丢出去。

贴好舒蜜家门口的对联,再贴黎一珺家门口的对联。

裴巡食指和拇指捏住对联的上方,舒蜜蹲下身扶正对联的下方。

"很好,一点也没歪。还有一副对联,你们贴到单元楼大门口去吧。"

舒父把对联递给舒蜜,就和黎父去放鞭炮了。舒母和黎母忙着收拾家里。

没办法,舒蜜硬着头皮走向单元楼大门,裴巡慢条斯理地跟在后面。

烟火散去,月光迷离。

舒蜜把对联按在墙上,掏出胶水抹上去,然后默不作声地递给裴巡。

裴巡捏住对联贴上墙,骨节分明的手指沿着对联一路按压,使对联紧贴墙壁。

两人配合默契,却始终缄默,唯有月光幽幽,在两人身后留下绮丽的剪影。

上联在左,下联在右,横批从左至右。

贴完对联,舒蜜做了足够长时间的心理建设,清了清嗓子,终于开口。

"黎大傻这么早睡了?他有没有跟你说什么?"

裴巡双手插兜,立于月下,静静地望着刚贴好的对联,并不准备回答。

舒蜜手指搭在胶水瓶盖上:"不想讨论他?那咱们就讨论今晚的事。"

她顿了顿,用力捏了捏胶水瓶,指尖发白,声音有些低哑。

"为什么要亲我?"

裴巡纹丝未动,似在欣赏对联上漂亮的楷书,又似在玩味汉语的精妙。

他身形挺拔,容颜俊逸,那硬朗的身材轮廓和刀削斧凿般的侧脸在月下熠熠生辉。

气场摆在这里,她到底是没办法像对黎一珺那样对裴巡发脾气,可她也不是没脾气的。她上前一步,蹙眉正要大声质问,裴巡蓦然回眸启唇。

"想亲就亲了。"

清风明月般的少年,凉薄戏谑的言辞,色淡如水的唇,无情微挑的眼角。

舒蜜的呼吸停滞了两秒,夜风吹得她鼻子微微泛红,她握紧拳头,眸中怒气愈盛。

"你明知道我喜欢黎大傻,你明知道我想把初吻给他,把所有的第一次都给他。"

裴巡迈开长腿,两人的距离顷刻间缩短,舒蜜尚未反应过来,他已近在眼前。

月色美极,水银般的流光透过斑驳的树影,如杨花飞舞。

舒蜜本能地后退一步,却被他扣住手腕,下一秒,他的食指挑起她的下颔。

裴巡的眼睑、薄唇和轮廓皆带着冰霜覆盖一样的冷峻,凛冽的少年气息扑面而来。

那双眸冷如寒月，却弥散着蛊惑人心的力量。舒蜜一怔，动弹不得。

"你不配。"他的声音森冷沉郁。

舒蜜背脊一阵恶寒，头皮发麻，半晌才发出战栗的声音："为什么？"

"心里有喜欢的人，却被别人撩得面红耳赤，你有几分真心？"

只此一句，就把舒蜜炸得五内俱焚，羞耻、懊恼、愤懑、自责和绝望涌上心头。

裴巡的双眸射出洞悉人心的冷傲，又暗藏一丝缥缈。

良久，舒蜜无力地伸手推开他，跟跟跄跄地后退几步，双眼氤氲着一层薄薄的泪光。

"我承认我不是个好女孩，我没出息，"舒蜜喘息着，"可你也好不到哪儿去！"

她咬紧牙关瞪着他，额头上渗出的晶莹冷汗辉映着月光，闪耀在他眸中。

"你嫉妒我和黎大傻的亲密对不对？每次都是你来撩我，我很坏，你更渣！"

言尽于此，舒蜜转身欲走，可双腿发软，跌跌撞撞走了几步，没留神脚下的台阶。

裴巡长臂一伸，默然扶住她的腰。

舒蜜站稳，试图甩开他的束缚。

他搁在她腰后的手臂一抬，以霸道的力度将她按在胸前，两人身体紧贴，呼吸交缠。

薄唇勾出居高临下的矜贵，他目光深邃，永远令人琢磨不透。

"那就狼狈为奸吧。"

第七章 | 玄鸟

一个人要历经漫长的时间，才能培养出年轻的心。

——西班牙画家毕加索

2021年7月，舒蜜抱着一个快递纸箱子走出电梯，长发在后背摇曳。

箱子里有水杯、会议本、头戴式耳机和一些原公司发的小物件。

她走到"君寻科技"的前台，啪地把纸箱子放下："找你们裴总和黎总！"

前台正在接电话，面带微笑，她瞥了舒蜜一眼，并不准备理睬。

舒蜜擦了擦额头上的汗，给自己倒了一杯水，耐心地等前台打完电话。

"谢谢您，欢迎再次致电君寻科技。"前台红唇一勾，挂了电话。

舒蜜把杯中的水一饮而尽，前台看都没看她一眼，继续盯着电脑屏幕。

"这就是你们公司的待客之道？"舒蜜原本就在气头上，扬起声调质问。

前台冷哼一声："像你这样不要脸的女人我见多了，个个追着裴总黎总跑。"

舒蜜气愤大于疑惑，伸手一拍桌子："我看你是不想要这份工作了吧！"

前台不屑一顾："才和裴总见了一次面，你就以为你是裴太太了？"

她说完就打了电话："物业公司吗？17楼君寻科技有人来骚扰，麻烦处理下。"

舒蜜气得掏出手机准备打电话，按了半天屏幕都没亮——手机没电了。

她心急火燎地翻找充电宝，刚好在17楼办事的物业公司保安进入大厅。

"就是她！"前台站起身，"前几天在发布会上疯狂向裴总表白，骚扰裴总。"

舒蜜被三个人高马大的保安包围，百口莫辩："认错人了，我没有！"

"不好意思，女士，请跟我们下楼。"保安们彬彬有礼，却也咄咄逼人。

舒蜜哭笑不得，被三个保安强行带到电梯处。电梯正从一楼往上行。

电梯上的数字不断变化，15、16、17，叮咚一声，电梯门开。

撞入眼帘的是笔挺的黑西装，卡地亚猎豹胸针，皇家橡树腕表，雅致内敛，大概是刚参加完商务午宴。另一位是深灰色西装，肖邦腕表，潇洒不羁。

几个保安慌忙退到电梯两边，毕恭毕敬："裴总，黎总。"

黎一珺正和裴巡交谈，两人动作一致地迈开大长腿走下电梯，并未看保安。

舒蜜小小的身影被几个魁梧的保安挡住了，她突然赌气，不想喊他们。

黎一珺和裴巡走向大厅，保安才伸手挡住电梯门，看向舒蜜："女士请吧。"

居然没看她。舒蜜气得牙痒痒，故意走进电梯，保安随之鱼贯而入。

电梯门缓缓关上，舒蜜蹙眉咬住下唇。即将关拢的一瞬间，电梯门突然卡住了——走廊上有人按电梯按钮。舒蜜挑眉，保安一脸疑惑。电梯门停顿一秒，徐徐打开。

第二次看，依然惊艳，黎一珺一双丝绒乐福鞋，给成熟稳重的西装增添了一丝顽皮。

剪裁得体的西装包裹着裴巡高大修长的身材，兼具绅士儒雅和霸气，意气风发。

保安们面面相觑，带头的先反应过来："裴总、黎总认识这位女士？"

黎一珺仰起下颌："她是我们的人。"

保安们瞬间愣住，场面一时很是尴尬。舒蜜憋住笑，颇有兴致地看着保安们诡异的脸色。

裴巡淡淡抬眸望了舒蜜一眼，徐徐开腔："还不过来？"

2017年1月，舒蜜睡得迷迷糊糊，起来上卫生间时看到有辆车停在院子里。

那辆黑色奔驰商务车有点眼熟，但舒蜜困得不行，没有多想，回到床上继续睡。

一直睡到中午12点，舒母推开门，用大嗓门喊道："起床！客人来拜年了！"

舒蜜走出卧室，抓了抓鸡窝般的头发，一眼瞥见坐在沙发上看春晚回放的黎一珺。

"你不是不喜欢看春晚吗？中邪了？"舒蜜饿得吐血，牙也不刷，先剥了个橘子。

黎一珺长臂一伸，夺过舒蜜手上的橘子："空腹吃什么水果！"

舒蜜正要抢回来，黎一珺抓起茶几上的一小包萨其马，撕开包装塞到舒蜜嘴里。

"昨晚你怎么睡那么早？"舒蜜咀嚼萨其马，满口的香甜。

电视里正在放一个爆笑的相声，舒蜜忍不住大笑，黎一珺面无表情，抿唇不语。

看完这个相声节目，舒蜜起身准备去厨房觅食，黎一珺倏忽开口："巡哥走了。"

舒蜜的心咯噔一下，脚步顿住，背脊一僵，半晌才转过头："什么时候？"

"上午十点他家司机开车来接他，他爸爸亲自来了，他就走了。"

黎一珺声音低哑，唇角下沉。舒蜜眉心微蹙："你和他发生什么事了？"

舒父从餐厅走过来，他要穿过客厅去拿酒："蜜蜜，过来跟客人打声招呼吧！"

舒蜜只能先走到餐厅去说些场面话："恭喜发财，红包拿来。"

再折回坐在客厅沙发上的黎一珺旁边的时候，舒蜜手上多了两个大红包。

她坐到黎一珺旁边，撕开外包装，从红包里抽出五张百元大钞："发财了！"

黎一珺依然冷着一张脸看电视，薄唇紧抿，不发一言。

舒蜜凑过去晃动手上的钞票："要不赏给你吧？开心点，大过年的！"

黎一珺转眸，用视线细细描绘少女巧笑嫣然的脸庞，她的肌肤细致如白瓷。

舒蜜笑望他，少年的双眸恍若暖阳下还未融化的春雪，晶莹剔透，纯真无瑕。

餐厅里传来的觥筹交错声倏忽不见了，电视机里载歌载舞的欢乐音乐也安静下来。

"舒蜜。"他轻唤一声，声线是少年特有的清润的金玉之声。舒蜜停下手上的动作，歪了歪头："怎么了？"

"上次你问我，到底谁重要。"黎一珺的短发泛着丝绸般的光泽。

舒蜜愣住，薄唇微张："你要告诉我答案了吗？"

阳台的门倏忽被风吹开，金黄的阳光漫进来。风拂动两人的发，落下柔和的光。

"从我出生到现在，再到未来，不管过去多少年，不管发生多少事……"黎一珺的嗓音轻软，似阳光，似微风，袅袅地飘到舒蜜的心尖儿上。他顿了顿，喉结微微蠕动，才把话说完："全世界最重要的人，始终是你。"

恍若一夏天的风吹入舒蜜的心口，她的胸腔缓缓渗出苦涩的甜蜜。半晌，她才扬唇笑："黎大傻，为了我这点压岁钱，你可真够拼的！"

黎一珺低了低头，清亮的笑声荡漾开来："你呀你，我要拿你怎么办才好呢？"

对不辞而别的裴巡，舒蜜并没有太多特别的情绪，毕竟假日短暂，及时行乐。

春节档最火爆的电视剧要数《三生三世十里桃花》，舒蜜每天追，特别迷赵又廷。

"你又在刷赵又廷的微博？走火入魔了吧你？"黎一珺一把夺过舒蜜的手机。

舒蜜伸手去抢："我马上要回学校了，你就让我花痴一下赵又廷的美色吧！"

黎一珺瞥了眼屏幕上的赵又廷："就长这样？看来我也可以收拾收拾出道了。"

舒蜜抬脚踹他："树不要皮，必死无疑；人不要脸，天下无敌！"

"我都不敢站在阳光下，怕帅瞎你的眼，所以要花痴就花痴我吧，厦大校草黎一珺！"

黎一珺一本正经地搞笑，舒蜜终于扑哧笑出声，笑声未落，房门被敲响了。

"新年快乐！"阮芯晴笑脸盈盈地出现在两人面前，头上浅粉色的针织帽上坠着毛球，俏皮灵动，明黄色卫衣，卷边牛仔裤搭配小白鞋，大冬天露出俏丽纤细的脚踝，果然够拼。

开门的是黎一珺，他瞥了眼阮芯晴，表情瞬间变冷："真是阴魂不散。"

舒蜜瞪他："大过年的，说什么呢！人家特意跑过来拜年，给点面子不行吗？"

阮芯晴笑容一僵，比起黎一珺的冷漠，她更奇怪于舒蜜的热情。

"进来吧。"舒蜜从鞋柜里拿出一双拖鞋。

黎一珺冷哼了一声，转身回房。玄关处只剩下阮芯晴和舒蜜。

阮芯晴换好拖鞋，抬起头来已是满眼的戒备和敌意："装得跟白莲花似的。"

舒蜜没想到自己一番好意被当成了驴肝肺，不由得冷笑："你还给脸不要脸了？"

阮芯晴嗤笑："收起你那同情的眼神，我都想吐了。"

正面对决，舒蜜什么时候怕过？

她双手叉腰，仰起下巴："你再这么死缠烂打，你男神就想吐了。"

"你有什么资格嘲笑我？你喜欢黎一珺喜欢了这么多年，你得到他了吗？"

阮芯晴刻意压低了声音，可舒蜜还是心惊胆战，慌忙跳过去捂住阮芯晴的嘴。

"你胡说八道些什么？"舒蜜声音都在发颤。

阮芯晴用力推开她："应该是我同情你，你连告白都不敢，到底是有多自卑？"

一句话戳中舒蜜的软肋，她茫然地张了张嘴，半天说不出一个字来。

"其实吧，大部分青梅竹马都无法修成正果。"阮芯晴垂眸玩弄刚做的美甲。

舒蜜握紧拳头："你什么意思？把话说清楚！"

"就好比你立志去远方，一路上总有人邀请你搭便车。"阮芯晴指尖触碰美甲上的碎钻，"拒绝两三次没问题，早晚有顶不住的时候。"她停顿了一秒，抬眸说完，"一旦上了别人的车，就再也别想回头。"

舒蜜冷笑："真会挑拨离间。"

"这是事实。"阮芯晴把亚麻色长鬈发撩到肩膀后。

"从小吃喝拉撒在一起,看似容易擦出爱情的火花,其实衣服擦破了都擦不出。"

阮芯晴字字诛心,舒蜜瞠目结舌。

"这是人类本能导致的,一起生活会形成兄弟姐妹的概念,缺乏爱情的吸引力。"阮芯晴振振有词,"爱情最重要的是一种荷尔蒙的吸引,而你,撩不动他。"

完败,舒蜜心里腾起这两个字。阮芯晴今天简直开了挂,光环耀眼。

"他无意识的暧昧举动肯定让你心脏狂跳过吧?"阮芯晴凑近,步步紧逼。

舒蜜倒退一步,瞪圆眼睛。然而,她从没见过黎大傻为她脸红心跳。

"醒醒吧,他对你只是兄长的爱护,就算你们一辈子不分开,也无关爱情。"阮芯晴丢下这句冰冷的话,径直走进屋内,独留舒蜜呆立在原地。

她头有点晕,下意识地伸手扶住鞋柜,深呼吸一口,只觉胸口一阵钝痛。

黎父和黎母在厨房忙碌,阮芯晴走进厨房,笑得甜美:"叔叔阿姨好!"

家里突然来了个陌生女孩,黎父黎母愣了愣,放下手里的活儿。

"我叫阮芯晴,是黎一珺的高中和大学同学,今天来给叔叔阿姨拜年!"

阮芯晴说完,把一盒坚果、一盒杂粮、一盒真空包装的卤味放到台面上。

"欢迎欢迎,还这么客气,带这么多年货。"黎母笑着应承下来。

黎一珺颀长的身影出现在厨房门口,声音似西伯利亚的寒风:"搞什么鬼?"

"怎么说话的?"黎母斥责了儿子一句,"来者就是客,去,招待客人去!"

黎一珺不悦地瞪阮芯晴:"你给我出来。"

阮芯晴跟着黎一珺走到客厅,黎一珺转身:"你少套我爸妈的近乎,没用的。"

无论是表情还是言语都冷酷到极点,可阮芯晴笑得如春风拂面。

"那我套你的近乎好不好?我也给你准备了新年礼物,我不管,你一定要收下!"

黎一珺冷睨她:"如果你现在就滚的话,我可以收下。"

阮芯晴笑得眉眼弯弯:"不想看到我?好,既然心意到了,我就先告辞,学校见!"

真是来去如风,舒蜜刚坐到沙发上,阮芯晴就摆摆手一溜烟似的出门了。

茶几上放着阮芯晴送给黎一珺的礼物,一个心形的红色礼盒,上面扎着金色丝带。

礼盒看起来非常昂贵,丝带扎成精致漂亮的蝴蝶结,真是用心准备的礼物。

舒蜜还没从阮芯晴刚刚的言语暴击中回过神来，怔怔地望着礼盒。

黎一珺瞥了她一眼："好奇就拆开啊！"

为了掩饰慌乱，舒蜜俯身解开丝带，打开盒盖，瞬间双眸一亮。

那是专为职业电竞打造的机械键盘、鼠标和耳机三件套，官方售价是5000元人民币。

"土豪啊！"舒蜜惊叹，"这阮芯晴是富二代？"

"谈不上富二代，听说她爸是开地产公司的，但这几年房地产不景气，就一般般吧。"

舒蜜点头："你可以用它玩《英雄联盟》，绝对爽到飞起。"

黎一珺掏出手机，打给熟悉的快递员，面无表情："麻烦来取个快递，同城。"

舒蜜咋舌："不用这么冷酷无情吧？"

快递员确定地址后，黎一珺收了手机，英挺的眉蹙起，灯光在他的轮廓上牵出阴影。

他乌黑玛瑙般闪烁的双眸凝在她脸上，高耸微翘的鼻尖略微皱起，声音依然很冷。

"你不是很讨厌阮芯晴吗？"

舒蜜仰头看着高大俊朗的少年，心底倏忽起了雾，连带一双杏眸都氤氲起来。

"可是，我有什么资格讨厌她呢？"

2017年2月，距离高考还有四个月，告白倒计时124天。

"在车上别看单词了，小心晕车。"黎一珺把舒蜜的英语书夺走。

公交车上不算拥挤，舒蜜和黎一珺坐在最后一排靠窗的位置，夕阳的光芒洒进车窗。

"今天晚自习要考英语！"舒蜜试图抢回英语书。

"那我来抽背，我念中文，你念英文。"黎一珺捧起英语书，开始抽背单词。

黎一珺看了一路的单词，下车的时候，舒蜜察觉到他脸色发白。

"晕车了？"舒蜜见他弓着身子想要呕吐，慌忙上前一步，轻拍他的背。

看书就容易晕车，但是黎一珺不想耽误舒蜜背单词。此刻他头晕目眩，双腿无力。

舒蜜扶着黎一珺，他干呕了半天，没吐出来，眼前发黑，身体向旁边倒去。

她伸手抱住他，把他的手臂搭在自己肩膀上，他浓烈的少年气息顷刻间包裹住她。

晕车的黎一珺像头慵懒乖巧的萌熊，俯身闭眼，下巴搁在她颈侧。

他温热的鼻息吹得舒蜜脖颈的肌肤有点发痒，她挣扎了一下。

"别动，我站不稳了。"黎一珺似在撒娇，略带鼻音嘟囔着，嗓音软糯动听。

舒蜜无奈，扬起声调："你是不是傻？晕成这样你怎么回去？"

他送她来学校，现在快上晚自习了，她没时间陪他回家。

学校门口有不少复读生步履匆匆，今天是返校日，不少家人来送，正和孩子依依惜别。

黎一珺稍微舒服点了，他松开舒蜜，蹲下身："你走吧，我在这里休息会儿。"

"你休息会儿能好吗？能一个人回去？"舒蜜扶他坐在绿化带的石阶上。

夜风凉，夕暮薄，阑珊光影在少年的容颜上勾勒出浅淡的离殇。

"去年暑假你跟我说，你终究要一个人去复读的，你要努力学会一个人过。"黎一珺声音低哑，似浸了水的小提琴，风就像弓弦，拉出一声声的孤寂，"我在大学又何尝没有很努力？拼尽了全力，去习惯没有你的日子。"

暮色如潮水般汹涌而至，将少年的剪影包围，如四面楚歌，令人不忍久视。

"至少你还有巡哥，而我呢？没有你，那些失落，那些快乐，和谁说呢？"

晚上七点，英语模拟考试。

夜幕低垂，教学楼灯火通明，广播里传来女声："请各考场监考老师对考生的桌斗、桌面彻底清查，再分发试卷。"

发试卷的时候，陶蓁低声说："小哥哥居然还没来，我就鸠占鹊巢了！"

监考老师刚转过身，陶蓁就探头过来偷瞄舒蜜的试卷。

"有摄像头的，你别太明显。"舒蜜凑过去提醒她，声音压得很低。

"第九排第五个女同学！"监考老师转身盯住舒蜜，"你想偷看是不是？"

"老师我没有！"舒蜜站起来大声说。

开学第一场考试，监考老师肯定要杀鸡儆猴立规矩，他拿着戒尺，啪地拍在讲台上。

"还想狡辩？你不想偷看，为什么要跟你旁边的女生说话？"

舒蜜咬牙："因为……"

"因为什么？"监考老师声色俱厉。

陶蓁仰头甩给舒蜜一个眼色，意思是把她供出来也没关系，一人做事一人当。

供出陶蓁，老师也未必相信，反正洗不清了，舒蜜抬头："老师你要怎么处罚我？"

"先做完试卷，然后去操场跑十圈，跑不完不准睡觉！"

此言一出，在班上引起了不小的喧哗，监考老师用力拍戒尺："都给我闭嘴做题！"

舒蜜委屈得鼻子发酸，她咬紧牙关，刚坐下，就瞥见教室门口一道熟悉的身影。

裴巡单肩背着书包，湛蓝校服松松垮垮地套在他高瘦的身上，薄唇抿成漂亮的直线。

舒蜜的瞳孔微微收缩，心跳乱了半拍。

裴巡身子斜倚在教室门框上，走廊光线晦暗，他的身影半明半暗，眼底墨色暗涌。

他何时出现的？看她的好戏看了多久？舒蜜握紧笔杆的手心一片濡湿。

"小哥哥！"陶蓁低声轻喊，目露惊喜，旋即全班女生抬头，齐刷刷行注目礼。

监考老师瞬间变了脸色，一脸和蔼的笑容："裴巡同学你来了，坐下来考试吧。"

果然是教育局局长的儿子。舒蜜心里冷笑。

裴巡迈开大长腿，面无表情地走到陶蓁的座位旁边。

陶蓁立刻跳起来："不好意思小哥哥，我把舒老板还你！"她走之前朝舒蜜挤挤眼。

裴巡一语不发，屈腿坐下。

监考老师双手送来了试卷："慢点做，别着急，老师等你。"

舒蜜低头做题，只是鼻端萦绕着一股少年凛冽的气息，她微微蹙眉。

课桌不大，试卷却很大，做题时，他的手肘触碰到她，她的眉心拧得越发厉害。

她偷偷瞥了他一眼——修长灵巧的手指搭在黑色笔上，那手指白得晃眼。

这人真烦。还有半个小时就要交卷，考砸了怎么办？舒蜜伸手用力捏手背。

手背被捏得红一片紫一片，疼得她龇牙咧嘴，但也终于能定下神来写英语阅读理解了。

晚上十点，空荡荡的操场上亮着几盏投光灯，舒蜜跑得大汗淋漓，校服粘在背上。

跑第一圈时，她就注意到高高的灯柱下那道修长的身影，灯光下烟雾弥漫。

偌大的操场只有他们两人。

舒蜜喘着粗气跑过裴巡身边，目不斜视。

裴巡一双冷眸掩映在烟雾中，并未看她。

第十圈，裴巡依然斜倚在灯柱上，乳白色的烟雾徐徐消散。

行百里者半九十，最煎熬的时刻，舒蜜死死咬住下唇，冲到终点时脸色惨白。

她腿一软，整个人瘫在操场塑胶跑道上，双手双脚打开呈"大"字，大口喘息。

不少头发被汗粘在脖颈和额头上，心脏剧烈地跳动，好像要撞开胸腔。

她躺了半晌，缓缓撑起腰，朝灯柱那边看去，裴巡已杳然无影，仿佛一场幻觉。

教师办公室。

吴老师在给窗台上的吊兰喷水，手瞬间停下来："你要换座位？"

还有其他任课老师在，但舒蜜已经顾不上了，她双手在身后交握，清清嗓子。

"老师，我好像因为裴巡分心了，为了不耽误学习，我申请换座位。"

此言一出，办公室里其他老师都从教案里抬起头来，颇为诧异地看向舒蜜。

吴老师愣了愣，放下喷水瓶，坐回座位上，推了推眼镜。

"这个理由倒是很充分，但是因为你一直辅导他的功课，所以我要征求他的意见。"他说完，朝一个准备出去的老师喊，"麻烦帮忙叫一下我们班裴巡同学。"

教室就在办公室隔壁，裴巡高大的身影很快出现在吴老师办公桌边。

他依然是一副没睡醒的样子，星眸半睁，唇线下沉，双手插兜，神色慵懒。

吴老师立刻站起身赔笑："裴巡同学，不好意思打扰你下课休息了。"

裴巡淡淡地瞥了舒蜜一眼，再漫不经心地看向吴老师。

吴老师笑意愈浓："是这样的，舒蜜想换座位，不知道裴巡同学是否同意？"

裴巡并无惊讶，只是象征性地微挑眉，瞳眸深不见底。

"老师也很意外，"吴老师干笑，"舒蜜说因为你，她总是分心。"

舒蜜立在裴巡旁边，她半垂着头，盯着自己的脚尖，等着吴老师的裁定结果。

裴巡唇角似勾非勾，慢条斯理地打了个哈欠，屈腿斜倚上办公桌。

"裴巡同学，既然她这么说，咱们就换个座位，你一个人坐，安心学习，行吗？"吴老师小心翼翼地看着裴巡的脸色，一脸谄媚笑容地问出这句话。

裴巡眉目沉静，双眸波澜不惊，薄唇吐出一个字："嗯。"

舒蜜垂得脖颈有点酸痛，听了他这个字才终于松了口气，压在心口的大石卸下。

"感谢裴巡同学配合老师的工作，"吴老师就差鞠躬了，"你们先回教室吧。"

"老师再见。"舒蜜快速打了招呼，转身疾走出办公室，始终没看裴巡一眼。

等在办公室门口的陶蓁立刻跳过来挽住舒蜜的手臂："怎么样怎么样？"

舒蜜仰下巴："老娘出马，还有什么摆不平的？"

"舒老板你气场两米八！完了完了，再这样下去，我就要被你掰弯了！"

陶蓁正大呼小叫，走廊上突然一阵喧哗，有同学喊："放榜了！放榜了！"

一入学就是月考，一星期后放榜，同学们蜂拥向教学楼大厅。

"有什么好看的呀？"陶蓁不屑一顾，"我肯定倒数前十，舒老板肯定全年级第一！"

大厅墙壁上贴着两张榜单，同学们聚在榜单下议论纷纷。

退步榜单上写着"触目惊心，警钟长鸣"，标明学生退步了多少名次。

进步榜单上写着"乘胜追击，势不可当"，注明学生进步了多少排名。

"什么？"陶蓁瞪圆眼睛，"舒老板你怎么在退步榜上？"

舒蜜仰头望榜单，难以置信，她明明考得不错，居然退步了一名，全年级第二？

"那第一是谁？"陶蓁扒开前面的同学，拼命挤进去看，"小哥哥全年级第一？"

女生们沸腾了："上学期倒数第一，这学期正数第一，这是坐了火箭吗？"

"这哪里是学霸，根本就是学神！"

"人帅腿长，酷得人神共愤！本以为是痞帅学渣，结果人家根本就是江直树！"

"还让不让人活了？为什么明明可以靠脸吃饭，还要拼成绩？简直逆天！"

陶蓁终于回过神来，用手肘戳舒蜜："青出于蓝而胜于蓝，作为老师你有什么想法？"

"我应该说，我很欣慰？"舒蜜还在震惊中，榜单上显示，裴巡的总分比她高9分。

"我发现上帝真的很不公平，小哥哥有颜值有头脑，为什么我就只有漂亮的皮囊？"

舒蜜并未回应陶蓁的幽默，她低了低头，用食指和拇指揉了揉鼻翼两侧的晴明穴。

"732分！那家伙是人类吗？"

舒蜜和陶蓁回到教室时，全年级第一正趴在桌上睡觉。英俊得令人心悸的睡颜，舒蜜不敢久视。

陶蓁恍然大悟："舒老板你以前说，睡觉是学霸的专利，现在小哥哥有资格了！"她顿了顿，又说，"难道小哥哥就是为了上课睡觉才考这么好的？"

"他怎么样都跟我无关。"舒蜜抿抿唇，一脸冷淡，"下午我就换座位了。"

接下来的两节课，裴巡睡得很沉，纹丝不动。舒蜜聚精会神地听课，书上做满了笔记。

窗外不知何时淅淅沥沥下起了雨。

地理老师走到陶蓁的课桌边："同学，你的灵魂比大西洋还遥远。"

陶蓁一本正经："不，北冰洋。"

全班爆笑，地理老师叹息一声："你能不能考试时转脑袋的角度不要超过黄赤交角？"

上午最后一节课是数学，数学老师唾沫星子乱飞，用三角板猛地敲击黑板："约吗？约不约？到底约不约？"

下课铃响，肚子饿得咕咕叫的舒蜜飞快地走出教室，却在教学楼大厅停下脚步。

陶蓁吐舌："我也没带伞，怎么办？要不要出卖美色，'色诱'一个同学共伞？"

雨势不小，舒蜜蹙眉看了看阴沉沉的天空："饿死了！直接冲到食堂去吧！"

"来呀，一起冲，三、二、一！"陶蓁用手抱住头，小豹子似的冲了出去。

她一直冲到一棵凤凰树下才回头，人流汹涌，却怎么也找不到舒蜜的身影。

舒蜜跑了不到五秒钟，头发和肩膀微微濡湿，一件大大的校服外套倏忽当头罩下来。

她眼前一黑，尚未来得及呼救，就双脚离地，失去重心。

小小的身躯整个被打横抱起，熟悉的胸膛宽阔结实，手臂修长有力，稳稳的公主抱，少年特有的清冷而魅惑的荷尔蒙气息顷刻间侵袭了她全部的感官。

"放开我！"舒蜜嗓音尖锐，周遭的雨声和喧闹声却倏忽遁去。

裴巡把挣扎的少女抱上车，再俯身屈腿上车坐到她旁边。

舒蜜掀开带着他体温和气息的校服，喘息着瞪他："你要干什么？"

裴巡硬汉式的寸头被雨水打湿，泛着迷离的青光，一颗雨珠滑过他高挺的鼻梁。

他似乎还未睡醒，眼皮半耷拉着，星星点点的慵懒弥散在双眸里。

商务车并不狭窄，有过一面之缘的司机大叔恭恭敬敬地立在车外的雨中。

封闭的车厢内只有他们两人，车外雨雾迷蒙，车内气氛旖旎。

"你是不是误会了？我说我暗恋你，只是为了换座位。"舒蜜解释了一句，下意识地把身体往旁边挪了挪，她顿了顿，咬字很重地继续，"我再说一次，我对你，一丁点兴趣都没有。"

裴巡眼底冷光乍现。

舒蜜被他眸中暗涌的寒意击中，没出息地打了个激灵，却又不肯服输，她咬紧牙

104

关，一字一顿："黎大傻选了我。真是不好意思，裴巡你输了。"

裴巡目光凝在她发白的脸上，薄唇勾出一抹矜贵的慵懒，依然未言。

舒蜜定定神，握紧拳头，尽量把话说得客气一点："所以请你以后不要再打扰我们，不要企图融入我们，我们不欢迎你。"

裴巡冷寂的瞳眸里蔓延着摄人心魄的寒霜。

舒蜜头皮一阵发麻，如芒在背，却倔强得不肯退让一步。

"你是不是想嘲笑我，告诉我黎大傻只是把我当妹妹？对不起，我不在乎。"她冷哼一声，抬头硬生生对上裴巡森冷的视线，"我做什么他都会原谅我，哪怕我霸王硬上弓，强行让这个妹妹当不成了。"

裴巡星眸微闪了一下，旋即徐徐眯起眼。

舒蜜一脸得意。如果她有尾巴尖儿，此刻那撮毛恐怕早就参开了。

她仰起下颌："总之，你斗不过我的，谁也别想从我手里抢走黎大傻！"

话说完了，她不再久留，起身用力拽车门，用力到指尖发白，车门哗啦被拉开。

缠绵的雨声灌入耳中，湿寒缠上肌肤，她缩了缩脖子。

一跳下车才发现雨势已经这般大了，堪称滂沱，硕大的雨珠砸在脸上生疼。

舒蜜深呼吸一口，准备一口气冲回教学楼，手腕倏忽被攥住。

又是一阵天旋地转，她濡湿的头发被那股力道带得扬起，猛地弹开旁边的雨水。

他下手很重，一系列动作霸道强势有如这倏忽而至的倾盆大雨。

舒蜜背脊剧痛，整个人被压在车身上，头晕目眩。

冬日里冰冷的雨水包裹住两人相贴的身影，舒蜜冷得全身颤抖，蜷缩在他怀里。

天地一灰，人影幢幢，他的眉压得那样低。

舒蜜双手推他胸膛，膝盖抬起，试图挡住他的攻势。

裴巡的薄唇被他自己咬出一道牙痕，他稍微放开她，目光凌厉。

大雨将整个城市倾倒，舒蜜咬牙切齿："这是在学校！"

雨水顺着他挺拔的眉峰、高挺的鼻梁和尖尖的下颌流淌下来，在他鼓动的喉结上打了个优美的旋，淌入他性感的锁骨。

他没穿校服外套，白衬衫被雨打湿，几近透明，紧紧包裹住他匀称紧实的胸膛。肌肉微微凸起，轮廓清晰，却又不乏少年特有的骨感，令人浮想联翩。

只一眼，舒蜜就觉得惊心动魄，被雨打湿的长睫毛不停地颤抖。

裴巡再度俯身，薄唇凑近她珠圆玉润的耳垂，低音炮撩得人魂飞魄散："如你所愿，祝你们幸福。"

下午舒蜜回教室时，裴巡的座位已经空空如也。

她打了个喷嚏，吸吸鼻子，和陶蓁一起把自己的书搬到前排去。

吴老师在上课前简单说了几句："裴巡同学退学了，但他还是会参加高考。"

女生们一片哀号，陶蓁一副如丧考妣的模样，拿袖子擦拭眼角不存在的眼泪："学神的世界，果然不是我等学渣能懂的。"

舒蜜淋雨淋得有点感冒，头晕乎乎的，鼻涕流个没完没了，桌上一堆擦鼻涕的纸。

"老师最惨了，你看我们一天到晚都在干些啥——吸粉，坐台，卖身！"数学老师摊手。

全班哄笑，陶蓁笑得花枝乱颤，班上唯独舒蜜一脸冷漠。

"你怎么了？小哥哥退学了，你不开心？"陶蓁偷偷往嘴里塞辣条。

数学老师在讲台上写解题步骤，粉笔和黑板激烈摩擦，溅起一层层粉末。

"判断函数奇偶性时，应该先考察函数定义域是否关于原点对称。"

他转过身把粉笔朝舒蜜一扔，舒蜜猝不及防，被击中额头。

"为什么不看黑板？"

舒蜜捂住发红的额头站起来："老师，我感冒了，头晕眼花，看不清楚黑板。"

数学老师叹息一声："生病最耽误学习了，你课后记得好好补上！"

舒蜜盯着教科书上的数学公式，眼前有点发黑，终于支撑不住趴下来闭上眼。

"你真感冒了？难道不是因为你对小哥哥迷得太狠，他走了，你难过成这样？"陶蓁辣条也不吃了，轻轻拍了拍舒蜜的背，安慰她。

数学老师在讲台上敲黑板："这道题我再讲，黑板都会了！"

这是舒蜜入睡前听到的最后一句话。她第一次上课睡觉，居然做了个梦。

梦里绵延出一片浩渺大海，海上飘着乳白色的浓雾，黎一珺的背影掩映在雾中。

"黎大傻，等等我！"舒蜜迈开脚丫子，心急火燎地去追逐黎一珺的背影。

浓雾萦绕在她周身，每一步都很艰难，额头上爆出硕大的汗珠，她咬牙坚持。

终于，她追上了黎一珺，使出最后的力气伸手拍拍他的肩膀："黎大傻！"

黎一珺高大的身影转了过来，她震惊得瞪圆了双眼。

那不是黎大傻，而是裴巡。她的手缓缓滑落，怔怔地望着少年清冷的面容。

她很好奇，如此冷峻坚毅之人，眉宇间何以会有挥之不去的孤寂。

后来的四个月的复读生活，舒蜜偶尔也会想起裴巡。

想起2016年秋冬之交，天干物燥，她学习紧张没注意多喝水，嘴唇干裂。

那时她正给他讲解数学题，低头在草稿纸上写公式给他看。

"这里很容易出错，用均值不等式求最值时注意'一正二定三相等'。"

阳光充盈的午后，连屋檐上下垂的藤蔓都沾染了几分慵懒之意。

她认真地讲解，写写画画，他却单手托腮，出神地凝望她。

"你到底听懂了没有？同样的错误不要再犯第二次！"舒蜜蹙眉，提高分贝。

裴巡倏忽抬起手中的笔，笔帽勾起她的下巴，声音清亮："出血了。"

舒蜜愣了愣，舔舔唇，回过神来："哦，等一下。"

她从课桌里掏出唇膏抹上干燥起皮的嘴唇，再抿了抿唇。

下一秒，唇膏就被抢了，裴巡修长的手指夹着唇膏，凑到唇畔。

舒蜜的心跳慢了半拍，她呆呆地望着他诱人的双唇。

上唇尤薄，给人以凌厉之感，线条果敢刚毅。下唇厚度适中，线条曼妙。唇峰转角柔和，唇珠莹润饱满，唇色清润，唇纹适中，极具东方式的内敛古典美。

裴巡用唇膏缓缓抹过两片薄唇，唇珠盈盈而动，被唇膏挤压又弹开。

舒蜜喉头发紧，口干舌燥，面红耳赤。

静态的唇透着禁欲气息，可一旦做出舔唇吐舌那样的动作，就教人忍不住扑上去。

一双天生诱惑人亲吻的唇，骨子里被压抑住的性感若隐若现，荷尔蒙爆棚。

舒蜜慌忙伸手去抢唇膏："你怎么能随随便便拿人家的东西？"

裴巡一勾唇，唇珠盈盈而动，舒蜜没出息地又看呆了。

不少同学注意到这边，开始起哄："哇哦！"

舒蜜反应过来，把唇膏握在掌心，用一脸严肃来掩饰内心的小鹿乱撞。

"裴巡同学，你知不知道男女生要避嫌？"

裴巡倾身过来，长臂一伸，大掌按住她身后的墙壁，将她圈在课桌边。

他应该知道他的声音低哑性感，入耳恍若一只小野猫伸爪挠她的心，可他偏偏要逼她到极致，那么撩人心弦的声音，竟要凑到她耳边说。

清冷的气流拂动她耳鬓细小的绒毛，她的脖颈晕染绯红，一颗心都要化了。

"怎么？做贼心虚了？"

临近高考，班上的气氛越发沉重——大家都经不起第二次的失败。

吴老师说："兴趣是最好的老师，其次是耻辱，再次是恐惧！"

那天舒蜜回宿舍，忘记带钥匙了，只能敲门，敲到手臂发麻都没人来开门。

宿舍里没人，走廊空荡荡的，那一瞬她崩溃了，孤立无援让她恐慌甚至感到窒息。

她蜷缩在昏暗的楼道里抽泣。或许每个复读生都会有这样脆弱的时刻，但是人生啊，有些路注定要一个人走，天再黑，风再大，爬也要爬到终点。

哭够了，擦干眼泪，继续回教室做题，像什么都不曾发生过。

为了让复读生们再次高考时能够保持平常心，高考那两天，学校没放假。

2017年6月6日晚上，学校照常晚自习，吴老师在讲台上做最后的提醒："没别的要求了，不要感冒，不要吃路边摊，相信自己，尽力而为。"

简单的几句话，却触及同学们最敏感的神经，让班上不少同学红了眼眶。

教室门倏忽被敲响了，传达室的门卫大叔平日里凶巴巴的表情此刻也温柔了许多。

"打扰一下吴老师，谁是舒蜜？校门口有个男生等了你一天了，我被缠得不行。"

舒蜜虽然已猜到是黎一珺，但在深沉夜幕中看到他风尘仆仆的面孔时，她依然惊喜。

初夏夜晚，黎一珺一身清爽的白T恤、卡其裤和小白鞋，背白色书包。

风起，吹亮他一双星眸，拂过他额头上的汗珠、鼓动的喉结、紧致的手臂肌肉线条。

"你逃课来的？"舒蜜含笑望着这自在如风的纯白少年。

黎一珺进不来，两人只能隔着学校的雕花铁门站着，他从铁门栏杆中伸过手来。

"瘦了好多。"他轻抚上她的脸颊，指尖微颤。

"你每次都这么说。其实应该胖了，整天坐着不动，腰和大腿根粗了一圈。"

舒蜜扬手，握住黎一珺抚摸她脸颊的手，两人掌心相贴，他掌心的温暖一如从前。

黎一珺从书包里掏出一杯草莓芝士奶盖茶，插上吸管，从栏杆中间递过来。

舒蜜默默地接过去，小口小口地喝，舍不得喝太快。

"马上就要解放了。"他伸手抚摸她的头发，"你比我想象中的要勇敢和坚强。"

传达室的门卫大叔瞥了眼挂钟，催促道："快要誓师大会了，别磨磨叽叽了！"

舒蜜笑着朝黎一珺挥挥手："我回教室了，别担心我，高考就是一场月考罢了。"

黎一珺目光一闪，声音低哑："你真的从来没有怪过我没有陪你复读？"

突如其来的提问让舒蜜微怔，她咬了咬吸管，挑眉笑。

"怎么？你很自责和愧疚？没关系啦，来日方长，你欠我的，大学里再慢慢还。"

黎一珺星眸缱绻，唇如抹蜜，徐徐勾起，微仰下颌望着她。

"大学四年哪里还得清，一辈子还差不多。"

学校附近有铁轨，偶尔会有火车经过，此刻风中传来由远及近的火车鸣笛声。

舒蜜怔怔地望着黎一珺，他就像永不停歇的小火车，驶过原野山谷，驶向星辰大海。

裴巡给她无尽的惊慌和迷惘，而黎一珺呢？他是她人生永远的温暖与坚定。

誓师大会后，同学们聚集在走廊上，准备把所有的书和试卷丢下楼去。

陶蓁最先发现天空中的异样："看那里！那里竟然有一盏孔明灯！"

全班同学顺着陶蓁手指的方向望去，舒蜜也仰头凝望青黛色天鹅绒般的夜空。

皎月掩映于云层中，星光遥远，一盏橘黄色的孔明灯随风飞来。

风向正朝着教学楼这边，竹篾扎成方架的孔明灯越飞越近，松脂灼灼燃烧。

"孔明灯上有字！"陶蓁眼尖，敏锐地捕捉到了细节，她探身过去。

舒蜜莫名心跳加快，她的手掌用力地按在走廊栏杆上，睁大眼望着飞近的孔明灯。

风吹起少女披肩的头发，轻盈的发丝在脖颈肌肤上荡漾，她蓦然伸手捂住嘴。

孔明灯上是她最熟悉的字迹："舒蜜高考必胜！我永远在你身边。"

眼泪顷刻间落了下来，滑入她捂嘴的指缝里。舒蜜俯下身，朝校门口望去，硕大的泪珠一颗颗啪嗒啪嗒地坠落。

那道纯白的身影还在，夜再深沉，也不能将他的光芒湮灭。

晚风浩荡，校园里树叶簌簌地飘舞，落成一块厚实的帷幕，而在青春这块帷幕垂下来之前，她和他是唯一的男女主角，任何人都无法插足。

第八章 | 隰桑

告　白　倒　计　时

> 改善你自己好了，那是你为改善世界所能做的一切。
>
> ——英国哲学家维特根斯坦

2021年7月，人事总监闫僖被叫到CEO办公室，她毕恭毕敬地道："裴总，黎总。"

"前台换个人，解雇违约金照付，不要让她再出现。"黎一珺挑了挑眉。

闫僖愣了愣："好的黎总，我会照黎总说的做。她是我招来的，我也有责任。"

高跟鞋、大红唇的闫僖还想说什么，黎一珺摆摆手："你先出去。"

闫僖这才注意到沙发上坐着一个女孩，藕粉色雪纺衫，牛仔裤，素面朝天。

茶几上放着新鲜水果，女孩探身拿了一个澳橙，四处张望："有没有水果刀？"

闫僖毕竟是做行政的，最会察言观色，立刻出去拿来一把小巧的水果刀。

她正要把水果刀给那位女客人，黎一珺已探身把水果刀拿了过去。

"黎总，我来切吧。"闫僖立刻说。

"不用，你出去。"黎一珺看都没看闫僖一眼，伸手夺过那女孩手里的澳橙。

闫僖满肚子疑惑。她从来不敢想象，形影不离的裴总和黎总之间还有个女孩。

黎总是谁？一张颠倒众生的脸，丰神俊朗，才华绝世，却没有一个女人敢染指。为什么？因为他身边有裴总。

裴总又是谁？俊美的皮相下深藏倨傲狠戾，杀伐果断，永远令人琢磨不透。

闫僖退到门口，关门前看到西装革履的黎总正坐在沙发上给女孩削澳橙的皮。

那么昂贵的商务正装，黎总不担心被溅上橙汁？

这般眉目温柔、唇畔含笑的黎总，闫僖还是第一次见，她忍不住心惊。

闫僖在门口停留了一秒，小心翼翼地窥探办公桌后边的裴总。

百忙之中的裴总居然有空，此时他立在窗边，双手插兜，好整以暇地凝望沙发上的女孩。

阳光透过窗，细细描绘裴总的面容，空气在一瞬间晕染出岁月静好。

闫僖搭在门把手上的手倏忽一颤，她睁大眼睛，怀疑自己是不是看错了。

向来不以物喜、冷酷矜贵的裴总，竟然在……笑？

澳橙酸甜清新的香味弥漫在办公室内，黎一珺一圈一圈地削皮，橙皮卷了起来。

"厉害啊，竟然没有断！"舒蜜把那一条长长的橙皮举起来。

"等会儿。"黎一珺拿回橙皮，一圈圈包裹，掌心一托，赫然一朵"玫瑰花"。

舒蜜杏眸一闪，惊喜地出声："哇哦，好漂亮！"

"送给你。"黎一珺脸上笑容的弧度恰好，勾出沁人心脾的浪漫。

舒蜜正要接过，倏忽脸色一变，冷哼一声："你以为送朵花我就会原谅你？"

黎一珺放下橙皮花，剥了一瓣橙肉塞舒蜜嘴里："你就那么看重那份工作？"

橙肉很大，舒蜜嘴巴鼓鼓的，声音含混："你俩都是人生赢家，我可不想被比下去。"

黎一珺垂眸，耐心地帮她撕掉橙子上细小的白色橙络，以免影响口感。

"你上次不是建议我们做一个恋爱养成类AR游戏？你来给我们做游戏策划。"

舒蜜恶狠狠地咀嚼橙肉："那你也不能用这种手段，强行让我被公司辞退吧？"

黎一珺无辜地摊手："不用我说，你肯定知道这不是我的惯用伎俩。"

舒蜜抬头，冷睨向窗边那道清冷如玉的身影，咬牙切齿地道："面子可真大，打声招呼，就让我被扫地出门了。那家公司你是不是有股份？"

裴巡脸上的表情徐徐退去，墨瞳漫不经心地闪着光，散发出自成一派的蛊惑，嗓音一如往常地慵懒撩人："过来。"

舒蜜蹙眉，咽下嘴里的橙肉，咬住下唇，身子纹丝不动。

裴巡一双眸浓得仿佛化不开，凝在她脸上，薄唇抿得自信从容。

三秒，五秒，舒蜜起身，身不由己地迈开腿走过去，眉心拧着立在他面前。

裴巡默然伸手，骨节如竹的修长手指滑上舒蜜的脸颊。

食指指腹轻拭过她唇角残余的橙汁，再优雅地送至他线条曼妙的薄唇边。他眸半

111

敛，舌尖探出，轻舔指尖，喉结一动，淡淡道："甜。"

2017年6月，服务员小跑进包厢："久等了，请问想加什么菜？"

黎一珺转过头，剑眉星目，眼尾敛出漂亮的双眼皮："来个清淡点的粥。"

年轻的服务员脸一红，慌忙问："好的。请问一下，您觉得菜油腻吗？"

"我觉得还好，"黎一珺线条优美的臂膀搭在旁边座位上，"是她嫌油腻。"

旁边座位上的舒蜜噘着嘴："吃惯了学校食堂清淡的菜，这些菜都吃不下。"

黎一珺的视线落到服务员身上："快点上粥哦，别让我的小仙女饿着。"

服务员心下黯然，原本想要套几句近乎顺带要微信的，看来名草有主了。

等服务员应声退下，黎一珺夹了一块红烧鱼，放到大麦茶里洗了洗。

"试试看，这样能吃了吗？"他把洗好的鱼肉夹到舒蜜碗里。

舒蜜咬住筷子头："没胃口。刚刚高考完，我只想睡觉，什么都不想吃。"

"乖，至少喝点粥。"黎一珺把她碗里咬了一口就不吃的排骨夹走塞嘴里。

包厢门被推开，舒母和黎母手挽手亲密地走进来。

"怎么才来啊？"舒蜜不满地瞪了舒母一眼，又看向黎母，"阿姨好。"

舒母坐下来喝了口茶："都不知道你老妈的良苦用心，不忍打扰你们二人世界！"

黎母坐在舒母旁边："小舒蜜，我刚还在和你妈妈讨论，你们什么时候结婚？"

舒蜜的心脏咯噔一下，筷子头咬不住了，恹恹地耷拉下来。

高考结束，她还在纠结要不要按照计划告白，突然提结婚？这什么节奏？

"现在还没到法定婚龄，怎么也要等小珺20岁才行。"舒母一脸惋惜。

黎母拉住舒母的手："那可以先订婚，咱们两家人也好安心。"

舒母双眼一亮，坐直身体："对对对，先订婚！小珺你怎么看？"

舒蜜手一抖，筷子差点掉到桌下，她慌忙抓紧筷子，指尖发白。

心脏疯狂地在胸腔跃动，脸颊缓缓腾起一片绯红，真的，高考都没这一刻紧张。

还是老妈厉害啊，像棒球比赛里简单又气势如虹的直球。黎大傻会怎么回答？

短短几秒钟内，舒蜜心里就有了无数种猜想。也好，早知道结果也好。

关键时刻，包厢门被打开，服务员用托盘端来一碗南瓜粥："不好意思久等了。"

黎一珺嵌着小梨涡的笑容狠狠地晃花了服务员的双眼："谢谢。"

服务员呆了呆，回过神来，红脸低头："请慢用。"慌忙退下。

黎一珺拿过舒蜜的碗，给她盛了一碗热粥："有点烫，我给你吹吹。"

"小珺，"舒母身体前倾，"我们其实早猜到了，裴巡和舒蜜是假扮情侣。"

黎母点头附和："也怪我和你爸乱怀疑，难为你们了。"

舒蜜盯着南瓜粥上袅袅的热气，那清甜的南瓜香也没能缓解她的惊讶和紧张。

黎一珺微垂脖颈，一边用勺子搅拌，一边吹凉热粥，并未回答。

舒母挪了挪椅子，坐近了一点："小珺，你愿意和我们家舒蜜订婚吗？"

球已经出手，就看是准确地落入棒球手套，还是被击球手啪地击中，安打，全垒打？

明明包厢里冷气很足，舒蜜额头上还是爆出一颗颗汗珠，掌心一片濡湿。

黎一珺吹凉了粥，送到舒蜜桌前，这才抬眸，微微一笑："订婚就免了吧。"

舒母和黎母双双愣住，然后对视一眼，黎母急急问："儿子你什么意思？"

舒蜜双手搭在碗边，无法掩饰地颤抖起来。

舒母急得站起来："小珺，你把话说清楚，你不喜欢我们家舒蜜？"

"怎么可能？"黎一珺起身拉舒母坐下，"可万一她以后遇见更好的人怎么办？"

舒蜜背脊一僵，一时半会儿没弄懂黎一珺的意思。

舒母也愣住，半晌才开口："小珺你的意思是不订婚，但是以后愿意结婚？"

黎母皱眉："儿子你别卖关子了，直截了当地说！看你把你阿姨急的！"

舒蜜一颗心提到了嗓子眼。

"我不想束缚她，我想给她自由。"黎一珺双眸亮得像水晶葡萄，晶莹剔透。

"什么自由？恋爱自由？"舒母表示很看不懂现在的年轻人。

黎一珺笑："我会一直等她，如果她30岁还没有遇见真爱，那就请和我结婚。"

高考后的暑假有足足三个月，闲得发慌，舒蜜就跟黎一珺去厦门大学玩。

操场围栏上张贴着各种巨幅海报：街舞赛、辩论赛、电竞赛，还有大学生创业大赛。

舒蜜浑身每个细胞都在叫嚣"万岁"，黎一珺拉着她的手："逛跳蚤市场去。"

今年毕业的大四学长们在以各种方法沽清尾货，甩卖青春。

"学妹亲一口，要啥全拿走"——这标语绝对是最皮的。

那个工科生卖的东西可不少，小到烙铁、螺丝、改锥，大到宿舍用的单人书柜。

"看这个！"黎一珺拉她到一个卖过期杂志的学长摊位前。

"说好一起白头，你却和学妹偷偷焗了油"，标语莫名和前面的工科生凑成了一对。

舒蜜一路看得很兴奋，对即将到来的大学生活满怀期待。

逛完校园，她被黎一珺拉到他宿舍。刚进去就有一股奇怪的味道，舒蜜捂鼻。

地上全是揉成一团的纸巾，有一道人影背对着门而坐，戴着耳机，浑身在抖动。

"别看了！天天这么搞，小心肾亏！"黎一珺抓起一本书朝那背影砸去。

男生提上裤子，赤裸着胸膛转过身："不看妹子，难道看你啊？"

舒蜜瞥了眼电脑屏幕，隐隐约约的画面果然劲爆，好像有三道人影？

男生的视线落在舒蜜身上，双眸一亮，浓眉大眼笑开来，怪腔怪调地起哄："哟！可以啊珺哥，我还以为你不喜欢女生呢！"

黎一珺抓起男生床上的蓝色T恤丢过去："少啰唆，她是我妹妹！"

"我懂的，我懂的。"男生贼兮兮地笑，起身套上T恤，身体干瘦，没肌肉。

"学长懂什么？"舒蜜饶有兴致地开口。

男生动作一顿，笑嘻嘻地看舒蜜："小妹妹，珺哥可是一直为你守身如玉！"

舒蜜毫不示弱，笑得眉眼弯弯："学长要不要试试挖墙脚啊？"

"不敢不敢，"男生眼中闪过惊讶，"小妹妹如此彪悍，我有贼心也没那个胆儿！"

黎一珺不悦地蹙眉："一口一个小妹妹，谁是你妹妹？"

"不叫妹妹，难道叫嫂子？"男生站直身体，敬了个礼，"嫂子好！我大名孟舫！"

"谁让你自报姓名的？"黎一珺瞪他，"你这种路人甲还需要名字？"

孟舫跳过来，手臂搭上黎一珺的肩膀："珺哥无情啊！咱哥俩可是睡过一张床的！"

"谁让你在床上吃方便面玩游戏，汤洒在了床单上，你硬爬下来占我半边床！"黎一珺一脸嫌弃地推开孟舫，"滚一边去！这几天我陪我妹妹睡外面，不回宿舍。"

孟舫拉过椅子反向坐下，手臂交叠在椅子靠背上："嫂子考到厦门大学了？"

"刚填了志愿，7月中旬才发录取通知书。"舒蜜笑，"别喊嫂子了，喊学妹就好。"

"恭喜学妹，"孟舫长得尖嘴猴腮，笑起来倒是挺好看，"其实大学就是一个游戏副本。"

舒蜜帮他说完："我会和战友们组队，打怪升级，获得最满意的通关奖励。"

孟舫突然想到了什么，转头看黎一珺："珺哥，你之前不是说还有一个哥们……"

舒蜜的心倏忽抽搐了一下，脸上的笑容淡了下去。

正在收拾衣服的黎一珺动作一顿，他的面容掩映在衣柜的阴影中，难辨神色。

孟舫挠了挠鸡窝头："珺哥你还等着他一起打造AR游戏社团呢！他会来的吧？"

黎一珺啪地关上衣柜门："谁知道啊！"

阶梯教室。

一个半小时的大课，课间休息十分钟，孟舫喝了口可乐，舔舔嘴角。

"你妹妹今儿怎么没来听课？"

黎一珺打了个哈欠："八点半的课，她怎么起得来？昨晚我陪她看韩剧看到凌晨。"

"啧啧啧，一起躺床上看？"孟舫笑得贱兮兮的。

"滚一边去！看片看多了吧你？我们在学校外租了个两居室，一人一间卧室！"黎一珺伸手把靠在自己身上的孟舫推开，一脸嫌弃。

孟舫的手机响了下，他看了看微信："来来来，开个黑，他们三缺二！"

"开你个大头鬼！马上要上课了！"话虽如此说，黎一珺还是掏出手机上了号。

"稳点哥们，他们说对面有一个玩职业的。"

孟舫邀请黎一珺，黎一珺刚进房间，还没看清楚对面的头像和ID，就选了英雄。

黎一珺用的典韦，选了打野位，对面的打野位是上线没多久的新英雄——铠。

开局典韦去拿蓝buff，野怪只剩一丝血的时候，铠突然从草丛里闪现，抢了蓝buff。

瞬间升到二级的铠和典韦在野区单挑，黎一珺自认操作尚佳，竟然一分钟不到就挂了。

屏幕上兴奋的女声"First blood"响起，黎一珺这才注意到铠的ID，他瞬间愣住。

"哥们怎么回事？"孟舫觉察到异样，"咱们野区都被铠清了！"

经济瞬间落后，黎一珺默默刷了下路的野区，去中路抓人，铠又从天而降。

"两分钟不到，珺哥你送了两个人头？我的天，你今天怎么是青铜水平？"

典韦彻底废了，经济落后悬殊，而且不停地被铠抓，一局下来被抓了七八次。

"奇怪，你怎么一直被对面的铠杀啊？简直是福利局，对面的铠要封神了。"

孟舫气得不想打了，眼看着中路塔被推，典韦在水晶下被铠杀了。

黎一珺怔怔地望着手机屏幕："他早就封神了。"

原本以为课间十分钟打不完一局游戏，但是因为有裴神在，八分钟就推了水晶。

选修课老师进教室上课，吵闹的阶梯教室安静下来。

孟舫输了游戏，不爽，偷偷在课桌下玩匹配，虐一虐那些练英雄的小菜鸟。

黎一珺点开微信，聊天置顶的有两个，一个是舒蜜，一个就是裴巡。

裴巡的头像还是去年暑假黎一珺给他换的，一只高冷傲娇霸气的猫。

黎一珺的头像也是当时换的，一直没变，是一条奶凶奶凶的狗。

老师在讲台上喋喋不休，黎一珺点开裴巡的对话框，最后一次对话是一个月前。

高考前一天，黎一珺发给裴巡简短的四个字："高考大捷！"

裴巡并未回复。

事实上，过年发生了那样的事情之后，他和裴巡就很少在微信上联系了。

黎一珺咔地锁上手机屏幕，直起腰，望着多媒体投影仪，想要认真听课，可是听了半天，一句话都没听进去，他又滑开手机屏幕，点开裴巡的对话框。

"半年不见，巡哥还是这么威武。"他输入这么一排字，却迟迟没有点"发送"。

黎一珺鼻尖微皱，又一个字一个字地删除了。

他抓起桌上的笔，修长的手指灵巧地转动笔，转了几圈，手指又回到手机屏幕上。

"巡哥，舒蜜收到厦门大学录取通知书了。"他咬咬牙，点了"发送"。

五秒，十秒，二十秒，对话框安安静静，没有任何回复。

黎一珺歪了歪头，又输入一行字："你考到哪里了？没忘记我们的约定吧？"

等了半晌，依然没回复。

黎一珺恢恢地锁屏，趴下来，脸压着胳膊肘，一片漆黑的屏幕快被他盯出洞来。

除夕夜那晚，他的话确实说得太重了。

"我和舒蜜这么多年的感情，你一个外人怎么可能理解？"

后来，他知道裴巡从复读学校退学的事情后，在宿舍辗转反侧，失眠了一整夜。

孟舫赢了一局，凑过来低声说："刚拿了个五杀，对面一群妹子加我好友！"

"滚开！"黎一珺正要把他推开，手机屏幕突然亮了起来，他扑上去点开。

没想到不是巡哥，是舒蜜发来的微信："我睁眼了。"

黎一珺双手捧着手机回复，一双专注的眼眸熠熠生辉："牙膏挤好了。锅里有粥，温着的。微波炉里有面包，烤十秒就很香了。"

"啰唆。"舒蜜回了两个字。

黎一珺又吩咐了几句，再点开裴巡的对话框，依然没有回复。

他手指指尖在课桌上摩挲了一会儿，再搭上手机屏幕，输入一行字："我不管，巡哥你可答应我了。"

下一秒，黎一珺双眼蓦然一亮，紧盯着屏幕。

不愧是巡哥，发来的微信都如此惜字如金："真会撒娇。"

一星期后，黎一珺敲响了戚教授办公室的门，听到"进来吧"，他才推门而入。

戚教授刚因一段授课视频而走红网络，课堂上妙语连珠，集智慧与美貌于一身。

白色雪纺衫，黑色阔腿裤，经典隽永的黑白配，凸显出戚教授的优雅自信。

"你这次提交的中国风游戏CG设计，我很喜欢，准备送上去参赛。"

黎一珺笑看着戚教授调整室内空调的温度和湿度设定："谢谢教授。"

"这里可以改得更好一点。"戚教授调好后，手搭在鼠标上，点开作品。

黎一珺凑过去看，戚教授指导："头部到肩部是角色设计的重点，三角形更流畅。"

话音未落，门被敲响了，戚教授脸色微变，丢下鼠标站起身："这么快？"

黎一珺一头雾水，不知来者何人。

向来沉着稳重的戚教授竟然慌乱起来，扭头问黎一珺："我头发没乱吧？"

黎一珺摇头，戚教授又问："你觉得房间里的温度和湿度怎么样？"

外面是盛夏的湿热，室内干燥凉爽，空调徐徐送风，黎一珺笑："很舒服。"

戚教授一边走去开门一边整理了一下雪纺衫的花边领口，与此同时，门被打开了。

黎一珺抬头，笑容瞬间僵在脸上。

熟悉的身影逆光而立，骄阳为他挺拔的轮廓镀上一圈金光，光彩将线条晕染得矜贵逼人。

"你终于肯见我了！"戚教授凝望着那张与她有几分相似的脸，唏嘘不已。

裴巡的视线淡淡地掠过戚教授的脸，再落到黎一珺身上。

戚教授连忙解释："我知道他是你的好哥们，所以一直很照顾他，举荐他。"

黎一珺的大脑飞速运转，已经猜到了七七八八，目光里难掩震惊。

裴巡勾唇，阴影和阳光将他清俊的身姿剪开，光影拉扯间他的面容格外冷寂。

"你想听我说谢谢？"

戚教授心底一寒，试图拉住他的手缩了回来："要怎么做你才肯原谅妈妈？"

117

裴巡不悦地微蹙眉心，转身欲走。戚教授慌忙上前一步："你要走了吗？"

她伸手准备抓住裴巡的手臂，可还没触碰到，她的手腕就被人攥住了。

"戚教授，去参赛的事就不麻烦你了。"黎一珺冰冷的声音从后面袭来。

他说完，松开戚教授的手，走到裴巡旁边："对不起，我不喜欢被人利用。"

戚教授全身被挫败感吞噬，只能眼睁睁地看着裴巡和黎一珺并肩走远。

"原来你妈妈是厦门大学的教授。"黎一珺没走几步就忍不住开腔。

夕阳仿佛有重量一般压在裴巡浓密纤长的羽睫上，漂亮得令人挪不开眼。

"你不是说你一辈子都不想见你妈妈吗？"黎一珺疑惑地歪了歪头。

裴巡双手插兜，迈开大长腿走着，线条曼妙的唇微抿，不置一词。

"那你为什么报厦门大学，为什么今天来见她？"黎一珺打破砂锅问到底。

裴巡脚步骤停，黎一珺差点撞到他后背。

裴巡转身，两人近在咫尺，裴巡浅浅的呼吸声有节奏地在黎一珺的心上打着鼓点。

喧闹了一个夏天的蝉鸣倏忽安静下来。

裴巡扯了扯嘴角，一副漫不经心的模样："还不是因为你。"

黎一珺和舒蜜租的二居室总共75平方米，家电齐全，拎包入住，月租3500元。

"租金可贵了，押一付三，花掉我大一兼职一年的收入。"黎一珺用钥匙打开门。

墙面是淡淡的灰色乳胶漆，客厅里摆着深灰色布艺沙发、白色小茶几，清爽的北欧宜家风格。地毯和抱枕平添一抹温馨，沙发上是一组印象派装饰画，电视墙壁纸是蓝绿竖条纹。

"你穿我的拖鞋吧。"黎一珺脱掉袜子，光脚踩上木地板。

玄关处有两双马卡龙色系的拖鞋，情侣款，一大一小，一双粉蓝，一双粉红。

裴巡的视线淡淡地落在那双粉红拖鞋上，停留三秒，再不动声色地移开。

"吃西瓜吗？"黎一珺打开冰箱，捧出半个西瓜，掀开上面的保鲜膜。

西瓜中间最甜的部分已经被人吃了，留下一个大洞。

黎一珺挖了一口西瓜塞嘴里解渴，嘴里嘟囔着："明明这一半归我的，又偷吃！"

裴巡环顾四周，处处成双成对，牙刷、漱口杯、毛巾、梳子、碗筷无一例外。

黎一珺打开空调，倒了杯水给裴巡，裴巡骨节分明的手指接过，喝了一口。

浴室里倏忽传来哗啦啦的水声，吓了黎一珺一跳。

"你在家啊？"黎一珺提高分贝，朝浴室喊，"不是出去找兼职了吗？"

浴室离客厅很远，水声很大，里面的人没听见，并未回答。

裴巡搭在透明水杯上的手指倏忽一动，他放下水杯，眯眼望向浴室方向。

黎一珺抱着西瓜，继续挖着吃："今年暑假我和她都不回家，打工赚钱付房租。"

他说完，突然想起了什么，走到玄关处拿起那双粉红拖鞋，送到浴室门口。

"她贪凉，夏天总是光着脚，洗了澡打赤脚容易着凉。"黎一珺折回来。

裴巡长腿交叠，慵懒地坐在沙发上，眸底暗潮汹涌，俊颜上波澜不惊。

他望向浴室门口，黎一珺把拖鞋摆得整整齐齐，鞋口对着浴室门，一出来就能穿。

裴巡脑海里倏忽闪现出一个画面。

那是复读那年秋天，她头发长了，懒得梳理，就在脑后扎起，可皮筋老丢。

"皮筋呢？我皮筋呢？"她丢三落四，找的时候又急躁得不行。

裴巡慢条斯理地把手腕伸过去，手腕上赫然套着她黑色的皮筋。

"黎大傻教你的？"舒蜜从他手腕上取下皮筋，她指尖灼热，触碰到他微凉的肌肤。

裴巡承认，她有一个完美的青梅竹马。

一整个秋天，她都用那条黑色皮筋，后来，裴巡实在看烦了。

"喂！皮筋给我！"舒蜜用笔戳裴巡的手臂，轻车熟路，理直气壮。

裴巡眼睫半垂，肌肉线条紧实性感的手臂伸了过去，手腕上是粉红色的皮筋。

舒蜜取下来后才意识到不对："这不是我的，我的皮筋呢？"

裴巡瞳眸里闪烁着晦暗不明的光，薄唇徐徐吐出两个字："扔了。"

"为什么？"舒蜜愣了愣，蹙眉看皮筋，噘嘴，"我不适合这么少女的粉色。"

裴巡修长的身体懒洋洋地倾斜下去，单手托腮，声音蛊惑："适合。"

舒蜜吃惊，微张开绯唇，隐约可见雪白如贝壳的牙齿。

裴巡长臂一伸，手指勾起她一缕头发，暧昧地缠绕，一圈，两圈，三圈。

"会很甜。"他的嗓音低得恰到好处，撩人心弦。

舒蜜回过神来，往旁边挪了挪，避开他的手指，故作随意地问："能有多甜？"

"甜得我想把你欺负哭。"

舒蜜洗完澡，打开门就看到那双拖鞋，她穿上拖鞋，一边擦头发一边走到客厅。

黎一珺还捧着西瓜用勺子吃，舒蜜端起桌上的水杯，仰头，咕噜咕噜一饮而尽。

他瞥了她一眼："那是刚才巡哥喝剩下的水。"

舒蜜嘴里还含着一口，噗的一声，瞬间全喷了出来，木地板水汪汪的。

"裴狗！"舒蜜抓起抹布，蹲下来擦地板，"他就不能从我们的世界消失吗？"

"别这么说你的大学同学。"黎一珺白了她一眼，吐出一颗黑色的西瓜子。

舒蜜咬牙切齿，用力地擦地板，快要把地板擦破了："果然阴魂不散！"

"巡哥答应我了，以后会和你保持距离。"黎一珺擦擦嘴角的西瓜汁。

舒蜜甩开抹布："可是他会和你形影不离吧？我想知道他到底给你灌了什么迷魂汤？"

黎一珺用勺子敲西瓜边沿："桃花潭水深千尺，不及巡哥送我情。"

舒蜜起身，走到黎一珺旁边坐下，苦口婆心："你想研发AR游戏，我可以和你一起努力，为什么非要拉他进来？"

黎一珺放下西瓜，用毛巾给舒蜜擦头发。他眉目如画，动作轻柔，让她的气消了大半。

少年瞳仁灵动，唇色似蜜，声音温润得能掐出水来："创业很辛苦，把你拉下水，我可舍不得。"

周末，舒蜜想给黎一珺一个惊喜，遂早起去超市大采购，买了两大袋食材。挤公交车回家时，她汗流浃背，手臂酸痛，手掌还残留着红色的塑料袋的勒痕。

"我上午去学编程，下午去社团，最近要准备面试，中午不回来吃饭。"

黎一珺留下了字条，依然是令人怦然心动的黎式字体。

舒蜜嘴角勾起，认认真真地看了好几遍，再小心翼翼地把字条夹到书里珍藏。

他太拼，作息不规律，结果上火了，从来不爆痘的他，额头上居然长了一颗痘，所以她准备做下火的百合莲子瘦肉汤、凉拌秋葵猪肚丝、苦瓜酿肉、红烧冬瓜。

她在网上查了两个小时的食谱和做法，一条条背，比高考还认真。

中午她随随便便煮了个面条吃，给黎一珺发微信："晚上回来吃饭吗？"

黎一珺大概在忙，过了十多分钟才回复："我尽量赶回来。"

上午精挑细选食材，下午在厨房做准备，忙活了一天，终于大功告成。

"累死了！原来做饭这么累，真心疼天天给我们做饭的老妈。"

舒蜜揉着发酸的腰，在厨房站了太久，小腿肚都酸痛了。

墙上的挂钟显示晚上六点半，舒蜜给黎一珺发微信："什么时候回家？"

这次过了半个小时黎一珺才回复："要晚点，你先吃饭。"

"还在社团吗？那么忙？都放暑假了。"舒蜜不爽地噘嘴。

"不是快要面试了吗？在准备游戏策划方案，和巡哥一起。"

舒蜜的目光瞬间冷了下来，死死地盯住"巡哥"两个字，仿佛要盯出一个洞来。

这段时间黎一珺早出晚归，舒蜜几乎连他的面都见不上。

明明是"同居"，却像"异地恋"。这一切，都是因为裴巡的出现。

舒蜜莫名鼻子发酸，趴在桌上，久久没有动弹。

桌上的菜渐渐凉了，她的肚子饿得咕噜噜叫，低血糖又导致头晕。手机倏忽振动了一下。

黎一珺发来了微信："你吃了吗？我不回来吃饭了，和巡哥在外面吃。"

不知是饿得难受，还是委屈难过，她蓦然红了眼眶。

她抬起头，望着满满一桌子的饭菜，端起来准备倒掉，终究还是舍不得。

犹豫再三，她抓起筷子将饭菜一口口塞入嘴里，动作粗鲁。

有冰凉的液体滑过脸颊，混杂在食物中越发苦涩。

那么多菜，她也不知怎么全部吃了下去，吃完了便冲到卫生间去吐。

吐完了望着镜子里的自己：眼睛肿得像桃子，脸色发白，嘴唇颤抖，像个小丑。

面试的时候，黎一珺凑到裴巡耳边："今晚舒蜜不在，去我家睡？"

高跟鞋的声音响起，行政女生看到他们一黑一白，她的脸发红，说话都结巴了。

游戏公司实习生招聘，面试官一抬头，看到两个高大帅气的少年，微微一怔。

"策划、技术、营销、美术、音频、运营，你们选择哪个方向？"

黎一珺一身清爽的白，笑得一树梨花开，一张漂亮的脸能让无数女生情窦初开。

"所有方向我都要擅长，因为未来我会管理一家游戏公司。我正在学编程。"

意气风发的少年感让面试官动容，他点点头："为什么两个人一起面试？"

"他是我的战友、合伙人，我们不能分开，要么招收我们两个，要么谁都不收。"

黎一珺慷慨陈词时，裴巡连眉毛都没动一下。

黑衬衫套在裴巡足以复活万千少女心的身上，带着锋利冷锐的压迫感，危险又诱惑。

面试官不禁感慨："现在的大学生都这么狂？"

"这是我做的游戏策划作品。"黎一珺递上作品。面试官双眸一亮，目露惊喜。

黎一珺退到后面，与裴巡并肩而立。阳光在两个少年周身翩翩起舞，照得两人熠熠生辉。

"我们能在贵公司学到新技能，贵公司也能纳入新血液，岂不是双赢？"

玄关处，黎一珺注意到舒蜜乱扔的板鞋，他捡起板鞋放到鞋架上。

鞋面有点发黑，他停顿了一秒，径直拿着舒蜜那双鞋走到洗面池边。

"帮我挤一点牙膏到鞋面上，巡哥。"黎一珺打开抽屉找刷鞋的废弃牙刷。

裴巡目光凝在那双女鞋上，修长的手指夹起牙膏，拧开盖，挤出一厘米。

黎一珺找到牙刷，蘸水，把牙膏在鞋面上刷开，手机倏忽响了。

"巡哥，麻烦你帮忙刷一下，牙膏干了就不好办了。"

黎一珺急着接电话，把牙刷往裴巡手里一塞，转身就朝客厅跑。

裴巡骨节分明的手握住牙刷，镜边的装饰灯勾勒出他手指令人心动的线条。

人生第一次刷鞋，居然还是帮一个很反感他的女孩刷鞋。

他目光闪了闪，缓缓刷出泡沫，清新的薄荷香扑面而来。

客厅里，黎一珺接通了电话，笑得眉目舒展："怎么？不放心我？还要查岗？"

电话那头传来舒蜜严肃的声音："算你识相！你现在一个人在家？"

"当然是一个人。"黎一珺撒谎撒得眼睛都不眨一下，"还能有谁？"

"我警告你黎大傻！那是我们俩的家，未经我允许，不准你带任何人回家！"

"遵命，女王陛下！"黎一珺挂了电话，折回洗面池边。

裴巡把牙刷送回到黎一珺手上，打开水龙头冲洗手指，修长的手指漂亮得不像话。

水流哗啦啦，黎一珺仔仔细细刷干净鞋面和鞋身："饿不饿？"

"先洗个澡。"裴巡迈开长腿走向浴室。

刚推开门，裴巡的目光就落到花洒开关上搭着的一条草莓内裤上，他唇角一沉。

黎一珺觉察到异样，放下刷子走过来："是不是舒蜜又乱丢乱放了？"

浴室地面是瓷砖，本来就很滑，加上还有点潮湿，而且黎一珺光着脚，综合以上原因，黎一珺刚走到浴室，就脚底一滑。他本能地去抓花洒开关，哗啦啦，花洒喷出水来，黎一珺越发站不稳，整个人朝裴巡跌去。

水打湿了地面，也洒上了裴巡全身，裴巡始料未及，下意识地伸手抱住黎一珺。

浴室积水太滑，摩擦力根本无法承受两个大男生的重量，裴巡也向后栽倒。

与此同时，大门处传来钥匙插入锁孔的声音，很快，门被打开。

舒蜜蹬掉凉鞋时，听到浴室传来咚的一声，她立刻光着脚冲过去。

花洒不停地喷出晶莹的水花，眼前的一幕让舒蜜彻底惊呆了。

黎一珺趴在裴巡身上，两人紧紧相贴的身体已经被水淋得湿透。

白衬衫几近透明，肌肉轮廓鲜明优美的黎一珺的身体清晰可见。

听到脚步声，黎一珺和裴巡齐齐转过头来，三人六目相接，气氛瞬间凝固。

半晌，舒蜜回过神来，冷笑一声："湿身诱惑？你们真会玩！"

黎一珺立刻爬起来："你误会了，这一切只是巧合！"

"那我刚刚在电梯口给你打电话，你为什么说你一个人在家？"舒蜜脸色惨白。

黎一珺知道这次跳到黄河都洗不清了，他反而淡定下来，伸手关了花洒。

"心虚了？"舒蜜步步紧逼，瞪着黎一珺。

黎一珺非常了解舒蜜，她在气头上，什么解释都听不进去，解释就像掩饰。

白衬衫滴答滴答淌着水，黎一珺走向卧室："我去换件衣服。"

只剩下舒蜜和裴巡二人，气氛越发剑拔弩张。

舒蜜也不知自己为何如此动怒，气得浑身发抖："原来你的目的是这个！"

水沿着裴巡高高的眉骨流淌，他暗流涌动的眸底被水汽氤氲得越发迷离。

他慵懒地起身，一颗水珠顺着他漂亮的下颌线滑入性感迷人的锁骨。

"你接近我，撩我亲我，就是为了利用我？一开始你就把我当棋子？"舒蜜嘴唇哆嗦，声嘶力竭地控诉。

裴巡薄唇轻抿，目光轻飘飘地掠过舒蜜，右手自上而下开始解衬衫纽扣。

他的身姿半明半暗，黑衬衫濡湿，紧贴着肌肤束在裤腰里，勾勒出柔软曼妙的腰身。

空气倏忽变得安静，第一颗纽扣在他修长的手指间弹开，露出光泽刺目的肌肤。

舒蜜的目光不受控制地凝在那一抹雪白上，喉头莫名发紧。

"为什么要脱衣服？"她的声音有些发颤，心跳急促了几分。

脱口而出后她才意识到自己傻——衣服湿了当然要脱。

只是脱衣服的姿势、动作和眼神，能不能不要这么撩？

他唇线紧绷，瞳孔里却水光潋滟，无一丝掩饰地凝望她，那眼神，灼热又濡湿。

第二颗纽扣，第三颗纽扣，水珠顺着充满少年感的肌肉中间的纹路滑落，暧昧无比。

舒蜜双腿发颤，感觉身体里渐渐燥热起来，这不受理智掌控的身体本能。

没有人能从他的蛊惑中逃脱，没有人。

舒蜜挫败地垂下眼眸，一颗心没出息地狂跳。

她手指攥住衣衫，指尖发白，声音低哑而冰冷："算我求你了，放过黎大傻吧。"

那么明朗阳光的纯白少年啊，她不能眼睁睁地看着裴巡成为他的人生污点。

裴巡终于停下了解纽扣的动作，任凭衣衫半开，迈着大长腿走到餐椅边坐下。

他浑身濡湿，依然慵懒矜贵，冷不丁地抬眸，薄唇吐出两个字："过来。"

舒蜜有求于他，只能硬着头皮一步步走过去。

少年凛冽的气息扑面而来，裹挟着浓烈的男性荷尔蒙，舒蜜一阵头晕目眩。

裴巡分开双腿，扣住她的手腕将她拉坐在腿上，一只手隔着衣服掐住她的腰，色淡如水的薄唇朝她的耳畔徐徐靠近，气流喷上她绯红的耳郭。

换好衣服的黎一珺恰好将这一幕看在眼里，他脚步一顿，眸色深沉。

在黎一珺眼里，这完全是一副耳鬓厮磨的缠绵场面，可舒蜜此刻浑身发冷。

裴巡淡淡开口，看似漫不经心，实则冷若冰霜："凡事都有代价。"

他身上冷湿的气息摄魂夺魄，一寸寸染上舒蜜的肌肤，她浑身一个激灵。

"到底要怎样，你才肯放过他？"舒蜜嗓音喑哑。

裴巡眼底掠过的森冷在阴影浮动中若隐若现，他修长的手指摩挲着她颈后的肌肤。

一股陡峭的寒意倏忽袭来，舒蜜抬眸，对上他微挑的眉、半敛的唇。

他爱抚她，就像爱抚一个费了点心思才弄到手的宠物，姿态轻佻又邪恶。浓长的睫毛在他眼底覆上小块暗影，唇角似有星芒闪烁，良久，他才吐出撩人的低音炮。

"做我女朋友。"

这五个字清晰地落入黎一珺耳里，他搭在衬衫纽扣上的手猛地一用力。纽扣被他扯了下来，他握紧纽扣，仿佛要将其碾碎。

舒蜜脑子昏昏沉沉，正要凭着最后的理智拒绝，倏忽整个人被往后拉。

黎一珺没有拽手腕，直接攥住舒蜜的手臂，霸道得不可抗拒。

舒蜜另一只手的手腕依然被裴巡扣住，两股力道同时拉扯，她失去了重心。

回过神来，她甩开了裴巡的手，身体跌入黎一珺的怀抱，脸贴着他炙热的胸膛。

黎一珺将她圈在怀里，如护珍宝，手臂按住她的后脑勺，将她压到他胸口。

咚咚咚，她可以清晰地听见他沉稳坚定的心跳声，瞬间，她被安全感包裹。

黎一珺额头上青筋暴起，他怒视裴巡，一字一顿："我不会同意的。"

裴巡饶有兴致地勾唇望着黎一珺，随手扯下一条毛巾，慢条斯理地擦手。

黎一珺抱紧舒蜜，咬了咬后槽牙，瞪着裴巡："我把你当兄弟，你把我当什么？"

裴巡食指慵懒地撑在太阳穴上，眼尾半耷拉，卧蚕弧度俊秀，目光干净清冷。

"你是我最好的兄弟，你做什么我都可以纵容。"黎一珺目光灼灼，逼视裴巡，他顿了顿，加重了语气，"可是舒蜜，她是我的底线。"

舒蜜在黎一珺怀里深呼吸几口，定定神，仰起头来："黎大傻。"

黎一珺垂眸看她，细密纤长的睫毛微颤，目光温柔缠绻，他伸手抚上她的头发。

"刚才我不应该把你一个人丢下，你有没有受惊？"

舒蜜并未回答，她嘴角沉下，一脸肃然："你说你不同意，是以什么身份？"

黎一珺微怔，眼中泛起浮光："我……"

"哥哥吗？"舒蜜声音冰冷，"以哥哥对妹妹的爱护之心，说出那句不同意？"

黎一珺鼻尖轻轻皱起，眉心微蹙，蓦然扬起声调："有什么差别？"

舒蜜浑身一颤，攥住黎一珺胸前的衬衣，指尖发白。

黎一珺喉结滚动，勃然冷笑："我以为凭我们的关系，有些话是不用说出口的。"

舒蜜怔住，深茶色的瞳眸里缓缓渗出一股酸楚。

良久，她抓住他衬衣的手一用力，指尖隔着衣服抠进他的肌肤。

"黎大傻你把话说清楚，你喜欢我吗？不是青梅竹马，是拥抱亲吻上床的那种！"

黎一珺眸底暗潮汹涌，蓦然伸手捧住她的脸，他俯身，鼻尖压着她的鼻尖。

"拥抱亲吻上床，你以为我不想吗？"仿佛被压抑许久，他发出深沉的低吼。

舒蜜双眸激滟，水光四溅，两片唇瑟瑟颤抖。

"可是我还没有能力给你幸福。我只有先拼出一番事业，才能给你安稳的未来。"

舒蜜鼻头发酸："那么多学生情侣，大家都一穷二白，你怕什么？"

"我当然怕！那么多毕业生啃老。如果我连自己都养活不了，怎么养你？"

说话间，黎一珺灼热的气息喷上舒蜜的脸颊，她的眼眶微微红了。

"我不需要你养！那么多学生情侣都一起找工作、租房子，我们为什么不可以？"

"生活哪有你想的那么简单！光是租金和日常开支，就已经花掉我全部的收入了。"

舒蜜愣了愣："既然这样，为什么还要租这么贵的房子？住学校宿舍就好了！"

"不是你说想和我住在一起吗？我必须足够强大，才能满足你所有的心愿啊！"

舒蜜怔怔地望着黎一珺，脑海里的画面如雪花般翩翩飞来。

七八岁时的夏天，他们玩得浑身是汗，她想吃冰激凌，可他身上没钱。

"老板，我可不可以帮你干活儿，你送我一个蛋筒？"小小的黎一珺反复哀求老板。

老板拿出一沓传单："那帮我发完这些传单，我就送你一个。"

日头那么毒，黎一珺傻乎乎地抱着传单去发，发了两个小时才发完，热得脸通红。

舒蜜想帮他发，他不让，非要她在树荫下的草坪上睡午觉。

他在太阳底下发传单，一转脸就能看到睡午觉的她。

睡醒了，她看到他喜滋滋地跑过来，把香甜的蛋筒塞到她手里。

她刚舔了几口，他就一阵头晕，栽倒下去。那时年纪小，不知道他是中暑了。

这么多年了，她依然清晰地记得他晒得通红的脸、满额头的汗珠，却笑嘻嘻地问她："甜不甜？"

后来长大些了，冬天她爱吃栗子，栗子贵，爸妈不可能天天买，黎一珺就攒钱买。

每天上学，他都在兜里塞满栗子，一边走，一边剥给她吃。

她嫌他剥得慢，自己也剥，剥完了把栗子壳和皮丢到他那一边，因此他总是被路边的环卫清洁工骂。他后知后觉地察觉了她的小阴谋，一气之下抓起兜里的栗子皮统统朝她扔来，她的天空飘起了香香的栗子雨。

后来她才知道，为了给她每天买栗子，他好几个月没吃早餐——那时年纪小，爸妈都不给零花钱，黎一珺就只能省下早餐钱买栗子。

高三的那个暑假，黎一珺玩了一个月的游戏，后两个月做游戏代练，赚了一万块。

舒蜜收到厦门大学录取通知书的那天，黎一珺送了她一部手机、一台笔记本电脑。

"这是祝贺你考入大学的礼物。"他笑着捏她的脸。

后来她暗自算了算，五千的手机，五千的笔记本电脑，刚好是他游戏代练的收入。

"其实我爸妈也会给我买手机、电脑啊。"舒蜜噘着嘴。

黎一珺歪着头，笑出甜甜的小梨涡。

"我不管，你要用我买的，这样的话，你用的时候就会想起我。"

薄薄的泪光闪烁在舒蜜的瞳眸中，她喉头哽咽："可是黎大傻，我很坏。"

明明很想拒绝，但她的身心都无法控制地被裴巡吸引。

一个是安稳的幸福，一个是危险的诱惑，她的心如云遮雾绕，连自己都看不清。

"我知道，我知道。"黎一珺目光一闪，伸手把她的脑袋压到他胸前。

舒蜜把脸深深地埋进去，被他熟悉的温暖气息包围，焦灼的心缓缓舒展开。

黎一珺下颌抵在她头上，声音轻柔："你喜欢裴巡？"

"不，"舒蜜拼命摇头，"我讨厌他，非常非常讨厌，讨厌到害怕见到他。"

坐在一旁始终眉目沉静的裴巡终于稍微挑起眉，眸如琉璃，光彩难辨。

"别说你了，就连我，我也被他深深吸引。"黎一珺抬眸，与裴巡目光相交。

清冷矜贵的少年就像黑夜，拥有寂静和群星。

黎一珺眯起眼："巡哥，你为什么要这样对舒蜜？"

裴巡慵懒地站直，眼角的长睫拢出疏离冷漠的阴影，长指搭上纽扣。

"第一次当助攻，技术有待提高。"

这一次，他声音清冷，少了致命的蛊惑。

黎一珺背脊一僵，他怀里的舒蜜也瞬间怔住。

裴巡垂眸，修长的手指一颗颗系好黑衬衣的纽扣，薄唇抿出孤寂倨傲的线条。

黎一珺凝眸望过去，目光复杂："巡哥，我误会你了。以后，还是好哥们吗？"

裴巡的视线淡淡地落到墙上的挂钟上："明天中午之前交给我CG设计原稿。"

话音未落，他已迈开长腿走向玄关，灯光追随着他扑朔迷离的背影。

"明天见，巡哥。"黎一珺目送他推门离开。

啪的一声，门关上了，裴巡高大的身影却骤然停住，一秒，两秒，三秒。

走廊上的感应灯亮起，他的身体倒在墙上，颓然如玉山将倾。

橘黄色的灯光照亮了他漂亮流畅的下颌线，他掏出一根烟，再举起打火机。

咔的一声，打火机响了，可火并没有烧起来，他薄唇叼着烟，凑近打火机。

咔咔咔，细微的声响一次又一次，火光一明一灭，可烟头始终没有被点燃。

他脑海里倏忽闪现出一个画面，仿佛又回到了复读那年的圣诞节。

有生以来第一次看到雪的舒蜜，兴奋地溜出宿舍去操场玩雪，却因为路滑扭伤了脚踝。

"上来。"裴巡蹲下身，把宽阔的背脊对着她。

她吸了吸被冻得发红的鼻子，喃喃道："你说，黎大傻那边也下雪了吗？"

那晚，他背着她走在积雪的操场上，空荡荡的操场只有他们两人。

她的双手搭在他胸前，还不忘伸手接住飘落的雪花，明知他不会回答，还要问："喂，你有没有喜欢的人？"

夜那么深，星星那么亮，雪花飞舞，他就那么深一脚浅一脚地背着她一直走下去。

他脚下的鞋被雪水浸湿了，脚是冷的，心却明亮如星。

那样漫天飘雪的圣诞夜，此生再也不会有了。

2017年9月，麻辣小龙虾店面外挂着红灯笼，不少人在等位，人声鼎沸。

店员们行色匆匆招呼客人、上菜，不少桌上残余着还没来得及清理的碗筷。

舒蜜和黎一珺这一桌，龙虾壳已经堆积如山，辛辣的味道钻入鼻端。

"我说珺哥，你家巡哥真的不来？明明是你们俩的庆功宴！"

孟舫辣得直哈气，戴着一次性透明手套的手直接端起旁边的王老吉大口喝，王老吉的易拉罐上立刻沾染上剥小龙虾时弄的红油。

"他大一开学，晚上还要军训，一群人在操场上唱军歌。"黎一珺一边说，一边剥了一只龙虾放到舒蜜碗里。

"学妹不是一届的吗？也要军训，还不是请假来了？"孟舫继续剥小龙虾。

黎一珺怕舒蜜辣，给舒蜜开了一罐王老吉，开的时候还不忘脱下油腻的手套。

"以后不要叫学妹了，叫嫂子。"

黎一珺的话让孟舫差点呛到，桌上其他AR游戏社团的社员纷纷停下动作。

孟舫咳嗽几声："哎哟喂，成吨的'狗粮'砸下来，今儿终于名正言顺了！"

社员们纷纷起哄，黎一珺笑着继续给舒蜜剥龙虾肉。

舒蜜面色淡淡的，沉默地吃着龙虾肉，辣了就喝一口王老吉。

"嫂子在想什么？怎么心不在焉的？"孟舫看了看舒蜜淡漠的脸。

满桌的人看向她，黎一珺也停下动作，侧眸看她："你怎么了？太辣了？"

舒蜜慌忙笑起来，掩饰内心的尴尬："没事，就是军训太累了，好困。"

"那不吃了，早点回去睡。"黎一珺伸手摘手套。

孟舫怪叫起来："什么呀，这才刚开始呢！"

黎一珺起身，放下手套，看向孟舫："我给你微信转1000块，你帮我付账。"

社员们齐声喊："谢谢社长！"

小龙虾店地板上覆着厚厚的油垢，人多地滑，黎一珺走了一步，脚底下就粘上了纸团。

黎一珺抬腿，在椅子脚上把脚底粘着的纸团刮掉。

舒蜜刚站起来，就被黎一珺打横抱起。

"哇哦，公主抱！走的时候还不忘撒一把'狗粮'！"孟舫一副痛心疾首被虐的样子。

舒蜜失去重心，被迫双手环绕黎一珺的脖子："我自己可以走。"

"乖，别乱动。"黎一珺的手臂结实有力，声线温柔。

玄关处的灯亮了，舒蜜一手撑着门框，一手试图蹬掉脚上的运动鞋。

鞋带有点紧，她蹬了半天都没蹬掉，微微蹙眉。

黎一珺沉默地蹲下身，解开她的鞋带，帮她脱掉鞋袜。

灯光洒在他清俊的面孔上，将他脸上细细的绒毛镀上一层旖旎的金。

"我们社团有新生名额，参加社团活动的时候可以不军训。"

黎一珺走到冰箱边，拿出一盒开了封的一升装牛奶，倒进杯子里。他原本想直接拿给舒蜜喝，犹豫了几秒，先放到微波炉里转了20秒。

微波炉里泛着橘黄色的暖光，发出细微的加热声响。

舒蜜瘫软在沙发上："不去不去，谁稀罕你们那个破社团！"

黎一珺把餐桌上的湿巾丢到沙发边，让她擦手："你就这么怕巡哥？"

舒蜜勃然变了脸色："别提他行不行？"

叮咚一声，微波炉热好牛奶了，黎一珺端着牛奶坐到舒蜜旁边，还没说话，门就被敲响了。舒蜜接过牛奶去喝，黎一珺去开门。

"晚上好！"阮芯晴的声音让舒蜜差点把嘴里的牛奶喷出来。

连衣裙简约大气的一字领露出阮芯晴精致的锁骨，随性又女人味十足，她姣好的脸型在珊瑚色连衣裙的衬托下显得娇俏可爱。

"别这么冷漠嘛，人家只是过来祝贺你获奖的！"阮芯晴送上一个水果篮。

篮子里有葡萄、水蜜桃、杜果和雪梨，五彩斑斓，色香味俱全。

"你怎么知道我家地址？"黎一珺不悦地蹙眉。

阮芯晴甜甜地笑："身为一个合格的备胎，这点手段还是要有的。"

舒蜜扑哧笑出声来，起身走向玄关："既然来了，进来坐坐？"

黎一珺冷哼一声，不解地看舒蜜："你为什么老是帮她？"

"看在水果的分儿上。"舒蜜捧起水果篮往里面走。

黎一珺白了她一眼，大步跟上她，一把夺过重重的水果篮，帮她拿到餐厅。

"我想吃葡萄！"舒蜜朝黎一珺的背影喊了一声，转身给阮芯晴拿拖鞋。

129

黎一珺去厨房洗葡萄，阮芯晴却并没有换上拖鞋进屋的意思。

"听说你们的关系有进展？"阮芯晴眯起眼望着舒蜜。

舒蜜双手抱胸，斜倚在玄关墙壁上："你的消息果然灵通。"

"AR游戏社团到处是我的耳目。"阮芯晴微笑，"你们进展到哪一步了？"

舒蜜脸色微变，眉心微蹙，缄默不言。

阮芯晴倏忽凑近，压低声音："怎么？该不会连接吻都没有过吧？"

舒蜜交叠的手指微微颤抖了一下。

"我早就说过，太熟悉的人，反而缺乏荷尔蒙的吸引，擦不出爱情的火花。"阮芯晴一笑，耳垂上的玫瑰金镶钻耳环闪烁着光芒，刺痛了舒蜜的双眼。

"葡萄你们慢慢吃，本备胎不打扰了。"

黎一珺端着一盆葡萄走出来，没看到阮芯晴，嘘了口气："她还算识相。"

他先拈了一颗葡萄送到嘴里，觉得酸甜度刚刚好，这才送到舒蜜手边。

"你自己剥皮吧，我先去洗个澡。"坐在沙发上的舒蜜蓦然抬头，"黎大傻。"

"怎么了？非要我剥皮？你真是被我宠坏了，葡萄都不能自己吃！"黎一珺嘴上很不满，身体却很诚实地坐回到沙发上，抓起两颗葡萄。

"不是葡萄的事。"舒蜜抓住他的手臂，表情认真。

黎一珺诧异地挑眉，把葡萄放回去，侧身看向她，等着她说出想说的话。

舒蜜头皮一阵发麻，手攥住雪纺衫，咬了咬牙，望着他墨色欲滴的双眸。

"黎大傻，你要不要试着吻我一下？"

空气中散发着淡淡的葡萄香，黎一珺的眼睛瞬间变得像葡萄一样晶莹剔透。

气氛有一丝凝固，舒蜜伸手把头发拢到耳后："我就是想试试……"

话犹未完，黎一珺蓦然伸出手，手掌扣住她的后颈，将她的脸压到他面前。

舒蜜猝不及防，莫名紧张，心跳急促起来，耳膜微微鼓动。

两人近在咫尺，呼吸交缠，舒蜜垂下眼，睫毛颤抖起来。

曾几何时她那样憧憬与他的初吻，和喜欢的人接吻一定是心跳得快要死掉的感觉，可是此刻，为何她只是感到紧张？除了紧张，难道不应该有更多汹涌的情绪？

炙热的少年气息，浓烈的男性荷尔蒙，暧昧的气氛荡漾开来，可舒蜜越发冷静。

她能感觉到他的唇越凑越近，十厘米，七厘米，五厘米，三厘米……

就在他热烈的唇即将贴上她的唇时，她的眼前倏忽闪现出一张孤寂冷峻的面孔，那湿润的眼瞳、灼热又甜蜜的眼神，撩人的低音炮恍若又响起在她耳畔。

"我也已经到极限了。"

舒蜜猛地伸手将黎一珺推开，她大口喘着粗气，额头上布满冷汗。

黎一珺被推到一边，他满目惊惶："你怎么了？"

房间里安静极了，只有墙上的挂钟嘀嗒嘀嗒响着，灯光在葡萄上落下暗影。

舒蜜双手捂住脸，良久，声音里带着哽咽："对不起，我做不到。"

第九章 | 伐柯

> 大海之所以伟大，除了它美丽、壮阔、坦荡外，还有一种自我净化的功能。
>
> ——德国哲学家康德

2021年7月。

闫僖急匆匆跑出电梯，一眼就看到等在公司门口的高大身影。

灰白相间的条纹衬衫，卡其色休闲裤，米色软面牛皮运动鞋，服饰简洁利落。

挺拔的身段，明亮的目光，优雅的姿态，看得闫僖面红心跳掌心濡湿。

"黎总，久等了。"她立刻按指纹开门，小跑到办公室取出舒蜜的手机。

黎一珺接过手机，抿唇笑："那个笨蛋，手机都能落下。"

闫僖被那明朗的笑容晃了眼，她定定神："黎总要把舒蜜安排到什么岗位？"

"什么岗位最轻松？"黎一珺走向电梯。

闫僖小跑到前面去按下按钮："最轻松的是游戏体验师。"

"那就让她做体验师。如果她自己想研发，你安排人教她。"黎一珺嗓音轻软。

闫僖眉心微拧："可是我们公司没有专职的体验师，都是招的兼职。"

"那你就设立一个这样的职位，专门为她设立。"黎一珺难得这么有耐心。

电梯上的数字不断变化，闫僖手指交叉揉捏着："那她的工资怎么开？"

黎一珺并未立刻回答，他蹙眉思索了一番："开八千一个月吧。"

闫僖愣了愣："她只是本科，而且不是技术岗，八千？"

"也对，"黎一珺走上电梯，双手插兜，姿态潇洒，"不能让她怀疑，那就六千。"

电梯往下，数字闪烁着，黎一珺掏出舒蜜的手机，手机外面套着喜庆的红色招财猫手机壳。

手机可以指纹解锁，也可以输入密码，黎一珺略一思忖，输入了他们的生日。

手机应声打开，屏保是黎一珺、舒蜜和裴巡三个人的照片。

那是2017年9月他们在厦门大学的第一次合影。

彼时他和裴巡合作开发的AR游戏在国内原创游戏比赛中获了奖，奖金两万元。

他一手搭在裴巡肩膀上，一手勾住舒蜜的脖子，笑得仿佛拥有了全世界。

夕阳照得满地金黄，连三人的影子都像甜蜜的麦芽糖。

那时他握紧舒蜜的手，满怀雄心壮志："这世界终将属于我，而我，只属于你。"

"黎总？"闫僖的声音把黎一珺从回忆里勾了回来，"到一楼了。"

黎一珺迈开长腿走出电梯，闫僖咬咬牙："请问黎总，舒蜜到底是什么人？"

这个问题让黎一珺脚步一顿，他的瞳孔微微收缩，唇线缓缓舒展开。

"即便周围人山人海，我也能第一眼看到的人。

"想说的话很多很多，但是真的见了又欲言又止的人。

"就算放弃了千百次，见到就会让我奋不顾身的人。

"让我不停地努力拥有今天这样的成就，只为了给她最好的生活的人。"

学校游泳馆只对内开放，凭学生证入场，早上九点刚开门，只有零星几个人。

"两位同学，这是你们的柜子钥匙。"服务台的女生羞红着脸递上一把钥匙。

钥匙被系在皮筋上，游泳的时候可以戴在手腕上。

黎一珺接过钥匙，礼貌性地笑笑："谢谢。"

女生的心脏扑通扑通狂跳，她目送两人的背影："校草果然名草有主，真的好帅！"

服务台另一个女生也在犯花痴："这两人简直像偶像剧里走出来的，我要晕了！"

更衣室只有他们两人，黎一珺手臂肌肉一紧，抬臂脱下白T恤，露出精致的胸肌。

"怎么还不脱？"他解开休闲裤裤头的拉链，瞥了眼裴巡。

裴巡穿的是白衬衫，修身款，宽肩窄腰，紧绷的胸腹肌肉，雄性荷尔蒙呼之欲出。

黎一珺盯着裴巡一颗颗解开纽扣的动作，唇角勾笑："军训果然还是让你被晒黑了。"

虽然不似黎一珺的白皙，但裴巡淡麦色的肌肤恍若抹了一层蜜，魅惑撩人。

裴巡冷睨他一眼，脱下衬衫，折叠好放进衣柜。

黎一珺把白T恤揉成一团丢进衣柜，裴巡不悦地蹙眉，从衣柜里拿出白T恤。

"怎么了？"黎一珺不解地挑眉。

裴巡把黎一珺的白T恤折叠好，再送入衣柜，整整齐齐地放在自己的白衬衫上面。

"巡哥你强迫症啊？"黎一珺笑，和裴巡动作一致地脱下裤子。

泳裤在包里，黎一珺抓起两条泳裤，扔给裴巡一条，两人一齐穿上。

"去年暑假我们天天一起游泳，每次比赛你都比我快，今天再比比？"

黎一珺啪地关上衣柜门，把钥匙的皮筋套在手腕上，一边说一边往泳池走。

两人穿着同款同色的泳裤和泳帽，是去年暑假一起买的，带暗纹的深沉黑色。

裴巡声音慵懒："大周末，你约我出来，应该不是只想比赛游泳吧？"

偌大的游泳池里有十八个人，深水区却只有黎一珺和裴巡两人。

救生员坐在高台架上打哈欠，不时看看手机。泳池水波荡漾，蓝色沁人心脾。

裴巡披着白色浴巾简单热身，黎一珺已游了几个回合，身姿矫健悦目。他游的是自由泳，颀长紧实的身躯在水下若隐若现，手臂有力地划出漂亮的波浪。

不少女生向这边行注目礼，双眼冒红心。

"巡哥你真慢，等不及了！"黎一珺猛地跃出水面，头往后一甩，朝岸上的裴巡喊。

泳帽上滴落的水珠滑过他蠕动的喉结、性感的脖颈，落在健硕又不失少年感的胸膛上。

裴巡微微眯起眼，等那颗水珠从黎一珺紧致的胸肌上滚落到泳池中，才淡淡地收回视线。

一年时间没有一起游泳了，黎一珺虽然忙，身材依然管理得很好，令女生血脉偾张。

裴巡脱下浴巾，一道白光蓦然扎入水中，水花四溅，女生们彻底看呆了。

"和校草在一起的那个男生是谁？身材太好了吧！模特？偶像？"

"别流口水了，那是大一传媒学的新男神，高考成绩第一进来的。"

"我知道我知道，学霸啊！开学典礼代表新生致辞的就是他，台下一群女生疯了！"

"那是不是有很多女生追他？有颜值有身材，还这么优秀，这是什么逆天的设定？"

"谁敢？裴神可是一直和黎校草一起弄社团，朝夕相处，形影不离，谁敢插足？"

"他们研发的游戏获奖了，领奖的时候两个人一起上去的，站在一起帅瞎我了！"

她们正激情万丈地讨论着，高台架上的救生员突然站起来，变了脸色。

游在前头的裴巡察觉到异样，立刻掉转头往回游。

救生员猛地吹了一声哨子，高声喊："深水区那个同学，你怎么了？"

话音未落，黎一珺的身体就淹没在水里，他双臂用力划水，可是右腿没办法蹬水。

抽筋了……果然还是应该像裴巡那样先热身。

水灌入鼻腔、喉头，黎一珺的意识开始模糊起来，划水的手臂越来越无力。

什么都听不到了，四周都是汪洋大海，黎一珺努力睁开眼，耳道里充斥着水。

在他的身体软绵绵地沉下去之前，腰身倏忽被一条有力的胳膊挽住了。

救生员跑下高台架，脱掉外套准备跳入水中，突然，水面上冒出两个头。

裴巡右臂紧紧圈住黎一珺的腰，双腿用力蹬水，浮上水面，他薄唇张开，大口喘气。

"怎么样？晕过去了？"救生员帮裴巡把黎一珺高大的身躯拖上岸。

裴巡双手交叠在黎一珺赤裸的胸膛上，用力按压胸腔。

"不行，水没吐出来，"救生员伸手感应他的鼻息，"呼吸很弱，要人工呼吸。"

话音未落，救生员突然睁大双眼。

裴巡用拇指和食指捏住黎一珺高挺的鼻子，另一只手握住黎一珺的额部使他的头尽量后仰。

而后，他深吸一口气，薄唇贴上黎一珺苍白的唇。

跑过来围观的女生们发出尖叫，反应快的人马上掏出手机拍照。

黎一珺的嘴唇柔软而冰凉，裴巡连吹了两次，直到他的胸廓微微鼓起。

"太劲爆了！"女生们羞红了脸，还有人捂着眼不敢看。

裴巡松开黎一珺的唇，双手挤压胸腔，用胸外按压辅助人工呼吸。

黎一珺的意识渐渐恢复，猛地吐出一口水，然后剧烈咳嗽起来。

"同学你很专业！"救生员赞许地说，然后简单地检查了一下黎一珺，"他没事了。"

围观女生们爆发出一阵欢呼，裴巡这才松了口气，扶起黎一珺，拍他的后背。

更衣室，黎一珺整个人靠在裴巡身上，脸色发白，还有些虚弱。

裴巡扯下毛巾给他擦拭身上的水，黎一珺接过毛巾："巡哥你这是救命之恩啊！"

泳帽被摘下来了，黎一珺湿漉漉的头发流淌的水珠从他起伏的胸膛滚落。

黎一珺拿毛巾擦头发，裴巡扯来自己的毛巾，帮他擦胸前的水。

修长的手指抓住毛巾，从黎一珺线条优美的胸肌一直往下擦到肚脐。

黎一珺腹肌平坦，无一丝赘肉，肚脐两侧有两条漂亮的直立的肌肉线。

用毛巾擦干骨盆上方腹股沟的人鱼线，裴巡收了毛巾："你今天想说什么？"

黎一珺的下颌无力地贴在裴巡宽厚的肩膀上，他咳嗽了几声。

"昨晚舒蜜想让我尝试着吻她，可是我做不到。"

裴巡搭在毛巾上的手指不露声色地轻颤了颤。

黎一珺的嗓音有些喑哑："看来我是真的把她当妹妹，之前说的都是嫉妒的气话。"

裴巡微垂下眸，浓长的羽睫在他深不见底的眼瞳深处落下婆娑的暗影。

"我喜欢她，喜欢得不要命都可以，这一生我只想守护她。"黎一珺顿了顿，咬了咬下唇，继续道，"可是，我没办法吻她，没办法发生关系。"

裴巡的眉心不着痕迹地微微蹙起。

黎一珺疲惫地闭上眼："我对她没有那种反应，确切地说，对任何女生都是这样。"

听个破讲座还要点名，没到要扣学分。为了凑人头，辅导员也是拼了。

多功能厅里挂着红色条幅"记录时代，表达时代，创造时代"。

主讲人来头很大，据说是宣传司的司长。

"媒体人应该承担社会责任，营造良好的社会氛围，传递正能量。"

PPT上正在展示"破窗效应"，舒蜜打了个哈欠，身边的空位突然坐了一个人。

"找我有什么事？"阮芯晴把嵌着金属链条的红色包包放到课桌上。

蓝色雪纺宽松上衣搭配藕粉色的百褶短裙，阮芯晴依然是那么娇俏甜美。

舒蜜凑过去压低声音："这种事情，除了跟你，我不知道还能跟谁说。"

阮芯晴的目光落在讲台上，看起来在很认真地听讲座。

"怎么？你和黎一珺终于接吻了？"

舒蜜蹙眉："没有，我没办法和他亲吻，他后来跟我说，他也做不到。"

阮芯晴心里咯噔一声，黛眉拧在一起："他为什么也不行？"

她脑子里电光石火般一闪，倏忽醍醐灌顶，她震惊地转过头看舒蜜。

舒蜜用眼神告诉她，她的猜测或许是正确的。

阮芯晴搭在课桌上的手开始颤抖，刚做的美甲上的镶钻晶莹闪烁，刺人眼目。

"你们分手了？"阮芯晴的声音里带着掩藏不住的战栗。

舒蜜垂下眼眸："我们原本就不算在一起，一切都和以前一样。"

"既然如此，"阮芯晴还没回过神来，喃喃自语，失魂落魄，"那我又算什么？"

第二天是周日，舒蜜去做兼职，给一个初中生补习数学，两个小时能赚150块。

那个胖乎乎的圆脸初中女生爱看《魔道祖师》，疯狂喜欢蓝忘机和魏无羡。

"你看过吗？"女生把手机里的同人图拿给舒蜜看，一黑一白两个少年衣袂飘飘。

窗外的阳光射在手机屏幕上，舒蜜倏忽觉得双眼一阵刺痛。

一黑一白，多么熟悉。

去年暑假，他们三个一起去游乐园，裴巡和黎一珺就是一黑一白。

心底最柔软的地方仿佛被触碰到了，细细密密地疼。

良久，舒蜜才转移视线："没看过。"

女生趴在桌上，下巴抵在手臂上："老师，你恋爱过吗？"

舒蜜给中性笔换了一根笔芯："单恋算不算？"

"当然算！我敢打赌，世界上大部分的恋爱都是单恋。"

现在的孩子果然生猛。

舒蜜抬头，望着书桌边窗台上的一排多肉植物，小小的莲花形状的植物生机勃勃。

这种多肉植物叫子持莲华，生长期是夏天和秋天，开花后会迅速死亡。

"我的初恋就是单恋，我曾经那么喜欢他，可他一直把我当妹妹。"

这株子持莲华已经抽出花苗，舒蜜起身，从包里拿出一把小剪刀。

女生直起腰，以手托腮："初恋大多数都不得善终，那么你现在有新恋情了吗？"

子持莲华抽出花必须马上剪掉，否则那一株就要死了。舒蜜举起剪刀。

咔嚓一声，花应声而落，舒蜜的声音轻得像一声叹息。

"新恋情恐怕又是单恋。"

晚饭时间，黎一珺在沙发上接电话："好的，我马上给你转房租。"

舒蜜刚收了一个快递，正在玄关处拆快递盒："钱够不够？"

黎一珺打开微信零钱，再打开支付宝、银行APP："完了，交了房租就没钱了。"

"你的钱还够交房租，不错啊，你上次学编程一次性就交了一万五的学费。"

舒蜜从快递盒里拿出一双篮球鞋，走到客厅，把篮球鞋放到黎一珺脚边。

黎一珺转了房租，看到篮球鞋，双眸一亮："你给我买的？"

"有了这双战鞋，你就可以扣篮了。可贵了，700多呢，肉疼。"

舒蜜话音未落，肚子咕噜响了一下，饿了。今天跑来跑去做家教，累坏了。

"家里没菜了，叫外卖？"黎一珺与舒蜜尴尬地对视，"用花呗叫外卖？"

空气瞬间凝固。果然，离开父母，独立生活太不容易了，衣食住行都是开销。

"等等。"黎一珺突然想起什么，从沙发上跳起来，翻箱倒柜找到一盒金枪鱼罐头。

舒蜜笑："这是你从社团里偷回来的吧？"

黎一珺上下查看罐头："没有过期！真是太好了！"

"今晚就吃这个吧，当减肥了。"舒蜜倒了两杯水。

黎一珺搜遍书包，好不容易翻出三枚硬币："我去楼下买两个馒头。"

那晚，他们就用金枪鱼罐头配着馒头吃了一顿饭。

吃到最后，黎一珺把馒头塞到罐头里，用馒头擦掉罐头最后的油和肉渣，再塞嘴里。

"好吃吗？"他把最后一块鱼肉夹到舒蜜的馒头上。

舒蜜是真的饿了，所以什么都觉得好吃，她一边咀嚼一边点头。

黎一珺从兜里掏出一张卡："你饭卡上钱也不多了吧？用我的饭卡。"

"那你怎么办？实习期工资还没开，你饿肚子？"舒蜜歪了歪脑袋。

黎一珺举起卡，把卡片轻轻地拍在她的脸颊上："我蹭巡哥的饭。"

舒蜜目光一动，一把夺过黎一珺的饭卡，塞兜里："不吃了，给你。"

黎一珺啃她吃剩下的馒头。舒蜜端起水杯，咕噜咕噜，仰头一饮而尽。

"黎大傻，明天记得跟孟舫说一声，不是嫂子了，让他还是叫我学妹吧。"

黎一珺抽出一张纸巾，给舒蜜擦拭嘴角的油和馒头屑："对不起。"

"我们之间，还需要说诸如'对不起''谢谢你'之类的话？"

舒蜜笑得洒脱，可她越是洒脱，他就越为她心疼。

她站起身，黎一珺一眼看到她脚后跟被高跟鞋磨出的水泡，他蹙眉。

"怪我，早就买了创可贴，这几天忙，忘了给你了。"

水泡已经破了，黎一珺从书包里掏出一包创可贴，撕了一张，蹲下身。

舒蜜站在沙发边，看着黎一珺高大的身躯蹲在她脚下，轻轻地贴上创可贴。

客厅的灯光打在他柔软的黑发上，温暖的光泽荡漾开来。

她突然想起小时候她老爱摔跤，膝盖出血，他也是这样给她贴创可贴的。

那时他们还睡高低铺，她半夜口渴了，要喝水，就吵醒他，让他倒水。

她受伤睡在下铺，他睡在上铺，他却还爬下床去倒水。

水倒来了，他坐在她床边，单手遮住她的双眼，再拧开床头柜上的台灯，生怕骤然亮起的灯光刺痛她的眼睛。

那时他不过六岁，两人还在上学前班，他自制了泡泡水，放学的路上对着她吹。

一串串彩色的泡泡，有大有小，飘舞在她身边。

路上的同学都盯着她看，一脸羡慕，她觉得自己就像闪闪发光的小公主。

在漫天飞舞的泡泡中，她回过头看他，小小的黎一珺在阳光下笑得唇红齿白。

那一瞬间，她的心就像被泡泡充盈了，那些泡泡一颗颗炸裂开来。

喜欢一个人是什么感受？既甜蜜又苦涩，想要笑，却泪流满面。

是他教会她什么是喜欢，也是他教会她什么是放弃。

她到底是幸运的，就算无关爱情，她和他绵延一生的牵绊，也永不会褪色。

校园一卡通服务中心，舒蜜小跑着扑到窗口前："你好，我要挂失卡！"

她报了姓名、学院和学号："我前天才充了500块，可能是昨晚落在食堂了。"

窗口里的工作人员推了推厚厚的眼镜，看着屏幕："你的卡只剩下0.8元了。"

舒蜜瞬间如五雷轰顶："太狠了吧！捡到一张卡就要刷光？"

工作人员已经见怪不怪："还给你留了8毛钱，已经算仁至义尽了。"

舒蜜用微信零钱里最后的10块钱补了卡。今天没带黎一珺的卡，只能啃馒头了。

食堂人声鼎沸，排队的时候她一眼瞅见队伍前面的孟舫，双眼一亮。

"学长好！"她甜甜地笑，嘴唇肉嘟嘟的，眼角弯弯，卧蚕特别可爱。

孟舫把视线从手机屏幕上移到舒蜜脸上，浓眉大眼也荡漾着笑意。

"学妹，如果你当初笑得这么好看，我会一见钟情的。"

舒蜜歪了歪脑袋卖萌："怎么？原来学长这么好勾引啊？"

"不敢不敢，谁敢动珺哥的女生。"孟舫吐吐舌。

舒蜜耸耸肩："学长别乱说啦，我是他妹，他是我哥，就这么简单。"

轮到孟舫打饭了，他眯眼看着舒蜜："突然跑过来，是不是要蹭饭？"

舒蜜已经趴在玻璃上挑菜了："我要二两米饭、南瓜排骨、酸菜鱼和豆皮丝。"

孟舫帮她刷了卡，两人端着餐盘找了个座位坐下。

正是饭点，食堂人摩肩接踵，座位都坐满了，舒蜜和孟舫旁边的女生在讨论。

"你们看学校贴吧里发的照片了吗？黎校草和大一的男神啊！太劲爆了！"

"难怪黎校草向来是女生勿近，那么优秀的阮芯晴死缠烂打都没拿下！"

"我就同情阮芯晴，那么多明晃晃的表白，现在都成了笑话，她肯定难过死了！"

孟舫往嘴里扒了一口米饭，凑过来问舒蜜："照片看了吗？"

舒蜜喝了口免费的海带汤："人工呼吸而已，只能说现在腐女真多。"

"啧啧啧，这么淡定？看来你真把我们珺哥当哥哥了。"孟舫感慨。

舒蜜夹了一口南瓜放嘴里："是啊，真的放下了，只是单纯的兄妹。"

孟舫挠了挠乱发，夹了一块肉片放嘴里咀嚼："可是我不太相信。"

"相信什么？"舒蜜用筷子分开鱼肉，伸手把鱼肉里的刺挑出来。

孟舫皱着眉，把肉片咽下去再开口。

"6月份你高考前，他翘了最重要的考试去看你，被学校通报批评，闹得很大。"

舒蜜垂着眸，认认真真埋头挑刺，筷子戳着鱼肉："哦。"

"哦什么哦？去年圣诞节我们宿舍哥几个一起去喝酒，珺哥喝醉了，一直在说你。"

孟舫这句话终于让舒蜜停下了戳鱼的动作，她抬头："他说什么？"

"去年圣诞节不是罕见地下雪了吗？他一直在说'下雪了小舒蜜，下雪了小舒蜜'。"

舒蜜挑眉："哦，我们小时候经常幻想圣诞节下雪，但是一直没有下。"

孟舫用筷子搅拌他那碗海带汤："珺哥这人，就是太善良太傻了，傻得让人心疼。"

学生社团活动中心，白色外墙上写着"培育和践行社会主义核心价值观"。

现在连网吧外面都写着"富强、民主、文明、和谐、自由、平等……"

厦门大学的社团分为科技学术类、社会实践类、文化艺术类、体育健身类。

黎一珺一手创办的AR游戏社团属于科技学术类，挨着天文同好会和机器人协会。

"哟，阮女神又来啦？"孟舫从一堆人物设计草稿中抬起头来。

阮芯晴把一袋子水果放到桌上："西瓜自己切。"

"我来我来！"孟舫立刻起身，从袋子里抱出一个圆滚滚的绿皮黑纹西瓜。

咔嚓一声，西瓜应声被切开，露出红彤彤的果肉，清甜的香味扑面而来。

"阮女神，不好意思，我们珺哥今儿不在，学编程去了。"孟舫咬了一口西瓜。

其他的社员纷纷聚过来吃西瓜，阮芯晴帮他们把纸巾盒拿过来。

"我今天不是来找你们珺哥的，"她把长鬓发往后拢了拢，"我找你们巡哥。"

孟舫愣了愣，吐出黑色的西瓜子："巡哥？他在里面调bug呢。"

他说完，指了指里面的房间。阮芯晴微微颔首，走到门口，轻轻敲门。

"巡哥应该戴着耳机，听不到的，要不你等巡哥测试完？"

孟舫的意思很明显：巡哥不喜欢被人打扰。阮芯晴便也不勉强。

"阮女神，你是不是因为珺哥和巡哥在泳池的事情才过来的？"孟舫试探着问。

阮芯晴的手指搭在金属链条的红色包包上，亚麻色长鬓发在脸颊边轻轻拂过。

她的口红是粉嫩又元气的西柚色，打造出令人怦然心动的水润桃花唇。

"世界上最了解黎一珺的人，就是我。"

孟舫啃西瓜的动作一顿："阮女神，老实说，我现在真是看不懂珺哥的所作所为了。"

阮芯晴目光微垂，声音沙哑："有什么不懂的？他只是想守护他最爱的人罢了。"

舒母的电话打过来的时候，舒蜜正坐在马桶上刷微博，她接起电话。

"死丫头，给你妈打个电话会死啊？别的孩子上大学，三天两头打电话给爸妈！"

舒蜜噘嘴："一周一个电话还不够啊？电话费要钱的，我给你发视频聊天又不接！"

"谁像你们年轻人天天盯着手机看！"舒母唠叨了半天。

舒蜜歪着头，把手机夹在肩膀和脸之间，伸手扯下几格卷纸，叠好准备擦屁股。

舒母冷不丁地说："对了，小珺的爸妈离婚了。"

舒蜜浑身一颤，手机咚的一声掉下来，幸好没掉到马桶里，只是摔在瓷砖上。

"怎么回事？"舒蜜震惊地瞪圆眼睛，"没见他们吵架啊！"

"小屁孩懂什么！有些感情破裂是悄无声息的，小珺爸妈是和平分手。"

舒母的腔调比较冷静客观，可舒蜜惊得握住卷纸的手不停地颤抖。

"这也太突然了！到底怎么回事？二十多年的婚姻，说离就离了？"

舒母叹息一声："小珺爸妈早就想离的，但是为了儿子有个完整的家，一直忍着。"

"我真的一点都没看出来……"

"家丑不外扬，当然不能让你看出来，只是可怜我们小珺了，他其实一直知情。"

"所以现在儿子读大学又获奖，离开家独立生活了，他们就离婚了？"

"对，"舒母表示理解，"人总得为自己活一活，小珺爸妈都各有所爱。"

"他们以前不是自由恋爱结婚的吗？听说还被双方父母阻挠，好不容易在一起的。"

舒母的语气严肃起来："就算离婚了，也不能否认曾经相爱过。"

"曾经相爱过"，这五个字真是触目惊心，听起来令人心酸惆怅。

挂了电话，舒蜜立刻给黎一珺发微信："你什么时候回来？"

黎一珺在上编程课，过了一会儿才回复："八点吧，我给你叫外卖。"

"你没事吧？"舒蜜输入这一行字，犹豫了一秒，又一个字一个字地删除了。

她重新编辑了一条微信发过去："八点我到公交车站台接你。"

裴巡聚精会神地修改游戏程序里的bug，天色暗沉下来，他却无暇去开灯。

秋日的黄昏稍纵即逝，昏暗的室内只有屏幕上散发着刺目的光。

房门再度被敲响，这一次裴巡听到了，他摘下耳机，起身迈开大长腿。

外面的灯光映在他眸底，如铺上了一层细细碎碎的钻石，让阮芯晴微微眯起眼。

"都说黎一珺拼命，原来裴神也不相上下啊。"阮芯晴莞尔。

已经晚上七点，社团的社员们都离开了，空荡荡的活动室只有阮芯晴和裴巡二人。

窗外的校园笼罩在夜幕里，篮球场上传来篮球撞击地面的声音，宿舍楼灯火通明。

"裴神果然高冷，"阮芯晴手指搭在桌上，"我来找你，是想要确定一件事。"

裴巡目光淡淡地落在阮芯晴身上，似在看她，可神思恍若飘到了九霄云外。

"你是不是和黎一珺打过一个赌？"阮芯晴定定地望着裴巡，目光泛着冷意。

不远处的路由器的黄光一闪一闪，夜风拂动窗帘，窗帘的花边如海浪般滚动。

裴巡的思绪恍惚间回到了暑假他和黎一珺在大学里重逢的那天。

在戚教授办公室的走廊上，落日熔金，在黎一珺清俊的面容上绘出温柔暖光。

"你说，是爱人更长久，还是兄妹更长久？"

黎一珺的眉眼是极好看的，眉头浓密，和眼头挨得很近，眼角微微上扬。

他的音色也悦耳动听，透明的少年感沁人心脾。

晚风吹来夏日的茉莉花香，裴巡双手插兜，淡淡地望向黎一珺。

黎一珺蓦然仰起他漂亮的下颌线，小梨涡浸染着夕阳，一张面孔熠熠生辉。

"巡哥，敢不敢赌一赌，赌她到底会选谁？"

裴巡勾唇，浓长的羽睫被夕暮染成金色，风一吹，恍若抖落丝丝缕缕的碎金。

"就算你输了，你也可以安全地退回兄妹的位置。黎一珺，你永远是赢家。"

晚上七点半，舒蜜准备换身衣服出去接黎一珺，门倏忽被钥匙打开了。

黎一珺提着一袋蔬菜和肉，在玄关处换鞋，满额头的汗，目光闪闪。

"哎呀，你不是说八点吗？"舒蜜跑过去，伸手要接过蔬菜和肉。

"买了两根白萝卜，很重，我来提。"黎一珺不给她，径直往厨房走。

米煮上后，黎一珺动作娴熟地用刀片把白萝卜刮成丝，再切里脊肉。

舒蜜倚靠在厨房门口，双手抱胸，歪着头静静地看着他忙碌的背影。

黎一珺把生姜洗干净，再切成丝，又打开橱柜翻出几颗干辣椒。

"干吗这么看着我？"他关橱柜门的时候瞥了眼舒蜜。

舒蜜咬了咬下唇，尽量让自己的声音听起来很温柔："你真的没事？"

黎一珺拍蒜的动作一顿，依然背对着她："阿姨告诉你了？"

"你什么时候知道的？"舒蜜蹙眉，手指抠进手臂肌肤里。

黎一珺剥掉蒜皮，扔进垃圾桶："你说他们貌合神离吗？上高中就觉察到了。"

"为什么不告诉我？"舒蜜沉下嘴角。

黎一珺拿起料酒瓶，开盖，往肉里倒料酒："告诉你干吗？让你对爱情失望？"

"所以你对爱情失望了？"舒蜜直直地望着黎一珺高大寂寞的背影。

黎一珺手一抖，料酒加多了，他往外倒了点："我一直就不怎么相信。"

舒蜜缄默了，她明白，外表越是阳光开朗的人，内心越容易深陷悲观主义的泥沼。

"盐没多少了，得买了，下次买一包无碘盐，和加碘盐掺在一起吃。"黎一珺一边说一边给肉里加盐，"好了，我要炒菜了，有油烟味，你出去吧。"

戚教授办公室。

咖啡香袅袅，戚教授一手抚摸着咖啡杯，一手接电话。

"还有一个名额需要我举荐？我明白了，是去香港中文大学做交流生？"

电话那头传来校长助理的声音："是的，做一年的交流生，最好是大二大三的。"

"成绩优异，社团活动表现突出，英语好，能习惯英语教学。"助理多加了几句。

戚教授伸手揉了揉太阳穴："大一的不行吗？"

"没有大一新生去做交流生的先例。"

"我知道了，我晚点给你打电话。"

挂了电话，手机叮咚一声，有个副教授同事在微信上给她发来一张照片。

戚教授瞬间瞪圆眼睛，挺直背脊，难以置信地望着那张人工呼吸的照片。

"现在的孩子真会玩。"同事冷嘲热讽道，"只是人工呼吸，却被学生们传疯了。"

桌上的加湿器散发出一阵迷蒙水雾，戚教授抿了一口咖啡，咖啡已经凉了。

她转头，把嘴里的苦咖啡吐到垃圾桶里，再伸手抓起手机，给校长助理打电话。

"2016级传媒系，黎一珺。"

辅导员办公室。

黎一珺敲门而入："老师您找我？"

他穿一身白色打底字母印花的连帽卫衣，黑色运动裤，白色运动鞋，清爽阳光。

"你知道我们学校每年都有和香港中文大学交流的惯例吧？今年有你的名额。"

黎一珺愣了愣："我在校网上看到了，我就直说了，这对我有什么好处？"

"开阔视野，学习新技能，履历也很好看，你不是想创业吗？创业者需要大格局。"

辅导员说的这些黎一珺都明白，他微微蹙眉，咬住下唇。

"怎么了？"辅导员歪了歪头，"是不是交了女朋友，不舍得分开？"

黎一珺抬头："不是女朋友，是比女朋友更重要的人。"

"一年而已，就算是异地恋也没什么大不了的，你们的感情就那么经不起考验？"

辅导员手指搭在书桌上，食指叩击桌面，咔咔咔轻微作响。

黎一珺额头上的短刘海被风吹起："老师，给我一天时间考虑可以吗？"

"考虑什么？直接去啊，这可是千载难逢的机会！"舒蜜抓起抱枕砸黎一珺的头。

黎一珺正在给舒蜜剥栗子，剥完一颗把圆滚滚的栗子仁塞舒蜜嘴里。

"我知道，这对我的未来很有帮助，但是你……我只能拜托巡哥照顾你了。"

舒蜜嚼栗子仁的动作倏忽停下来，腮帮鼓鼓的，声音含混："照顾你个大头鬼！"

黎一珺起身倒了一杯温水："这房子还是继续租着，我走之前会交一年的房租。"

"一年房租？你要把自己累死啊！别以为我不知道，你最近天天熬夜到凌晨两点！"

舒蜜接过杯子喝了口水，继续说："我可以住宿舍，吃食堂，就没什么大开销了。"

"不行！"黎一珺咔嚓一声用手捏开一颗栗子，"你想不想让我在香港安心？"

"你为什么总把我当小孩，以为我什么都不会？"舒蜜张嘴接过他塞来的栗子仁。

黎一珺把手里的一大把栗子壳扔到垃圾桶里，拍拍手，再揉了揉舒蜜的头发。

"你在我眼里永远是小孩。我还有课，先走了，晚上不回来吃饭。"

这节课是Flash动画设计，在计算机教室学习，讲台上，老师在展示、讲解。

黎一珺趴在电脑屏幕后面，探身过去凑近同桌裴巡："你怎么来了？"

"你要去做交流生，我想你应该有话跟我说。"

裴巡骨节如竹的修长手指轻搭在鼠标上，黑色的鼠标衬得他的手指白得晃眼。

黎一珺下巴搁在裴巡的手臂上，压低声音："那你待会儿帮孟舫点个名，他又逃课。"

裴巡冷冷挑眉："你就想说这个？"

"不要这么不屑啊，孟舫也是我兄弟，只是不及你万分之一。"黎一珺眯眼笑。

老师觉察到这边的动静，厉声道："那两个同学，上课不能讲话！"

黎一珺举手站起来："老师，我们要去上厕所！"

教学楼洗手间。

上课时间，洗手间一片寂静，只有黎一珺和裴巡两人。

黎一珺转身关上门，落锁。裴巡双手插兜，立在洗手池边，脸上没有多余的表情。

"有烟吗？给我一支。"黎一珺伸手摸裴巡的裤兜，果然摸出了一包烟。

他手指夹烟，塞到嘴里含着，歪了歪头："打火机呢巡哥？"

裴巡面无表情，掏出打火机，将黎一珺叼着的烟点燃。

黎一珺狠吸一口，猛地咳嗽起来，被烟雾熏得眯起眼，声音沙哑："真难抽！"

烟雾缭绕中，裴巡眉目难辨，他啪地按下打火机，火光明灭中他眸底暗潮汹涌。

黎一珺蹙眉又抽了一口，喉头受刺激，咳得更猛烈了，眼角泛出点点泪光。

裴巡目光一闪，一脚踹开旁边隔间的门，揪住黎一珺的衣领，把他摔了进去。

黎一珺猝不及防，膝盖重重撞上了隔间的马桶，裴巡力道很重，他吃痛地皱眉。

两人都是一米八几的大高个，裴巡略高一两厘米，黎一珺抬头。

裴巡大长腿一迈，手臂横在黎一珺胸前，将他压在隔间的门板上。

"你已经赌输了，有什么不甘心的？"

裴巡欺身凑近，鼻尖压着黎一珺的鼻尖，声音冰冷透骨，目光摄魂夺魄。

烟头还在兀自燃烧，黎一珺咬着烟，歪了歪嘴角："你要我愿赌服输吗？"

裴巡冷峻的下颌线在烟雾中扬起，眼底涌动着森冷的寒意。

"你去不去香港，她都是我的。"

顷刻间，黎一珺额头上青筋暴起，他猛地推了裴巡一把，低头把嘴里的烟吐到了马桶中。

下一秒，黎一珺的拳头就不带任何缓冲地挥向裴巡。

隔间虽然逼仄狭小，裴巡要是想躲也是可以躲开的，但是这一次，他不避不让。

拳风呼啸，裴巡生生地接下了这结实的拳头，瞬间，口腔里血腥味弥漫开来。

这一拳下手可不轻，裴巡精致的右脸颊刹那间红肿起来，薄唇破皮渗血。

黎一珺血红着眼，拳头握紧，剑眉压得很低，眼神阴森瘆人。

"姓裴的，老子离开这一年，她要是少了一根汗毛，老子找你拼命！"

第十章 | 九罭

告　白　倒　计　时

　　卑微的人服从于恐惧，高尚的人服从于爱。

　　　　　　　　　　　　　——古希腊哲学家亚里士多德

2021年7月，君寻科技茶水间。

舒蜜刚走到门口，就听到里面传来讨论声。

"专职的游戏体验师？那个新来的有什么背景？凭什么干这么轻松的活儿？"

"都没看到她来面试，直接就进来了，而且是闫总监亲自过来做介绍的！"

"恐怕是潜规则吧？不知道她攀上了裴总还是黎总。"

舒蜜表情平静，敲响了门："老娘就是出卖美色勾搭上了你们老板，怎么样？"

那两个背后嚼舌根的行政人员瞬间面面相觑，被抓包的尴尬气氛弥漫开来。

"哟，两位长得挺漂亮的，老娘不妨告诉你们，你们裴总黎总最讨厌浓妆艳抹。"

舒蜜径直从两个面如菜色的女生面前走过，从茶水机里倒绿茶。

其中一个行政女生咬咬牙，故意手一抖，把她刚接的绿茶全部泼到舒蜜身上。

舒蜜胸前瞬间出现一大片茶渍，她新买的白衬衫立刻破了相。

"你找死！"舒蜜举起手中的杯子，毫不客气地把杯子里滚烫的绿茶泼向那女孩。

总监办公室。

闫僖手肘搭在办公桌上，十指交叉，妆容精致的脸上黛眉轻蹙。

"上班第一天，就和同事打架？"

舒蜜用纸巾擦拭白衬衫上的茶水："我只是以眼还眼以牙还牙罢了。"

"你本来就不是什么正规渠道进公司的，就不能忍一忍？"

舒蜜闻声，动作一顿，抬头："你以为我想进这家破公司啊？那好，我辞职！"

闫僖刚要说话，突然脸色一变，她慌忙站起来，毕恭毕敬地低头喊："裴总。"

黑色西装搭配亮珠马甲，低调中不失华丽，暗纹刺绣打破黑色沉寂，光环尽显。

明明看过很多次，但闫僖每次看到裴总，总觉得需要自备速效救心丸。

穿上西装的裴总有一种致命的诱惑、生人勿近的禁欲气息，令人心神荡漾。

舒蜜噘了噘嘴，转过头："你听到了也好，我不想被人到处议论，我不干了。"

裴巡立在办公室门口，从舒蜜的角度只能看到锋利的下颌线，看不清全脸。

"你试试？"要命的低音炮，配合他浑身散发的禁欲系魅惑，舒蜜有点腿软。

闫僖立刻开口："裴总，我一定严惩那个闹事的行政人员。"

裴巡薄唇微微抿起，偏头扫了闫僖一眼："你先出去。"

闫僖战战兢兢地蹬着高跟鞋走出办公室，小心翼翼地带上门，在门口大口喘气。

办公室里只剩下裴巡和舒蜜两人，裴巡把手上的衬衫袋扔到沙发上。

舒蜜抓起来一看："你要我穿你的衬衫？"

裴巡的视线淡淡地落在她胸口的茶渍上："还不脱？"

色气满满的三个字让舒蜜的脸颊瞬间腾起绯红的云朵："你能不能隐晦一点？"

她依然没有脱衣服的意思，裴巡蓦然迈开长腿，一步跨到舒蜜面前。

骨节如竹的修长手指抚上舒蜜胸前衬衫的纽扣，他的食指和拇指捏着纽扣轻轻旋转。

两人近在咫尺，他清冷的气息喷上她的脸颊，熟悉的荷尔蒙气息让她头晕目眩。

"我自己来。"舒蜜呼吸急促，她咬紧牙关，往后退了一步。

裴巡漂亮的瞳孔微微收缩，眸底闪过一丝令人琢磨不透的情绪："还有罪恶感？"

舒蜜解衬衫纽扣的动作一顿，她抬眸，无论是声音还是目光都渗着寒意："你呢？从五年前开始到现在，尤其是他去香港那一年，你就一点罪恶感都没有？"

2018年2月，厦门高崎国际机场。

大厅里，旅客们行色匆匆，空乘人员疲于微笑。

羊毛混纺长大衣，轻型羽绒背心，高领针织衫，休闲裤下是笔直纤细的小腿。

黎一珺人高腿长衣品好，瞬间吸引了不少花痴女生的目光，还有人偷偷拍照。

"和他说话的女生是谁？他女朋友吗？好漂亮，真是配一脸！"

"肯定是和女朋友依依惜别，你看他女朋友的眼神，难过得要哭了。"

温暖的驼色大衣搭配杏色阔腿裤，毛茸茸的衣领和南瓜帽搭配起来非常可爱。

阮芯晴歪了歪脑袋，南瓜帽上面的圆毛球滚动起来："她怎么没来？"

黎一珺修长的手指搭在万向轮的黑色亮皮拉杆箱上："我跟她说是明天。"

"为什么不让她送你？"阮芯晴鼻尖微皱。

黎一珺嘴角一歪，似笑非笑："她如果来送我，我可能就走不了了。"

四周都是行李箱的轮子摩擦大理石地面的声音，阮芯晴悄无声息地叹息了一声。

巨大的显示屏上不断变换着航班信息，阮芯晴把昨天新染的褐色鬈发拢到耳后。

"没想到，你说放弃就放弃了。"

黎一珺挑眉："你还好意思说你最了解我，我从来就没有放弃，也不可能放弃。"

阮芯晴眯眼："把心尖尖儿上的人拱手让给最好的兄弟，这还不是放弃？"

"你甚至还不如巡哥了解我，巡哥都知道，这就是我爱一个人的方式。"

广播里传来女声，接近登机时间了，黎一珺掏出口袋里刚换好的登机牌。

"可是，你都不曾努力争取过。"阮芯晴追了一步，长鬈发在身后拂动。

"我早说了，是我的，别人怎么抢也抢不走；不是我的，我怎么留也留不住。"

黎一珺高大寂寞的身影消失在登机口。阮芯晴双手抓住不锈钢护栏，指尖发白。

阶梯教室公开课上，金发碧眼的教授正在讲述"梅斯勒"技巧的历史。

课间休息时，同桌的女生对着镜子补了补唇膏："对了舒蜜，你认识裴神吗？"

舒蜜面无表情地看讲台："不认识。"

"不不不，我不是说那个认识，我是问你应该知道大名鼎鼎的裴神吧。"

舒蜜没好气地勾起嘴角："不知道。"

"裴神都不知道，你也太孤陋寡闻了吧？他可是'大众情人款，守身如玉命'！"

舒蜜眉毛都没动一下："没兴趣。"

"你是不是性冷淡啊？那么多女生追着裴神求嫁，可裴神整天和黎校草在一起！"

舒蜜放在课桌上的手机倏忽亮了，她像是等待已久，立刻抓起手机，睁大眼。

黎一珺发来了微信："我到香港了。"

"你还好意思说？骗我是明天，存心气死我是不是？"舒蜜飞快地输入一行字。

"你在上课吧？我长话短说，我拜托了巡哥照顾你，你一切随心，不用顾忌我。"

舒蜜愣住，怔怔地望着"一切随心"四个字。

正发呆，她的手肘突然被同桌的女生碰撞了一下："嘿！快看谁来了！我要晕倒了！"

舒蜜这才注意到原本安静的教室突然起了小小的骚动，女生们个个眼冒红心。

"喂喂，舒蜜，真的是裴神！我没看错！裴神耶！裴神竟然来上我们班的课！"

舒蜜不为所动，她的目光还落在手机屏幕上，苦思冥想该怎么回复黎一珺。

"我的天！裴神朝我们这边走过来了！裴神过来了！不行不行，我的心脏要炸裂了！"

舒蜜依然淡定，她慢悠悠地在手机屏幕上输入"我说了我很讨厌他"。

还没点发送，旁边的女生就无法控制地轻声尖叫："裴神过来了！裴神坐下来了！"

鼻端倏忽飘来一阵淡淡的烟草味，旋即是凛冽的少年气息，既熟悉又陌生。

舒蜜背脊一僵，还没反应过来，手机就被一双修长如玉的手夺走了。

裴巡坐在舒蜜旁边，大长腿微屈，凝眸睨着手机屏幕对话框里的那句话。

"还我！"舒蜜下意识地伸手去夺。

裴巡长臂一伸，大掌按住舒蜜的脑袋，另一只手握住手机，大拇指点了"发送"。

"好帅啊裴神！近距离看我要晕倒了！"同桌的女生用力拍自己的胸脯。

舒蜜脸一红，刚才那句讨厌他的话被看到了？她又尴尬又恼怒，再度伸手夺手机。

裴巡骨节如竹的手指把手机推了过来，舒蜜同桌的女生又开始尖叫："完了完了，这么漂亮的手，我是手控啊！这手太逆天了！我要死了我要死了！"

舒蜜这才注意到教室里所有人都朝自己看来，女生们的眼神各种羡慕嫉妒。

如坐针毡的舒蜜把手机和书塞进书包，准备闪人，同桌女生突然挽住她的手。

"咦？不对啊，你不是说不认识裴神吗？他为什么坐在你旁边？"

舒蜜勉强挤出一丝笑容："只是恰好有空位而已。"

"那裴神为什么要抢你手机？你别遮遮掩掩了，你和裴神什么关系？说嘛说嘛！"

女生话音未落，突然脸色一变——她抬头就看到裴巡阴沉森冷的眼神，她浑身一抖。

"我、我、我走了，"女生结结巴巴说完，迅速收拾东西离开，"不打扰两位了。"

上课铃响了，来自洛杉矶桑福德·梅斯勒中心的美女教授上台，用英语授课。

依然有不少人打量舒蜜和裴巡，舒蜜只觉如芒在背，咬牙："干吗要坐我旁边？"

裴巡薄唇微勾，语气慵懒："正如你所说，恰好有空位而已。"

声音一如既往地魅惑撩人，可舒蜜此刻无暇迷醉。

"我不想让大家误会我们的关系，到时候又有你喜欢我之类莫名其妙的谣言。"

裴巡单手托腮，浓睫在幽邃的墨眸中落下影影绰绰的光，薄唇抿成漂亮的线条。

"那不是谣言。"

舒蜜的心脏咯噔一下，浑身被那熟悉的低音炮撩得酥酥麻麻的，握住笔的手掌微微濡湿。

"我们生活中的所有行为都是一种反应，受外部或内部的影响。"教授侃侃而谈。

舒蜜强迫自己把注意力集中在教授的授课上，她目不斜视地盯着教授。

"每个角色都有主要的心理需求，定义了他生命的目标，所谓的'超级任务'。"教授顿了顿，笑着问大家，"那么同学们，你们此刻的'超级任务'是什么？"

她随即抽了几个同学回答，大家的答案各不相同，有考过英语四六级的，有考研成功的。

"那位小帅哥，你长得真漂亮，可以告诉我你的'超级任务'吗？"教授明眸善睐，笑望着裴巡。

裴巡缓缓起身，一双腿笔直修长，下颌线美得不可方物，他微勾唇，声音低沉悦耳："恋爱。"

好久没在图书馆学习，舒蜜居然昏昏欲睡，最后干脆趴在桌上睡着了。

或许是因为图书馆的暖气太舒服，或许是因为驾校发的科目一教材太催眠，她很快就做起了梦，梦见高三那年暑假她和黎一珺、裴巡一起去买衣服。

"你到底有没有审美啊？这花裙子像村姑穿的！"黎一珺毒舌起来也是杠杠的。

他扎到衣服堆里挑了一条白裙子、一双红高跟鞋："试试这套。"

舒蜜站在试衣镜前，黎一珺站在她身后，拿白裙子在她身前比画。

他靠得很近，胸膛贴着她的背脊，下颌一如既往地随意搁在她头顶上。

"不要，太成熟了，我现在是老女人了，要可爱的、显年轻的。"舒蜜很不满意。

"你个老村姑！"黎一珺丢下裙子，蹲下身强行给她穿鞋子，"至少给我试试鞋子！"

舒蜜俯身抢过鞋子，看了看价格标签："500多？宰人呢！不试不试。"

旁边的导购员直接赏了一个白眼，好像见惯了这种穷酸学生试了半天衣服一件不买。

黎一珺转头看裴巡："巡哥，你觉得她穿这鞋怎么样？"

裴巡双手插兜，面无表情地立在红丝绒装饰墙边，冷冰冰地吐出一个字："丑。"

气得舒蜜手指着裴巡的方向问黎一珺："你可以让那个浑蛋消失吗？"

黎一珺凑过来说："巡哥说送我一双篮球鞋，我说我不要篮球鞋，但要一双高跟鞋。"

舒蜜愣了愣，双眸一亮："500多的也可以？"

"当然可以，篮球鞋比这更贵呢。你不是一直嚷嚷着要买人生中第一双高跟鞋吗？"

黎一珺话音未落，舒蜜满脸堆起虚假的笑容，笑眯眯地望着裴巡。

"巡哥，你觉得哪双好看我就穿哪双。"

很久以后，舒蜜还记得裴巡当时薄而圆润的唇冷冷斜勾，似乎在说两个字："恶心。"

她很确定，在一开始，如果不是看在黎一珺的面子上，裴巡根本就不会正眼看她。

舒蜜在睡梦中浑身一颤，似乎被裴巡那嫌弃的表情给刺激到了，一阵毛骨悚然。

她依然闭着眼趴在书桌上，鼻端倏忽飘来一阵冷冽的气息，她的眉心微微皱起。

意识渐渐清晰，女生们轻声讨论的声音传入耳里，听不真切，她动了动眼皮。

瞳孔骤然收缩，她直起腰，背上的棒球外套迅速滑到椅子上。

映入眼帘的是图书馆暖色调的灯光映照出的清冷面容，他静默地凝望着她。

她第一次觉得他帅得刺眼，或许是因为她刚刚睡醒，接受不了这么刺激的美貌。

舒蜜伸手揉了揉眼睛，瞥了眼椅子后面的棒球外套，歪了歪嘴角："没想到裴神还在用这么老的套路。"

裴巡眉目沉寂，长臂一伸，把他的棒球外套铺在桌上，打哈欠的姿势慵懒优雅，他的唇珠盈盈一动："困了，一起睡？"

舒蜜最怕他压低声音说话，每当这时，身体就酥麻得受不了，她的心如擂鼓般跳动起来。

旁边座位的女生们发出压抑不住的惊呼声："我的小心脏！要不要这么撩？晕了！"

舒蜜被这群阴魂不散的聒噪女生烦得不行，抬腿暴躁地踹在裴巡的座椅上。

"睡你个大头鬼！老娘明天要考科目一，没时间跟你玩暧昧游戏！"

裴巡耷拉下薄而漂亮的双眼皮，似是真的困了，颀长的身体趴在桌上。

搞什么，说睡就睡了？跟复读的时候一个德行。舒蜜咬牙切齿，继续埋头看书。

她不敢近距离窥探他的睡颜，可看了半天书，一个字都没看进去。

"见鬼！"她懊恼地骂了一句，收拾书本，起身准备走人。

"啊，那个女生走了耶！太好了！裴神睡着了，机会难得！我要上了！"

舒蜜刚走到饮水机处，就听到两个女生的对话。

"上什么？你不怕裴神醒来杀了你？"

"杀了也值得了，这种千载难逢的机会，我怎么能错过？"

"裴神那个姿势好像亲不到嘴，但是亲脸可以，我的天，我都不敢看了！太帅了！"

"亲脸就够了！我上辈子是不是拯救了银河系？竟然可以一亲芳泽！"

舒蜜的眉心越皱越厉害。她知道裴巡追求者众多，没想到个个如此彪悍。

那两个女生鬼鬼祟祟地朝裴巡走过去，蹑手蹑脚，生怕吵醒她们的睡美人。

饮水机发出叮咚一声——水烧开就自动关了，舒蜜握紧书包带子，转身。

色胆包天的女生一手按住书桌，身子小心翼翼地俯下去，嘟着嘴闭着眼正要亲……

舒蜜的手掌啪地砸在女生的肩膀上，一用力，女生整个人往后跌去，坐倒在地。

"滚！"舒蜜踹了一脚女生跌在旁边的书包。

赶走两个骚扰者，舒蜜环顾四周。就跟明星似的，裴巡身边总有追星族伺机而动。

没办法，她只能抽出座椅，坐下来，从书包里掏出书，逼着自己继续看。

她随意翻开那本科目一的教科书，竟然在扉页上看到一张画像。

舒蜜瞪圆眼睛，确定自己没看错，这就是她刚刚睡觉的模样。

为什么画功还不错？现在不会画素描都不好意思撩妹了吗？

153

接下来半个小时，舒蜜心里始终有两个小人在打架。

"别想了，快点看书！要不然明天考不过！"理智派小人如是说。

"就看一眼，看他睡觉的样子是不是还和复读的时候一样。"情感派小人如是说。

纠结了半天，就在舒蜜准备直接走人不管这个睡神的时候，裴巡悠悠醒转。

"我说裴神，你能不能不要随随便便在公共场合睡觉？这样很危险。"

舒蜜起身，手掌拍在书桌上，居高临下俯视着裴巡刚醒来懒洋洋的俊容。

裴巡星眸迷蒙，微微嘟唇，声音清澈透亮："那你保护我。"

目光在他明亮的双眼和软红的薄唇上逡巡，要炸了！舒蜜全身每个毛孔都要炸了！

晚餐时间的食堂灯火通明，每个档口前都排着长长的队，熙熙攘攘。

舒蜜把餐盘啪地放在桌上："你干吗还跟着我？"

裴巡大长腿一屈，修长的手指搭在餐盘边缘，一如既往地沉默是金。

舒蜜饿了，端起野菜汤咕噜咕噜一饮而尽，用筷子夹了一大口米饭塞嘴里。她一边用力咀嚼，一边没好气地瞪着裴巡："难道你还要跟着我回家？"

裴巡骨节如竹的手指搭在筷子上，慵懒地夹了块西红柿，嘴角留下诱人的红。

"你可真厉害，我的生活完全被你搅乱了，现在朋友都没有，上课也被你分心。"舒蜜发泄似的大口咀嚼红烧肉，狠狠地剜了裴巡一眼，忍无可忍地咆哮出声，"老娘到底要怎么做，你才肯放过我？"

叮咚一声，电梯门打开，舒蜜单肩背着书包走出来，裴巡双手插兜紧跟其后。

走廊上感应灯亮起，舒蜜一脸冷漠地掏出钥匙开门："跟这么久，不进来？"

裴巡眉目沉静，不露声色地打量房间。

这是他第二次踏足这里，但是这个小区，他已经来过很多次。

舒蜜接了个晚上的家教，晚上八点到十点上课，夜深了才坐末班公交车回家。

裴巡开着新买的哈雷机车，头戴黑色头盔，跟着她的公交车，奔驰在夜色里。

每次他都一直护送她到楼下，路灯在他黑色的头盔上洒下斑驳的光，他身披夜色仰望楼上。

直到舒蜜家里亮起灯，他才沉默地发动机车驶离，如迷离暗夜里的幻影。

这一周之所以一直跟着她，是因为那晚他开着哈雷机车，被一群小混混拦住了。

带头的金毛朝地上吐了口唾沫："终于让老子逮着了！咱巡哥也有要保护的人啊？"

裴巡戴着黑色头盔，那群不良少年看不清他的表情，只觉机车上的身影杀气腾腾。

　　金毛被头盔里面阴冷瘆人的目光看得头皮发麻，咽了咽口水。

　　"老子知道老子不是你的对手，但是，柿子得挑软的捏……"

　　话音未落，那黑色头盔迅猛地朝金毛飞来，他还来不及躲闪就被击中，眼冒金星。金毛鼻腔里汩汩地流淌出鲜血，他一只眼睛被砸得红肿起来，痛得龇牙咧嘴。他倒在地上，捂住眼和鼻，另一只眼模模糊糊地看到哈雷机车的车前灯亮起。

　　机车发动的声音仿佛撕裂了金毛的耳膜，他慌忙跪下来。

　　"别过来！求你别开过来！饶命巡哥！饶命啊！"

　　几个小喽啰吓得面无血色，慌忙拿起地上的头盔，毕恭毕敬地双手送回去。

　　"巡哥饶命！我们老大就是过过嘴瘾，谁敢动巡哥的女人？巡哥饶命啊！"

　　即便如此，裴巡依然不放心，持续一周跟舒蜜寸步不离。

　　她上课时他在，她去做家教时他在外面等，她坐公交车时他也跟着上……

　　他自己都觉得自己像个变态跟踪狂。

　　没想到因此彻底惹毛了她，让她彪悍的属性全开。

　　她凶神恶煞的样子，像只张牙舞爪的小野猫。

　　舒蜜把书包扔到沙发上，哗啦一声把外套的拉链一拉到底，再暴躁地甩开。

　　"我先洗澡，然后你再洗，没意见吧？"

　　裴巡挑眉睨着他，头顶上的白光在他的浓长羽睫和高挺鼻梁上落下暗影。

　　"大家都是成年人，直白一点，"舒蜜拆下围巾，"你想要，我就给你。"

　　客厅安静得只听得到舒蜜说话的回声，裴巡薄唇微抿，辨不清目光神色。

　　舒蜜双手搭在牛仔裤的裤腰上，解开纽扣，一双愠怒的眼死死地盯住裴巡。

　　"我完全搞不懂你们男生的想法，我喜欢黎大傻那么多年，结果他不喜欢女生。"

　　她弯腰脱下牛仔裤，里面是黑色秋裤，上半身穿着白色高领毛衣，毛衣链是银色的。

　　舒蜜扯下毛衣链，抬起手臂脱下毛衣，里面是一件薄薄的贴身保暖内衣。

　　"你呢？你为什么要一直撩我？你只是嫉妒我和黎大傻的亲密，对不对？"

　　隔着薄薄的布料，可以看到她圆润滑腻的珍珠肩，黑色的文胸带子露了出来。

　　裴巡目光暗了暗，用视线静静地描绘少女玲珑的曲线。

　　她脱毛衣的时候，贴身内衣被稍微带上去一点，露出可爱如小红豆的肚脐。

"反正黎大傻只是把我当妹妹，我跟谁上床都一样，跟你的话，我也不亏。"

舒蜜脱掉秋裤，露出不算长但是白皙匀称的双腿，透着少女特有的青涩和粉嫩。

她也不知今天自己是中了什么邪，不管不顾地伸手去脱贴身内衣。

裴巡淡淡的嗓音倏忽响起："去浴室脱。"

一刻钟后，舒蜜穿着一件白色浴衣，打开浴室门，头发湿漉漉的。

刚刚沐浴完，身娇体软的少女浑身散发着恬淡的洋甘菊香味。

她抬头对上裴巡平静如水的眼神，这才察觉到他始终保持着刚才的姿势，纹丝未动。

"你去洗吧。"舒蜜用毛巾擦拭头发，浴衣腰间系着腰带，领口开得很大。

裴巡的视线并未在她领口若隐若现的粉嫩上停留，他不置一词，冷冷地望着她。

"别这么端着行不行？今晚之后，咱们各过各的日子，你别再来撩我，成交吗？"

舒蜜走到客厅，伴随着她走路的动作，浴巾下的双腿不时闪现出刺目的白光。

她走到茶几边想喝口水，没想到脚底一滑，她下意识地一跪，膝盖碰上茶几角，破皮出血了。舒蜜痛得蹙眉，屈膝坐在沙发边的地毯上，用嘴吹了吹伤口。

血很快凝固了，可舒蜜不知为何突然鼻酸，双眸泪光闪闪。

"都怪你！都怪你！为什么要撩我亲我？害得我和黎大傻连亲吻都做不到！"

眼泪没来由地簌簌落下，大颗人颗地砸到膝盖上，在伤口处晕染成红色的花。

"你赢了！你赢了还不行吗？我就是这么没出息，被你随便撩撩就不行了！"

舒蜜吸着鼻子，双手捂住脸，任凭灼热的泪水流淌进指缝，双肩颤抖着抽泣。

"你放过我吧。我不喜欢这种被操控的感觉，太可怕了！简直透不过气来！"舒蜜哽咽地道，声音沙哑，仿佛要把这段时间的委屈、痛苦、压抑和不甘全部发泄出来。

"你每次靠近我，每次跟我说话，我都受不了，我真的受不了，心跳快得要死掉！"

舒蜜的双手无力地垂下，她把脸埋在膝盖间，头发上的水混杂着泪，在她的小腿上流淌。

"因为你，因为你我变成了坏人，我原本以为自己一辈子都会单恋黎大傻的！"

鼻涕流淌到嘴边，咸涩的感觉直冲喉头。舒蜜抱紧脑袋，小小的身体蜷缩着。

"我厌恶这样的自己！那么喜欢黎大傻的我，为什么会变心？我太烂了，烂到家了！"

始终静默的裴巡终于缓缓蹲下身。

舒蜜狠狠地吸了吸鼻子，用手背粗鲁地擦掉眼泪和鼻涕，自暴自弃地抬起头。

"既然我是个坏女人，那就破罐子破摔吧，反正已经不可救药了！"

两人目光相交，她泪眼蒙眬，而他的双眸掩藏在浓长羽睫的暗影中，辨不出情绪。

舒蜜猛地抓起裴巡的手，将他的大掌按在自己的左胸上。

"这种罩杯，入不入得了裴神的眼？"

隔着绵软香甜，裴巡的掌心感受到她娇嫩皮肤下一颗跃动不息的心脏。

"事到如今还这么高冷？果然是裴神。"

舒蜜咬了咬牙，一手解开浴巾的腰带。

眼看她就要掀开浴巾，露出里面不着寸缕的娇躯，裴巡的喉结悄然颤了颤，瞳孔微微收缩，长臂一伸，修长白皙的手压住了她掀浴巾的颤抖的手。

舒蜜的眉心拧得很紧，嗓音沙哑："装什么装！你们男生脑子里想的不就是这些东西吗？费那么大劲去撩！"

裴巡漂亮的深茶色瞳孔里缓缓荡起一圈圈旖旎的光波，他凝望着她，徐徐凑近。

明明是她一直占据主动，可他稍微一动，她就没出息地双唇颤抖，呼吸紊乱。

浓烈的荷尔蒙气息扑面而来，清冷又魅惑，近在咫尺的睫毛，交缠的呼吸。

不过，舒蜜最害怕他此刻开口说话，气氛本就异常暧昧，他若是再发出那撩人的低音炮……

舒蜜觉得自己应该会心脏炸裂。

值得庆幸的是，他没有开口说话。事实上，从她出浴室到现在，他始终矜持地保持着缄默。

仿佛一切都是她自导自演的独角戏。

你看，她在他面前，就是这么难堪，这么难堪。

裴巡在距离她嘴唇一厘米的地方倏忽顿住了，房间里只有挂钟嘀嗒嘀嗒的声音。

他垂眸，低头，在她膝盖的伤口上落下极轻极浅的一吻。

这就是那一晚发生的全部，她的歇斯底里，最终在他清冷的背影中消散。

她知道，明天的科目一考不过了。

黎一珺发来视频聊天的时候，舒蜜正在吃方便面。

"你怎么又不穿袜子？别坐地板上，地板凉。又吃方便面？你不怕爆痘吗？"

黎一珺抓紧手机，视线犀利地扫过画面里的每一个角落，无一遗漏。

舒蜜用叉子叉起方便面塞嘴里："爆痘就爆痘吧，反正我又没有男朋友。"

"科目一考过了吗？"黎一珺抓起书桌上的一盒方便面，撕掉外面的塑料膜。

舒蜜喝了口面汤，嘴角红彤彤的："当然，我昨晚通宵看完了1300道题。"

手机屏幕上，黎一珺撕开他那盒方便面的盖子："不愧是舒学霸！"

舒蜜抽出一张纸巾擦擦嘴角："你干吗也吃方便面？"

"陪你一起吃啊。"黎一珺倒入开水，举起方便面盒，"来，干掉这碗方便面！"

"不愧是黎大傻！"舒蜜继续埋头吃，"对了，你是不是给我寄了东西？"

"到了吗？"黎一珺用书压住方便面盖子，"香港口红便宜，给你买了支YSL。"

舒蜜舔了舔嘴角的汤汁："待会儿去快递柜拿来看看，你那审美我可真不敢恭维。"

"YSL最新款，说粤语的那个小姐姐说这款马上卖断货了，你不喜欢也要喜欢！"

黎一珺以手托腮，拿开书，氤氲的热气扑上他清俊的面容。

"对了，你去了这么久，会几句粤语？"舒蜜把头发拢到耳后。

黎一珺耸耸肩："粤语太难，而且我一直在英语环境中，目前只会一句'黑凤梨'。"

舒蜜笑得花枝乱颤："我不管，你可得好好学，我还指望你回来给我唱粤语歌呢。"

黎一珺叉了口方便面："那就学唱邓紫棋那首《黑凤梨》吧。"

"算了吧，那首歌你还是留着给你未来的恋人唱吧。"舒蜜端着纸盒喝汤。

黎一珺若无其事地搅弄盒子里的方便面："你呢？你什么时候脱单？"

"你这个傻哥哥把我惯坏了，我怕是找不到男朋友了。"舒蜜擦了擦茶几上的汤渍。

"怪我咯？"黎一珺大口咀嚼嘴里的方便面。

舒蜜倏忽抬起头："对了，这几天裴狗有没有跟你说什么？"

黎一珺动作一顿："我和他每天都有聊天。"

"把你们俩的微信聊天记录发我看看。"舒蜜担心裴巡谈及那晚她突然撒泼的事。

黎一珺暂时退出视频聊天窗口，打开跟裴巡的对话框，截了长图，再发到舒蜜的微信上。

舒蜜放下叉子，点开图片，聚精会神地看。

黎一珺："今天有场恶战。"

裴巡："正在看。"

黎一珺："库里今天状态不好，被防得有点蒙。"

裴巡："一哥提前进入季后赛模式了。"

黎一珺："是啊，被迫进入季后赛模式。"

裴巡："悬。"

黎一珺："没办法，詹姆斯受伤了。"

裴巡："库兹马这个走步可以。"

黎一珺："我觉得需要布兰登，但是四犯……"

舒蜜迷惘地点击图片，缩小，回到视频聊天窗口，一脸蒙："完全看不懂。"

黎一珺吃方便面吃得满嘴油光发亮："对啊，男生的世界不是女生能插足的。"

阶梯教室里，一群女生围在舒蜜的座位旁边："裴神到底去哪儿了？课也不上！"

舒蜜无奈地伸手按太阳穴："我跟他没关系，他的行踪我怎么会知道？"

"你们之前不是形影不离吗？你该不会把他杀了吧？这样就可以彻底占有他了。"

舒蜜完全无法理解这些女生的脑回路："你想杀就杀，别扯到我头上！"

食堂里，舒蜜刚放下餐盘，就有一群女生凑过来："你到底把裴神藏哪儿了？"

舒蜜忍无可忍，拍案而起。

"是的，我绑架了他，囚禁了他，天天疯狂地占有他，他反抗我就杀了他，行了吧？"

女生们面面相觑："想不到舒蜜你这么重口味。真的囚禁了？有没有照片？"

"对啊，发照片来看看，有没有裴神戴铁链子的照片？我的天，肯定帅呆了！"

舒蜜没好气地咀嚼饭菜："说得对哦，我一直用绳子绑着，应该用铁链子的！"

做家教的时候，那个花痴的初中女生趴在窗口上，一双大眼睛眨巴眨巴。

"经常在我家门口等你的小哥哥呢？怎么这么久没看到他？我好像爱上他了！"

舒蜜差点吐出一口老血："你都不知道他的名字，就爱上他了？"

"我知道啊，在我心里，他就叫爱情。"女生歪了歪头，咬着圆珠笔笔帽卖萌。

舒蜜翻了个白眼："所以下次你见到他，你可以直接打招呼'你好，爱情'？"

"对啊，惊不惊喜，意不意外，刺不刺激？"

裴巡消失了一个月，舒蜜觉得身边的人都成了智障。

舒蜜正在练习倒车入库。

倒车入库是科目二的重点项目，入库时对车身与库位线是否平行要求很严，左右不能出线，否则就不合格。

舒蜜系好安全带，打左转向灯，踩离合，挂一挡，松手刹，慢抬离合至半联动。

她观察到左后视镜下沿与黄线重合时，向右打满方向盘倒车。

"若车身与库角之间小于30厘米，方向盘向左回一圈，注意不要压线。"

教练丢下这句话，就下车让她自己练习，然后上了另外一个学员的车。

舒蜜试了好几次都没成功，她懊恼地捶了下方向盘，副驾驶座的车门突然被拉开。

熟悉的清冷气息传来，裴巡屈着大长腿落座，伸手握住舒蜜搭在方向盘上的手。

他掌心微凉，肌肤贴着她的手背，帮她把方向盘调整到合适的角度："倒。"

这是舒蜜那晚撒泼之后第一次见到裴巡。时隔一个多月再见，他依然令人心动。

舒蜜定定神，瞥了眼后视镜，往后倒车："黎大傻叫你来帮我的？"

科目二考试有两次机会，舒蜜都没过关，已经预约了补考。

从她的角度，恰好可以看到裴巡流畅的下颌线和令人窒息的侧脸，她不禁面红心跳。

"你放开我！我自己练习就行，不需要劳你大驾！"舒蜜甩开裴巡的手。

裴巡眉目冷峻，缓缓勾唇："补考费1000元，你舍得？"

舒蜜沉下嘴角，蹙眉踩下刹车，一脸无奈："好吧，你教我，但是别碰我。"

话音未落，他的大掌就覆上舒蜜搭在手刹上的手，舒蜜的眉心蹙得更厉害了。

狭窄的车厢，相贴的手，浓烈的荷尔蒙气息，连空气都被染成粉红色的暧昧。

"认真点。"撩人的低音炮响起。

修长的手指划过她的脸颊，将耳鬓的碎发拢到耳后，舒蜜的耳垂微微泛红。

在他手把手的指导下，舒蜜顺利地倒车入库。

她松了口气，把手从他的掌心里抽出，眯起眼望着不远处驾校门口飘扬的红旗。

"我算是明白你的厉害之处了，你绝不会步步紧逼，你最擅长欲擒故纵。"

若是天天黏在一起，怎么可能有小别重逢时的小鹿乱撞、怦然心动？

红旗在风中猎猎作响，裴巡与她望着同一个方向，漂亮的唇抿起。

"这一个月，想我了？"

舒蜜真的不想承认，这一个月他彻底从她的世界消失，她满腹狐疑，患得患失，而他骤然出现时，她的世界仿佛被撕开了一道口子，炫目的光倾泻进来，让人睁不开眼。

舒蜜自嘲地咧嘴："果然是恋爱峡谷里的最强王者，在你面前，我就是个小青铜。"

裴巡骨节如竹的手指撩起她的一缕长发，在指尖暧昧地绕着圈，一圈，两圈，三圈。

"我带你上分。"

教练在微信群里发了一大段注意事项："科目三考试前，去考场跑两圈，熟悉场地，了解扣分点以及自己容易错的地方。"

然后教练私聊了舒蜜："你上次科目二考得不错，几乎是满分，谁教你的？"

舒蜜嘴角抽搐，打字："一个老司机。"

教练发来一个笑脸："那继续让那个老司机教你，科目三很难过的，加油！"

舒蜜丢下手机，继续看电脑里科目三的教学视频。

她经常犯的错误是踩刹车后忘记踩离合器，双脚配合不好导致熄火。

那段视频是裴巡发给她的，他在车内固定了一个摄像头，他的一双美手全程出镜。

舒蜜不是手控，但依然被这双搭在方向盘上的手吸引。

手的长度是宽度的两倍半左右，中指的长度是手的长度的一半以上。手指纤细，指甲大而薄圆，指缝白皙柔滑，手背上有三根若隐若现的骨头。

这样一双手，已经不是漂亮，而是性感了。

舒蜜看段视频就看得面红耳赤，浮想联翩，她越来越搞不懂色迷心窍的自己了。

她移动鼠标，关掉视频，抓起手机："这哪是教学视频，明明是用你的手勾引我！"

裴巡过了一会儿才回复："那我用声音？"

舒蜜狠狠地瞪着他那只狡黠的猫的头像，打字："该死的裴狗！"

科目二、科目三扣分扣在细节，科目二舒蜜直角转弯关灯手太快了，系统没感应到；科目三靠边停车离边线超过30了，所以扣了分，但是好歹科目二和科目三都过了。

舒蜜刚走出考场，一顶红色头盔就当头罩下。

她猝不及防，正要伸手去脱，整个身体突然腾空，被人以公主抱的姿势抱了起来。

161

失去重心的舒蜜只能双手环绕住那人的脖颈。那人戴着黑色头盔，看不清眉目。

"裴巡？"舒蜜在红色头盔下喘息着，一手拍着胸脯，"快被你吓出心脏病了！"

裴巡不由分说，霸道地将舒蜜放到哈雷机车后座，他大长腿一迈，跨坐在舒蜜前面。

"抱紧我。"声音低沉。

舒蜜正要说什么，突然听到身侧传来一阵追逐的跑步声，还伴随着粗鲁的呐喊："站住！给老子站住！老子今天不弄死你就不活了！"

舒蜜惊得浑身一颤，立刻双手抱住裴巡黑色夹克下紧绷而有力的腰，回头瞥了一眼。

果然是阴魂不散的金毛，满口黄牙，嘴里叼着烟，挥舞着刀子，大腿上全是腿毛。

一群不良少年气势汹汹地追上来，舒蜜一颗心提到了嗓子眼："快开车！快开车！"

话音未落，哈雷机车的发动机轰鸣，声音尖锐而霸气，机车在马路上风驰电掣。

舒蜜第一次骑机车，受不了这么快的速度，整个身体战战兢兢地趴在裴巡背上。

她的头盔贴着他冰冷的夹克，双手环绕住他的腰，在他的肚脐处交握，胸紧贴他的背脊。

驾照考试场地在郊外，马路上没什么车，两边绵延着层层梯田，茶园叠翠。

重峦叠嶂、闽南大厝、稻田、龙眼树、亿年桫椤和涓涓溪流构成一幅山水写意图。

哈雷机车驶入小区，停在舒蜜家单元楼下，舒蜜松了口气，从车上跳下来。

果然还是自行车的速度更有利于保护心脏。舒蜜拍着胸脯，把红色头盔摘下来。

裴巡依然坐在机车上，大长腿着地，霸气潇洒地脱下黑色头盔。

"你受伤了？"舒蜜的视线停留在他额角鲜血淋漓的伤口上。

血已经干了，可伤口仍在，仿佛在他不食人间烟火的容颜上刻下一朵灵动之花。

裴巡眉目沉静，不置一词，伸手接过舒蜜手中的红色头盔，两人的指尖短暂相触。

一阵风过，吹起舒蜜肩上的乱发，她歪了歪头："那我回去了。"

如果是言情小说里，女生该给男生上药了吧？哼，她可不是那种套路"白莲花"。

舒蜜到了家，换了家居服，喝了口水，走到阳台上随意地往下一看。

裴巡居然还在原地，纹丝未动，橘黄色的夕阳光在他高大清冷的身姿上翩跹舞动。

舒蜜蹙眉，转身回到客厅，抓起手机发微信："你怎么还不回去？"

裴巡的回复一如既往地简短："他们可能会来。"

不管他，舒蜜丢下手机，瘪瘪嘴，开始用电脑下载科目四的软件，争取一次过。

"进环岛不开灯，驶离环岛开右转向灯。"她开始摇头晃脑地背起来。

背了半个多小时，她突然起身，走到阳台上，探身往下看。

夜幕笼罩着裴巡静默如雪后青松的身姿，那道暗影如此低调，可线条令人心折。

舒蜜没好气地掏出手机打字："你难道要在我家楼底下待一夜吗？"

这一次，裴巡并未回复，迷离夜色中，他的身姿影影绰绰，看不真切。

舒蜜回到电脑前继续背："有障碍让无障碍方，路口50米内不得变更车道。"

背了几条，她咬咬牙，低头发微信："上来吧！难道要我下去接你？"

不好意思，她还是没忍住，"白莲花"了一下。

黎一珺的卧室，舒蜜一把掀开床上的遮灰床罩："你今晚睡黎大傻这里，别出来。"

裴巡脱下黑色夹克，只穿一件白衬衫，胸腹间精致又性感的肌肉若隐若现。他半垂眸，修长的手指慵懒地挽着衬衫袖子，嗓音低沉："饿了。"

"自己叫外卖！"舒蜜回客厅抓了一大把外卖传单甩在桌上。

裴巡慢条斯理地扯开装饰性细长黑领带："我叫了两份煲仔饭。"

"谁要吃你的？"舒蜜转身往客厅走。

裴巡淡淡的嗓音追上她，透着稳操胜券的自信："香芋排骨煲仔饭。"

舒蜜顿住，她握了握拳头，没有犹豫太久，转过脸来，笑靥如花。

"什么时候叫的？怎么还没到啊？我背书背得快饿死了！"

裴巡盘着长腿坐在沙发边的羊毛地毯上："交警正面看你，左手平举。"

舒蜜在茶几上以手托腮，转着眼珠子回答："停车。"

裴巡："交警正面看你，右手平举上下摆动。"

舒蜜："减速慢行。"

裴巡："交警脸看左右车道不看你。"

163

舒蜜："停车等待。"

裴老师画重点："只有交警脸是对着你时，才是对你说的。"

舒蜜突然扑哧笑出声："这样一问一答，怎么像回到复读那年了？只是角色交换了。"

门被敲响了，裴巡起身，拿回来两份煲仔饭，放到茶几上。

"你不吃？"舒蜜迫不及待地掰开一次性筷子，抬头却看到裴巡往厨房走去。

懒得管他，舒蜜埋头狼吞虎咽。

不到一刻钟，茶几上出现香气袅袅的紫菜蛋花汤。

舒蜜愣了愣。紫菜是干货，黎一珺走之前囤的，鸡蛋是她上周买了放冰箱里的。

裴巡盘腿坐到舒蜜对面，把那碗小巧精致、香味扑鼻的汤推到她面前。

舒蜜稍微回过神来，舔了舔嘴角的油："你不是料理白痴吗？"

"黎一珺教我的。"裴巡没有用一次性筷子，而是拿了厨房的竹筷，吃相优雅矜贵。

舒蜜咬住筷子头，脑补出一场激情大戏。

怎么回事？她明明不会这样的。

大概是受那个她都看不懂的聊天记录的刺激吧。

裴巡俯身从橱柜里拿出一包干坛紫菜，细长白皙的手扯下一大块紫菜。

"紫菜要先在温水里浸泡，让它软化，浸泡的时候用手搅散。"

黎一珺倒来一盆温水，右手握住裴巡拿紫菜的手，浸泡到水里。

两人的手指在温水和紫菜之间搅动，黎一珺的指尖撩拨着裴巡的指尖……

"鸡蛋要完全搅散。"黎一珺澄澈透亮的声音从后面传来。

裴巡用两根筷子笨拙地搅弄碗里的鸡蛋，黎一珺双臂从后面环绕住他。

他一手握住裴巡拿碗的手，另一只大掌包住他拿筷子的手，手把手教他搅鸡蛋。

弄好鸡蛋和紫菜，黎一珺正准备打开液化气，裴巡倏忽拽住他手腕。

黎一珺猝不及防，被裴巡整个人压在厨房的墙壁上，两人鼻息交缠。

裴巡目光森冷可怖，唇角愠怒地扬起："黎一珺，你不要玩火。"

正脑洞大开，舒蜜的额头倏忽被裴巡的手指弹了一下，肌肤上立刻留下红色痕迹。

舒蜜吃痛地捂住额头，蹙眉道："干吗打我？"

"再不喝就凉了。"裴巡眯眼望着她，一双狭长魅惑的深瞳里激荡起璀璨星芒。

164

舒蜜做贼心虚地端起碗喝了一口，很意外，口感很不错，她不用勺子，直接一口气喝光。

　　如果黎一珺看到了，肯定要吐槽她："你是猪吗？"

　　舒蜜放下汤碗，因为喝得太急，嘴角残留着一小片紫菜。

　　裴巡一双星眸凝望着她，倏忽抬手，他手上的筷子尖触碰到舒蜜的嘴角。

　　筷子尖微凉，舒蜜浑身一颤，莫名心跳加速。

　　他灵巧地用筷子夹起她嘴角那一小片紫菜，再送到自己优雅的薄唇畔。

　　软红性感的舌尖微微吐出，似少年吐舌卖萌，又似成熟男子的挑逗。

　　舒蜜怔怔地望着裴巡这一系列操作，一颗心被炸成了烟花，动弹不得。

　　裴巡却倏忽莞尔，唇线勾起的幅度顽劣十足："你的科目四恐怕要挂了。"

　　很多年后舒蜜才知道，当年她和黎一珺误打误撞地改变了裴巡孤冷厌世的性格，而这，是比爱情更重要的事。

第十一章 | 鸱鸮

生活是不公平的，不管你的境遇如何，你只能全力以赴。永远记住，你并不是一无所有，你还有一整个星空。

——英国物理学家霍金

2021年7月，君寻科技。

三轮面试的最后一轮，人力资源总监亲自面试。

面试室，闫僖一眼看出眼前的女生穿的是一个瑞典轻奢品牌的最新款女装。

青春少女的元气和轻熟女的气质兼备，蕾丝、蝴蝶结和雪纺被运用得恰到好处。

这套女装价格不菲，闫僖之前就想"剁手"，但一套下来一万八，一个月的工资啊！

"你的履历非常漂亮，双学位，大公司实习经历，为什么想到来我们创业型公司？"

"因为我喜欢你们老板黎总，从高一开始喜欢了足足8年。"

阮芯晴依然是从头到尾的精致，柔软的丝绒哑光质地口红，偏粉的红色水嫩诱人。

闫僖愣住，缓缓神才开口问："那你现在应聘我们公司，是为了继续追求黎总？"

阮芯晴光滑柔顺的亚麻色长鬈发盈盈拂动："有什么问题吗？"

闫僖挑了挑眉："你的能力确实没有问题，但是我担心你的感情会影响你的工作。"

"这个请放心，单恋这么多年，我已经习惯，心如止水了，我只想近距离守护他。"

阮芯晴从面试室走出来，远远地就看到两道顾长的身影在落地玻璃窗旁。

藏青色格子西装的黎一珺散发着一股小狼狗似的侵略气息。黎一珺长相柔美，深色凸显脸型和轮廓，掩盖了少年稚气，而格子西装也不显老气。

阮芯晴举起手机，对准黎一珺拍了一张照片，然后收藏到叫"余生"的照片夹里。

黎一珺手握咖啡，仿佛突然想到什么事，凑到裴巡耳畔说了几句，而后抿唇笑了起来。

裴巡穿着暗红色与黑色条纹的西装外套，儒雅又大方，淡蓝色的领带提亮了整体色彩。灰色衬衫作为内搭使整个造型看起来更加稳重又低调，包裹住他匀称的肌肉线条。

裴巡侧耳听黎一珺说话，眉梢眼角缓缓荡起温柔的笑意，他接过黎一珺的咖啡就喝。

他们两兄弟的感情永远这么好，就算是爱上了同一个女人，也无法让他们离心。

阮芯晴静静地立在角落，望着落地玻璃窗边两个高大英俊的男子，只觉人间很值得。

2018年5月，舒蜜揉着惺忪睡眼，蓬头垢面，走到洗面池前挤牙膏。

浴室里传来哗啦啦的水声，舒蜜喊了一嗓子："快点洗！我要上厕所！"

十分钟后，裴巡打开浴室门，黑色浴衣下肌肤白皙胜雪，唇珠莹润魅惑。他一抬头就看到舒蜜正举着手机，摄像头对着他拍视频。

"你不就穿个浴衣吗，怎么搞得像时装周的明星模特？"舒蜜忍不住嘀咕。

刚出浴的裴巡穿一件黑色浴衣，深V的领口风光大露，露出精致性感的锁骨，腰间的黑腰带束出宽肩细腰的完美身材，若隐若现的胸腹肌肉分外撩人。

"你好，裴天仙，和我的粉丝们打个招呼吧！虽然只有两三个互粉的。"舒蜜笑眯眯地说，镜头一直对着裴巡。

裴巡面无表情，冷睨了舒蜜一眼，站到洗面池前拿起牙刷。

"不好意思啊宝宝们，天仙总是高冷的，不过他刷牙的时候是不是有点反差萌？"

167

舒蜜走近几步，对准裴巡刷牙的侧脸，然而她的身高连裴巡的肩膀都够不着。

"好高啊！为什么长这么高？我的手都举酸了，脖子都仰痛了！"

刚刚吐槽完，15秒钟到了，舒蜜走到沙发边坐下。

原本想加个滤镜和美颜，结果根本不需要，只需要加一段背景音乐就很完美。

她弄好之后上传，就把手机一丢，看向裴巡："最近大家都在玩抖音，你玩不玩？"

去年年底，抖音莫名其妙地火了，如今身边全是抖友，大家已经被它深深地"荼毒"了。

舒蜜前阵子也疯狂地迷上了刷抖音，她可以捧着手机上下滑一天，笑得像个傻子。连网易云给她推荐的歌曲都是抖音热门音乐，魔性到不能自拔。

舒蜜走到洗面池边，扯下毛巾准备洗脸。

"既然你要赖在我家，就让我录视频玩玩吧。"

裴巡身上有淡淡的沐浴露的薄荷香，他垂眸看她，勾勾唇："去办个港澳通行证。"

舒蜜刚打开水龙头，愣了愣才反应过来："要去香港吗？去看黎大傻？"

裴巡俯身，从抽屉里拿出粉红色的洗脸头箍，修长的手指将头箍套在她头上。

食堂，午饭时间。

人声鼎沸，舒蜜拿了一个不锈钢碗，排队打免费的小米粥。

"学妹帮我也打一碗！"孟舫不知从哪里冒出来的，在舒蜜手上塞了一个碗。

舒蜜端着两碗热气腾腾的小米粥，走到最近的餐桌边，放下碗后吹了吹手指。

孟舫放下餐盘，坐在舒蜜旁边，先吃了口肉："学妹看起来挺高兴的？"

舒蜜用勺子搅拌小米粥，一边搅拌一边吹："下个月我去香港看你珺哥。"

孟舫咀嚼的动作顿了顿："啧啧啧，有奸情啊。学妹一个人去吗？"

"怎么可能？我路痴。我和裴狗一起去，我们准备给黎大傻一个惊喜。"

孟舫夹了一大口粉丝塞嘴里："巡哥？你顺利拿到驾驶证，少不了他帮你吧？"

舒蜜喝了一口小米粥，还有点烫，她伸了伸舌头。

孟舫咬了咬筷子："像我这种一次性考过所有科目的人，活该找不到对象。"

舒蜜扑哧笑出声："我后悔让他帮我了，驾驶证拿到手，他就赖在我家不走了。"

孟舫吃饭的时候喜欢刷手机，他掏出手机原本想看微信，结果跳出一个推荐。

那是抖音发给他的短视频推荐，他4G流量用不完，就点开看了。

168

"我没看错吧？这、这、这、这不是巡哥吗？"孟舫惊得满嘴饭菜都不嚼了。

舒蜜放下勺子，凑过去看，瞬间脸色一变："我发的视频上抖音首页了？"

"这是你发的？这视频现在播放量100万，点赞破万，你是不是花钱买的？"

舒蜜掏出自己的手机："我上周刚注册的抖音，才发了一个视频，买什么？"

"你要火了，你要火了，不不不，是巡哥要火了！宝藏男孩果然是藏不住的啊！"

舒蜜盯着手机屏幕，发现自己几天前发的视频今天早上被一个抖音网红转发了。

那个靠跳甩臀舞红起来坐拥3000万粉丝的网红只评论了两个字："神颜！"

她的粉丝都炸了，她的几个同行也来关注，很快把舒蜜发的视频推到了首页。

舒蜜头皮发麻，孟舫却看热闹不嫌事大，直接拿筷子敲碗。

"都是腰椎间盘，为什么你这么突出？都是九年义务教育，为什么你这么优秀？"

舒蜜的手机突然叮咚一声，裴巡发来了微信。

她颤抖着手点开，只有两个字："删掉。"

尽管舒蜜很快删掉了视频，但以抖音的影响力，全校都知道舒蜜和裴巡同居了。

校园贴吧上最热门的帖子名为《癞蛤蟆为什么能吃到天鹅肉，这是本世纪最大谜题》。

舒蜜走过排球场，突然一个排球朝她飞来，不偏不倚正好砸中脑袋。

体育课练排球的女生们演技尴尬，连道歉都说得毫无诚意。

教学楼卫生间，舒蜜坐在马桶上，突然一盆水从隔间的门外泼进来，她的鞋袜都湿透了。

舒蜜怒气冲冲地擦了屁股打开门，空荡荡的卫生间只留下一个红色的塑料水桶，水桶上写着不堪入目的骂人的话，舒蜜气得一脚把水桶踹飞。

阶梯教室，舒蜜周围直径两米内一个人都没有，仿佛她得了瘟疫，人人与之隔离。

"被校园霸凌是一种什么体验？"舒蜜觉得自己可以去知乎上回答此类问题。

舒蜜去找辅导员，辅导员咳嗽几声："其实我并不赞同未婚同居。"

这世界玄幻了，舒蜜真没想到一段15秒的视频会让她的大学生活变得面目全非。

晚上十点，裴巡推开舒蜜的卧室门。台灯还开着，她已经侧卧在床上睡着了。

书桌上摆着几本关于香港自由行攻略的书，墙上贴着几张便笺条，写满了香港景点的名字。

裴巡放轻了脚步，把手上的热牛奶放到床头柜上时，看到了她掌心紧握的港澳通行证。

每天抱着港澳通行证睡觉，她是有多期待去香港？裴巡的瞳孔微微收缩了一下。

舒蜜睡觉时嘴唇会微微嘟起，恍若一朵海棠，头发还很潮湿，亮晶晶的。

裴巡转身，从柜子里拿出静音吹风机，坐到床头，修长的手指轻轻拨弄舒蜜的湿发。

虽然是静音的，但依然会有声音，和空调出暖气的分贝差不多。

黎一珺说她太懒，总是洗了头发直接睡觉，很容易感冒，吹风机就是黎一珺买的。

裴巡的身姿掩映在半明半暗的橘黄色灯光之中，他半垂眸，唇微抿，眉目纤长。

舒蜜迷迷糊糊之中感觉到一双温柔的手在抚摸她的头发，她眼皮颤了颤。

"黎大傻？"说完她意识到不对，揉了揉眼睛，抬头看，"裴巡？"

裴巡并未因为她叫错人而有任何反应，依然目光淡淡地看她，嗓音低沉缱绻："学校里发生那么多事，为什么不告诉我？"

舒蜜打了个哈欠："老娘压根就没把那群孙子放在眼里。"

裴巡白皙修长的手指穿梭于舒蜜浓密如海藻的黑发之中，唇角徐徐扬起。

舒蜜乖乖地躺着，等裴巡帮她吹干头发，她才起身，就看到了床头柜上的牛奶。

她探身过去，刚要拿起牛奶喝，裴巡长臂一伸，把牛奶夺走了。

"干吗？不是给我喝的吗？黎大傻没告诉你我容易半夜腿抽筋，睡前要喝牛奶？"

裴巡扫了她一眼，端着牛奶走出卧室。一分钟后他折返，把牛奶递给舒蜜。

杯子是温热的，牛奶上飘着袅袅热气。他用微波炉加热了？

舒蜜抿了口热乎乎香甜的牛奶，抬头，对上裴巡的目光。

一双明目如星，玉面朱唇，真乃俊逸绝尘。舒蜜脸一红，心跳加速。

她低下头乖巧地喝完牛奶，把杯子递给裴巡，裴巡却并未像黎一珺那样接过去。

"他真是把你惯坏了。"裴巡冷睨了舒蜜一眼，"生活都不能自理？"

舒蜜气冲冲地跟着裴巡走到洗漱间，打开水龙头冲洗杯子，咬牙切齿地道："裴狗！"

厦门坐高铁到香港只需要四个多小时，但是广深港高铁香港段在三季度才开通。

"香港9月底才通高铁，我们只能坐厦门航空直飞香港的航班，1小时20分钟。"

操场上，舒蜜一边跑步一边说。

阮芯晴和她并肩跑着，两人分别穿着红、蓝运动服。

"你有没有提前在淘宝上买八达通？地铁公交都可以刷，711便利店也可以。"

阮芯晴呼吸平稳，脚步有力。

"买了，还买了转换器。香港的插头和内地的不一样，搞什么英式插座。"

"还要银联卡。人民币转港币，比人民币转美元再转港币的VASA划算。"

舒蜜跑了两圈，有点气喘吁吁："你怎么这么了解？你去过香港？"

"一个月前我去香港大学看黎一珺了。"

阮芯晴平淡如水的话让舒蜜惊讶地转过头。

黎一珺住的宿舍在龙华，最近的地铁站是港岛线最后一站坚尼地城。

出站后有一段坡度很大的上坡，被港大学生戏称为"绝望坡"，拎重物时只能坐小巴。

阮芯晴悄悄地尾随黎一珺上了小巴，黎一珺落座后一直在看手机里的YouTube视频。

他戴着耳机，跟着视频反复练习粤语，到站了才站起身喊："唔该，有落。"

下车后有三个同学用英语跟他打招呼，他主动用粤语回答："我们讲粤语好不好？帮我练习练习粤语。TVB里那么好听的粤语，音调好难学！"

其中之一的香港男生用粤语笑着说："你最近学粤语学得走火入魔了！"

黎一珺笑着摸摸后脑勺："没办法，我要唱粤语歌给一个小仙女听。"

另外一个韩国小姐姐注意到黎一珺身后尾随的阮芯晴，用英语问："这就是那个小仙女吗？"

黎一珺转过头，看到阮芯晴后目光顷刻间冷了下去，声音冰冷："不是。"

三个同学坐小巴去学校了，黎一珺蹙眉看着阮芯晴："你知道我一点也不欢迎你。"

阮芯晴微笑着望着他："为什么你生气皱眉、冷漠无情的样子都这么帅？我好喜欢。"

白T恤外搭黄格纹长衬衫，衬衫敞开，微风吹动他的衣角，就是青春最美好的样子。

黎一珺连多余的话都懒得施舍，转身就走，阮芯晴下意识地追了几步。

"晚上一起去茶餐厅吃个饭可以吗？我跟你说一些舒蜜最近的事情。"

黎一珺高大的背影顿住，他缓缓转过身，一双澄澈星眸冷冷地望向阮芯晴。

"我和她经常联系，她的事情，不需要你来告诉我。"

说完，他拉开宿舍被漆成蓝色的大门，那抹明黄色转瞬间消失在四月的春风里。

刚把黄油抹在面包上，戚教授的手机就响了，她用餐巾擦了擦手，拿起手机。

屏幕上显示的电话号码让她瞬间愣住。良久，她才深呼吸一口，小心翼翼地接起电话。

"真的是你？你居然会主动打电话过来？我有点不敢相信。"

电话那头传来冰冷的声音："我要这一周学校所有摄像头的监控录像。"

戚教授蹙眉思索了一会儿："你是要调查前几天的校园暴力事件？"

她在教授微信群里看到大家聊过，卫生间泼水事件的监控录像只拍到了一个书包。

那个书包没有明显的标识，只挂着一个粉红色的小猪佩奇挂饰。

全校这么多人，就靠这条线索怎么找"犯人"？何况"犯人"可能已经取下挂饰了。

难道他要看完所有的监控记录并逐一排查？

"今晚之前发给我。"裴巡的语气不怒自威，吩咐完就挂了电话。

凌晨两点半，舒蜜醒来去上厕所，迷迷糊糊间看到裴巡的卧室门缝里透出灯光。

"还没睡啊？在玩游戏？"舒蜜走到门边敲了敲门。

等了三四秒钟，里面依然没反应。

大概戴着耳机吧。舒蜜困得眼皮打架，就没管他，径直回房睡了。

早晨七点刚过，忘记调成勿扰模式的手机叮咚一声——发骚扰短信的人太"敬业"了。

舒蜜昨晚喝多了果汁，这时又想去卫生间，冲了水出来，隐约听到阳台上有声音。

乳白色的晨雾弥漫，裴巡颀长的身姿影影绰绰，他似乎在打电话，声音压得很低。

舒蜜走过去拉开阳台门。她穿的睡衣太薄，一阵凉风吹来，她打了个喷嚏。

裴巡听到身后的动静，挂了电话，转身冷睨了她一眼。

"大早上的跟谁打电话？"舒蜜随口一问。

他并未回答，伸手把她推回客厅，反手将阳台的玻璃门关上，风就进不来了。

"你该不会一整晚都没睡吧？"舒蜜看到他依然穿着昨天那件黑色连帽卫衣，浓重的黑眼圈显出几分憔悴，漂亮的卧蚕渗出一丝疲惫，清俊的面容令人心疼。

裴巡抿起唇，不置一词，目光淡淡地从舒蜜身上掠过，迈开大长腿走向浴室。

经过沙发时，他大掌抓起沙发上的毛毯，朝舒蜜身上扔过去。

舒蜜被毛毯罩住脑袋，吸了吸鼻子，才知道他是让她披上毛毯别着凉了。

"关心人的时候都这么高冷？"舒蜜裹紧了毛毯，"多说句话，舌头会断掉吗？"

下课铃响起，舒蜜收拾好东西，刚走到教室门口，一个短发女生倏忽跑了过来。

"舒蜜我错了，我知道错了，我不该嫉妒你，在卫生间泼你水，求你饶了我！"女生一脸泪水，哽咽地道，她双手合十，眼泪汪汪地哀求舒蜜。

舒蜜一头雾水。那女生显然又羞愧又懊恼，脸憋得通红，双手不停地颤抖。

"求求你，不要让学校给我记过！我还要申请奖学金和助学金，我是贫困生！"女生激动地抓住舒蜜的胳膊，低着头，一个劲地苦苦哀求。

舒蜜回过神来，正要说几句，学校广播突然响起："接下来宣读给予葛薇薇的处分。"

女生大概就是葛薇薇，她瞬间浑身一抖，几乎站立不稳，脸色惨白，双唇战栗。

"该生严重影响学校教育教学秩序、生活秩序及公共场所管理秩序，给予记过处分。"

葛薇薇顷刻间坐倒在地："我完了，记过会跟着档案走，以后找工作都会有影响……"

舒蜜于心不忍："学校是不是夸张了点？让我泼一桶水到她头上就差不多了。"

杀鸡儆猴，学校的处分出来之后，全校再没有人敢让舒蜜受一点委屈。

香港，尖沙咀，加拿芬道，翠华餐厅，人声鼎沸。

"先生，您的榴梿酥。"穿灰衬衣、黑围裙、扎丸子头的服务员来上菜。

服务员把那份榴梿酥径直放到黎一珺面前，桌边的同学们纷纷起哄。

黎一珺微怔，抬头看向这次请客的日裔澳大利亚籍女孩。

女孩明眸善睐，笑容温婉："专门给你点的。"

"为什么？"黎一珺困惑地歪了歪头。

"因为我觉得黎一珺同学你很甜。"

娃娃脸的她是学校里的社交女神，生日派对直接包了艘游艇。

黎一珺只觉得贫穷限制了他的想象力，他颔首："谢谢，我很久没吃甜食了。"

他落落大方地用手拿起榴槤酥吃起来。同学们心知肚明，悄声讨论。

"好吃吗？"娃娃脸女神双手交叉，尖尖的下巴搁在手背上，笑靥如花。

"好吃。"黎一珺放下叉子，双眸灼灼，"好吃到我很想带给一个小仙女吃。"

同学们开始讨论今天晚上文学院的放映会，黎一珺静静地坐在一边，掏出手机。

东方航空和上海航空都要1500元，国泰港龙航空便宜，只要600多元。

黎一珺订了周六上午飞往厦门的航班，再仔细地算了算时间——

早上五点四十分出发，坐早班地铁到尖沙咀买榴槤酥，再坐机场快线到机场，这样舒蜜就能吃到当天新鲜出炉的正宗榴槤酥。

港大图书馆三楼的自习座位特别难预订，一到复习周就出现疯抢状况，堪比双十一。

"搞什么，图书馆订座系统又瘫痪了！"黎一珺懊恼地点着手机屏幕，依然没反应。

韩国小姐姐眯起狭长的桃花眼笑："今晚上准备通宵写论文？"

黎一珺收拾书包："对，交了论文我准备请假回内地一趟。"

图书馆一层的部分区域是24小时开放的，但是图书馆每天都要关门清场。

清场时间，黎一珺和一群准备通宵学习的同学在星巴克旁边的侧门排队等候。

手机叮咚一声，黎一珺双眸一亮，点开舒蜜发来的微信："睡了没有大傻子？"

黎一珺抿嘴笑，像只偷腥的猫，故意发过去一句"有话快说，有屁快放"。

舒蜜很快回复："吃错药了吧你？老娘就想问你一句：想不想吃'老干妈'？"

"想吃又怎么样？你给我寄啊？邮费贵死你！快点睡你的美容觉吧，少胡思乱想！"

图书馆清场完毕，黎一珺跟着队列进入自习区域，墙上的挂钟显示是凌晨十二点十分。

一直到清晨五点四十分，初夏的晨曦温柔地唤醒这沉睡的都会，他才啪地关掉电脑。

黎一珺背着书包走过梅堂及仪礼堂——爱德华式建筑，白色旋转楼梯下是一泓月明池。

这水池是以李嘉诚先生的夫人庄月明的名字来命名的。

当年十九岁的张爱玲提着大皮箱子从上海来港大求学时就住在这里。

黎一珺拍下晨光中宁静的月明池，发了朋友圈："早安。"

很快就有人点赞评论，竟然是舒蜜。她评论："这么早就起了？该不会熬夜了吧？"

黎一珺穿一件清爽的蓝色夹克，笔直修长的双腿包裹在牛仔裤里，立于红墙绿水旁。

他低下头，认认真真打字："你怎么也醒了？昨晚明明那么晚还没睡。"

舒蜜很快回复："我有点兴奋，天还没亮就醒了，睡不着。"

黎一珺："什么事这么兴奋？"

舒蜜："秘密，就不告诉你。"

黎一珺："今天你没课在家对不对？给你叫了个外卖，很好吃的点心，记得签收。"

舒蜜："不用不用，我减肥。好了不说了，我去刷牙了，今天忙得很。"

厦门高崎国际机场，上午十点。

舒蜜往嘴里塞肉包："最后我还是带了老干妈。"

裴巡简直是行走的街拍教科书，浅灰色衬衣，黑色牛仔裤，一手一个万向轮行李箱。

"因为我想。黎大傻不吃，我也要吃啊，天天吃粤菜我可受不了。"

舒蜜舔了舔嘴角的肉末，侧头看着裴巡不食人间烟火的高冷模样，忍不住歪了歪嘴角。

"我说裴巡，你能不能别把衬衫塞到裤子里？因为这样，你的腿长得让人头晕。"

机场大厅巨大的显示屏正在轮番滚动航班信息，裴巡注视着显示屏，并未理睬她。

"为什么跟你在一起我就像个话痨？本宝宝明明很傲娇好不好？"

舒蜜不爽地掏出纸巾擦了擦嘴，裴巡沉默着把两个行李箱放到安检传送带上。

"不好意思，女士，这瓶水不能带进去。"

安检口不让带矿泉水，舒蜜又舍不得扔，就仰着头咕噜咕噜一口气把半瓶水喝光了。

"妈呀，好撑，第一次喝水喝到想吐。"舒蜜按住胃，弓着身子跟在裴巡身后。

裴巡冷睨她一眼，见她实在难受，他伸手把她的书包拿过去，让她空着手跟在后面。

一上飞机，他就去找空乘人员，舒蜜坐在座位上等了半天，他才折返。

175

"你跟空姐说什么了？"

裴巡身后的空乘人员微笑着说："您好女士，您和这位先生可以换到靠过道的位置。"

舒蜜愣了愣："为什么？"

"这位先生说您需要经常去卫生间。飞行途中，您穿过过道的时候请小心扶稳。"

舒蜜点点头，透过舷窗看到远处有一架飞机越飞越近："请问那是从哪儿飞来的？"

空乘人员微笑："那应该是国泰港龙航空公司的，从香港飞往厦门。"

上了机场大巴，黎一珺的手腕有点酸痛——为了不让榴梿酥碎掉，他一直手拿着盒子。

大巴开出机场，他小心翼翼地打开纸盒的盖子，查看榴梿酥是否完整无缺。

浓郁的水果甜香扑鼻而来，他的唇角缓缓扬起，再轻轻合上盖子，抬眸看窗外。

他很期待舒蜜看到他时的表情，突然想起小学六年级时她突发奇想要放风筝。

"风筝那么古老的东西，你不嫌土啊？"虽然嘴上这么说，他的身体却很诚实。

天知道为了买一只风筝他跑了多远的路：超市、文具店、杂货店、婴幼儿店……

"请问你们店有没有风筝卖？……没有啊，谢谢。"

他骑车到各种店去问有没有风筝卖，折腾了一上午，终于在公园路边摊上买到一只风筝。

黎一珺把风筝夹到自行车后面，没骑多久，风筝的翅膀就绞进了后车轮，薄薄的丝绸被卡在链子里，还有一些卡进了后轮的轴承里。

他骑着骑着，车子后轮突然停止转动，他一个跟头跌到车下，手掌破皮，脸也擦伤了，可他顾不上全身疼痛，心急火燎地爬起来，蹲在车子旁边，试图把风筝拉出来。

很快，他的手上沾满了黑色油污。他急得满头大汗，不停地擦汗，油污又转移到他脸上。

在大太阳底下折腾了半个多小时，他才把风筝拉出来，可风筝支离破碎，只能丢弃。

"黎大傻，你在cosplay吗？"

舒蜜看到他"黑猫警长"的造型，笑得合不拢嘴。她拿出镜子，他看到自己满额头的黑色条纹，眼皮上也一片乌黑，简直欲哭无泪。

176

"还不是因为你要玩什么破风筝，把我搞得人不像人鬼不像鬼！"

她愣了愣，回房打了一盆温水，用毛巾给他擦脸："水洗不掉？要用洗面奶吗？"

时至今日，他还记得那天在阳台上，她双手把洗面奶揉散，一点点地擦在他脸上。

他闭着眼，感觉脸上被泡沫充盈，她的指尖轻柔地摩挲他的肌肤，从额头到鼻梁，从脸颊到下颌，从眉眼到耳鬓，她洗得认真仔细，难得有耐心。

"嘿，黎大傻，我发现你好像越长越好看了。"她的声音里带了盈盈笑意。

少女身上散发着甜甜的体香，她整个人恍若奶油蛋糕上那颗新鲜的草莓。

黎一珺突然脸颊发烫，心跳加速，幸好脸上有泡沫，她看不到。

他小时候傲娇得不行，听她这么赞美，他却不屑一顾地冷哼一声。

"长得好看是我的错吗？女生们想泡我，男生们孤立我，还让不让人活了？"

她动作一顿，回过神来才笑嘻嘻地拍拍13岁的他的脸。

"没关系啦，你有我，永远不会孤单的啦。"

他突然发现，喜欢她，是他坚持最长的一件事。

虽然这份喜欢随着他的成长变得越来越理智、淡然，但重量只增未减。

机场大巴上，20岁的黎一珺在阳光下微微眯起眼。

他现在想要的是三个人都不孤单。

黎一珺掏出手机，给舒蜜发了一条微信："你在忙什么呢？"

"还能忙什么？上课啊！我可是好学生！"舒蜜一小时后才回了黎一珺的微信。

她正在港铁MTR上，与裴巡并肩而坐，听着广播里普通话、英语和粤语交替。

黎一珺回复得很快："我也在上课。今天满课，中午饭只能在食堂解决。"

舒蜜看着手机屏幕，右手握拳"耶"了一声，轻喊："黎一珺位置锁定！"

和国内地铁车厢不同，港铁里很安静，立刻有人看向舒蜜，舒蜜缩了缩脖子。

裴巡挑眉，淡淡地望向那人，薄唇轻吐出三个音节："对唔住。"

那人原本颇为严厉地看向舒蜜，听裴巡这么一说，他面色稍霁："冇所谓。"

舒蜜怔了怔，不敢大声，只能凑到裴巡耳边轻声问："你会说粤语？"

书包放在行李箱上，为了避免掉落，裴巡两条大长腿架在行李箱两侧。

见他不答，舒蜜突然想到了什么，伸手挡住嘴巴，压低声音对着裴巡的耳朵说话："既然你会说粤语，我们就假扮港大学生去食堂吃饭，偶遇黎大傻吧？"

裴巡并未回答，权当默认。舒蜜眨了眨眼，继续凑近了低声说话："话说我们这

177

几天都吃食堂吧，香港物价好贵啊，吃食堂才没有割肉的感觉。"

她嘀嘀咕咕了半天，裴巡懒得凑到她耳边说话，直接长臂一伸，将她拉了过去。

微微摇晃的港铁，四周不断掠过的港岛风景，高楼大厦鳞次栉比，繁华又复古。

舒蜜倒在裴巡怀里，他大掌托着她的下巴，俯身低头，唇齿间的气流喷上她的脸颊。

"不想被亲的话，就乖乖闭嘴。"

黎一珺用钥匙打开门，一眼看到玄关处摆放着三双同款马卡龙色系拖鞋。

粉红色的是舒蜜的，粉蓝色的是黎一珺的，粉白色的应该是巡哥的。

牙刷、漱口杯、毛巾、梳子和碗筷都是三套，摆放得整整齐齐，给人岁月静好之感。

黎一珺打开水龙头，掬水洗了把脸，擦了擦手，再推开舒蜜卧室的门。

臭袜子乱丢，被子也没叠，被套和被芯都分离了，床单乱糟糟地掀起，露出床垫……

更别提用过的纸巾扔在地上，书桌上教科书凌乱不堪，还有各种零食包装……

"一如既往地邋遢啊，活该母胎单身20年。"黎一珺嫌弃地吐槽。

他挽起袖子，先整理床铺，再收拾书桌，最后打扫地面卫生，忙得不亦乐乎。

累了半个多小时，房间里终于一尘不染了。肚子咕咕叫，他去厨房下了一碗鸡蛋面。

黎一珺一边吃面一边给舒蜜发微信："终于做完作业了！你吃午饭了吗？"

舒蜜过了一会儿才回复："吃了吃了，你呢？你不吃午饭吗？"

为什么这么问？黎一珺有些疑惑："我在星巴克吃了个三明治，继续学习。"

有港大学生证可以打七折，加上汇率，相当于内地星巴克的六折，很划算了。

"你也太拼了吧！课业有那么紧吗？你好歹是个学霸，能不能拿出学霸的潇洒？"

黎一珺："好啦好啦，我知道啦，晚餐我会好好吃的。倒是你，还在学校上课？"

舒蜜："你快点弄完你那该死的作业吧，还有空管我？"

港大建筑依山而建，不乏各种四通八达的楼梯，拾级上下久了，还真辛苦。

舒蜜穿过一条绿色小径，走到有孙中山雕像的荷花池边，找了一条长木椅。

莲叶何田田，榕树枝干蜿蜒，麻雀叽叽喳喳，清澈见底的水池里小鱼悠游。

"港大还没有我们高中大，像镶嵌在山上的三维立体迷宫，然而我走不动了。"

舒蜜坐在木椅上，双手撑在后面，双腿摇晃，头往后，透过葳蕤树叶仰望天空。

"我突然想起小时候暑假到黎大傻老家玩，迷路了，走不动，又饿又渴。"她沉浸在回忆里，唇角微微勾起，顿了顿，继续说，"黎大傻跑到别人家瓜地里偷了个西瓜，他抱着西瓜，被那人追了一路。"

舒蜜笑意愈深，微风吹拂着她被汗水粘在额头上的刘海。

"我们躲到一个山洞里，啪的一声，黎大傻用手劈开了西瓜！妈呀！真的帅呆了！"

裴巡立在木椅后面，双手搭在舒蜜的肩膀上，他俯身低头，遮挡住舒蜜的视线。

"不过他经常帅不过三秒。高一时我和他去海底世界，有海豚表演，可以摸海豚。"

舒蜜不知怎么突然打开了话匣子，唠唠叨叨个没完没了，而裴巡的目光越来越深沉。

"我手不够长，他就抱着我的腰，让我去摸。我还没摸到，他脚底一滑，我俩就掉水里了。"

舒蜜眉心微蹙，不爽地噘嘴："他没事，我发烧了，不得不去小诊所输液。"

那会儿小诊所生意好，没空位，舒蜜只能坐在椅子上输液，黎一珺就蹲在旁边陪她。

"他蹲在我旁边啃包子，我笑他是糙汉农民工，他说我是邂逅打工妹……"

舒蜜翘起红润诱人的小嘴，丝毫不觉危险近在咫尺。

"一直以来，我和他的关系，作为兄妹太近，作为爱人太远，这也算命中注定的吧。"

裴巡的喉结颤了颤，目光一暗，蓦然欺身凑近，大掌托住她的后脑勺。

舒蜜觉察到不妙，呼吸一紧，下意识地想要逃开，却被他有力的双手牢牢地控制住。

两人的姿势非常特殊，他的唇越凑越近，他的鼻尖压住她的下巴，浓烈的荷尔蒙喷洒。

有点像《请回答1988》里阿泽和德善隐忍的梦中之吻，两人的脸是错位的。

舒蜜坐在木椅上，头往后仰，裴巡站在木椅后面，一手托着她的下巴，俯身吻下去。

他的上唇贴着她的下唇，下唇贴着她的上唇，她的鼻尖被他的下颌压得死死的，无法呼吸。

少年微凉的舌撬开了战栗的贝齿，滑入少女温润的口中，不知餍足地攫取芳津。

香津浓滑在缠绕的舌尖摩挲，舒蜜的大脑一片空白，脸颊绯红，体内燥热不堪。

再后来，就不像吻了，他贪婪地吸吮着她舌尖的微甜，直到她舌头发麻，发出娇喘。

直到她的双唇被亲得红肿，全身软成一汪春水，他才松开她，目光幽深冷峻，声音阴沉："重来一遍，你命中注定的，到底是谁？"

下午三点，黎一珺推着购物车，在超市采买晚上的食材。

促销员戴着扩音器喊："土豆大减价，九毛九一斤，快来抢购，手快有，手慢无！"

买点土豆和排骨一起炖也不错，黎一珺和一群大爷大妈一起挤过去选土豆。

"这么年轻帅气的小伙子出来买菜，真少见啊！"一个大妈感慨。

青椒、香菇、胡萝卜、洋葱、紫甘蓝、豆腐、葱、姜、蒜、香菜，还有各种调味料。

没一会儿，购物车就满了。黎一珺最后去水产区，现杀活鱼。

他拿着渔网在玻璃水缸里捞了一条大草鱼，草鱼挣扎，溅了他一脸水。

"这么大一条鱼？小伙子一个人吃？"师傅一边利落地杀鱼剖腹一边问。

黎一珺擦了擦脸上的水，微微一笑："不，三个人吃。"

又是一条长长的楼梯，裴巡见舒蜜实在爬不动了，就蹲下身，背着她往上走。

细吊带装外穿，搭配T恤、破洞牛仔裤和暴走鞋，往下走的韩国小姐姐双眸一亮。

"你们好，打扰一下，请问你们是黎一珺的朋友吗？"她一口流利的英语。

裴巡停住脚步，舒蜜诧异地抬头："是的。你好，请问你是黎一珺的同学？"

韩国小姐姐眯眼笑："我果然没认错，黎一珺桌上有你们三人合影的照片。"

舒蜜勾唇笑了起来："是吗？你能不能告诉我们，黎一珺的宿舍怎么走？"

"他的宿舍在坚尼地城，地铁一站地。不过，他今天不在宿舍，他回内地了。"

舒蜜瞬间愣住，笑容僵在脸上。向来不动声色的裴巡也一怔，始料未及。

把冰箱装满之后，黎一珺才想起打开行李箱，把每次逛街时买的礼物拿出来。

舒蜜容易晕车，夏天经常被蚊子咬，所以他买了两瓶白花油，还有黄道益、保济丸。

给舒母买的是SK-II神仙水套装，虽然是打折时买的，但生产日期很近。

香港的手表非常便宜，所以他给舒父买了一款潮牌腕表。

钱不够，他自己父母的礼物下次再说。

最后一份礼物是一双耐克的AJ1球鞋，所有礼物中最贵的，买的时候黎一珺很肉疼。

2018年是AJ1的复刻大年，情怀这张王牌，使销量与溢价达到了匪夷所思的数字。

最贵的礼物，他买给了他最好的兄弟。

手机叮咚一声，黎一珺点开看，是舒蜜发来的微信："你回厦门了？"

"被你发现了？"黎一珺笑着回复，"晚上回家吃饭，七点开餐，过期不候哦！"

下午四点半，香港国际机场，穿深蓝色西装套裙的空乘人员移动了一下鼠标。

"不好意思，先生女士，五点飞往厦门的航班都已经满座了。"

空乘人员满脸歉意，舒蜜急得像热锅上的蚂蚁，裴巡依然眉目沉静。

他修长的手指一扬，指尖夹着一张黑金卡，一脸高冷："两张头等舱。"

空乘人员怔住，看到那张黑金卡后瞬间明白了，微笑颔首："我马上给您办理。"

刷卡时舒蜜瞥了一眼，两张头等舱机票7000多人民币……心在滴血。

"我说裴巡，不是有晚上八九点的经济舱吗，为什么非要现在赶回去？"

裴巡面无表情地收了卡："黎一珺说七点开餐。"

头等舱有VIP候机室和专用的安检通道，人少，快，节省排队时间。

一群商务舱和经济舱的乘客排着队，眼巴巴地等舒蜜和裴巡先上飞机。

舒蜜瞬间有种成为霸道总裁，走上人生巅峰的感觉。

"我的小心脏！这可是我人生中第一次坐头等舱！"

座椅宽大，很舒服，没见识的舒蜜一路调上调下，觉得好好玩，裴巡一脸嫌弃。

头等舱位于机头，所以引擎噪声最小。

"竟然可以点红酒和牛排？"空姐拿来菜单时，舒蜜没出息地双眼放光。

裴巡无奈，手肘搭在真皮扶手上，骨节如竹的手指揉了揉太阳穴。

虽然晚上还要回去吃饭，但是舒蜜实在难挡头等舱美食的诱惑。

食物是瓷盘子装的，酒水是高脚杯装的，而不是经济舱那种铝箔碗和纸杯子。

坐经济舱是空姐把餐盒给你，你伸手去接时，你说谢谢；而头等舱是，当空姐把餐盒递给你，你伸手去接时，她说谢谢。

舒蜜吃完甜点，擦了擦嘴角，摸着圆滚滚的肚子感叹："有钱真好。"

裴巡修长的手指托住高脚杯，抿了口醇香的葡萄酒。他什么都没吃，只点了一杯红酒。

他淡淡挑眉："短途不明显，长航程才是头等舱的魅力所在。"

舒蜜好奇："长途有什么额外服务吗？快跟我说说！"

头等舱每个座椅都有抱枕，座椅下面配了一双蓝色棉拖鞋。

裴巡放下高脚杯，倏忽离座，转身，单膝跪地，吓得舒蜜浑身一颤，以为他要求婚。

他垂眸，一手轻轻托住舒蜜的小腿，一手给她脱下脚上的小白鞋，然后是另一只脚。

舒蜜屏住呼吸，看平日里高高在上、倨傲冷漠的裴神跪在自己面前给自己换上拖鞋。

她缓缓神，明白过来："长途航班空姐会跪着给你换拖鞋？"

裴巡倾身落座，大长腿笔直优雅地搁在脚台上，重新捧起高脚杯，矜持地抿了口酒。

舒蜜瞬间理解了黎一珺说过的那句"可是我还没有能力给你幸福"。

学生时代一穷二白或许无所谓，可是工作后见识过有钱人的世界，很容易心理失衡。

想要提升生活品质，想要更好的人生，只能靠自己努力争取，除此之外别无他法。

"裴巡，我好像明白为什么黎大傻事业心那么重，那么拼命了。"舒蜜勾了勾嘴角，轻笑出声，继续说，"他真是个好哥哥。"

晚上七点，舒蜜和裴巡把行李箱和书包寄存在物业办公室，两手空空地回了家。

打开门，饭菜的香味扑面而来。舒蜜用力蹬掉小白鞋，赤脚冲了进去。

黎一珺正在看手机，听到脚步声他下意识地要躲闪，可已经来不及了。

舒蜜抬起腿狠狠地踹上黎一珺的屁股："回来也不跟我说一声！要气死我是不是？"

黎一珺慌忙丢了手机，抱头鼠窜，舒蜜抓起沙发上的抱枕追着黎一珺狂打。

"我就想给你个惊喜！"黎一珺被追得满屋子逃，鸡飞狗跳。

"这是惊吓！我快被吓出心脏病了！"舒蜜奋起直追，光着脚跑得地板啪啪啪作响。

裴巡慢悠悠地换了拖鞋，瞥了两人一眼，径直去洗面池洗了洗手，再回到餐桌边。

红烧鱼块、土豆烧排骨、香煎豆腐、凉拌紫甘蓝、洋葱炒肉、清炒胡萝卜丝，满满一桌子的佳肴，色香味俱全，充满温馨居家的烟火气息。

裴巡目光一闪，倏忽伸手抓了一块排骨，放入嘴里。

黎一珺逃跑的动作瞬间顿住："我没看错吧？高冷的裴神竟然在偷吃？还用手抓？"

紧跟其后的舒蜜用抱枕砸黎一珺的脑袋："这叫反差萌，懂不懂？"

裴巡无动于衷，他大长腿一屈，坐到餐椅上，拿起筷子，夹了一块煎得黄黄的豆腐。

"我也饿了，休战休战，吃饭去喽！"

黎一珺举双手投降，坐到裴巡旁边的位置上。他把自己的碗推到裴巡面前："巡哥，电饭煲在你手边，帮我盛碗米饭。"

裴巡放下筷子，修长漂亮的手指端起黎一珺的碗，打开电饭煲用饭勺盛饭。

舒蜜坐在黎一珺对面，如法炮制，把自己的碗推过去："巡哥，还有我的。"

裴巡淡淡地睨了她一眼，似乎在问：刚刚在飞机上吃了那么多，你还吃得下？

其实舒蜜已经饱了，但是黎一珺辛辛苦苦做了这么久，她必须给力对不对？

裴巡给舒蜜盛了一小碗米饭，舒蜜拿筷子夹夹夹，鱼和排骨夹得堆积如山。

"你有那么饿吗？"黎一珺一边吃紫甘蓝一边笑话她，"好了，我来挑鱼刺。"

"滚滚滚，谁要你挑鱼刺，我又不是小孩子！"

舒蜜把碗护在怀里，不让黎一珺夹走鱼肉。

他都忙乎一整天了，刚才她看到她的卧室都被整理好了，她怎么舍得再麻烦他？

她吃得津津有味，虽然她傲娇地不说好吃，但是她的行动证明了一切。

吃完排骨和鱼还有米饭，舒蜜觉得已经撑到嗓子眼了。

"你不吃蔬菜？小心便秘！而且蔬菜可贵了，比肉还贵。"黎一珺一边说一边给舒蜜夹了一筷子胡萝卜、一筷子紫甘蓝。

舒蜜望着那碗菜，莫名地想吐，但还是硬着头皮慢慢地吃掉了。

"再吃点豆腐，别挑食啊我跟你说，豆制品的蛋白质含量很高。"

黎一珺用汤勺舀了两大块豆腐到舒蜜碗里，舒蜜的胃一阵翻滚。

她咽了咽口水，咬牙，用筷子夹起豆腐，一口一口地吃。

就跟吃自助餐时一样，明明已经撑到吐，还要逼自己再吃一点，强行吞进去。

裴巡吃饭优雅，速度较慢，此刻也吃完了，他放下筷子，淡淡地望着她。

舒蜜感觉每一口吞咽都异常困难，她担心自己撑不住反胃吐出来，于是拼命深呼吸。

终于吃完了豆腐，她简直要喜极而泣，黎一珺竟还要夹给她一块五花肉片……

始终静默的裴巡终于徐徐勾唇："我洗碗。"

他说完，起身，先收了舒蜜的碗筷。

黎一珺夹着的五花肉没地方放，在空中尴尬地转了一圈，只能回到他自己的碗里。

舒蜜原本一颗心提到了嗓子眼，此刻如死刑犯被赦免一般松了口气。她深深地看了裴巡一眼，用眼神表达对其救命之恩的感激。

黎一珺帮裴巡把碗筷收拾到厨房，裴巡放下碗："你洗吧，我出去一趟。"

"你不是说你洗碗吗？巡哥你这变脸比变天还快啊！"黎一珺朝他背影喊了一嗓子。

舒蜜坐在沙发上看手机，纹丝不动，她感觉自己稍微动一动就会反胃呕吐。

手机上正在播放网剧《镇魂》。那会儿刚开播，还没有一群"镇魂女孩"花式上热搜。

"朱一龙各种衬衣加马甲造型，每个造型都有袖箍，感觉这个袖箍会火。"听舒蜜这么吐槽，在厨房洗碗的黎一珺笑："那在涨价之前，你赶紧去给我买一个。"

"你应该是白宇的画风，皮衣、破洞牛仔裤或者牛仔衣，总之是西部牛仔狂野路线。"

黎一珺满手泡沫："怎么？是双男主？没有女主角吗？"

"现在很多剧已经不局限于男主女主组CP了，有些剧根本不需要女主。"

黎一珺笑着打开水龙头："所以你什么时候让我和巡哥过过二人世界啊？"

舒蜜气得快要吐了，她慌忙深呼吸，拼命压住胃部，整个肚子已经鼓胀得不像话了。

黎一珺洗完碗，坐到沙发边上，手搭在舒蜜身后的沙发靠背上，陪她看《镇魂》。

看到白宇和朱一龙前世的回忆，黎一珺突然开口："你知道巡哥小时候的事吗？"

舒蜜按下暂停键，别过脸去："他从没跟我说过。"

黎一珺微垂下浓密纤长的睫毛，发出的叹息恍若一片羽毛轻轻刮过舒蜜的心。

"母亲出轨，父亲家暴，他从来没有得到过真正的父爱和母爱。"

舒蜜的心脏像是被一块铅石压着，钝钝地疼，她喘不过气来。

"母亲出轨是为了让父亲的事业平步青云，父亲家暴是为了发泄被戴绿帽的情绪。"黎一珺顿了顿，声音放得更轻了，"长大后，他父母拼命用金钱弥补，但又有什么用？"

舒蜜的心像被无数针扎着，细碎尖锐的疼一直扩散到四肢百骸。

裴巡印象中小时候幸福到流泪的时刻有两次。

一次是6岁，爸妈在楼下坐着乘凉聊天，他走过去，妈妈把他抱到腿上坐着。

还有一次是8岁，爸爸带他去郊外打兔子、捉螃蟹，回来的路上爸爸教他唱歌："长夜快过去天色蒙蒙亮，但愿从今后，你我永不忘，莫斯科郊外的晚上。"

一辆黑色哈雷机车疾驰在夜色里，停在街角24小时营业的药店门口。

裴巡停车熄火，迈开大长腿走进去，穿白大褂的工作人员立刻迎上来。

"小帅哥，要买什么药？我们店有打折的避孕套卖哦！冈本、杜蕾斯、杰士邦……"

裴巡摘下头盔，一脸冷漠肃杀，工作人员被他的强大气场震慑，立刻噤声。

他薄唇紧抿，高大的身影穿梭在药柜之间，拿下一盒健胃消食片。

裴巡回家的时候，舒蜜正趴在马桶上狂吐，黎一珺在旁边拍她的背。

"你到底吃了多少？吐了这么久都没吐完！"他跪在马桶旁边，急得满头大汗。

舒蜜蓬头垢面，双眼发红，眼角渗出泪水："谁叫你突然说那个话题！"

黎一珺起身拿毛巾给她擦嘴："算我求求你，以后不要暴饮暴食了，很伤胃的！"

"你辛辛苦苦做的饭菜，被我吐了浪费了，你不怪我？"舒蜜眼泪汪汪。

黎一珺用毛巾轻轻擦拭她的嘴角："当然怪你！从今以后，你给我按时按量吃饭！"

裴巡双手插兜，静静地立在卫生间门口，看了舒蜜和黎一珺一会儿。

看来不需要他特意出去买的药了。他微微垂眸，转身回到卧室。

黎一珺已经在卧室的地面铺了一张折叠床垫，今晚两个男生睡一个房间。

舒蜜依然在卫生间狂吐，黎一珺这个好哥哥在照顾她，而裴巡呢？

卧室里没有开灯，晚风吹拂，窗帘的花边掀起一阵阵波浪，裴巡缓缓点燃一支烟。

高大的背影斜倚在窗边，窗外万家灯火，只他这一抹烟雾缭绕的剪影绝美而孤寂。

第十二章 | 羔裘

告 白 倒 计 时

如果没有悲伤与之平衡，"快乐"这个词将失去意义。

——瑞士心理学家荣格

2021年7月，君寻科技公司聚餐，颇为高级的自助餐厅里，水晶吊灯光线暧昧。

鹅肝、澳洲和牛、海胆炒饭、炖海参、鲍鱼、大闸蟹……

舒蜜旁边坐着一个复旦大学的毕业生，留着绵羊感的波波头，戴圆框眼镜，奶甜款男生。

"小姐姐，你怎么只吃水果啊？我给你剥大闸蟹吧。"

舒蜜勾唇："这不是大闸蟹，这是桂花酒酿做法的老虎蟹。"

傅绵羊愣了愣："哇哦，小姐姐冷冷的，御姐女王范儿耶。要不要姐弟恋啊？"

"跟你吗？"舒蜜挑眉，"那不是姐弟恋，是恋童癖。"

傅绵羊双手捧着自己的脸："小姐姐好毒舌啊。我怎么说也22了，那么童颜吗？"

"公司里不少小姐姐单身可撩，你就离我远点吧，我有主啦。"舒蜜喝了口橙汁。

傅绵羊锲而不舍："小姐姐真的不考虑劈个腿吗？我可是对小姐姐一见钟情。"

这个男生是昨儿才入职运营部门的，今天聚餐和舒蜜第一次见面。

舒蜜并未回复，她起身，径直走向拉面档口："师傅，麻烦给我下一碗拉面。"

拉面档口水汽氤氲，师傅动作娴熟地把面团拉成细条形，麦香扑面而来。

傅绵羊站在热菜蒸笼区挑选，选了热腾腾的三黄鸡、炖甲鱼和炒梭子蟹。

他转身正要回座位，倏忽感觉身后一道犀利的视线盯着自己。

眼型狭长，鼻翼窄而立体，下颌线流畅优美，眼眸深邃，那人的颜值高得过分。

傅绵羊立刻一脸严肃，毕恭毕敬地打招呼："黎总。"

黎一珺转动左手手腕的腕表，一身西装贵气逼人，他闲闲地挑眉。

"听说你对我们公司的舒蜜一见钟情了？"

傅绵羊点头："我们复旦校训'博学而笃志，切问而近思'，鼓励我们勇于追求。"

黎一珺抿唇笑了笑，一手托着手臂，一手托腮："一见钟情，你见了她什么？"

"她独立又自信，一点自卑怯弱都没有，我猜她肯定有个特别特别宠爱她的哥哥。"话音未落，傅绵羊脸色一变，更加敬重地喊，"裴总。"

迎面走来一道修长的身影，踩在铺了地毯的走道上就像走在星光熠熠的红毯上。

裴巡双手插兜，眼角微微挑着，不自禁地透露出一种慵懒的性感。

黎一珺笑望着傅绵羊："你不知道舒蜜已经有男朋友了？"

傅绵羊点头："我猜她的男朋友应该是高冷腹黑霸道总裁那一款。"

黎一珺偏了偏头，唇角微勾："为什么这么说？"

"她从小被哥哥宠着，只有和暖男哥哥不同类型的男人才能吸引她、征服她。"傅绵羊缜密的推理让黎一珺轻笑出声。

"那你呢？"黎一珺挑眉，"在她的两个男人面前，你有什么胜算？"

傅绵羊甜甜一笑："我是天真无邪卖萌撒娇的小奶狗啊！她偶尔也要换换口味。"

黎一珺笑得眉目如画，伸手拍了拍傅绵羊的肩膀："祝你成功。"

裴巡和黎一珺并肩回到他们的VIP包间，因为要谈工作，所以没有和员工一起。

新开发的AR游戏上线，全国到处做宣传，两人形影不离，忙得焦头烂额。

桌上一人一盘琥珀色的乌鱼子，旁边还有白萝卜片和苹果片用来清口。

黎一珺给裴巡倒了一杯搭配乌鱼子的乳白色米酒："那小奶狗还留不留？"

裴巡倾身坐于沙发上，大长腿优雅地交叠，星眸深不见底，嗓音淡淡的："留着吧。"

黎一珺抿了口醇厚香甜的米酒，漂亮得不可思议的桃花眼眯起，笑望着裴巡。

"有个人给她解闷也好，毕竟，这段时间，你是我的。"

裴巡叉了一口乌鱼子，慢条斯理地吃完，再含了一片薄薄的苹果片在唇齿间。

黎一珺用纸巾擦了擦嘴角，继续说："不过那小奶狗说得不对，你并没有征服她，只是我让给了你罢了。"

裴巡抬头，目光阴冷无光，冷峻的轮廓辨不出丝毫情感。

千回百转，直至今日，裴巡终于承认了这一点。

"为什么要让给我？"他声音低沉，似被烟熏火燎过。

"做不成爱人，我还可以做她哥哥。"黎一珺纤长的手指放下酒杯，身体后倾，他顿了顿，双腿交叠，包间里淡淡的光落在他精致的五官上，熠熠生辉，"可你不一样，做不成她的爱人，你就什么也不是了。"

黎一珺眯起眼，转动手上的蓝色半哑光鳄鱼皮表带、蓝宝石水晶镜面的卡地亚腕表。

"不过巡哥，我说这些并不是想让你有愧疚感、罪恶感。"

他长臂搭在沙发靠背上，食指懒洋洋地抵住太阳穴，勾唇凝望裴巡。

"我只是想让你知道，如果你做得不好，我随时可以拉你下台，夺走那个位置。"

2018年6月，黎一珺穿着白色浴衣，用毛巾擦拭湿漉漉的头发，推开浴室门。

"她用完了吹风机也不放回客厅，现在她睡着了，卧室漆黑一片，好难找。"黎一珺一边嚷嚷一边打开手机里的手电筒，转身进了舒蜜的卧室。

他找到吹风机，蹑手蹑脚地出来，轻轻地关上舒蜜卧室的门。

"巡哥，你头发湿不湿？我帮你吹一吹？"黎一珺盘腿坐在沙发上吹头发。

裴巡掐灭了烟，迈开大长腿从阳台走到客厅，短短的寸头已经被晚风吹干。

"走，睡觉去。"黎一珺丢下吹风机，手臂搭上裴巡的肩膀，一起回卧室。

裴巡睡床上，黎一珺睡地上的折叠床垫，两人各自躺下，关了灯。

"舒蜜那个浑蛋，我明早就要回香港了，今天她居然睡那么早！"

黎一珺单手枕在脑后，在昏暗的光影中直愣愣地盯着天花板。

裴巡也是仰躺，他和黎一珺注视着同一个方向，微弱的光给他的容颜洒上清辉。

短暂的缄默横亘在两人之间，直到黎一珺清了清嗓子再度开口："巡哥，我一直想问你，你什么时候喜欢上舒蜜的？"

夜深沉，洋槐花洁白的花瓣低垂，柔柔地拂过阳台的栏杆。裴巡缓缓眯起眼。

复读那一年，黎一珺去看过舒蜜好几次，只有一次两人分别的时候下了雨。

188

"你快回教室吧，伞给你！"

黎一珺从书包里掏出一把崭新的雨伞塞到舒蜜怀里，再用书包顶在头上跑向公交车站。

舒蜜怔怔地站在雕花铁门里，恋恋不舍地凝望着黎一珺的背影。

雨越下越大，落在她的发上、肩膀上，她却浑然不觉，只是呆呆地望着黎一珺消失的方向。

公交车驶过，带走了她思念已久的人。她失魂落魄，不知再相见是何日。

舒蜜始终不知道，彼时，她在看黎一珺，而不远处的裴巡，正立在雨中静静地看着她。

传达室的门卫大叔走出来："同学你是不是学傻了？下雨了，有伞怎么不打？"

舒蜜这才回过神来，本能地撑开那把伞。

白茫茫的雨雾将天地间融成湿蒙蒙的一片混沌，舒蜜转身往教学楼走。

她走了几步，倏忽抬头，这才发觉那是一把星空伞，伞底是美到令人落泪的星图。

隔着密密斜织的雨幕，裴巡看到舒蜜慢慢地收了伞。

为什么？他眉心微蹙。

舒蜜小心翼翼地收了伞，居然把伞抱在怀里，紧紧地用外套裹住，淋着雨回到教学楼。

裴巡的瞳孔微微收缩，他鼻尖轻皱，喉结微不可察地颤了颤。

空荡荡的校园，除了裴巡，无人知晓，一个带着伞的女孩，被大雨淋成了落汤鸡。

一分钟，两分钟，裴巡终于按捺不住，撑起自己的黑伞，默默地追上她固执的身影。

"怎么是你？你不是说要提前回教室吗？"舒蜜全身湿透，重重地打了个喷嚏。

裴巡的棒球帽压得很低，眉目晦暗，心里却一派清明。

人生中第一次，他想给一个人撑伞，如若可以，这一辈子，他都想给她留一隅晴空。

"原来是这样。"黎一珺在暗夜中点点头，扯着嘴角轻笑，"其实这只是个契机吧？"

裴巡保持优雅的仰躺姿势，迷离夜色中，他眉目纤长，但笑不语。

黎一珺倏忽唏嘘了几声："你啊，其实在很久以前就动了心，却不自知。"

189

他窸窸窣窣地翻了个身，在黑暗里用视线细细描绘裴巡高挺的鼻尖、漂亮的下颌线。

"嘿，那你知道我是从什么时候开始喜欢她的吗？我是说，男生对女生的那种喜欢。"

小学二年级，舒蜜和黎一珺挤破脑袋终于进了鼓号队，每天戴着红领巾训练，从分组集合，到队形排练，再到每天训练吹奏长音、短音和吐音、鼓号曲。

舒蜜是小鼓手，黎一珺是号手，可舒蜜其实醉翁之意不在酒。

"妈呀，旗手太帅了！拿旗扛旗的样子太酷了！我也要做旗手！"

黎一珺陪她偷偷训练，路灯下，空荡荡的操场上，她虎口握杆，小小的身影拿着旗。

"帮我看看，旗杆和地面是不是垂直？杆末端在不在右脚小趾外？"

黎一珺打了个哈欠："又没有让你当旗手，这么认真干吗？"

"哼！明年我一定要当一次旗手！你就擦亮你的狗眼看着！"

舒蜜每天偷偷练习，右手顺着旗杆上滑至腰间并把旗杆提到身体前腰上部。

"走啦，回家啦，你要练到什么时候？"黎一珺骑在自行车上催促。

有时候是黄昏，她练习扛旗，右手伸直紧贴旗杆，左手握杆手背向上，左臂与身体平行，旗杆与身体成45度，杆端至地面的延伸点与足尖的距离为1米。

夕阳把她小小的身影拖曳得长长的，黎一珺以手托腮，百无聊赖地等着她。

小学三年级校运会，旗手骨折，临时缺人，舒蜜找老师毛遂自荐。

操场上数千同学的目光汇聚在台上，舒蜜成为全校人的焦点，她的身姿笔直如树。

黎一珺在人群中望着舒蜜，她的动作连贯有力，干脆利落，英姿飒爽。

一套动作下来，偌大的操场掌声如雷鸣。舒蜜向台下鞠躬，眸中泪光闪闪。

舒蜜下台后，很多男生找她搭讪，黎一珺推开众人："都一边去！"

她抬头看到他，一张红扑扑的小脸更加闪亮，冲过来一把抱住他："我做到了！"

黎一珺张开双臂，紧紧地拥抱她，倏忽侧过脸，亲了亲她滚烫的脸蛋。

异常兴奋的舒蜜并未觉察到异样，可亲吻的动作让黎一珺自己愣住了。

他心慌意乱，身体燥热，突然傲娇起来，冷着脸，一把推开她，转头就逃跑了。

是的，他想抱她，想亲她，不光是亲她的脸，他更想亲她红润小巧的嘴唇。

那一年他们9岁，黎一珺情窦初开，喜欢上了那个马尾辫经常被他粘上口香糖的

190

女孩。

"高中时班上有人传小黄片，我看了觉得恶心，他们说要把女主角想象成喜欢的人。"

黎一珺把脸压在手臂上，大长腿微屈，侧卧着，一双羽睫眨啊眨，撩拨着浓郁的夜色。

"有个男生跟我说他把女主角的脸想象成了舒蜜的脸，我气得发疯，打落他三颗牙。"

黎一珺话音刚落，裴巡喉结蠕动，发出低沉悦耳的笑声。

"笑什么笑？我宠了这么多年的小青梅，就这么被你撩跑了，你还好意思笑？"

裴巡熨烫过的睡衣衣角柔软地贴着裤缝，他的瞳眸仿佛绸扇一般卷起潋滟暗光。

"还笑？你再笑，信不信我现在就冲到她卧室去跟她说，我喜欢她，让她嫁给我？"

裴巡唇珠盈盈一动，眉眼撩人："你舍不得。"

黎一珺微怔，歪了歪嘴角："是，我舍不得，我不忍看她左右为难。"

沉默流淌在室内，窗外，月亮从厚厚的云层中探出头来，水银般的月光缓缓漫进来。

黎一珺突然坐起身："睡不着了，巡哥，怎么办？都怪你。"

裴巡悠悠地转过月色下美得惊心动魄的脸，挑眉看向黎一珺，等着他的下文。

黎一珺烦躁地伸手挠了挠头发："巡哥会唱歌吗？给我唱一首歌催眠好不好？"

原本以为他会拒绝，真是没想到，短暂的沉默后，裴巡就轻轻哼起歌来。

黎一珺的心一瞬间似被月光盈满，风吹动窗纱，全世界都在静听这曲爵士蓝调。

唱歌的时候，裴巡的声音很迷幻，低音醇厚柔和，敏锐的节奏感，游刃有余的转音，天使般澄净纯美的声线，清澈中透露出几分柔媚和迷离，宛如森林里的精灵，空灵曼妙，不食人间烟火。

"当我跨过沉沦的一切，向着永恒开战的时候，你是我不倒的旗帜。"

黎一珺从未听过如此动人的《爱你就像爱生命》。

在慵懒深情的歌声中，黎一珺缓缓闭上眼，眼前出现高举五星红旗的9岁小舒蜜。

那时他就立下梦想，他要守护他的女孩，让她永远在人群中光芒万丈。

我没有很刻意地去想念你，我只是在很多个小瞬间想起你。

比如一部电影、一首歌、一句歌词、一条马路和无数个闭上眼的瞬间。

191

晚安，小舒蜜；晚安，巡哥，明天又是新的一天。

上午十点，哈雷机车疾驰穿过小区，停在楼下。

裴巡停到指定停车位，换空挡，还没下车，舒蜜就冲了过来。

她还穿着睡衣，头发乱糟糟的，睡眼惺忪，却一脸焦急，抓住裴巡的手臂。

"黎大傻呢？他走了吗？回香港了？为什么不叫我起来？为什么不等等我？"

裴巡坐在机车上，大长腿着地，摘下头盔，视线淡淡地掠过舒蜜满头大汗的脸。

舒蜜气得伸手抓头发："你送他去机场了对不对？我查了，九点的飞机对不对？"

单元楼里几个居民走出来，纷纷向舒蜜行注目礼。

公共场合，她这样很扰民。

裴巡下车，把头盔带子绕在手臂上，薄唇紧抿，俯身，霸道地将舒蜜公主抱。

舒蜜双腿离地，失去重心，挣扎着，双手捶打裴巡的胸膛："放我下来！"

裴巡面无表情，一言不发，径直把舒蜜抱到电梯边，才冷声开口："六级过了？"

双腿乱蹬的舒蜜闻声安静下来，嘬着嘴："醒来就查了成绩，没过。"

这是第二次英语六级没过了，几十元的廉价报名费给她每一次偷懒都找足了理由。

如果是雅思，她肯定每天焚膏继晷地学习，头悬梁，锥刺股，毕竟报名费上千元。

叮咚一声，电梯门开，裴巡抱着舒蜜走进去。

舒蜜怕摔下来，双臂环住裴巡的脖颈。

裴巡剑眉压得很低，声音冰冷："下个月期末考，你的高数会不会挂？"

舒蜜越发战战兢兢，都不敢抬头，只能弱弱地回答："我觉得会……"

高中时代她最讨厌数学，好不容易熬过高考，没想到大学还有高数，还占5个学分。

开学的第一次高数课就给了她一个下马威——三节课连上，不带喘气的。

如果说刚开始的高数还与高中的知识挂钩，两周之后的高数已经是一片新的天地。

进入到积分法的学习之后，舒蜜觉得自己每次都在听天书。

"从今天开始，我帮你补高数。"裴巡冷睨她一眼，语气不容置喙。

阶梯教室的黑板上挂着"大学生性心理健康教育"的红色条幅，女老师侃侃而谈："性就像树上的果子，如果在不成熟的情况下把它摘下来，它的味道是苦涩的，但当它成熟了之后，你再把它摘下来，就会很甘甜很美好。"

台下有同学举手提问："那么什么样的情况下才是成熟的？"

"当你知道性会给你带来什么的时候。"

穿一袭玫瑰红欧根纱长裙的女老师微微一笑，继续说："性会给你带来美好愉悦，也会带来传染病、意外怀孕、人工流产。"

台下，舒蜜坐得笔直，听得认真。

她旁边坐着的裴巡侧过脸，静静地看着她。

教室里坐得满满当当，不少同学站在教室后面听课，这门选修课超级火爆。

刚开始同学们都有点害羞，还抿嘴偷笑，渐渐地，大家全神贯注，神情严肃。

"好了，现在我给每个同学发一个避孕套，你们要学会使用，考试会考哦！"

老师把一小包粉红色避孕套发到舒蜜桌前，再发了一个粉蓝色避孕套给裴巡。

同学们纷纷交头接耳，舒蜜双手捏着柔软有弹性的避孕套，凑到裴巡那边。

"看来要练习练习。待会儿去食堂买根黄瓜，套黄瓜上练习。"

裴巡关掉笔记本电脑，修长的手指夹起桌上的避孕套，依然面无表情。

舒蜜脑海里突然闪过一个念头，她笑得贼兮兮的，用手挡在嘴前，压低声音："巡哥你应该不用练习，这玩意儿用过很多次了吧？"

裴巡嘴角一沉，侧头剜了她一眼。

舒蜜被那眼神看得浑身一个激灵，毛骨悚然。

"我承认我母胎单身，"她还是好奇，"但是巡哥你这么帅，就一直没交女朋友？"

裴巡蓦然勾唇，修长白皙的食指闲闲地挑起舒蜜的下巴，一双冷眸极具侵略性。

舒蜜被迫仰着头，被他看得头皮发麻，心如擂鼓般狂跳："你干吗？上课时间。"

"爱情并不是通过做爱的欲望体现的，而是通过和她共眠的欲望体现出来的。"老师在讲台上阐述米兰·昆德拉在《不能承受的生命之轻》中的名言。

舒蜜试图转过脸，可后颈被裴巡的大掌有力地控制住，动弹不得。

"不管人类怎样讴歌和美化爱情，爱情仍然是根植于性欲的。"老师继续说。

接下来的话，舒蜜已经听不进去了，她面色绯红，掌心濡湿。

"好了好了，我知道错了，以后不提你初恋的事行不行？先上课，上课……"

窗外的点滴璀璨落上裴巡的侧颜，恍若妙笔生花绘出斑斓的色彩。

扑通，扑通，全世界充满了舒蜜密集又激烈的心跳声。

她深呼吸一口，咬咬牙，硬着头皮轻声问："你以前不是不良少年吗？你没恋爱过，任谁都不会相信吧？真的没有？"

裴巡缓缓俯身，凑到舒蜜耳畔，灼热的气流喷上她通红的耳垂，低音炮暧昧撩人："从头至尾，只有一个你。"

仿佛一支烟花在舒蜜心里轰然炸裂开，全身的血液顷刻间逆流，她怔怔地望着他那双深不见底的瞳眸，颤声道："可是裴巡，我……"

他修长的食指伸过来，竖立，紧贴她的薄唇，压下她剩余的话语，嗓音低沉而坚定："我等了21年，已经失去耐心了。"

大学体育课上，老师要求女生一分钟内连续做50个仰卧起坐，舒蜜觉得腰都快断掉了。

"加油加油，还差10个！"帮她压腿的女生鼓励她，可舒蜜实在没力气了。

她大口喘着粗气，双手抱头倒下去，仰躺着，绝望地看着体育馆的天花板，额头上的汗啪嗒啪嗒地掉在垫子上。这时，女生中间突然传来一阵骚动。

"裴神耶！我的天，裴神过来了！是不是来找舒蜜的？"

"那还用说吗？不来找同居女友，难道来找你吗？"

"裴神好帅啊！就算名草有主依然帅得让人垂涎啊！他们什么时候分手啊？"

浅蓝的棉麻衬衫，天然纤维有自然的皱感，稍宽松的板型搭在他高大的身上，卡其色休闲裤包裹着他笔直纤长的腿，露出纤细白皙的脚踝和漂亮的刺青。

在众人的目光下，裴巡目不斜视，一脸高冷，径直走到舒蜜面前。

帮舒蜜压腿的女生脸一红，立刻跳起来，双手双脚发颤，战战兢兢地给裴神让出位置。

"该不会要上演'仰卧起坐之吻'的戏码吧？就是那种，做一个，亲一下！"

"我觉得悬，你看舒蜜那要死的表情，她估计一个都做不了啦。"

"如果换作是我，死了也要做，做一个，亲一下，我的天，光想想我就要晕倒了！"

女生们交头接耳，热烈地讨论，舒蜜充耳不闻，用手背粗鲁地擦拭额头上的汗。

裴巡屈膝蹲下，抱住舒蜜的腿，视线淡淡地落在舒蜜脸上，沉声吩咐："再做10个。"

舒蜜剧烈地喘息着，心脏狂跳，运动后脸发红发烫，她勉强翻了个白眼："做不了！"

裴巡不悦地蹙眉，冷声嘲讽："体育课也要挂？"

"挂就挂！关你什么事？"舒蜜没好气，抬腿要踹，可双腿被裴巡死死地困在双臂中。

裴巡勾唇："少一个，亲一口。"

女生们低声尖叫。果然是裴神，完全不按套路出牌！

舒蜜瞪圆眼睛。她当然知道裴巡说到做到，但是坚持做完50个真的好难。

"裴狗！"舒蜜咬牙切齿，"我都要死了你还让我做！如果是黎大傻，早就让我休息了！"

裴巡眉目沉静，凝望着舒蜜，目光流盼，不怒自威。

舒蜜在目光相交几个回合后败下阵来："好好好，我做！10个对吧？算你狠裴狗！"

她深呼吸一口，学着跆拳道那样大喊一声，全身仿佛顷刻间被灌入无穷的能量。

把自己想象成吃了菠菜的大力水手，舒蜜紧紧咬着后槽牙，双手抱头抬起腰。

女生们齐声帮舒蜜数数："10，9，8，7，6，5……"

舒蜜浑身大汗淋漓，上气不接下气，做到最后几个时，她像泄了气的皮球，实在起不来了。

"加油舒蜜，还有3个！"几个熟悉的女生给她加油打气。

舒蜜憋红了脸，双手揪住自己的头发，双臂夹住脑袋，硬生生地用手臂带着做了两个。

"还有最后一个！舒蜜加油，你是最棒的！"女生们喝彩助威。

要死了，真的要死了，舒蜜很想大喊一句"你们干脆杀了我"，可已经没力气喊了。

裴巡始终面色冷峻，薄唇抿成冷酷漂亮的直线，眼角微微上挑，声音咄咄逼人："还差一个。"

舒蜜脑子里轰的一声炸了，是可忍孰不可忍，兔子急了也会咬人，狗急了还会跳墙呢！

视野里的体育馆天花板突然扭曲起来，周遭女生们聒噪的声音瞬间遁去。

舒蜜发麻发颤的手臂猛地撑在地面上，手掌击地，她使出回光返照般的力气坐起来。

裴巡始料未及，瞳孔微微收缩。

舒蜜血红着眼，恶狠狠地瞪着他，像雌豹般迅猛地扑过去，张嘴咬住他的薄唇。

空气仿佛凝固了，在场女生全部石化，偌大的体育馆万籁俱寂，只有舒蜜粗重的呼吸声回荡在6月底带着蓝色风信子花香的长风中。

她动作粗鲁，根本称不上亲吻，完全就是啃咬，锋利的牙齿顷刻间咬破了他柔软的唇。

血腥味弥漫在两人的唇齿之间。

两人的呼吸激烈交缠，浓烈的荷尔蒙互相冲撞。

众目睽睽之下，舒蜜啃破了裴巡的唇，才伸手推开他，她一边用手背擦拭嘴角，一边仰头瞪他。

"少了一个，给你亲了一口，这下你满意了吧？"

裴巡缓缓起身，唇瓣凝着绮丽浓艳的红。他眯起眼，右手大拇指徐徐擦过嘴角那抹旖旎之色，动作优雅，带着几分香艳，女生们彻底看呆了。

舒蜜大口喘着粗气："上辈子我到底欠了你什么，你怎么每次都有能力把我逼疯？"

裴巡目光闪烁，似笑非笑，他转身，背对着舒蜜蹲下。

"走开！谁要你背！"舒蜜试图站起来，谁知双腿一软，整个人跌到裴巡宽阔的背脊上。

再怎么逞强也不行了，她无奈地皱眉，双手环住裴巡的脖颈："万恶的裴狗！"

裴巡娴熟地背起她，悠悠起身，目光缱绻，嗓音淡然："走，回家。"

晚餐是必胜客的外卖比萨，十英寸，底薄料足，当然价格也很吓人。

腊肉、香肠、火腿、牛肉、芝士，搭配菠萝、蘑菇、洋葱、青椒、黑橄榄。

"就这么个大饼，94元？还要外卖费？"舒蜜拿着凭条瞠目结舌。

一刻钟后，她飞快地抢走裴巡那块比萨："妈呀，这大饼真好吃！"

吃完她还吸吮指尖，裴巡的目光淡淡地掠过她长长的指甲。

他起身，把比萨盒扔到垃圾桶里，再走到洗面池边，仔细洗了洗手。

舒蜜依然坐在餐桌边，正拿着手机聊微信，手机倏忽被一只漂亮的手夺走了。

"你干什么？我在问辅导员期末考试的安排，还我手机！"舒蜜伸手去抢。

手机没抢到，她的手腕却被裴巡扣住，他微屈着大长腿坐下，和舒蜜隔着餐桌。

舒蜜试图甩开他的手，甩了半天未果，反而被他攥紧了手腕。

餐厅墙上贴着艺术壁纸，餐桌上方是鼓式吊灯，宛如聚光灯将光芒洒在裴巡青色的寸头上。

温暖的橘黄色灯光笼罩下来，他深邃的眼窝和高挺的鼻梁暗影迷离，越发显得眉眼纤长。

196

他垂眸，手握亮闪闪的指甲刀给她剪指甲，先剪中间，再修两边。

时间仿佛顷刻间停顿下来，寂静的夜晚，温柔的灯光，他轻抿的唇。

舒蜜的呼吸渐渐平静下来，她望着他认真的表情，一颗心缓慢而悠长地颤了颤。

剪完之后，他用指甲锉修一修边缘，修掉毛刺，让指甲更圆滑，以免产生裂纹。

他给她修剪指甲的模样，竟然如此小心、细心、耐心。

她从未见过这样的裴巡。

房间里安静得只听得到墙上的挂钟嘀嗒嘀嗒的声音。

餐桌上摆着一本聂鲁达的诗集，裴巡把剪下来的指甲整齐地放在诗集上。

"好了，我去洗澡了。"舒蜜收回手，为了掩饰越来越紊乱的心跳，慌忙逃去浴室。

裴巡端着聂鲁达的诗集走到垃圾桶边，准备倒掉上面的指甲，随即动作一顿，还是舍不得丢弃。

浴室里传来哗啦啦的水声，他睫毛轻颤，把诗集上的指甲倒到掌心，握拳包住。

这是他第一次给她剪指甲，他知道，往后还会有很多很多次。

同学过生日，舒蜜的班级包下学校食堂一块区域，从饺子店订了两大盆饺子庆生。

饺子没吃多少，班上男生的胃全都被啤酒装满了，浓烈的酒精味四处弥散。

"啤酒都不能喝，你还是不是男人？"

男生们人手一瓶啤酒，止不住地干杯、互敬、劝酒、灌酒，人声鼎沸，气氛热烈。

舒蜜原本不喝酒，受那气氛感染，也接了一杯啤酒一饮而尽，喉头一阵酸涩。

男生们马上给她倒满："还是舒蜜彪悍，来，再干一杯！"

"干就干，谁怕谁？"舒蜜仰头，咕噜咕噜喝了个底朝天。

"光喝酒有什么意思？来来来，玩真心话大冒险！"一个男生起哄。

舒蜜抓起桌上的骰子："摇多少数多少，就从寿星那边开始数！"

结果第一局她就"中奖"了。男生们起哄，她擦了擦嘴角的啤酒泡沫："我选真心话。"

轮到女生们起哄了，这可是压抑已久的问题："舒蜜，你和裴神睡过没有？"

舒蜜喝了点啤酒，正激动地想起以前她和黎大傻还有裴巡睡过旅馆的同一个房间。

"当然睡过！"她脱口而出之后意识到自己理解错了。

男生们开始尖叫，女生们沉默着泫然欲泣。舒蜜想要改口，发现很不合时宜。

果然酒不能乱喝，舒蜜摆手拒绝了一个男生递过来的酒，幸好意识还清醒。

十多局之后，舒蜜又"中奖"了："大冒险吧，你们问的真心话太露骨了！"

男生们跳起来："来来来，抽一张，按照上面的方法做！"

舒蜜闭着眼抽了一张，愣愣地看了半天。

一个男生把手机塞到舒蜜手里："用我的。"

舒蜜无奈地揉了揉太阳穴，在众人期待的目光下用那部手机拨通了裴巡的电话。

过了一会儿，裴巡低沉磁性的嗓音传来："哪位？"

舒蜜故意用软糯的声音嗲嗲地回答："我是甜甜啊。"

裴巡："……"

舒蜜："不知道哪个甜甜吗？讨厌，难道你认识很多甜甜？"

裴巡依然缄默，静听她继续表演。

舒蜜："好啦，就算你认识很多，我也和别人不一样哦。"

裴巡呼吸平稳。

舒蜜："因为我呀，特别特别甜，亲爱的，你要不要尝一尝？"

挂了电话，舒蜜浑身鸡皮疙瘩都起来了，女生们哄笑。

"你抽的这张还行，你看这些，舌吻，嘴对嘴喂水，用舌头数出旁边同性的牙齿数。"

半小时后，饺子啤酒宴终于结束了。不少男生喝多了，蹲在地上狂吐，还有人发酒疯，好几个男生在跳脱衣舞。

舒蜜挠了挠乱糟糟的头发："我先回家了。放心，没醉。"

刚走出食堂，舒蜜的手腕就被攥住，她猝不及防，被拉进食堂后面黑漆漆的巷子里。

"你谁呀？放开我！"舒蜜用力甩对方的手，然而没有任何效果。

顷刻间，她整个人被压到食堂潮湿冰冷的外墙上，裴巡还不忘伸手垫住她的后脑勺。

酒劲有点上头了，舒蜜头发晕，鼻端萦绕着裴巡清冷又浓烈的荷尔蒙气息，让她更晕了。

她屈着腿靠在墙上，渐渐习惯了巷子里的黑暗，眯起眼打量近在咫尺的俊美面孔。

弯弯的一角月牙在苍穹尽处低垂着，月尾点缀着几颗扑闪扑闪的小星星。

晚风浩荡，吹起他白衬衫的衣角，精致的锁骨窝盈满月光，蠕动的喉结落下暗影。

"睡过？"他欺身凑近，鼻尖压着她的鼻尖，两人呼吸交缠。

舒蜜的脸颊烫得骇人，一双眸湿漉漉的，她顺势将指尖探入裴巡的掌心撒娇地摩挲。

"口误口误，你可千万别当真啊。"

裴巡眸色深沉地凝望着眼前的女孩，视线细细描绘月下少女微醺的红颜。

"甜甜？"他薄唇微勾，墨眸里星芒熠熠。

舒蜜只觉浑身燥热，再无力分辨他眸底的色彩，只眯起眼哼哼，似黏人的小醉猫。

"我可没想勾引你，玩大冒险而已。还有，我一点也不甜，我超辣的！"

裴巡健硕又不失少年感的胸膛紧紧地压住舒蜜绵软的身体，她越发喘不过气来。

"你放开我！你这个坏人，总是欺负我！信不信我告诉我哥哥，让他揍你！"

"闭嘴！"此刻裴巡不想听到任何关于其他男人的话，哪怕是黎一珺。

他喉音沙哑，烦躁地屈起纤长手指扯开领带。

今晚他出席了一个大学生创业大会，因而西装革履。剪裁得体的西装包裹住他宽肩窄腰的完美身材，性感到让女生们喷鼻血。

"为什么不能说？我哥哥超好的，哪像你总是欺负我！我讨厌你，好讨厌你！"

少女殷红的唇气鼓鼓地嘟起，在月色下泛着蜜糖般的光泽。

舒蜜举起粉拳捶打裴巡的胸膛，裴巡目光一暗，忍无可忍，俯身咬住她的红唇。

这一次他的吻霸道炽烈，他扣住她的脖子，蛮横地顶开她的唇齿，舌头扫荡吮吸。

她的舌尖残余着啤酒苦涩辛辣的味道，裴巡惩罚性地咬了咬她的舌尖，喉结滚动。

"让你喝酒。"

人生八大雅事，琴、棋、书、画、诗、酒、花、茶，贯穿了中国的历史。

无论是哪个时代，酒都是我们最钟爱的饮品，当然，酒后也容易出事。

有的人喝完酒喜欢拉着人不停地说话；有的人喜欢打电话；有的人会发脾气，平时温文尔雅的人也可能发酒疯，闹得鸡犬不宁；也有人无论什么环境，倒头就睡。

"亲亲亲亲！除了亲你还会干什么？有本事你就睡了我啊！"

电梯里，舒蜜被裴巡抱在怀里，她张牙舞爪，指甲抠进他后颈肌肤，留下诱人的红。

头顶上的楼层数字不断变换，光线暧昧，裴巡冷着脸瞪她，手臂用力地挽住她的腰。

"放我下来，我没醉！"

舒蜜挣扎着跳下来，喘息着扶住电梯壁，和裴巡保持距离。

封闭的电梯空间，明明他什么也没做，只是凝眸看着她，她就浑身燥热，仿佛有烈火隔着厚厚的玻璃在燃烧，虽然烧不到她身上，但是烫得她心慌身软。

"你是什么魔鬼？以前靠近我、跟我说话我受不了，现在只是看着我，我就受不了！"

舒蜜在裴巡灼热的眼神中融化成棉花糖，扶墙娇喘，却咬牙不服输。

"裴狗，你有本事别这么看着我！我感觉自己好像被你的眼神扒光了一样！"

热，好热，她喝的到底是啤酒还是催情药？

舒蜜下意识地伸手去脱身上的波点衬衫连衣裙。

明明醉得不轻，解扣子的动作倒是快，几下就露出雪白到刺目的肌肤和若隐若现的黑色蕾丝文胸。

裴巡目光一暗，嘴角下沉，手臂一扬，脱下西装外套，迈开大长腿，上前一步，用外套紧紧包裹住舒蜜。

少女的娇躯散发着蜜桃半熟的芬芳，酒气熏染着少年蹙起的眉心，交缠的呼吸越发急促。

叮咚一声，电梯门开，舒蜜低头张嘴，咬了一口裴巡攥住她的手背，留下鲜明的牙痕。她跟跟跄跄地跑出电梯，摸了半天也没摸到钥匙，最后还是裴巡开了门。

"来啊，裴狗！老娘最讨厌玩暧昧！大家都是单身，扭捏什么？"

舒蜜径直往卧室走，边走边甩掉裴巡的西装，用力扯开衬衫连衣裙最后几颗纽扣。

房间没开灯，昏暗的光线中，少女赤裸的娇躯宛如刺目的白瓷，又似暗夜盛放的昙花。

裴巡的眉心拧得更厉害，大掌抓起地上的西装外套，追上去披在她光滑柔嫩的肩头。

"哦，喜欢制服诱惑？"

舒蜜吸了吸鼻子，把手臂套进他的西装外套，穿着宽大的西装，光着腿走来走去。

她玩心大起，转过身，瞥见他白衬衫上细长的黑色领带，她勾唇走过去解开他的

200

领带。

"来来来，给你全套的！"她笑嘻嘻地把领带系在自己的脖颈上，打了个蝴蝶结。

西装外套又大又长，罩住了她的丰胸细腰翘臀和一小截珠圆玉润的大腿。

"我把自己当礼物送给你。来，解开蝴蝶结，今晚我就是你的。"

月光流淌进卧室，满室香艳旖旎，她醉眼蒙眬，双眸却闪亮如繁星。

裴巡眸中染上了浓郁的色彩，浓密的羽睫轻颤了颤，他双手握拳，指甲抠进掌心。

少女酡红的脸浸染着月华，眉梢眼角渗出柔软的妩媚，却又有青涩娇羞呼之欲出。

少年的指落于少女唇上，轻轻摩挲，旋即俯身吻了下去。

前奏缠绵悱恻，在颈项交缠的瞬间陡然变得霸道强势。

舌尖绕着舌尖，一圈一圈，两人皆屏气凝神，慢慢感受这黏腻、濡湿、滚烫的长吻。

觉察到身高差带来的不便，裴巡倏忽松开了她的唇。

舒蜜不满地蹙眉："怎么？撩完就想跑？晚了晚了！老娘吃定你了！"

这么猴急？裴巡眯眼，双臂托住她的臀，猛地将她抱起。

舒蜜双腿环绕他的腰，紧紧夹住，双手环绕他的脖颈，合眼攫住他的唇。

那晚，两人吻了足足半个小时，姿势换个不停，最后他把她压到床上继续深吻。

舒蜜终于玩累了，酒意愈深，四肢无力，困得大脑迷糊，掀了掀眼皮，不动了。

被吻着吻着就睡着的也只有她了。

裴巡放开她被吻得红肿的唇，眸里暗潮汹涌，他喘息着，只觉他的舌尖也酥麻了。

一阵晚风吹起皓白的窗纱，月光也被吹得层层叠叠如翻滚的白色浪花。

裴巡从她身上翻下来，侧卧在她身畔，手臂撑着柔软的床铺，单手托腮凝望她的睡颜。

她的睫毛长而翘，婴儿肥的小脸红扑扑的，红唇嘟起，睡觉的样子乖得很。

裴巡小心翼翼地给她盖上薄被，他调整呼吸，让体内的灼热渐渐退潮。

良久，他伸出纤长漂亮的手指，隔空描绘少女酣睡的五官和脸庞。

岑寂的夜，手机倏忽振动起来，裴巡颀长的身体缓缓坐起，掏出手机看屏幕。

他挂掉来电，轻手轻脚地走出卧室，关上门，径直走到阳台，再回拨过去。

"舒蜜怎么了？给她发视频不理，打电话不接，刚才打直接关机了。"电话那头黎一珺的声音听起来很焦急。

阳台上种了一整排多肉植物：虎刺梅、蟹爪兰、虹之玉、锦晃星、姬玉露。

多肉们沐浴在澄净的月光下，幽幽地舒展曼妙的身姿。

"她同学过生日聚餐，手机没电，自动关机了。"裴巡的声音清朗如月下长风。

黎一珺松了口气："我在赶deadline，她没事就好。睡了吧？肯定睡得像死猪。"

裴巡的唇角不动声色地勾出一丝笑意，月光浸润得他眉眼似珠玉。

黎一珺在挂电话之前突然想到了什么，抿唇笑着告诉裴巡一个好消息："对了，暑假我联系上了一个青年创业孵化组织，我们三个一起去北京吧。"

北京可是创业者的天堂，各种天使投资人，各种政策扶持，各种创业小伙伴。

裴巡蹙眉，眸中倏忽闪过一丝森冷。

"她以什么身份去？你的妹妹，还是我的女朋友？"

缄默浸染了黑夜，月亮顷刻间被厚厚的云层遮蔽，只有时间在惘然徒劳地流逝。

裴巡能听到黎一珺极力压抑的短而急促的呼吸声。

两人在电话两头静默无声，只有手机屏幕上的数字在不断变化。

不知过了多久，黎一珺猛地挂掉了电话，徒留长而虚幻的嘟嘟声回荡在无尽的夜空中。

第十三章 | 硕人

在隆冬，我终于知道，我身上有一个不可战胜的夏天。

——法国文学家阿尔贝·加缪

2021年7月，这家自助餐厅开在大型商场的顶层，旁边是高级日料店、烤肉店。

在这些人均消费500元左右的餐厅之间点缀着几个迷你K歌亭和抓娃娃机。

一排彩色的抓娃娃机后面是巨大的落地玻璃窗，窗外是城市灯火辉煌的璀璨夜景。

舒蜜从卫生间出来，经过抓娃娃机时稍微逗留了一下。

"小姐姐，给我抓一只粉红豹吧。"傅绵羊不知何时蹿了出来。

"我不会抓……"舒蜜话音未落，傅绵羊已经用手机扫码支付了。

他歪着头，笑得眉眼弯弯，把舒蜜往抓娃娃机前推了推："试一试嘛小姐姐。"

盛情难却，舒蜜抓起操作杆，旋转调整了一下夹子，聚精会神地盯着一只粉红豹。

落夹，抓起，她屏住呼吸，夹子卡住玩偶脖子和身体中间的位置，被带起来了。

"哇塞，小姐姐你好棒哦！"傅绵羊蹲下身抱起粉红豹，兴奋得跳了起来。

"你也太容易满足了吧？"舒蜜嘴角勾笑，一转身，就对上一双冷冰冰的星眸。

她浑身一颤，抬头看到裴巡和黎一珺高大的身影从VIP包间门口一闪而过。

"为了表达谢意，我请小姐姐去唱歌吧。"傅绵羊指了指迷你K歌亭。

舒蜜严词拒绝："那种两人座的暧昧空间，我要是和你去了，怕是活不到明天。"

晚上九点半，聚餐结束，舒蜜收到黎一珺的微信："B3停车场8号电梯。"

现在的大商场都能让人迷路，舒蜜从1号电梯一直找到8号电梯，按下按钮。

电梯从聚餐的7层直降到B3层，舒蜜一走出电梯，就瞥见裴巡新买的黑色保时捷。

舒蜜缩了缩脖子，打开后座车门坐了进去，车内凉爽舒适，暗香袅袅。

黎一珺坐在驾驶座，裴巡坐在副驾驶座，两人正在低声谈论工作。

舒蜜没有打扰，只是静坐在后座刷手机。

直到车开，黎一珺和裴巡都没有理睬她，两人颇为默契，一个正眼都没有给她。

霸气的黑色保时捷停在霓虹灯闪烁的电玩城门口，立刻吸引了不少路人拍照。

舒蜜抬头，把视线从手机屏幕上移到车窗外亮瞎眼的招牌上，瞬间有点蒙。

裴巡和黎一珺已先后下车，舒蜜犹豫了片刻，硬着头皮下了车，跟在两人后面。

黎一珺停住脚步，转身朝抓娃娃机偏了偏头："夹吧。"

舒蜜怔了怔，双眼被闪烁的灯光刺得眨巴了几下："搞什么？"

"夹两只粉红豹，我一只，巡哥一只。"黎一珺双手插兜，斜倚在抓娃娃机旁边。

裴巡立在抓娃娃机的另一边，一人站一边，都斜倚着，额头慵懒地靠着机器，冷睨向她。

舒蜜蹙眉："你们真会玩。"

黎一珺扫码支付，舒蜜深呼吸一口，旋转操作杆，目光紧锁住里面的粉红豹。

在两个高大英俊又幼稚的男人的注视下，舒蜜一手冷汗，试了五次都没夹起来。

"继续。"裴巡纹丝不动，脸上没有丝毫多余的表情，薄唇冷抿。

黎一珺继续扫码支付，舒蜜又试了两次，失败，她懊恼地丢下操作杆。

"不就是我给那个小奶狗夹了个娃娃吗？你们俩至于这么小肚鸡肠吗？至于吗？"

舒蜜举目四望，瞥见电玩城里有家24小时便利店，转身径直走了进去。

出便利店时，她手上拿着两只粉红豹玩偶，还有两瓶苹果醋。

她给裴巡和黎一珺一人塞了一只粉红豹、一瓶苹果醋。

黎一珺绷不住，笑意弥漫在他温润的眉梢眼角，他拧开瓶盖喝了一口："求生欲

204

挺强。"

裴巡垂眸看了看苹果醋，面色稍霁，声音却依然冷峻："下不为例。"

舒蜜哭笑不得，朝两人并肩走出电玩城的高大背影追了几步。

"我说，你俩好歹是青年企业家了，能不能别这么幼稚？"

2018年6月，宿醉醒来的舒蜜只觉得头疼欲裂，她皱眉抱着脑袋爬下床。

几绺头发贴在鼻尖，散发着熏人的酒味，她低头闻了闻身上，全是汗臭加酒臭味。

关上浴室门之前，她瞥见裴巡背对着她，在客厅的茶几边用笔记本电脑回复邮件，可她没看见茶几上的一张通知书，小区物业发的——"上午十点半开始停水检修"。

舒蜜洗完澡，狂压洗发水的压嘴，双手插进满是泡沫的头发，拼命揉洗。

"为什么我没穿衣服？昨晚我和裴狗睡了？我怎么这么放荡饥渴啊？发春了吗？"她一边嘀咕一边打开水龙头，咦？什么情况？她拼命扳动水龙头。

花洒毫无动静，舒蜜一颗心瞬间坠入冰窖里。

咚咚咚，浴室门被敲响了。舒蜜在胸前裹了一条长浴巾，顶着满头泡沫开了门。

黑色篮球背心包裹住他修长健美的身躯，手臂肌肉匀称，线条流畅优美，荷尔蒙爆棚。

他似乎刚从小区的篮球场打完篮球回来，额头上闪着晶莹的汗珠，散发出运动完特有的健康气息。

裴巡的视线淡淡地掠过舒蜜的头顶，俯身提起一大桶矿泉水走向厨房。

"你要干什么？"舒蜜眼睁睁看着他拧开瓶盖，把矿泉水倒进烧水壶里，按下开关。

那是农夫山泉的矿泉水，一桶要七八块，舒蜜一阵肉疼。

"不是吧？你还要烧一桶？"舒蜜瞪圆眼睛看他把温水倒入塑料水盆。

裴巡端着水盆走到浴室，抬头睨她一眼，面无表情地道："过来。"

水盆放在置物架上，热气飘飘，舒蜜怔了怔，犹疑着走到浴室门口。

裴巡耐心告罄，伸手一把攥住舒蜜的手腕，把她拉入怀里，大掌压下她的脑袋。

浴巾里她一丝不挂，裸露着肩膀和后背，此刻她俯身低头，下半身与他的双腿紧贴。

他立在她身后，双臂环绕住她的脑袋，一手托住她的下巴，一手把她的头发浸入水盆。

温暖的水瞬间渗进她冰冷的头皮，乌发在水中摇曳，泡沫融入清水中。

裴巡俯身，抿唇垂眸，纤长白皙的五指在水中揉搓她的秀发。

舒蜜深呼吸一口，脖颈低垂，缓缓闭上眼，感受他指尖的细致和温柔。

一盆水很快被染成乳白色。

裴巡扯下一块干毛巾，轻轻包裹住舒蜜的湿发，扶她直起腰。

他倒掉那盆脏水，再从厨房换了一盆清澈见底的温水，拉开舒蜜发上的毛巾。

舒蜜一声不吭，听话地弯腰低头，把头发浸入清水中，等待他温存的指尖。

胸前的浴巾倏忽一松，舒蜜吓了一大跳，惊出一身冷汗。

裴巡眼明手快，扶住即将掉落的浴巾。

"别动。"他从背后凑近，灼热的气息喷上她赤裸的后背和脖颈。

他浓密的羽睫低垂，潮湿的手指帮她把浴巾重新扎好，指尖滑过她泛红微烫的肌肤。

舒蜜松了口气，低头任凭他帮她搓洗头发，闭着眼，握了握拳，轻轻开口："那个，我想请问一下，昨晚我们……有没有戴套啊？"

裴巡穿梭在她头发间的手指瞬间顿住，舒蜜咬了咬唇，无从揣测他此刻的表情。

"上次性教育课老师不是发了套套吗？你一个我一个，两个难道还不够用？"

舒蜜后悔刚才急着洗澡，没注意检查床上有没有血，不过很多人第一次不出血。

"你别这么高冷啊，回答我啊，难道你没戴套吗？你有没有常识啊？"

舒蜜越说越急，虽然没感觉到下身的痛楚，但是也可能是他技术高超。

她实在是什么都记不得了，但是酒后乱性什么的，她觉得自己做得出米。

裴巡始终沉默是金，帮她洗干净头发上的泡沫，再用干毛巾包住她湿漉漉的头发。

舒蜜直起腰，一手扶住头上的毛巾，蹙眉瞪着裴巡。

"你怎么不回答？你没戴套是不是？我真的要被你害死了！"

裴巡眸底翻涌着魅惑的暗色，嗓音慵懒，轮廓鲜明的俊容上漫出撩人的矜贵。

"我负责。"冷峻的声音里有最虔诚的专一，亦有最傲慢的霸道，三个字令人心神俱空。

头发上的水顺着脸颊滑落，啪嗒一声滴落在她的锁骨上，她定定神，皱起眉头。

"谁要你负责？大家都是成年人，我可以对我自己的行为负责。"

裴巡垂眸凝望着这只倔强的小野猫，薄唇微勾。

她误会得彻底，焦虑不安地颤着睫，双唇战栗。

他倏忽俯身，探出濡湿的舌尖舔了舔她红得滴血的耳垂，低音炮缱绻暧昧："你准备怎么对我负责？"

食堂，早餐时间。

舒蜜耷拉着脑袋，一边喝小米粥一边啃包子。

柱子上悬挂的电视机在放CCTV13的《朝闻天下》，阮芯晴端着一杯咖啡走过来。

牛仔长裤配上蕾丝V领衫，白色的包包又是舒蜜不认识的奢牌。

"又喝咖啡。你一杯咖啡30多，够我在食堂吃一日三餐了。"舒蜜喝了口粥。

阮芯晴坐下来，咬唇妆颇有直男斩的气势，她垂睫抿了口咖啡："找我什么事？"

舒蜜挠了挠头发："我酒后失德，不小心把裴巡给睡了。"

阮芯晴难得失态，口里的咖啡差点喷出来，她慌忙捂住嘴，震惊得杏目圆瞪。

"怎么办？他赖上我了，要我负责。我的天，谁来教教我，我要怎么负责？"

舒蜜可怜巴巴地啃着包子，一双眼湿漉漉的，像刚刚洗完澡的小猫。

阮芯晴抽出纸巾轻拭嘴角："你就不能克制一点？女孩子该有的矜持呢？"

"不存在的，"舒蜜大口咀嚼包子馅，"裴狗就是行走的荷尔蒙、人形的春药。"

阮芯晴揉了揉太阳穴："你只有两个选择，要么做他炮友，要么做他女朋友。"

"这么劲爆的吗？我的人生什么时候玩得这么刺激了？"舒蜜仰天长叹。

阮芯晴转过脸，倏忽一脸严肃："你准备怎么跟黎一珺说？"

舒蜜瞬间像泄了气的皮球，缩了缩脖子："我不敢说，他肯定会骂死我的。"

"除了你父母，黎一珺是世界上最关心你的人，你有什么人生困惑，还是问他吧。"

在跟黎一珺说这件事之前，舒蜜先鼓起勇气给爸妈打电话。

"哟，太阳从西边出来了？是不是没钱了？竟然还记得给你老妈打电话！"

舒蜜坐在草坪旁边的长椅上，看着不远处热闹的社团招新和学生会选举。

"别冷嘲热讽了，我跟你说个事，妈你要骂就骂，别超过我的心理承受能力就行。"

舒母的第一反应很快出炉，几乎是脱口而出："你怀孕了？"

"不可能吧？一次就中招？我又不是狗血言情剧的女主角。"舒蜜摇头。

舒母瞬间明白了，声音立刻拔高了几个音调："你和谁睡了？小珺不是在香港吗？"

"老妈，我早就跟你说清楚了，我和黎一珺就是兄妹，没有那种男女之情的。"

电话那头舒母哭天抢地："所以你这个死丫头和裴巡睡了是不是？你要把我气死！"

"老妈，我都20岁了，恋爱自由、性自由应该有吧？何况我会做好保护措施的。"

舒母不知道是真哭还是假哭，一个劲在电话那头哀号。

"小珺那么好，陪你长大，你是不是眼瞎啊？兄妹兄妹，我就不信他把你当妹妹！"

舒蜜烦躁地扯了扯头发："老妈你别转移话题好不好？我在说我和裴巡的事！"

"谁要听你和裴巡的破事！你老妈眼里只有小珺，记住，我女婿只能是小珺！"

舒母说得斩钉截铁，舒蜜身体往后倒，瘫在长椅上，无语望苍天。

"可他压根就不相信爱情和婚姻，他是个不婚主义者！要怪就怪他爸妈貌合神离！"

舒母愣了愣，静默了几秒，旋即又扯开嗓门喊："所以需要你来治愈他、拯救他，让他敢于相信和尝试！你舍得让他孤独终老吗？"

舒蜜握紧手机，直起腰，表情变得严肃，眼神坚定。

"我不会让他一个人的，但是，陪伴的方式有很多种，以妹妹的身份守护他也行啊！"

舒母咬牙切齿地问道："你这死丫头迷上裴巡那只小狐狸了是不是？"

风吹起舒蜜的披肩长发，绮丽的紫薇花在风中曼妙摇曳，她翻了个白眼，气得跺脚。

"怎么可能？他把我的人生弄得一团糟，我恨死他了好不好？"

"那你赶快跟他划清界限，以后不要再和他有任何联系。"舒母语气冰冷。

舒蜜叹息："我也想啊，可是，他是黎大傻最好的哥们，最志同道合的创业伙伴。"她顿了顿，蹙眉望向不远处青春洋溢、言笑晏晏的学生会成员们，声音越发低沉，"所以我、黎大傻和裴狗，我们三个人这辈子都撇不清了。"

"好好高考，考完了就可以随便玩了，大学很轻松的。"这句话纯属骗人。

要想专业课学得好，挑灯夜战少不了；要想学分绩点高，自习室得天天泡。

无论是写论文、考试，还是做PPT、小作业，都要考虑老师的喜好、研究方向。

有的老师喜欢学生有新奇的想法，只要有理有据，即使不够成熟，打分也会很高。

有的老师较为严谨保守，关注作业的整体构架，喜欢资料翔实、逻辑缜密。

"告诫大一大二的学弟学妹们呀，期末考试一定要好好考，绩点要好好刷！

"不要跟学长一样，浪了两年半，绩点才1.2，总绩点拉不起来啦，没有学位证呀！

"没有学位证，考研不能考，出国读研也得多花几十万读个预科，找工作也难！

"除非你自主创业或者运气爆棚或者有人脉，否则寸步难行啊！"

辅导员找了一个大四的学长现身说法，让全班同学引以为戒。

于是舒蜜开始悬梁刺股，做教室的雕塑，自习室的幽灵，唤醒黎明的号角，闪耀午夜的台灯，守望课本的双眼，追寻知识的灵魂。

连续学习了四个多小时，舒蜜双眼发胀，她抓起桌上的眼药水，仰头点了两滴。

眼药水是黎一珺在香港买了寄过来的，她低头，怔怔地看着瓶子上黎一珺的字。

"冬天用之前先放到暖气片上烤暖。"依然是非常漂亮的行楷，暖入心扉。

舒蜜叹息一声，蹙眉从兜里掏出手机，手指在屏幕上滑动几下，拨通了熟悉的号码。

为了给她节省电话费，黎一珺一如既往地挂掉电话，迅速回拨过来。

舒蜜滑动屏幕，喊了声"黎大傻"。

"你准备什么时候改改这个叫法？叫了十多年你不嫌烦？难道我要听到八十岁？"

舒蜜的心情原本有几分沉重，瞬间被黎一珺这句话给逗乐了。

"好吧，改口改口，珺哥！"舒蜜捏着鼻子软糯甜腻地叫了一声。

黎一珺愣了愣才嚷嚷道："我的天，你恶不恶心啊？算了算了，你还是叫我黎大傻吧。"

"电话费很贵的，你那里有没有Wi-Fi？我给你发视频聊天。"

"我在图书馆走廊，买了无限流量的卡，你发吧。"黎一珺等她先挂电话。

舒蜜起身把自己丢到床上，点开微信给黎一珺发了视频聊天，黎一珺很快接了。

"你好像又瘦了？我知道香港物价贵，你也别太节省了！"舒蜜蹙眉。

黎一珺长而密的睫毛微微上卷，穿着细格的浅蓝衬衣，手腕处的袖子松松地挽起。

"晚上准备去惠康买打折的水果，惠康经常有两件优惠，我和室友总是凑单。"

"是不是角度问题？我觉得你的下巴尖得可以戳死人了。"舒蜜盯着屏幕。

"你倒是胖了不少啊，小脸肉嘟嘟的，跟你八九岁时一样让人想捏一捏。"

他的双瞳是晶莹的深褐色，勾唇笑起来的时候，那眼神里仿佛有什么满得要溢出来。

"又说我胖？我挂了。"舒蜜脸一沉，就势准备挂断。

"好好好，我错了，你好瘦啊，比维密超模还瘦啊，瘦得就剩骨头了！"

舒蜜翻了个白眼："你能再假一点吗？"

正经事没说，不知不觉就和黎一珺唠嗑了十多分钟，舒蜜觉得这竹马有毒。

"好了，言归正传，"舒蜜在床上坐起来，清了清嗓子，"我有事跟你说。"

黎一珺斜倚在栏杆上，望着楼下两个羽毛球场大小的中山广场。

据说那里曾有一棵石栗树，虽不算参天古木，但也是比赛、活动时用来遮阴的好地方。后来一位立法会议员在树下为辩论赛点评时，一米长的树枝从天而降，树因此被砍了。

黎一珺浓密纤长的睫毛垂了下来，在双眸上留下丝丝缕缕的暗影，声音低哑："你是不是和巡哥恋爱了？"

他尽量放轻了声音，可是即便这么努力地淡然吐出字句，胸口依然钝钝地疼。

"怎么可能？"舒蜜矢口否认，眉心拧得更厉害了，"我只是……"

说不出口，好难。舒蜜头皮发麻，握紧了手机。

黎一珺那边光线暗淡，影影绰绰中她只看到他刀削般的完美下颌线，神色莫辨。

东闸行车路回旋处的凤凰木，伞状的树冠宽阔平展，此时花季已过，落英缤纷。

黎一珺远远凝望那些暗夜里灼眼的落花，在短暂的沉默后，他抬眸看向舒蜜。

"不管你做了什么，我只关心一点，你是不是开心快乐，日后又会不会后悔。"

舒蜜怔了怔，身体往后，靠到床头，咬了咬下唇思忖着。

"可是我也不知道，那种感觉到底是快乐还是难过。"舒蜜缓缓地斟酌着字句。

来自维多利亚港的潮湿海风徐徐吹起黎一珺的额发，几绺短发落入他熠熠的星眸。

舒蜜闭上眼："我有些害怕，却又莫名期待，感到难受却又上瘾了似的戒不掉。"

黎一珺瞳眸里的星光一点点地黯淡下去。

"我唯一可以确定的是，我不会后悔，因为那是从未有过的体验，危险而诱惑。"舒蜜说完，轻轻睁开眼，蹙眉望着屏幕上黎一珺半明半暗的冷峻面容，继续说，"他永远令人琢磨不透，我也不知道未来会怎么样，但是不管结局如何，我不亏。"

屏幕突然亮了起来，中山广场上有人在放烟花，璀璨夺目，辉映着黎一珺温柔的脸。

烟花如万花筒般在夜空中闪耀，时而菱形，时而半月形，姹紫嫣红，令人目不暇接。

舒蜜突然想起来今天是7月1日，香港回归纪念日。难怪烟花盛放，夜空绚烂。

黎一珺把镜头对准苍穹里的烟花，两人静默地欣赏着五彩烟花，听它们噼啪作响。

烟花美丽而短暂，黎一珺目光闪闪，心海中某样东西随之落下，又有什么升腾而起。

直到最后一支烟花缓缓从天鹅绒般的夜幕中坠落，黎一珺才不动声色地轻轻开口："放心，我会好好守护你们。"

自习室里，舒蜜一脸菜色趴在桌上，饿得直咬圆珠笔的笔头。

"饿死了，早上就啃了一个馒头，裴神，能不能麻烦你从食堂给我带饭？"

裴巡修长的手指在键盘上飞舞，脸上没有多余的表情，除了冷漠还是冷漠。

舒蜜捂住咕咕乱叫的肚子，下巴搁在课桌上，伸出食指，指尖在裴巡手臂上挠啊挠。

"微信和支付宝上都没钱了，就饭卡里还剩几十块钱，裴神你不能见死不救啊！"

裴巡下颌有一道浅浅的美人沟，鼻梁高挺得几近锋利，面无表情时冷酷得令人战栗。

舒蜜哀号一声，把额头压在桌面上，双手捶打大腿。

"我没时间去食堂了！老师画的重点没背完，明天会挂科的，怎么拿4.0的绩点？"

裴巡薄唇紧抿，不置一词，始终未曾看她一眼。他凝眸在笔记本电脑屏幕上，十指在键盘上翩翩起舞，煞是好看。

舒蜜试图继续看书，但是看着看着，她饿得想把书撕烂了吞肚子里。总不能饿死吧？

"好好好，我负责，我负责行了吧？"舒蜜转过脸，瞪着裴巡。

噼里啪啦敲击键盘的声音骤然停歇，阳光从落地玻璃窗外洒进来，他的衬衫白得刺目。

裴巡缓缓地偏头，眉眼迎着阳光，目光深沉，冷睨着她，静待下文。

舒蜜眉心拧成一团，咬了咬下唇，硬着头皮说："以后我们就是炮友了。"

很显然，裴巡对这个结论并不满意，他黑曜石般的双眸暗了暗，瞳孔微微收缩。

"不行吗？这样负责都不行？难道要我做你女朋友吗？这个臣妾做不到啊！"

舒蜜感觉胃都揪在一起了，低血糖致头发晕，学习原来这么消耗体力。

话音未落，自习室的门被敲响了，外卖小哥提着一袋面包和一大杯奶茶走进来。

草莓芝士奶盖茶！舒蜜双眸一亮，仿佛要渴死的人看到水源一样。

裴巡接过奶茶，慢条斯理地插上吸管，喝了一大口。

舒蜜咽了咽口水，眼睁睁地看着裴巡从包装里拿出一个巧克力软欧面包咬在嘴里。

巧克力、小麦粉和奶酪的香味扑面而来，舒蜜感觉自己的理智濒临崩溃。

午餐时间，自习室没什么人。

舒蜜双眼发直："可不可以给我吃一点？一点点……"

巧克力面包是椭圆形的，裴巡咬住面包一头，视线淡淡地掠过舒蜜饥饿难耐的脸。

他骨节分明的手指慵懒地搭上课桌，食指轻轻叩击桌面，一声，两声，三声。

舒蜜又饿又晕，被他指尖轻叩桌面的声音撩拨得心跳加速，双颊泛红。

裴巡微微垂首，眼角微挑，蓦地俯身凑近，他的薄唇咬住的诱人面包近在咫尺。

"这是在自习室……"舒蜜话犹未完，实在忍到了极限，她张嘴咬上面包。

香甜的味道萦绕在舌尖，鼻端却萦绕着他浓烈的荷尔蒙气息，她全身一阵酥麻。

裴巡眉梢眼角染了一层薄薄的笑意，他侧身，长腿轻抵她的膝盖，长臂抚上她的腰。

舒蜜无法与那灼灼目光对视，只是乖巧地垂着眼，一口一口吃面包。

巧克力面包的另一头依然被他稳稳当当地咬在朱唇上，空气中弥漫着甜腻的粉红。

窗外树影婆娑，风乍起，吹皱一池绿水。

自习室里，空调静静地吐出冷气，书桌和座椅都沦为清新浪漫的背景。

面包越来越小，舒蜜再咬的时候，她的唇若有若无地触碰到他的唇，似有电流蹿过。

扑通扑通，心脏开始狂跳，舒蜜掌心濡湿，迅速缩回脖子。

她咀嚼吞咽下那口面包，抬头对上裴巡星芒闪耀的双眸。

只剩下最后一小截面包了，被裴巡咬在嘴里，舒蜜手指揪住牛仔裤，指尖发白。

喉头有点发干，她垂眸，抓起草莓芝士奶盖茶吸了一大口。

下一秒，奶盖茶被一只修长的手拿走了，舒蜜的下颌被一根漂亮的食指挑起。

她猝不及防，被迫仰起脸，还没反应过来，他俯身逼近，嘴里的面包滑入她口中。

草莓、巧克力、芝士、奶茶、面包，还有他特有的甜蜜，所有的味道一齐融化在舌尖。

食物滑过喉头，被吞咽下去。他灵巧的舌袭来，勾缠住她的舌，两片丁香舌绞在一起。

舒蜜膝盖发颤，舌尖被吸得发麻，双唇被蹂躏得红肿发烫，浑身无力，动弹不得。

直到自习室外传来脚步声，裴巡才徐徐松开她的唇，羽睫半垂，俊颜融着三分笑意。

她的嘴角残留着面包屑，他探身，红润的舌尖舔上她唇畔，把面包屑卷走。

低音炮撩人心魄："好吃吗？"

凌晨一点，厦门高崎国际机场。

夜幕深沉，机场灯火通明，无数行李箱碾轧过地面。

播音员不带丝毫感情的声音回荡在大厅，不知疲倦的旅客们拖着行李来来往往。

黎一珺从传送带上取下两个黑色行李箱，交给快递员，转身坐电梯到停车场。

哈雷机车霸气又安静地停在一隅，裴巡一身黑，大长腿懒散地支着，斜倚在车边，骨节分明的修长手指夹着一根燃了半截的香烟，烟雾缭绕中，他眉眼迷离。

黎一珺伸手夺过他手上的烟，送到嘴边，薄唇咬住烟头，低头猛吸了一口。

"搞不懂巡哥你为什么喜欢抽这么难抽的东西！"

黎一珺蹙眉，丢下烟，提脚踩熄，再挑眉看向裴巡。

光影交错中，浓烈的雄性荷尔蒙缓缓浮动。

裴巡纤长的手指把玩着打火机，润滑油耗尽了，接口处咯吱作响。

黎一珺偏了偏头："突然来了台风，延误了两个小时，你一直在机场等着？"

裴巡已抬腿骑上机车，利落地把黑色头盔罩在头上，再把白色头盔抛向黎一珺。

白色头盔在停车场昏暗的光线中划出刺目的线条，黎一珺颇有默契地稳稳接住。

"舒蜜用的是红色头盔吧？这是专门给我买的？"黎一珺一边说一边戴上头盔，跨步过去，骑在机车后座，双臂环住裴巡柔韧的腰。

玄关处的灯啪地亮了，黎一珺轻手轻脚地换了拖鞋，抬头看向舒蜜紧闭的卧室门。

"她不知道我今天放暑假吧？怕她熬夜等我，我就没告诉她，只告诉了你。"黎一珺凑到裴巡耳畔，压低声音说，唇齿间温热的气流喷上裴巡的耳郭。

213

裴巡长臂一伸，打开客厅灯，他望向黎一珺深邃的双眸，那里映着他冷峻的脸。

"飞机上的夜宵好难吃，饿死我了，巡哥你给我煮面条？我要加个鸡蛋。"

黎一珺倏忽莞尔，小梨涡荡漾起来，他撒娇着伸手推着裴巡往厨房走。

紫砂锅里剩下半锅龙骨莲藕汤，裴巡纤长的手指抓出一小把细面，丢进沸汤里。

黎一珺打开水龙头洗了一小把葱，切碎，抓起葱末撒进汤里。

细面下锅煮了五分钟，裴巡用筷子夹起，盛进碗里。

黎一珺俯身从橱柜里拿出煎锅，裴巡亲自下厨煎了个太阳蛋，香气扑鼻。

六分熟，蛋白将凝未凝，颤颤巍巍地趴伏着，抱紧里头黄澄澄的流心蛋黄。

"可以啊巡哥，你这厨艺突飞猛进啊！"黎一珺用筷子一戳，诱人的蛋黄流淌出来。

裴巡竖起食指，贴在唇畔，做了个"嘘"的动作。

黎一珺双手捧着那碗面坐到餐桌边，吸食面条发出细微的声响。

餐厅离舒蜜的卧室很近，黎一珺不敢大声说话，尽量压低声音。

"不过巡哥，别以为一碗面条就能收买我。我问你，这段时间你有没有欺负她？"

裴巡慢条斯理地拿起餐桌上的苹果，用水果刀轻轻削皮，眉目沉静，姿态优雅。他不置一词，苹果在他手掌心转动，长长的苹果皮绵延不断。

黎一珺放下筷子，目光咬住裴巡："阮芯晴说她喝醉过一次，那晚你对她做了什么？"

裴巡削好苹果，慵懒地放下水果刀，微微眯起眼咬了口苹果。

"该做的都做了。"

黎一珺猛地起身，粗暴地攘住裴巡的领口，狠狠将他按在墙壁上，血红着眼瞪着他。

"姓裴的，老子让你照顾她，你就这么照顾的？"

裴巡眼底是一贯的冷漠和疏离，脸上没有任何多余的表情。

黎一珺额头上青筋暴起，松开揪住他衣领的手，改用手臂粗鲁地抵住他的喉结。为了不吵醒舒蜜，黎一珺始终压低音量："姓裴的，老子现在杀了你的心都有了！"

裴巡耐心有限，提膝要把压在自己身上的黎一珺顶开，下腹却倏忽挨了结实的一拳。

黎一珺是真的动怒了，泄愤似的挥舞拳头捶上裴巡的肋骨："你竟敢这样对她！"

裴巡被那几拳打得五脏六腑一阵翻江倒海，他嘴角一沉，抬手一拳挥到黎一珺脸上。

"为什么不敢？你给不了她的东西，我给。"

黎一珺猝不及防，跟跟跄跄着后退，灯光下，白皙的肌肤以肉眼可见的速度红了起来。

他抬手擦拭唇角的鲜血，可很快又有血珠渗出，妖冶的猩红在灯光下触目惊心。

裴巡后退一步，两个一米八几高大英俊的男子杀气腾腾地对峙。

刀光剑影，硝烟弥漫。

直到舒蜜卧室里传来响动，黎一珺顿时慌了神，裴巡也脸色微变。

两人紧张的视线不约而同地投向卧室门，双双屏气凝神。

五秒，十秒，十五秒，卧室门开。

舒蜜蓬头垢面，穿着睡衣，趿拉着拖鞋，揉着惺忪睡眼，站在门口。她的视线落在黎一珺身上，浑身一颤，瞪圆眼睛："你、你、你、你回来了？"

黎一珺笑得灿烂无敌，露出白得刺眼的牙齿，他凑过去，手臂搭在裴巡肩膀上。

"是啊，我回来了，我正和巡哥享受浪漫的烛光晚餐呢！"他说着，抓起裴巡手里的苹果啃了一大口，再把苹果送到裴巡嘴边。

裴巡表情淡淡的，却很配合地张嘴咬了一口苹果。

舒蜜看黎一珺的脸都快贴上裴巡的脸了，一副勾肩搭背亲密无间的样子，她摇头苦笑。

"那我不打扰你们的二人世界了，我继续睡觉。"

等舒蜜转身回房，啪地关上卧室门，裴巡猛地推开黎一珺，冷着脸坐下。

黎一珺咬着后槽牙，朝裴巡竖中指，然后蹙眉狠狠啃了一口苹果，齿间汁水四溅。

"姓裴的，老子跟你没完！"

卫生间里，舒蜜坐在马桶上给阮芯晴发微信："黎大傻要去打篮球，看不看？"

"在你们小区篮球场？我马上来。"阮芯晴丢下手机就打开衣柜。

裸粉色雪纺连衣裙，不规则的荷叶边和裙摆？不行，不够甜美。

还是一字领包臀短裙吧，柔和褶皱显瘦立体，开口袖使双臂若隐若现。

床上丢了一堆衣裙，阮芯晴直接把化妆包里的化妆品全部倒到桌上：保湿乳液、修正霜、植村秀眼线液、娇兰6色眼影、香奈儿唇膏、MUF高清散粉。

素颜时脸上的痘印、斑点、毛孔，尤其是鼻翼两侧泛红的地方都细细地抹上修正霜。

本来不太爱扫眼影，但是娇兰这款亮亮的裸粉色阮芯晴很喜欢，使用后的双眼看起来非常明亮可爱，扑闪扑闪的。她用眼影刷涂满整个眼窝，还不忘小心翼翼地在下眼睑四分之三处也轻轻扫上眼影。

手机亮了起来，舒蜜又发来微信："你在化妆吧？你知道黎大傻喜欢素面朝天。"

很快她又发来第二条："既然你在追他，为什么不为他改变一下，别化妆了？"

阮芯晴瞥了眼手机屏幕，一边扫眼影一边轻声自言自语："他不是喜欢素面朝天，只是因为你不喜欢化妆，所以他爱屋及乌罢了。"

这句话，舒蜜不必听到。放下眼影刷，阮芯晴抓起手机，打字回复："我喜欢他，但是我不会因为他而失去自我。"

她无论如何都不可能变成他最爱的舒蜜，还不如做自己，不卑不亢地爱着他。

单恋都是犯贱，她至少要给自己留一份尊严。

小区篮球场周围，一群不知从哪儿冒出来的女生把高高的护栏围得水泄不通。

"裴神和黎校草单挑！这是什么世纪之战？颜值太高我要晕了！"

若黎一珺的球技是"潇洒灵动，出神入化"，那裴巡就是"巧妙诡异，变幻莫测"。

传统篮球变向是以艾弗森为代表的行进间先减速，外侧脚先缓冲，带动内侧脚变向，可裴巡的变向颇有点罗纳尔多"钟摆式过人"的意思——行进间不减速，提前倾斜身体，内侧脚直接一步扭过去，外侧脚用力蹬地，继续提速。

裴巡又一个帅瞎眼的假动作加上梦幻脚步，篮球在空中划过漂亮的曲线，哐当进筐。

女生们尖叫，声音震耳欲聋。舒蜜被人群挤着，不适地把双手食指塞进双耳里。

她不得不承认，手大真的可以为所欲为。

裴巡运球时轻描淡写地单手抓球，跟吸盘一样，竟然还可以直接快攻单手拿下篮板。

场上，黎一珺反攻，连续两个假动作晃晕裴巡，换手上篮得分。

"巡哥，你也别太明显了。"他伸手拍裴巡的肩膀。

裴巡的脚步和腰腹力量真心无敌，一个惊为天人的转身，三分球到手，女生们齐声呐喊。

"以前巡哥你不是最烦在球场上耍酷装帅吗？怎么？今天是舒蜜第一次看你打球？"黎一珺单手前后胯下运球，保持高水准持球的同时还不忘吐槽，"一会儿霍华德式篮板震慑，一会儿欧文式贴人转身，你这是怎么帅怎么来啊！"

裴巡唇角一勾："你呢？你每次进球时，都会朝她那边看。"

中场休息，黎一珺和裴巡大汗淋漓地走下场，女生们红着脸，双眼变成桃心形。不少女生掏出手机拍照、录视频，满脸花痴流口水，叽叽喳喳低声讨论个没完没了。

"他们朝谁走去了？那个女生是谁？裴神的同居女友吧？她和黎校草什么关系？"

黎一珺和裴巡径直走到舒蜜面前，两人同时伸出手，异口同声："水。"

一黑一白，篮球服包裹着健硕有力的性感肌肉，刚刚运动完，全身散发着撩人的热气。

两人额头上都布满晶莹的汗珠，喉结微微颤动，双眸闪亮，站在一起就是杂志海报。

舒蜜承受着众女生羡慕嫉妒的目光，她无奈地翻了个白眼，举起矿泉水瓶。

"只带了一瓶，你俩分吧。"

黎一珺一把抢过那瓶水，拧开瓶盖："我先喝。"

还没送到嘴边，那瓶水就被裴巡纤长的手指夺走了："刚刚你输了，水归我。"

黎一珺不服，长臂一伸，握紧水瓶，喉结上下滚动："没看出来我是让着你的？"

裴巡微微眯起眼，骨节分明的手指握紧透明水瓶，黎一珺的手指覆在裴巡的手指上。

两人同时握紧了瓶子，力道不小，谁也不让谁，目光相交，噼里啪啦地碰撞出火花。

塑料水瓶被捏得变形，瓶子里的水被挤压，翻滚如潮汐，看上去楚楚可怜。

围观的女生们一头雾水，不明就里，只觉得两人同框真是帅得人神同愤，十足养眼。

舒蜜一脸尴尬："别抢了，我的错，我再去买一瓶。"

"这怎么是你的错？"黎一珺瞪着裴巡，"这浑蛋就喜欢跟我抢，什么都抢。"

裴巡深不见底的瞳孔里尽是冷色，微抿的唇线犀利如刀，鼻梁线条倨傲又矜贵。

舒蜜的视线在黎一珺和裴巡之间来回穿梭，最后落在裴巡不怒自威的冷峻面容上。

"裴神，你也知道黎大傻一根筋，犟得很，你把这瓶水让给他，让他先喝。"

舒蜜放软声调，勉强挤出一丝笑容，感觉自己就像在给两个斗气的高中生解决纠纷。

既然她开口了，裴巡目光一寒，不露声色地皱了皱鼻尖，慢条斯理地松了手。

黎一珺举起水瓶，仰起头，咕噜咕噜，喉结滚动，把一瓶水一饮而尽。

舒蜜跺脚："我的天，你给他留一点不行吗？一瓶水全部喝光？算你狠！"

小区便利店，舒蜜用微信支付了水钱，怀里抱着一瓶矿泉水，推门走出来。

便利店的门刚在她背后关上，舒蜜的手腕倏忽被人攥住，整个人被拉向拐角处。

熟悉的浓烈荷尔蒙，七分清冷三分醇厚的阳刚气息，舒蜜被重重地压在墙角。

"裴巡？"舒蜜蹙眉抬头，"你不打球了？"

他极具侵略性的气势将她笼罩，目光幽深淡漠。

"黎大傻在香港好久没有打球，你多陪他打一打不行吗？亏你们还是好兄弟。"

舒蜜伸手试图推开他，却被他压得更紧。他单臂撑在她旁边的墙上，欺身凑近。

"渴了。"声音清冽，不含一丝温度，唇齿间的气流喷上舒蜜的脸颊。

靠这么近真的好犯规。舒蜜心跳加速，头皮发麻，像被猎豹盯上般局促不安。

"我什么时候又踩到你的尾巴了？水在这里，自己喝！"

裴巡狭长的双眸微敛，星瞳里漫不经心地勾勒出她蹙眉的模样，目光缓缓渗出森冷。

他越凑越近，鼻尖压着她的鼻尖，舒蜜的呼吸和心跳悉数被夺走。

就在她全身紧绷，以为他要缠绵悱恻地吻上来时，他倏忽偏了头，薄唇若有若无地摩挲过她绯红战栗的耳垂，低音炮缱绻低沉："喂我。"

舒蜜双腿发软，眼角微微泛红，她背脊抵住墙，定定神。

"黎大傻还在等着我们呢。我只不过刚才把水给了他而已，你至于这样吗？"

他的指尖顺着她的粉颊滑过，将一绺乱发轻拢到耳后，她全身都萦绕着他的气息。

在她稍微感受到他几许温柔的时候，他目光一冷，惩罚性地轻咬她的耳垂。

舒蜜浑身一颤，耳垂酥麻又疼痛，薄薄的一片上落下鲜明的齿痕。

他的嗓音喑哑又凛冽："至于。"

舒蜜裤兜里的手机蓦然振动起来，应该是黎一珺打来的。她动了动，反被压得更紧。她双手被扣，电话都不能接，被他挑衅似的抵在墙上，真是欲哭无泪。

无端端惹上一条大狼狗，她随时要做好顺毛的准备。

舒蜜无奈地抓起矿泉水瓶，拧开瓶盖，在他灼灼的注视下仰头含了一口水在嘴里。

红唇水润，粉颊嘟起，她抬眸瞪了他一眼，示意她好了。

裴巡却不急，纤长的手指将她耳鬓的碎发撩至耳后，湛黑星瞳徐徐勾勒出少女纤细的轮廓。

风吹动两人之间的旖旎氛围，他的指尖掠过她的唇角，似贪恋这一瞬的满心期待。

舒蜜眉心微蹙，含水含得腮帮子酸疼，正要吞咽下去，他的唇覆了上来。

温润的液体流淌在两人的唇齿间，有一滴水顺着她的嘴角流淌下去，又被他的舌尖舔回。

舒蜜被吻得大脑缺氧，全身虚脱，双手紧紧地抠住裴巡胸前的篮球背心。

喉结蠕动，他不知餍足地含住她丰润的下唇霸道地吸吮，香津清甜。

隔着薄薄的篮球背心，她的指尖和掌心触到他结实的肌肉线条，全身愈加燥热。

她喘息着，蜷缩着脚趾，忍受着这不知从何而来的销魂的甜蜜折磨。

他节奏掌握得很好，在舒蜜快要窒息时稍微放开她，两人晶亮的唇之间拉出透明的津丝。

意外的是，手机倏忽再度振动起来，舒蜜眉心一跳，脸色微变，本能地伸手摸手机。

只一刹那，气氛彻底改变。

裴巡幽邃的墨眸里闪过一丝寒芒，他迅速抽身，眉宇间冷若冰霜，令人不寒而栗。

舒蜜用手背擦了擦濡湿红肿的双唇，知道裴巡生气了，却还是硬着头皮接了电话。

"我在便利店，马上就过来，你等我一下。"

黎一珺在电话那头嘟囔着："电话怎么不接？裴巡那浑蛋没去找你吧？"

"没有没有，别想多了。我买了水，你可要给我报销啊。"

舒蜜简单说了几句就挂了电话，再抬头，裴巡高大的身影已杳然无踪。

餐厅里，洗完澡的黎一珺坐在餐桌边，白衬衫解了几颗纽扣，松垮垮皱巴巴的。袖子挽到手肘，露出线条漂亮的结实小臂，隐约有几条优美的青筋凸起。

"今天的菜是不是淡了点？"舒蜜下的厨，盐放少了，她吃起来寡淡无味。

黎一珺却吃得津津有味，直接端着莴笋炒肉的盘子，用筷子把菜往饭碗里扒。

"对了，我妈做了腌萝卜。"舒蜜起身，从冰箱里拿出方方正正的密封盒。

酸酸甜甜的脆萝卜非常开胃，舒蜜给黎一珺夹了两大块。

黎一珺咀嚼着萝卜："姓裴的还不回来？饭菜都凉了。"

"不管他，"舒蜜没好气地扒了口饭，"他还真把我当女朋友了？我可没同意！"

黎一珺目光一闪，咀嚼的动作放慢，目光落在舒蜜身上，不露声色地柔软了几分。

"你和他现在到底是什么关系？"

他的语调波澜不惊，可舒蜜的心脏还是微微刺痛了一下，她端起水杯喝了一口水。

"黎大傻，从小到大我基本上没瞒过你什么事，我就直说了，我和他是炮友。"

黎一珺愣了愣，瞬间咳嗽起来，似是食物呛到了气管里，他捂住喉咙。

舒蜜慌了神，立刻起身帮他拍后背，蹙眉道："慢点慢点，吃东西那么着急干吗？"

黎一珺端着舒蜜喝过的那杯水，仰头吞下一大口水才稍微好点，脸色却还发白。

"是我太保守了，跟不上时代了？你们玩得这么开放？"

舒蜜又给他倒了一杯水，递过去："他真的是洪水猛兽，彻底扭曲了我的人生。"

黎一珺接过水杯，却没有喝，他用筷子戳着米饭，垂眸，抿唇，俊容半明半暗。

餐桌上有一盏橘黄色的罩灯，影影绰绰的光落在他松软的短发上，荡漾起柔暖的光波。

"疼吗？"他并未抬头看她，帅气的脸低垂着。

舒蜜夹了一块莴笋，搭在白米饭上："那晚我喝醉了，就算疼也感觉不到吧？"

黎一珺眉心缓缓蹙起，声音低哑："出血了？"

"血倒是没出，后来我仔细检查过。"舒蜜慢慢地塞了口米饭进嘴里。

黎一珺双手轻颤，放下筷子，终于徐徐抬起头，目光温柔得仿佛会滴下水来。

从小到大，她就是一颗镶在他心口的钻石，丝毫不差地嵌在他心上最柔软的地方。

"有没有戴套？"他最最关心的，永远是她的健康平安。

舒蜜咬了咬筷子，摇摇头："性教育课老师发了两个套，一个都没用。"

黎一珺的眼神陡然变了，瞬间的阴狠冷酷让舒蜜浑身一颤，她战战兢兢地看着他。

他的底线一再被触及，却又无法力挽狂澜，眼瞳中沉浮的暗色宛如狂怒的野兽。

舒蜜知道黎一珺在强忍怒气，她局促地咬了咬唇，小心翼翼地握住他的手。

黎一珺甩开她的手，清俊的面容上俱是厉色，一开口，嗓音已经沙哑："你月经

220

怎么样？有没有如期来？"

舒蜜怔了怔，像个犯了错误的孩童，泫然欲泣，鼻尖泛红，手指搭上黎一珺的拳头。

"你不说我还没留意，好像延迟了二十多天了，我该不会……"

黎一珺英挺的眉蹙着，目光的冰冷被她楚楚可怜的模样一点点融化殆尽，他松开拳头。

他抬手抚摸她柔软的长发，纤长的手指穿梭在她发间，语气已然温和下来："别怕，别怕，有我在。"

夜幕低垂，街角24小时营业的药店门口，出现了一道清俊绝尘的高大身影。

"终于出现了一个和上次买健胃消食片差不多帅的小哥哥了！"工作人员嘀咕，"真庆幸今晚换班了，有眼福啊，这种级别的帅哥太难遇到了！"

穿白大褂的工作人员一脸谄媚的笑，小跑着迎了上去："帅哥要什么药？"

黎一珺焦急地扫视药品柜，语速飞快："有没有检测怀孕的试纸？"

工作人员愣了愣，低声笑："长得这么帅，幸好喜欢女生，我还有机会！"

另一个工作人员拿来一盒验孕棒，黎一珺接过去，认认真真地看使用说明。

验孕棒最早可以在排卵后的第七天验出来。受精卵着床后，HCG开始大量分泌，验孕棒的测试原理是测试尿液中的HCG含量。

"即便不是晨尿也可以准确地验出来吧？"以防万一，黎一珺抬头问工作人员。

工作人员含笑点头："如果月经已经延迟很久了，那平时的也可以检测。"

黎一珺回家时，舒蜜正在厨房洗碗，黎一珺伸手把验孕棒塞到她口袋里。

"我来洗，你去卫生间检查一下，一道杠就没事，去吧。"

他一边说一边解开舒蜜系在腰间的围裙带子，手掌轻抚她的后背表达鼓励和宽慰。

舒蜜也心急，没有废话，用水龙头冲洗了洗洁精泡沫，擦干净手，走向卫生间。

黎一珺抓起洗碗布，动作缓慢地擦洗碗，等觉察时，他已经把一只碗擦了两分钟。

他始终屏气凝神留意着卫生间那边的动静，倏忽听到卫生间发出响动。

黎一珺手一抖，啪的一声，洗碗布砸到满是泡沫的水盆里，水花溅了他一脸。

洗洁精泡沫溅入他眼中，生疼，双眸顷刻间模糊起来，纤薄的眼皮微微泛红。

卫生间门打开，舒蜜一脸轻松："黎大傻，不用检查了，我来'大姨妈'了！"

黎一珺瞬间松了口气，急忙打开水龙头冲洗干净手："等我一下，我给你拿卫生巾！"

拆卫生巾外包装的时候，他的手还在颤抖，撕了半天才撕开。

舒蜜垫好卫生巾，折回厨房，黎一珺还没洗完碗。

"我去倒垃圾。"舒蜜把垃圾袋从筐里拿出来，换了一个新的垃圾袋。

"你休息吧，一会儿我去扔，月经第一天，别累着，仔细腰疼。"黎一珺回头看她。

舒蜜用食指勾住垃圾袋，另一只手摸了摸圆滚滚的肚子："吃多了，去消消食。"

夜跑的人穿着紧身运动服，低沉地喘息着穿过葳蕤树叶筛下的路灯灯光，良夜静寂。

不远处小区的网球场灯火通明，传来网球砸在塑胶地面上的轻微声响。

夜航飞机一闪一闪的光在天鹅绒般的苍穹里闪烁，今夜无月，只有星光点缀。

舒蜜把垃圾袋扔进分类垃圾箱，双手插进卫衣口袋，往小区门口走。

小区人车分流，车辆直接从门口驶入地下停车场，舒蜜在小区门口站了会儿，往回走。

她并未回家，而是沿着步行道围着小区走了一圈，晚风吹拂着她额头上的汗珠。

走了半个多小时，把小区都走遍了，也没有找到她要找的人，舒蜜咬了咬下唇。

倏忽一股熟悉的烟味钻入鼻端，舒蜜双眸一亮，转过身，大步朝那条幽径走去。

夜色迷离，乳白色的路灯在那道高大的背影上落下斑驳的光晕。

"吃饭了吗？"舒蜜与那人保持三四步的距离，低垂眼睑，手指攥住卫衣衣角，视线落在烟灰桶里凌乱的烟头上。看起来有十多根，抽了这么多？

舒蜜吸了吸鼻子，语调透着三分委屈、二分幽怨、五分嗔怪。

"我真的不知道要怎么道歉，因为我根本不明白你为什么会生气。"

烟雾缭绕中，裴巡缓缓侧身，夜色暧昧地覆在他深邃的轮廓上。

舒蜜眼波微漾，不自觉地嘟起唇："我是不是疯了？竟然跑遍整个小区来找你。"

墨眸沁着光华，疏离冷淡地睨着她，不带一丝温度。

真是贵公子，连倨傲孤冷的模样都染着禁欲色彩，撩人心弦。

"你今晚不准备回去了吗？黎大傻虽然叫你浑蛋，但还是给你留了饭菜。"

舒蜜抬头对上他的目光，只觉他的目光似凝着秋霜和冷月的高窗，一派清寒。

她打了个哆嗦，缩了缩脖子："那随便你吧，我先回去了。"

路旁有月见草盛开，细碎的淡黄沐浴着夜华。这种花在夜间开花，在清晨闭合，散发出强烈的香味来吸引夜间活动的昆虫和蛾来给它授粉，花语是"自由的心"。

舒蜜转身，朝家的方向走去，三步，五步，七步。

风起，花香越发浓烈，熏得她蹙起眉，颈后的头发一缕缕荡漾开来，她的脚步骤然停歇。

裴巡垂首，眼底辉映的星芒在浮动的烟雾中消弭，眉梢鬓角染上一层冷霜。

舒蜜静默地立在原地，三秒，五秒，七秒，她猛地转过身，朝裴巡跑去。

夜风吹拂，月见草摇曳着柔软的腰肢，花瓣上晶莹剔透的露水滚入草叶间。

少年尚未反应过来，领口已被少女粗鲁地扯下，少女灼热的气息扑面而来。

舒蜜合眼，踮脚，双手环住裴巡低垂的脖颈，仰头吻上他薄而冷的唇。

第十四章 ┃ 兔置

告 白 倒 计 时

　　我来这里是为了和一个举着灯、在我身上看到自己的人相遇，我们必须相信很多东西，才不至度日时突然掉进深渊。

　　　　　　　　　　　　　　　　　　——瑞典诗人特兰斯特勒莫

2021年7月，君寻科技，人事总监办公室里，加湿器氤氲着乳白色的水汽。

蓝色条纹衬衫搭配白色亚麻阔腿裤，再配上黑色猫跟鞋，闫僖这一身时尚又干练。

　　"总监姐姐，您找我？"傅绵羊穿着粉色西装，脖颈上系着可爱的蝴蝶结。

　　闫僖抬头瞥了他一眼："乍一看，还以为你是韩国某个偶像男团的成员。"

　　傅绵羊卖萌地歪了歪脑袋，吐吐舌头，眯眼甜笑："总监姐姐可别爱上我！"

　　"你是2000年出生的吧？果然是势不可当独具个性的00后。"闫僖感喟。

　　"不要给我贴标签哦，总监姐姐，随便定义别人可不是好习惯哦！"他眨眨眼。

　　闫僖无奈地伸手搭在办公桌上："找你来，是要告诉你，离舒蜜远一点。"

　　"为什么？"傅绵羊难得露出认真的表情，抿了抿唇，"因为她有男朋友了？"

　　闫僖双手抱胸："她的履历表上填着已婚，只是还没有领证而已。"

　　"只要没有领证，我就还有机会啊！即便结了婚，三年内离婚的概率也很高啊！"

　　闫僖身体往后靠："你知道她的结婚对象是谁吗？"

傅绵羊眉眼弯弯："裴总或者黎总，对不对？我能猜到是他们中的一个。"

闫僖始料未及，面露讶色，双臂垂下："你明知道这一点，还勾搭她？"

傅绵羊耸耸肩，笑得唇红齿白，双眸如星河闪烁。

"我只是不想让自己后悔而已，工作可以再找，一见钟情的人却是可遇而不可求。"

闫僖蹙眉："这就是你们的爱情观？"

"两情相悦太难了，能遇到一个令自己怦然心动的人，本身就是人生的奇迹了。"

一整个上午，闫僖工作都不在状态，她心神不宁，竟然像学生时代那样啃手指甲。

等她察觉的时候，昨天的美甲已经被啃得不成样子了，镶嵌的碎钻掉了一桌子。

她抓起内线电话，让实习生主管把舒蜜叫到她办公室来。

"你好歹也化个妆。别以为自己皮肤好，随便擦点BB霜、抹个唇膏就来上班了。"

舒蜜一身梅子粉的衬衫，很衬白皙的肤色，领子和袖口的小花边设计平添了复古感，单排金属圆扣更是凸显心思，脖颈上一条紫红色的细丝巾为造型增加了一丝柔美。

"衬衫倒是不错，你的衣品有进步啊，不过，我可不相信这是你自己买的衬衫。"

闫僖立在办公桌边，双手抱胸，不加掩饰地上下打量舒蜜。

舒蜜低了低头："闫总监好犀利，这件衬衫的确是他送我的。"

"谁？黎总还是裴总？"闫僖瞳孔收缩，"还有，你到底要和谁领证结婚？"

舒蜜蹙眉："闫总监，你这是职权侵扰。员工的个人隐私，不必事事汇报吧？"

闫僖咬牙怒视之："你这样同时吊着两个闪耀的男人，不会有任何道德上的愧疚感？"

舒蜜抬头冷笑："男女之间，就不存在纯粹的友情或者相濡以沫的亲情？"

"不存在的，无非是一个人以朋友或者家人的身份，默默地爱着另一个人。"

2018年8月。

黎一珺在玄关处换鞋，蹲下身系好鞋带，打开门就看到阮芯晴。

棕色长发很能衬出肌肤的白皙，发梢微微内卷，只是明亮双眸中略见疲色。

"你来干什么？"黎一珺蹙眉，动作停顿了一秒，旋即关门走向电梯。

阮芯晴小跑着跟在他后面："下午你打球的时候我就来了，很精彩的篮球比赛。"

电梯门是镜面的，辉映着走廊上橘黄色的灯光，两人的身影浮现在门上。

黎一珺双手插兜，冷睨着镜子里的阮芯晴："你跟着我干什么？"

"你是不是要去小区里找舒蜜？她倒垃圾倒了半个多小时了。"阮芯晴保持微笑。

黎一珺嘴角下沉，抬头看着电梯上不断变化的楼层数字："和你有什么关系？"

阮芯晴倏忽挑眉："或许她在小区遇见了裴巡呢！"

叮咚一声，电梯门开，黎一珺却还站在原地，双手不露声色地紧握成拳。

阮芯晴伸手按了下按钮："不进电梯吗？"

黎一珺面色阴沉，迈步走进电梯，周身散发出一股冷厉的气息。

阮芯晴垂眸跟着进了电梯，手指搭在嵌着金属链条的包包上，指尖微微发颤。她咬咬牙，强迫自己问出来："怎么？哥哥的身份已经不能满足你了吗？"

电梯下行，头顶的数字不断变换，黎一珺忽觉晕眩，纤长的手指扶住电梯壁。

冰凉的电梯壁让他的指尖抽搐了一下，他的眉心拧得更厉害了，鼻尖微皱。

"你有什么资格说三道四？正因为我是哥哥，才无法允许他这么乱来。"

阮芯晴侧头，一绺刘海垂落，遮住她亮泽盈润的眼睛，落下丝丝缕缕的阴翳。

"这么说，如果他们真的相爱了，你会真心实意地祝福他们？"

她眸中映出他微翘的唇角，唇形饱满，唇线清晰，宛如爱神之弓，传说中的索吻唇。

裴巡的唇是禁欲系的纤薄，黎一珺的唇则如草莓点缀在丰润的蛋糕上，唇色似蜜。

阮芯晴瞬间红了脸，胸腔似有小鹿乱撞，她慌忙转开视线。

电梯门开，黎一珺长身玉立，迈开大长腿走出电梯，白衬衫在暗夜里刺人眼目。

"何止是祝福，如果姓裴的不知道如何爱一个人，我会手把手教会他。"

夏夜潮湿，枝叶间缓缓腾起缥缈的雾气，两人终于松开纠缠的唇，低声喘息。

修长的手指沿着她的脸颊轻轻摩挲，指腹带起的酥麻一丝一丝地游遍她全身。

"你有没有发现我变了？"

他们十指相扣，她屈着食指在他掌心挠啊挠。

裴巡凝眸望着她，仿佛全世界的水都在他眼眸里荡漾开来，目光熏得人微醺。

她在他眸中看到自己接吻后餍足的面容，眉梢眼角俱是温婉。

"你让我喂你水，我就喂你水，你生气了不回家吃饭，我找了你半个多小时。"

晚风吹拂，她颈后的长发一缕缕地扬起，柔软的发尾若有若无地撩过他精致的锁骨。

"黎大傻说我是难以驯服张牙舞爪的彪悍小野猫，为什么在你面前我这么乖巧？"

舒蜜吐了吐舌，一只手不安分地滑上来，食指指尖在他胸前画着圈，一圈，两圈。

裴巡敛眸，长指撩起她被风吹乱的秀发，大掌搭上她双肩，轻轻地把她转了过去。

"你是在向我表白？"撩人的低音炮从身后袭来。

舒蜜舔了舔唇，唇瓣还残留着他舌尖清雅的薄荷香，胸腔缓缓渗出一股甜蜜。

"裴巡，你要记住，你从未驯服我，只是我心甘情愿地收起了爪牙。"

裴巡勾唇，骨节分明的手指穿梭在她发间，他从手腕上取下一根粉红色的皮筋。

舒蜜背对着他乖乖站着，后颈一阵清爽。

他小指挑起漏下来的发，给她束起马尾。

"技术不错，偷偷练过？"她自己扎头发都会经常弄疼自己，他竟然让她很舒服。

舒蜜眼波流转，准备转身，他倏忽张开双臂，温柔又霸道地从后面拥住她。

"别动，让我抱抱。"嗓音低哑缱绻。

他俯身，低头吻了吻她头顶散发着洋甘菊清香的秀发，将她紧紧圈在怀里。

舒蜜垂眸，眼底翻涌着柔润的色彩，连乳白色的夜雾都恍若被染成娇羞的粉红。

"不过，你能不能做我男朋友，不是我说了算。"

舒蜜抬起手腕，手指轻轻掰了掰他交握在她腰前的大掌，小手握住他纤长的食指。

"我父母好办，但是你必须过了黎大傻那一关。"

夜雾弥漫，阮芯晴紧跟在黎一珺身后："你知道你为什么会输吗？"

黎一珺薄唇紧抿，步履未停，白衬衫划破迷离暗夜，只留下高大清冷的背影。

"因为你太宠溺她了。"阮芯晴手指攥紧包包的链条，加快脚步跟上。

黎一珺猛地止步，侧过身，斜飞入鬓的剑眉蹙起："我宠着她，有什么错？"

"被偏爱的都有恃无恐，你无时无刻不对她好，她只会越来越不在乎。"

227

阮芯晴停住脚步，纤细脚踝下高跟鞋细细的鞋尖戳在石子路上，颤颤巍巍。她顿了顿，继续说："就像太阳每天都很圆，也没见有人去赏日。"

"可是裴巡不一样，他若即若离、难以捉摸，撩得人心痒，得不到的永远在骚动。"

话音未落，黎一珺冷笑："那又怎样？"

他薄唇缓缓勾起一道无从分辨情绪的弧度，雾气缭绕中，他的轮廓硬朗而坚定。

"我就是容不得她受一点委屈，我就要把全世界最好的都送到她面前。"

阮芯晴攥住金属链条的手指微微颤抖，指尖发白，她咬住下唇。

"别人有的，她也要有；别人没有的，她想要，我也会拼了命去抢。"黎一珺一字一顿地说完，仿佛这份感情从来不曾给他带来伤心和失望，唯有光明。

阮芯晴站立不稳，趔趄了一步，她伸手扶住旁边粗壮的树干，胸口起伏。

高跟鞋里露出一段脚后跟，已经被磨破了，血肉模糊。

黎一珺目光掠过她慌忙隐藏的脚后跟，从兜里掏出一片创可贴，递给她后转身离去。

"不要误会，我只是把你当作她为数不多的闺密罢了。"

阮芯晴缓缓蹲了下来，紧紧攥住那片创可贴，夜风那么凉，她蜷缩着抱紧了自己，就像一个隔着橱窗张望的孩子，捡起别人丢落的糖纸，小心地舔尝残存的甜味。

原来，喜欢一个人，是这么心酸难过的事。

刚过拐角，黎一珺就看到路灯下两道熟悉的身影。

舒蜜和裴巡一前一后地走着，舒蜜手臂后伸，右手小指勾住裴巡左手的食指。

"把手放开！"黎一珺厉声说完，大步走上前。

他感觉自己此刻就像中学时代的风纪委员，在操场上举着手电筒查早恋的情侣。

舒蜜猝不及防，手腕被攥住，整个人被拉到黎一珺身边。她脑后的马尾高高扬起，擦过黎一珺凝着冬日冰霜的俊颜。

"姓裴的，你现在还没资格做我妹妹的男朋友！"

裴巡微眯起眼，眼尾向上微勾起漂亮的弧度，连带着眼尾的浓密睫毛也跟着卷曲。他一如往常地抿唇不语，反倒是舒蜜挑了挑眉："为什么？"

"首先他要证明他足够优秀，能肩负起你未来的人生。"

黎一珺说话的口吻是对着舒蜜的，但他双眸灼灼，始终怒视着裴巡。

舒蜜蹙眉："这都什么年代了！我的人生我自己掌控，不需要依附于任何人。"

"你是独立自由的，但他必须随时做好准备，在风浪降临时，做你的避风港。"

舒蜜拉住黎一珺的手，撒娇似的晃了晃："他可是裴神耶，你质疑他不够优秀？"

黎一珺侧眸看向她，冷峻的目光顷刻间温柔下来，唇线舒缓地上扬，纤长的手指缓缓而落，轻轻揉了揉她的头发。

黎一珺的动作和眼神都不染丝毫暧昧，只是单纯的兄长的宠溺，却依然甜蜜动人。

"你好歹也是被我从小惯到大的，就这么没出息，一个劲帮他说话？"

明明是嗔怪的语气，但舒蜜听起来一颗心软得像棉花糖。

"是是是，我没出息，幸好有你把关，"舒蜜嘟嘴，"看来我以后要改口叫你哥了。"

黎一珺俯身，笑着捏了捏她的鼻子，目光温柔地在她脸上一寸寸描摹。

"女孩子要矜持一点，太主动的话，男生不会珍惜的。"

舒蜜甩开他的手，故意生气地翻了个白眼，冷哼一声。

"你一个母胎单身还给我上恋爱课？"

原本剑拔弩张的气氛，在他们的互相调侃中渐渐消失。

裴巡立在一旁，静静地看他们说笑打闹。不嫉妒是不可能的，但他只能努力去习惯。

倒是黎一珺先注意到被冷落的裴巡，他转过身歪着头睨了裴巡一眼。

"下周跟我去北京参加大学生创业大赛吧，获奖之前，请你和舒蜜保持距离。"

舒蜜抓了抓头发："你去北京吧，这个暑假我想和阮芯晴做大学生志愿者。"

"怎么突然这么积极地参加社会实践了？想评三好学生？拿奖学金？"

"不光是这样啦。毕业后工作了不可能有时间做这些，我想多一份人生体验。"

"你开心就好。"黎一珺迈开脚步，朝小区门口走，"走吧，我请你们吃夜宵。"

舒蜜站在原地不动："你要我胖死啊？晚餐我吃了那么多。"

黎一珺瞪她："可是巡哥没吃啊！"

他走过裴巡身边时，故意用肩膀撞向裴巡："走啦，请你吃你最喜欢的砂锅粥！"

露肩荷叶边纱裙，飘逸唯美的雪纺透着浓浓的波西米亚风情。

阮芯晴从货架上挑出这款纱裙递给舒蜜："先试试这件，配上罗马凉鞋。"

舒蜜翻开吊牌看了看："800多？就一条裙子？都可以买一件羽绒服了。"

"女生的气质不是一朝一夕可以练成的，先丢掉你那些烂大街的淘宝货。"

舒蜜站在巨大的试衣镜前，拿着裙子在身前比画，回答得一本正经："由俭入奢易，由奢入俭难，我还是大学生，不能超前消费做卡奴。"

"行了行了，我送你。他们马上去北京了，明天去海边玩，你给我穿养眼点。"

阮芯晴烦躁地摆摆手，顺手挑了一顶浅黄色的渔夫帽罩到舒蜜头上。

"你早说送我嘛！"舒蜜笑得贱兮兮的，"我可以挑一件更贵的吗？"

阮芯晴低头瞥了眼她的脚："你还是穿绑带凉鞋，你脚踝挺细的，也挺白。"

舒蜜点头如捣蒜："明天你也一起去海边玩？"

阮芯晴把垂落在脸颊的长鬓发拢到耳后，美甲闪闪发光，指尖却透着寂寞。

"他应该不想看到我吧。你帮我多拍点他的照片，你们要玩得开心。"

最好的年龄里穿白衬衫的画面简直不能更美好。

蓝色休闲裤，米白色沙滩鞋，银色方块吊饰，银色褶皱感手环，这些清新的配色，很符合裴巡清冷的气质。

黎一珺则是海军风条纹上衣，配上藏青色短裤，小腿的肌肉线条优美地紧绷着。

"干吗都戴着墨镜啊？你们是詹姆斯·邦德吗？"

舒蜜不满地嘀咕完，黎一珺倏忽伸手，从包里掏出一副墨镜给舒蜜戴上。

欧美风复古蛤蟆镜，深红色的镜架搭配黑色反光镜片，戴起来显得冷酷又张扬。

"还是巡哥眼光好，这墨镜真适合你，很修脸型，有点V字脸的感觉了！"

黎一珺把他那副墨镜推上去，拇指和食指捏住舒蜜的下巴，打量她的脸。

舒蜜踹他："你的意思是我的脸很大，需要戴一副这么大的墨镜遮脸？"

黎一珺食指上滑，抚上她的脸："你是不是女生？防晒霜都没抹匀！"

"滚滚滚！"舒蜜皱眉拍开他的手，用手掌用力抹开脸上的防晒霜。

黎一珺环顾四周，瞥见不远处的冰激凌车："我去买冰激凌，你们等我一下！"

等黎一珺的背影消失在海滩的人潮中，舒蜜从包里小心翼翼地掏出一枝花。

"早上在小区里看到的玫瑰花，觉得很漂亮，就偷偷摘了下来，送给你。"

花上还沾着晨露，裴巡眸里凝着那颗晶莹的露水，唇珠盈盈一动。

"这不是玫瑰，是月季。"

舒蜜瞬间怔住，明澈的双眸里闪过一丝窘迫，局促地咬了咬下唇。

裴巡纤长的手指缓缓接过那朵花，他墨镜上映出一抹浓烈的红，唇角晕出笑意。

舒蜜正想说什么，他倏忽俯身，贴近她的耳垂，浓烈的荷尔蒙气息喷上她的耳郭，撩人的低音炮缱绻撩人："不过我很喜欢。"

舒蜜耳鬓的碎发被他唇齿间的气流吹得微微拂动，她的身体一阵酥麻，伴随着密集的心跳。

　　裴巡直起腰时，视线落在她指尖细长的划痕上。

　　"怎么回事？"他蹙眉，大掌轻轻握住她白嫩的小手。

　　"没什么啦。"舒蜜眼神闪躲，莫名地有些难为情。

　　喜欢一个人原来是这么丢脸的事情，傻乎乎地为他摘花，都没注意枝上尖尖的刺。

　　裴巡轻轻拉过她的手，送到他莹润的唇瓣边轻轻吹了吹，然后浅浅地吻了上去。

　　恍若星光吻过她的指尖，似有一股电流蹿过她的肌肤，直抵心脏。

　　"是摘花的时候不小心被刺了吧？"他的声音温柔得像这夏日的海风。

　　海面起风了，微波粼粼，阳光洒下来，大海宛如破碎的镶金翡翠。

　　舒蜜的手指顺着他的手臂往上爬，指尖滑过他结实的胸肌和性感的锁骨。

　　裴巡的目光细细描绘少女粉颊上被阳光染成金色的细小绒毛，任凭她抚上他的脸。

　　她轻轻摘下他的墨镜："黎大傻马上要回来了。"

　　话音未落，腰肢被他的长臂搂了过去，少女曼妙的曲线紧贴他壮硕有力的胸腹。

　　他俯身，薄唇微张，雪白的牙齿咬住她墨镜中间鼻梁上纤细的镜架。

　　耳侧的镜架随之滑落。两人目光脉脉交融，他向来冰冷的双眸，眼底柔意浮沉。

　　"时间不多了。"她的双眸泛起盈盈水光，娇嫩的红唇微微张开。

　　鼻尖飘过她身上甜而不腻的清香，向来沉稳克制的他，仿佛随时可能失控。

　　他的大掌缓缓滑入她后脑浓密柔软的发间，酥麻感窜过背脊，她难耐地探出舌尖。

　　无法再忍耐了，裴巡目光一暗，低头吸吮住她嫣红的小舌。

　　在交错紊乱的呼吸中，他啃咬她温软的下唇，两片舌水乳交融，骨头缝都透着酥软。

　　"你去北京这一个月，要记得想我，每天都要想。"

　　交缠的身影背后是蔚蓝的大海，无瑕、透明、纯净、极致，那是足以融化一切的蓝。

　　"一定要记住挂保险，挂在左手腕上，坐上摩托的第一步就是要将保险挂上。"

　　水上摩托的教练皮肤晒得黝黑，他把摩托艇的红色电子软线系在手腕上做示范。

　　"保险有什么用？"舒蜜好奇地眨眨眼。

"如果驾驶者落水，软线脱离摩托艇，机器会自动熄火，跟跑步机的保险一样。"

舒蜜点头，指着摩托艇上的绿色按钮："这是打火的开关？"

"对，按下即可。摩托艇没有刹车零件，只要不打火加油，速度就会慢下来。"

舒蜜挑的是双人座立式摩托艇，教练帮他们把摩托艇推到海边。

"水上摩托算是极限运动，有一定危险，你确定不需要我带你们骑？"

裴巡骨节分明的手指挽起衬衫袖子，淡漠地扫了摩托艇一眼："不需要。"

舒蜜小手覆上他的手，帮他挽好袖子，脸蛋沁出可爱的绯红，似被娇宠的孩童。

她的指尖摩挲过他手臂紧绷的肌肉和光滑的肌肤，又帮他挽起另一边的袖子。

"裴神稳点啊！我这条小命都交到你手上了。"

裴巡敛眸，浓密纤长的羽睫下，湛墨星眸里晕开一抹柔意。

"你知道你现在像什么吗？"嗓音低醇清雅。他修长的手指顺着她赤裸的手臂滑下，轻握住她的手。

"像什么？"不施粉黛的素净小脸，晶亮的双瞳，莹润的红唇。

他凝望着她，唇角淡淡翘起，长指从她的掌心探入，从五指的缝隙中滑出。

掌心相贴，十指相扣。

"贤妻良母。"磁性低沉的嗓音，撩得她一颗心炽热滚烫。

一旁的教练看他们旁若无人地玩暧昧，只觉成吨"狗粮"向自己砸来。教练抓起袋子里两件明黄色的充气救生衣，放在摩托艇上："你们好好玩。"

舒蜜这才回过神来，踮脚在他的锁骨上轻咬一口："老娘才不会嫁给你！"

锁骨上顷刻间留下她的齿痕，裴巡的手被她甩开。

"给我等着！我去换衣服！"舒蜜一转身，就看到朝沙滩走过来的阮芯晴。

黎一珺仰着脖子撑起巨大的遮阳伞，肩膀肌肉紧绷，额头上汗珠晶莹闪烁。

"你怎么来了？"他蹙眉望向微笑着走过来的阮芯晴。

海风吹乱了阮芯晴的长鬈发："给舒蜜送衣服，她发微信说在海边穿裙子不方便。"

"那条裙子是你给她选的？"黎一珺打开折叠躺椅，摆在遮阳伞的阴影下。

阮芯晴伸手按住咖啡色草编大檐帽，帽下耳钉闪烁："好看吗？"

黎一珺直起腰，眯眼眺望远处拿着袋子走向更衣室的舒蜜的身影。

那抹身影消失在更衣室白色大门后，黎一珺依然保持凝望的姿势，纹丝不动。

阮芯晴的手臂缓缓垂落，大胆地盯着黎一珺，目光中流露出无限的眷恋深情。

她没有丝毫遮掩。没关系，他眼里只有舒蜜，他看不到背后这道深切的目光。

良久，黎一珺回眸，挺拔的鼻尖渗出一颗颗细密的汗珠。

"谢谢。"他轻轻吐出这两个字，视线淡淡地掠过阮芯晴的脸。

这是他第一次对她说这两个字，因为太过珍贵，很多年后她依然乐此不疲地回味。

阮芯晴缓缓神："为什么要道谢？因为我要陪她做大学生志愿者吗？"

他缓缓勾唇，抹开清甜似蜜的笑容："她个性强，朋友少，谢谢你愿意包容她。"

阮芯晴怔怔地望着他的笑容，忽觉十分恍惚，他在对她笑吗？

她疑心这是场白日之下的幻梦，风一吹，梦就醒了。

阮芯晴第一次见到黎一珺是在高一开学的军训上，回忆起来都是暴晒和炎热。

汗珠顺着脸颊淌入脖颈，迷彩服的领口瞬间湿了一大片，她舔了舔干燥的唇。

一群女生累瘫了，坐在树荫下休息，阮芯晴打开水龙头掬水清洗脸上的汗。

女生们突然骚动起来，议论纷纷。

"好帅啊！果然是男神级别的！要晕了！"

"这大长腿，这身材，这制服诱惑，教官们都被比下去了！"

阮芯晴抬头，睫毛上还凝着水珠，透过迷蒙水雾，她看到了黎一珺完美的侧颜。

流畅的下颌线，军帽落下的薄薄阴影覆上了脖颈处凸出的精致喉结。

阮芯晴只觉一股热浪从体内喷涌而出，少女心瞬间炸成烟花，耳根子烧红。

黎一珺似是嫌那群花痴女生聒噪，眉心轻蹙，视线逡巡，落在阮芯晴身上。

目光相交的瞬间，阮芯晴脸上的水珠啪嗒落地，砰然碎裂。

"嘿，你和舒蜜是一个班的？"他的大长腿朝她迈了几步，嘴角一勾。

阮芯晴深呼吸，假装漫不经心地垂下头，用手擦拭脸上的水："是。"

黎一珺又向她迈了一步，他颀长的影子将她团团笼罩住，挡住了炎热的阳光。

"你帮她跟教官请个假，可不可以？"他的声线是少年特有的薄荷音。

阮芯晴依然低着头，脸颊烫得骇人："她怎么了？"

"她来'大姨妈'了，受不得累。麻烦同学你帮忙请个假，行不行？"

"行。"她怎么可能拒绝他？她从来无法对他说"不"字。

"辛苦了。"他转身就走，她慌忙抬头，就看到他被笔挺迷彩服包裹的修长背影。

黎一珺的身影倏忽顿住——舒蜜从操场卫生间跑了出来，看到他，她并未停住脚步。

233

"你还要军训？"黎一珺大掌攥住舒蜜的手臂。

舒蜜的小脸晒得通红，她皱眉甩开黎一珺："有什么办法？缺席会有处分的！"

"不管他，我带你回家。"黎一珺声音柔和，他轻轻抓住舒蜜的手腕。

"那好歹也要跟教官说一声吧。"舒蜜瞥了眼树下那群女生。

黎一珺回眸睨了阮芯晴一眼："那是你同学吧？我让她帮你请假了。"

舒蜜犹豫地咬了咬唇："其实今天还好，肚子不怎么疼，还是参加军训吧。"

黎一珺握紧舒蜜的手腕，手上力道加重，声音变得强硬："回家。"

阮芯晴突然想，如若不是这么多女生看着，黎一珺说不定会直接强行把舒蜜抱走。

这就是他们人生的第一次交集，黎一珺或许根本就不记得，可每一个细节，阮芯晴都记忆犹新，她甚至记得那天他炫目的迷彩服和翘起的唇角。

他属于那种会在瞬间捉住别人目光的耀眼光体，此生她遇不到第二个了。

"你在发什么呆？"黎一珺的声音把阮芯晴从回忆里拉回到现实中。

海风浩荡，阮芯晴压了压飞扬的裙裾："没事。你是不是有话跟我说？"

"你们是参加共青团'关爱农民工子女'志愿活动吧？"

"是，我们要去集美区后溪新村小学，给留守儿童们上暑期兴趣课。"

黎一珺拧开瓶盖喝了口水："高中时我和她给空巢老人做过社区公益。"

阮芯晴把乱发压到大檐帽下面，勾唇笑了笑。

"放心，我会替你好好照顾她，看着她按时吃饭，不熬夜，她来'大姨妈'我会帮忙的。"

黎一珺挑了挑眉，抓起桌上一个快融化的冰激凌蛋筒。

"我买了三个冰激凌，巡哥和她各吃了一个，还剩一个，你吃吗？就是快化了。"

阮芯晴双手接过，她颤抖的指尖若有若无地抚到了黎一珺的手指。

她舔了口冰激凌，感觉像在吃雪碧，心里的气泡一下子冲到了嗓子眼。

甜，好甜，甜得她想哭。

黎一珺坐到躺椅上，指了指他旁边的躺椅："坐啊！一直站着不累吗？"

阮芯晴小心翼翼地坐下："你怎么不和他们一起玩摩托艇？有三人座的。"

海面上黄色的摩托艇激起巨大雪白的浪花，马达声远远传来。

舒蜜和裴巡戴着头盔，穿着救生衣，疾驰在海面上，浪花飞溅，伴随着她的尖叫。

234

裴巡薄唇紧抿，以最快的速度行驶，耳畔是呼啸的海风，后背被恋人紧紧地拥抱。

黎一珺远远眺望着，徐徐躺倒在躺椅上，屈着手指戴上墨镜。

"让他们玩吧，我守家，等他们回来。"

舒蜜第一次上课，发现做好的教案根本讲不完，学生们太调皮，或者说太活泼。

一节课下来，喉咙沙哑，学生们缠着她问个不停，手机都没空摸一下。

不过摸了也没用，4G信号很烂，微博都打不开，发个语音聊天都断断续续。

"老师，可不可以借手机给我们玩一下？"有个顽皮的学生抢了她的手机。

这群孩子兴奋地拿着手机点开各种APP，舒蜜一个劲地心疼自己的流量。

"给我看一下！"孩子们叽叽喳喳地抢手机，舒蜜脸色一白。

手机在争抢中啪地砸到地上，舒蜜扑上去一看，屏幕上出现了长长短短的裂纹。

"老师，对不起！"孩子们委屈的样子让她根本没办法发脾气。

菜都是当地渔民捕捉的海鲜，舒蜜海鲜过敏，只能扒光一大碗白米饭。

阮芯晴看不下去，给她煮了个鸡蛋塞到她裤兜里，可舒蜜忙得连鸡蛋都没空吃，一直到晚上九点回到宿舍躺倒在床上才剥壳吃蛋。

手机早就没电了，刚充上电，勉强开机，手机就振动起来。

电话那头传来黎一珺的声音："你可以啊，一整天微信都不回一条。"

舒蜜一边咬着蛋白一边轻声回答："就算是千手观音，也忙得没空回。"

黎一珺怔了怔，嗓音有些焦急："嗓子怎么哑成这样？"

舒蜜吞咽下干干的蛋黄："所以别让我说话了，嗓子快冒烟了。"

第二天她就收到顺丰快递，包裹里装着罗汉果、胖大海、金银花、茅根、麦冬和菊花茶。

茶叶被分成一小袋一小袋，方便每次冲泡，快递盒里还有两盒金嗓子喉片。

"喉片是我买的，茶叶是巡哥买的，两种都要用，少一样你就死定了！"

舒蜜看着纸片上黎一珺漂亮的行楷，哭笑不得。

那晚，舒蜜看到手机里有条10086的短信，有人给她买了无限流量包。正想着会是谁，屏幕上出现微信视频通话的邀请，舒蜜手指抚上屏幕。

裴巡一如既往地面无表情，双眸在睇见舒蜜的瞬间迸发出一点星辉。

她知道他参加比赛时间很紧压力很大，却没想到他会拼到这种程度。舒蜜怔怔地盯着屏幕上裴巡疲惫的面容，精致的下颌上隐约可见青色的胡楂。

卧蚕，黑眼圈，灯光下略显消瘦的俊容，即便如此，依然令她怦然心动。

她张了张唇，还没开口，就被他低沉的嗓音打断了。

"你别说话，让嗓子休息。"他的冷瞳里缓缓漾出暖色，"我只想看看你。"

他时间很紧，要忙项目，要和投资人吃饭，要和主办方周旋，要和合作伙伴沟通。

百忙之中抽空出来和她视频，明明很想听到她的声音，却不舍得伤她的嗓子。

舒蜜便如他所愿，静静地让他看了会儿，倏忽眼眸一闪，启唇无声地说了一句话。

未承想，他竟懂得唇语。

他的墨瞳里染上柔情，很轻很慢地回应了她，沉沉地吐出四个字："我也想你。"

能容纳300人的多媒体大厅此刻坐满了人，却满室静寂，等待主讲人发言。

"创新是在黑暗中前进，要克服对失败和冒险的恐惧。"

硅谷最大的创业孵化器创始人霍夫曼一身休闲装，在聚光灯下侃侃而谈。他从融资模式、产品开发、设计理念以及市场开发策略等方面进行了指导。

"他可是全球炙手可热的创业导师，刚收购了三家公司，现在五家公司持续运营并获利。"黎一珺贴到裴巡耳畔，压低声音说。

裴巡微微颔首。在中国创投界，无人不久仰霍夫曼的大名。

他旗下投资了不少创业公司，包括乳癌探测器、脑波分析器、房产VR和VR游戏等等。

"我看过他公司的视频，创业导师和顾问超过300个，有50多个创业训练主题。"黎一珺顿了顿，继续轻声说，"真羡慕那些进他公司学习的创业家。"

"如果你总是为别人的想法而活，那你已经死了。"霍夫曼微微一笑。

台下掌声如雷鸣，向来冷漠疏离的裴巡也扬起手臂，轻轻击掌。

讲座结束，不少人走上台找霍夫曼签名、合影，裴巡缓缓起身，收拾笔记本电脑。

"机会难得，我去问他几个问题。"黎一珺拿着录音笔走向讲台。

裴巡长身玉立，在人群外静默地看着手机屏幕，回复邮件。

霍夫曼突然扬手，示意大家稍等片刻，然后转身朝裴巡走去。

"裴先生，既然你还没走，我就不发邮件，直接邀请了。"霍夫曼用英语说。

裴巡抬头，眉目沉静，视线淡淡地迎上去，英语流利悦耳："请说。"

霍夫曼礼貌地微笑："裴先生有没有兴趣去我在硅谷的公司培训两年？"

志愿者宿舍在二楼，斑驳破旧的楼梯踩上去吱呀吱呀作响，好似吊桥一般。
条件是真的艰苦，潮湿的天气，舒蜜被宿舍里散发的霉味熏得无法入睡。
木质结构的屋子隔音效果不好，隔壁宿舍磨牙打鼾的声音都清晰可闻。
教了一天的书，明明很累，却睡不着，舒蜜盯着头顶开裂发黄的天花板。
裴巡是不是又在熬夜？
想他，很想很想，可她并不忍心骚扰他，眼前浮现出他英俊又憔悴的面容。
纠结来纠结去，她摸出枕头下面的手机，打开微信，慢慢输入"睡了吗"。
犹豫了半天，她咬了咬唇，终究还是没有点发送，叹息一声，删掉了这三个字。
宿舍卫生间的水管漏水，水珠砸到瓷砖上，发出啪嗒啪嗒的磨人声音。
舒蜜趴在床上，下巴搁在枕头上，想了想，又按亮手机，给黎一珺发了一条微
信："黎大傻，你们睡了吗？"
黎一珺过了五分钟才回复："没有，我和他今晚要熬通宵。你怎么还没睡？"
"那你们忙，我睡了。"舒蜜不敢再打扰，锁了手机屏幕，闭上眼数羊催眠。

清晨，舒蜜在宿舍楼外小贩卖菜的吆喝声中醒来，手忙脚乱地叠好被子。
八点半上课，时间紧迫，她挤了牙膏飞速地刷牙，楼下突然传来叫声。
"舒老师！"熟悉的声音，是她的一个学生，"舒老师！"
舒蜜嘴里叼着牙刷，急匆匆跑到二楼窗口，探身往下看。
"舒老师，有个超级帅的大哥哥来找你！"学生仰着黑黑的小脸，双眼亮晶晶
的。
舒蜜眼波一转，捕捉到树下那道高大清冷的身影。
晨曦在他挺拔静默的身姿上洒下浅浅淡淡的金辉。啪嗒一声，舒蜜的牙刷掉了。
她蓬头垢面，羞于见人，立刻缩回身子，漱口，洗脸，梳头，换衣服。
等她收拾妥当踩着吱呀吱呀的楼梯冲下去时，树下的身影已杳然无踪。
怎么回事？难道是自己太想念他，以至于出现了幻觉？
舒蜜环顾四周，视线落在不远处一辆黑色路虎上。乡村里怎么会出现这种豪车？
她狐疑地走过去，车窗玻璃全关着，看不清里面的情形。
舒蜜蹙眉，正准备喊，咔嗒一声，后座车门被打开。
舒蜜尚未反应过来，一阵天旋地转，整个人被按到车后座上，背脊贴上皮质坐
垫。

237

后脑勺被一双有力的手垫着，才没有因为撞击座位而感到疼痛。

她瞪圆眼睛。宽敞的越野车后座上，压在她身上的裴巡双眸凝辉，薄唇矜持地抿着。

车门在两人身后咔嗒关上，村民、学生和小贩全被隔绝在外，车内唯有他们二人。

舒蜜缓了缓神，指尖抵住他的胸肌："你出场的方式能不能不这么刺激？"

裴巡好整以暇地眯起眼，修长的手指顺着她的脸颊不紧不慢地滑至她颤抖的红唇。

"你准备当着你学生的面和我接吻？"

舒蜜低低地哼了一声，偏了头，傲娇地不与他对视。

他俯身，薄唇从她腮边一直吻到耳垂，贴着她绯红的耳郭吐出温暖的气流。

舒蜜心痒难耐，掌心微微濡湿，她蹙眉转过头来。

"你昨晚不是熬夜做项目吗？今天早上怎么出现在这里？瞬间移动吗？你……"

话犹未完，她的樱唇就被他纤长的食指压住了。

"这种时候，嘴唇不是用来说话的。"魅惑的低音炮让舒蜜的脸颊红得能滴血。

平时那般高冷禁欲的男神，撩起人来真要命啊！

不行不行，不能被他吃得死死的，这样多没面子。

舒蜜咬了咬牙，眼波流转，抬起双臂，勾住裴巡细长的脖颈。

她嘴角噙笑，用那双被他撩拨得水雾迷蒙的大眼睛楚楚可怜地凝望着他。

"裴先生，能不能换个姿势？你这样压着我，我还没接吻，就软得不行了。"

不就是撩吗？她也会。

舒蜜微微挺身，贴在他耳畔如是说，舌尖舔过他的鬓角。

裴巡的眉梢眼角散发着甜蜜的餍足气息，他掀了掀眼皮，一把捞起她。

路虎的后座空间足以容纳两人做任何事。

他倾身落座，将她抱到腿上，膝盖徐徐顶开她的双腿，大掌抚上她盈盈一握的腰肢。

"瘦了，"他眉心微蹙，"伙食不好？"

舒蜜跨坐在他腿上，单臂勾缠他的脖颈，一手抚上他的俊容，指尖抚平他微皱的眉。

"不，"她水汪汪的眼睛一眨不眨地凝望他，"想你想的。"

裴巡目光一冷，手掌离开舒蜜的腰线，委屈地勾唇："你从没主动联系过我。"

他漂亮的眉又蹙了起来，眼尾因沾染上暧昧而微微泛红，看得舒蜜背脊一僵。

他这可怜巴巴地皱眉撒娇的反差萌，简直性感得要了她的命！

"你赢了。"舒蜜深呼吸一口，双臂勾住他的脖颈，凑上去吻了吻他皱起的眉。

怎么办？好喜欢好喜欢，怎么可以喜欢一个人喜欢到这种地步？

她才认识他多久？才多久？人的感情果然是不可以用时间来衡量的。

"我不主动联系你，是怕打扰到你，让你分心。"她的声音温柔得有些沙哑。

裴巡这才满意地在双眸里换上柔色，任凭她从眉毛吻到高挺的鼻梁。

他屈着手指脱掉她的凉鞋，指尖轻柔地爱抚她纤细的脚踝。

舒蜜的脚踝很敏感，又从未被这样抚摸过，瞬间全身酥麻，燥热得吻他都没力气了。她软绵绵地垂下手臂，嘤嘤了一声，咬住下唇，腰肢难耐地挪动了一下。

"你太坏了。"她浑身无力，趴在他肩头，面色酡红，娇滴滴地嘟囔。

裴巡喉结一颤，蓦然停下动作，双手扶住她乱动的腰肢，嗓音低哑得不像话："再乱动，可不是一个吻能收场的了。"

舒蜜浑身一颤，意识到问题的严重性，心脏狂跳，慌忙从他腿上滑下来，双腿并拢，规规矩矩地在他旁边坐得笔直，像上课认真听课的好学生。

裴巡抬手，将她耳鬓的乱发拢到耳后，再拉过后座的安全带。

"为什么要系安全带？"舒蜜挑眉。

他敛眸，浓密纤长的睫毛落下影影绰绰的光，咔嗒一声，动作轻柔地给她系好。

舒蜜嘴角勾出调皮的笑容："难道是因为，你怕控制不了你自己？"

"闭嘴。"他落下吻封住她的唇，舌尖顷刻间荡漾起她特有的清甜气息。

舒蜜突然很庆幸，今早她用的是甜甜的草莓味牙膏。

在回北京的飞机上，裴巡敲击键盘，给霍夫曼先生回了一封简短的邮件："感谢邀约。出于个人原因，请容许我拒绝，希望下次有机会合作。"

穿白衬衣、外罩玫瑰红马甲、同色套裙的空姐蹬着高跟鞋由远及近。

"先生，飞机马上就要起飞了，请关闭所有电子设备，谢谢合作。"

手机屏幕亮起，是舒蜜发来的微信："加油，等你通过黎大傻的考验！"

裴巡唇角微勾，纤长的手指触动屏幕："生日快乐。"

第十五章 ｜ 蠡斯

告 白 倒 计 时

有的人认为坚持会让我们变得更强大，但有时候放手也会。

——德国作家赫尔曼·黑塞

2021年8月，公司食堂里，正在吃煲仔饭的舒蜜手握的勺子突然掉到桌上，对喧闹的人声充耳不闻，她瞪圆双眼，盯着手机屏幕。

"为深入推进全国扫黑除恶斗争，严厉打击涉黑犯罪，公安部发出A级通缉令。"

人民网发布了被公开通缉的10名重大犯罪在逃人员的个人信息和照片，同时呼吁社会各界和广大人民群众提供有关线索，积极检举、揭发违法犯罪活动。

这10名A级通缉犯，年龄最小的一头金毛，满口黄牙，脸上刀疤伤痕纵横。

熟悉的面孔让舒蜜毛骨悚然，背脊一阵发寒。

"小姐姐，你在看恐怖片吗？"

傅绵羊端着一碗米线坐到舒蜜旁边，把勺子捡起来，用纸巾擦了擦再递给舒蜜。

舒蜜手一颤，慌忙锁屏，把手机塞到裤兜里，接过勺子，垂眸拌饭。

"小姐姐，要不要尝尝这些米线的辅料？不用客气，随便夹。"

辅料很多，有豌豆尖、韭菜、芫荽、葱丝、草芽丝、姜丝、玉兰片和汆过的豆腐皮。

舒蜜舀了一勺软软的脆骨，塞嘴里慢慢咀嚼："不是让你离我远点吗？"

"我知道小姐姐有选择障碍症。"傅绵羊用木勺子喝了口米线汤。

"一边是陪伴成长、细水长流的青梅竹马,一边是荷尔蒙爆棚、刺激的成人游戏。"他顿了顿,吸了口润滑的米线,笑眯眯地把话说完,"如果我再给你加一个选项——让你重回青春的甜蜜小奶狗,你岂不是更加头大?"

舒蜜放下勺子,哭笑不得:"谁给你的勇气把你和他们相提并论?"

傅绵羊抽出一张纸巾递给舒蜜让她擦擦嘴角,然后他歪着头,卖萌地吐了吐舌。

"我们的故事才刚刚开始嘛,男主角到底是谁,不到最后,谁说得准?"

瓢泼大雨的深夜,街道上空,电闪雷鸣不断。

满头金毛、满脸刀疤的男子跟跟跄跄地走着,手里握着尚未喝完的白酒。

倾盆大雨将他淋得浑身湿透,他的目光里满是恨意,一边灌酒一边咬牙切齿地喊道:"在被抓到之前,老子一定要弄死你!"

一辆霸气的保时捷倏忽从金毛身边驶过,轮胎碾轧水洼,溅起高高的水花。

金毛被水喷溅了一脸,他朝地上吐了口唾沫,不断地骂骂咧咧。

保时捷驶上斜拉桥,两侧伞骨一般的钢缆将夜空切割成丝丝缕缕的条形。

驾驶座上的裴巡穿着剪裁精良的铁灰色西装,打着深蓝色领带,精悍的身材宛如矫健的猎豹。

时光荏苒,少年的冷傲消退,取而代之的是介于优雅与饱含爆发力之间的性感。

"困了,我睡会儿。"副驾驶座上的黎一珺打了个哈欠。

裴巡瞥了眼车右侧,倏忽踩下刹车,疾驰的保时捷很快停在路边。

黎一珺扯了扯领带,诧异地侧过头:"怎么了?"

修长的手指解开安全带,裴巡倾身凑向黎一珺,长臂伸到副驾驶座的车窗玻璃上。

近在咫尺的距离,裴巡冷峻的脸若有若无地贴上黎一珺的胸膛,两人放缓呼吸。

裴巡面无表情,大掌摩挲过玻璃上迷蒙的水雾,擦出一片清亮的视野。

"你在干什么?"黎一珺一头雾水,看着裴巡收回颀长的身躯,重新系上安全带。

雨势稍缓,保时捷提速,过了拐角,黄浦江展露在车厢右侧。

黎一珺瞬间怔住。

璀璨的东方明珠直插云霄,摩天大楼星星点点,宛如繁星闪烁在雨夜。

原来裴巡特意停下车,把车窗擦拭干净,就是为了让黎一珺看到最美丽的夜景。

黎一珺的星瞳辉映着夜景,发出淡淡的叹息。

"巡哥，如果我是女生，就没舒蜜什么事了吧？"

2018年9月。

椭圆形镜子里，舒蜜扎了个丸子头，正抓起粉红兔耳朵洗脸头箍戴上。

一个多月的志愿者生活除了让她瘦了一圈，还在她脸上留下几颗痘痘。

"他们明天就从北京回来了，这痘痘能不能消失啊？"

舒蜜挤了一大坨祛痘洗面奶，在手心狠狠地揉搓出泡沫，再抹上鼻翼、下巴和额头。她闭着眼，满脸白色泡沫，用手指甲拼命地抠额头上的痘痘。

脑袋上摇晃的丸子倏忽被两根骨节分明的长指不轻不重地捏了一下。

舒蜜动作一顿，第一反应是错觉，她刚刚洗完澡从浴室出来，家里应该没人啊！

停顿了几秒，她继续合眼抠痘痘。

镜子里浮现出裴巡高大的身影，他罕见地起了玩心，长指又捏了一下她的丸子。

舒蜜这才察觉到异样，可她眼皮上全是泡沫，一时半会儿睁不开眼睛。

"谁？谁在这里？"她心跳加速，有些惊慌，打开水龙头先冲洗手上的泡沫。

裴巡立在她背后，目光凝在她低头时那截珠圆玉润的颈上，冷瞳里漾开柔意。

水声哗啦啦，他俯身，垂下蝶翼般的羽睫，薄唇在她后颈落下浅浅一吻。

舒蜜浑身一颤，鼻端萦绕着他糅杂着古龙水的荷尔蒙气息。

洗面池里的水被染成乳白色，舒蜜声音发颤："裴巡？"

"又光着脚。"慵懒优雅的嗓音略带嗔怪，他双手搭上她双肩，将她转了过来，再屈身将她抱起。

舒蜜脸上全是泡沫，无法睁眼，只觉双腿被他的大掌抬起，臀部坐在洗面池边。

他的手掌沿着腿部线条滑上她颤巍巍的腰肢，扶稳她，让她的双腿夹在他腰间。

"别闹了，等我洗完脸。"

舒蜜抬起湿漉漉的手指去擦拭眼皮上的泡沫，却被他轻柔地捏住手指。

他长臂一伸，扯下挂在墙上的毛巾，打湿，单手拧干，另一只手始终扶住她的纤腰。

"裴先生果然腹黑啊，又抛下黎大傻，先回来给我惊喜了？"

舒蜜乖乖地坐着，手指在他胸膛上画着圈儿，任凭他用毛巾擦拭她脸上的泡沫。

"不喜欢？"嗓音缱绻。

他纤长的手指握紧湿润的毛巾，细细地擦一遍，入水清洗，拧至半干，再擦。

舒蜜睁开澄澈双眸，绽出迷离笑意："喜欢得不得了。"

坐得这么高，她的脸才刚到他下颌，一垂眸，就看到他白皙脖颈上性感的喉结。

她倏忽想到了什么，慌忙抬手捂住额头：“别看别看，长了痘痘，丑死了。”

手指被他慢条斯理地一根一根掰下，他上扬的眼角沁出暧昧的温存。

“很可爱。”他的唇在语音落下的瞬间轻吻她额头上绯红的痘痘。

舒蜜只觉一颗心变成了亮晶晶的草莓软糖，双颊染上一层薄薄的茜色。她的目光落在洗面池旁边置物架上一个红丝绒礼盒上，丝绒的光泽低调奢华。

“那是给我买的礼物吗？”她抬眸，不掩藏目光里的期待。

裴巡把毛巾搭上毛巾架，长指将她的碎发拢至耳后，指尖缠上她一缕长发绕啊绕。

“想看？”漫不经心的调笑语气。

还卖关子？舒蜜噘嘴，红唇翘得甜甜的：“是啊，迫不及待地想看。”

裴巡松开手指，那一缕直发绕成漂亮的小卷。他眉梢眼角有什么浓得化不开。

“那说点我喜欢听的。”

又来了，要命的低音炮。舒蜜咬了咬下唇，张开双臂，充满依恋地搂住他的脖颈。

平时的身高差不可能有这样的拥抱，她坐在洗面池边，甜腻糯软的声音滑入他耳中：“我喜欢你，正常人的那种喜欢，很俗气很老土的喜欢，喜欢到想和你生猴子。”

舒蜜的双瞳水盈盈一片亮色，猫咪似的黏着他，那长长的睫毛恍若撩起了裴巡心底的柔软，他的视线软软地落在她发红的痘痘上。

“以后不要乱抠痘痘了。”

舒蜜未承想他又提到痘痘的事，下意识地伸手挡了一下额头：“知道啦。”

“都是我的私有财产，珍惜点。”

霸道的声音徐徐落下，舒蜜只觉全身酥麻，心脏跳个不停，快要溺死在他的甜蜜里。她勾住他手指，嘟嘴撒娇：“礼物。”

裴巡扬手，拿过红丝绒礼盒，一手扶住她后背，一手轻轻打开。

咔嗒一声，礼盒盖子弹开，灯光下，一条施华洛世奇定制水晶银链熠熠生辉。

她送他一朵像玫瑰的月季，他就回一条奢华的玫瑰花形水晶银链？

舒蜜抚了抚剧烈鼓动的胸脯：“这是项链，还是手链？”

裴巡抿唇不语，长指勾出镶满水晶的银链，倏忽屈身，单膝着地。

舒蜜只觉脚踝一凉，冰凉的触感让她浑身一颤。

他轻轻将脚链扣上，凝眸望着她纤细脚踝上璀璨炫目的水晶流苏和浪漫的玫瑰形水晶。

原来是脚链啊，舒蜜只觉耳膜都鼓动了起来。

她不是不知道送脚链的含义——拴住今生，系住来世。

似有一股电流从脚踝处蹿过全身，舒蜜尚未反应过来，裴巡已抱起她走向沙发。

茶几上，平板电脑屏幕上是被按下暂停键的韩剧《金秘书为何那样》。

"你们说明天回来，所以今晚我准备放松放松，补补网红韩剧的。"

裴巡抱着她坐在沙发旁边的地毯上，她坐在他腿上，被他双臂圈在怀里。

舒蜜只觉周身被他浓烈的气息萦绕，有点晕，背脊还紧贴着他壮硕的胸膛。她缓了缓神，侧头，清瞳含笑："你要陪我看浪漫无脑的韩剧吗？"

裴巡下颌轻轻陷入她头顶的丸子里，长指点上屏幕上的播放图标，嗓音低哑："今晚，我是你的。"

第九集，金秘书家里来了不速之客，她只能把男主角藏到衣柜里。朴叙俊藏在衣柜里，听到不速之客们说自己的坏话，他满脸不高兴。金秘书好不容易把客人们送走，拉开衣柜，就被朴叙俊拉入怀中。

两人在衣柜中热吻的画面，看得舒蜜唇干口燥，掌心濡湿。

若是平时，她只会露出姨母笑，可现在她全身被性感得要命的人抱得死死的。

她拼命调整呼吸，缓缓侧头，悄悄窥探他此刻的表情。

韩剧缠绵悱恻的背景音乐流淌满室，旖旎的灯光落在他轻合的眼睑上，清光微漾。

睡着了？舒蜜一怔。

近距离凝望，才留意到他蛊惑人心的优美卧蚕染上了熬夜后特有的憔悴疲惫。

他的睡颜固然是绝美无双，可她的心脏缓缓渗出一阵酸楚。

裴巡素来淡泊，任何奖项于他都是过眼云烟，可是为了向黎一珺证明自己，他拼死拿到了第一名。有多辛苦，她不敢想象。

他的下颌微微后仰，脖颈纤长无丝毫颈纹，喉结在睡梦中倏忽一颤。

睡得好不安稳。舒蜜绞着手指，目光凝在那微颤的精致喉结上。

平板电脑里传来朴叙俊告白的韩语，她听不懂，但那抹粉红暧昧染上了她的心扉。

她粉嫩的舌尖舔了舔唇瓣，徐徐抬腰，唇极轻极轻地印上他颤抖的喉结。

他睡眠极浅，她些微的动作便惊扰了他，墨瞳绽开星芒，凝在她脸上。

"醒了？"舒蜜羞红了脸，"不好意思，我没克制住。"

她急促的呼吸浸染着他的耳郭，他只觉怀里一团绵软温顺又乖巧，似粉红小兔。

让人想欺负。

他眸里丝丝缕缕的暗纹骤聚，长指拈起她一缕柔发，低头把舌尖喂进她微张的唇。

尺度越来越大了，成年人的世界果然刺激又妙不可言。

舒蜜探出舌尖，舔了舔他的舌尖，双瞳氤氲着迷蒙水雾。

"要不要来一个超越《金秘书为何那样》的舌吻？"

言毕，她合眼，含住他灵巧的舌狠狠地吸吮。

力道有些大，他只觉舌根都被微微拔起。

这么凶？那他就不客气了。

裴巡嫌她扭着身体亲得不痛快，长臂一伸，将她整个人翻过来，掰开她的双腿。

她跨坐在他腿上，膝盖抵住他的腰，他的大掌插入她发间，另一只手搂紧她的后腰。

这一次的吻不同于以往，他收回灵舌，只用唇和牙齿，恍若在享受美味。

啃吮一口，松开，再吸吮一口，松开，再一口，时而吮她的上唇，时而咬她的下唇。

呼吸交缠，丝丝香津勾绕，这要命的节奏感，恰到好处地撩得舒蜜浑身燥热。

可以了，可以了，这吻技，已经碾压大部分韩剧男主了。

舒蜜全身酥软，勾住他脖颈的手臂稍稍脱力，就被他顺势按在茸茸的厚地毯上。

沙发旁的落地灯的橘黄色光芒尚未勾勒出她松散的乱发，就被裴巡强势遮住。

"舒蜜。"他墨瞳里有什么破茧而出，嗓音透着说不出来的难耐与压抑。

舒蜜的神经瞬间紧绷，这不是他平时的声音。

很危险，无论是姿势、气氛，还是他的眼神、动作。要被吃了吗？

她别过脸，不敢看他此刻缱绻到极致的表情，只觉全身每一个细胞都开始叫嚣。

在这失控的气氛攀升到巅峰时，他倏忽咬唇，力道大得薄唇微微渗出鲜血。

下一秒，他直起腰，灼热的气息离开了她的身体。

舒蜜愣了愣，转过脸看他。

裴巡长身玉立，眼睑和薄唇皆覆上凛冽秋霜，转瞬间就恢复了矜贵冷漠。

舒蜜诧异地挑眉："你不敢吗？"

裴巡微屈长指解开衬衫纽扣，一颗，两颗，三颗，他转身朝浴室走去。

"黎一珺会杀了我。"

无论哪所大学，都存在两类人。一类是专心致志地钻研学术的，一类是一脚踩进大学校门就开始彻底放飞自我的，两类人泾渭分明。

不过裴巡和黎一珺两类兼顾，社团玩得飞起，学业成绩也亮瞎眼。

辅导员找到他们："中国大学生年度人物评选，校团委把你们俩报上去参赛了。"

去年评选的，有罹患脑肿瘤，捐献心脏、肝脏、双肾脏、双眼角膜救了6个人的；也有清华大学休学两年入伍，在海军航母部队荣获个人一等功的；还有为了治理雾霾，开发申报专利，获得授权九项，在山西、内蒙古改善生态环境的；还有对农民进行电商培训，发起"互联网+"乡村公益计划，惠及农民2万人的。

黎一珺自惭形秽："相比他们的大爱，我们做得还很不够。"

"你们暑假去北京参加创业大赛，项目创意被硅谷高价购买，算是为国争光。"

从辅导员办公室走出来，两道修长的身影静静地并肩穿过走廊。

走廊上不少花痴女生盯着他们的背影双眼冒红心："看一眼感觉就要怀孕了！"

一进电梯，黎一珺突然转身，一把揪住裴巡的衣领，将他狠狠地压到电梯壁上。小巧精致的鼻翼微微翕动，脖颈上青筋凸起，黎一珺的深瞳里似藏着狂暴的野兽。

"为什么拒绝硅谷的邀请？"

他凑得很近，鼻尖压住裴巡的鼻尖，急促的呼吸缠上裴巡清冷的鼻息。

电梯上的数字不断变换，头顶乳白色的灯光给裴巡冷漠的俊容洒上一层清霜。

"你知道这个机会有多难得吗？这是多少精英梦寐以求的！"

裴巡高挺的鼻梁在薄唇上落下蛊惑的暗影，他以面无表情来回应黎一珺的响哮。

黎一珺揪住他领口的手指发颤，指尖发白，扬起音调："你不想和舒蜜分开对不对？"

裴巡的鼻尖被黎一珺压得偏向一边，他浓密纤长的睫毛撩过黎一珺的脸。

黎一珺蓦然冷笑："去硅谷培训两年，你怕我把她抢走？"

裴巡终于有了表情，难以捉摸的表情，他的瞳孔微微收缩，抬起手臂，抓住黎一珺的手。

"是，我怕。"

冷冷的三个字，宛如锋利的猫爪挠在黎一珺内心最柔软的地方。

黎一珺的手缓缓滑下，触到裴巡结实的胸肌，感受到他跳动的心脏。

电梯叮咚一声，降至一楼。这是货运电梯，人迹罕至。电梯门缓缓打开。

裴巡和黎一珺都纹丝不动，目光激烈地绞在一起。

电梯门又徐徐闭上，停在一楼。黎一珺稍稍放开裴巡，往后退了一步，喘着粗气。

"她的身心，你都得到了，你有什么好怕的？"

裴巡眯起眼，凝望着黎一珺柔软蓬松的短发上一圈圈明亮的光波，色淡如水的唇微张："我始终觉得那是偷来的，每一分每一秒，都是从你手上偷来的。"

戚教授穿着一件奶酪黄桑蚕丝衬衣，并非传统的卡其色，有奶酪般的饱满色泽。

她放下手中的咖啡，双手抱胸，隔着办公桌凝望穿棒球外套和牛仔裤的素颜女孩。

"你就是舒蜜？"她微蹙眉心，"我儿子的初恋？"

舒蜜的视线落在桌上的履历表上，看来戚教授把她的底细查得一清二楚。

"黎一珺比你合适得多，可惜他是男生。"

戚教授的话让舒蜜冷冷勾唇，想不到这种狗血戏码居然在自己身上上演。

"所以您准备干涉我们的恋爱自由？"

戚教授未曾想舒蜜如此不卑不亢，她俯身，眉毛压得很低。

"他为了你，连硅谷都不去了。你拉低了他的人生档次，你不配和他并肩。"

舒蜜手指抠住书包背带，眉目清冷："您发泄完了？我可以走了？"

"你以为爱情只需要荷尔蒙就能维持？只有势均力敌的人，才能长久携手。"

戚教授端起咖啡，不紧不慢地抿了一口，口红在咖啡杯上留下浅浅的唇印。

舒蜜嘴角下沉，转过身："教授，没什么事的话，我就先走了。"

"他出国，创业，公司上市，成为金字塔顶端的人，而你呢？你追不上他。"

戚教授冷冰冰的话语从背后追上来，让舒蜜背脊一僵。

"人生是一场马拉松，距离越来越远的两个人，是没办法拥抱的。"

叮咚一声，电梯门开，舒蜜提着在公交站台路边摊买的橘子，慢慢穿过走廊。

昏黄的灯把她的影子拖曳得恹恹的，她眼神迷茫，摸出钥匙对准锁孔，但好半天都没插进去，手有点哆嗦。戚教授的话，给她的打击不轻。

裴巡和黎一珺是天赋异禀，而资质平庸的舒蜜能走到今天，全靠后天努力。

以前喜欢黎一珺，所以拼命学习，头悬梁锥刺股，终于考到他所在的大学。

现在喜欢裴巡，他太闪耀。越长大越发现，很多事不是努力就可以做成的。

房间里一片黑暗，舒蜜啪地打开灯，瞬间愣住，手里的橘子差点掉到地上。

"裴巡？你怎么不开灯？吓死我了！"

橘黄色的罩灯勾勒出他俊雅慵懒的轮廓，修长的双腿交叠，倾身坐于沙发上。

舒蜜定定神："你不是下午的航班，受邀去北京参加AR研讨会吗？"

他指尖夹的烟燃着猩红的火光，烟雾缭绕中，他眉眼纤长，沁出令人酥麻的蛊惑。

她的膝盖有些发软，下意识地用手肘撑着玄关处的墙壁。

天知道他不开灯在黑暗里慢条斯理地吸着烟等她回来的模样有多销魂！

舒蜜难耐地转移视线，低头换了鞋，穿过客厅，把橘子放到茶几上。

"你改签了？难道你知道戚教授今天找我了？"

裴巡的目光被烟雾氤氲得一派温软，追逐着她的身影，细细勾勒少女玲珑的曲线。

舒蜜在洗面池边洗了洗脸和手，用毛巾擦干，脱了外套，走到沙发边。

她抬手抽出他指尖的烟，摁在烟灰缸里捻灭，侧身坐于他腿上，纤手环住他的颈。

"让我尝尝烟的味道。"

回应她的，是白雾萦绕的吻，舌尖触碰舌尖，香津暗涌，渗出薄荷味的烟草气息。

舒蜜原本空落落的心瞬间盈满，娇情地有点鼻酸。

他们接过很多次吻，霸道的，惩罚性的，色气满满的，充满占有欲的，魅惑的，可此刻的吻，是温柔的，安慰性的，甚至没有以往的啃咬和吸吮。

他只是把她的唇舌含在嘴里，像含着一颗软糖，一点点品尝，不敢用力，怕糖化了。

即便如此，舒蜜依然被吻得全身娇软，红着脸喘息，双眸湿润。

裴巡的大掌抚上她不自禁晃动的腰肢，稍稍离开她的唇，他的额头抵住她的额头。

这么快就结束了？还没有亲够呢。她微微嘟唇，却不敢表现出贪念。

舒蜜的指尖缱绻地抚上他的后颈，温顺地垂眸，低低出声："我没那么脆弱，不必安慰我。我知道你要忙起来了，我也会让自己忙起来。"

裴巡颀长的身躯徐徐后仰，指腹抚了抚她微肿唇畔残余的晶亮液体，嗓音柔煦："乖，给我收拾行李。"

叠换洗的衬衣、西装西裤，卷领带，这些都是舒蜜为了裴巡特意学的。

他的男士内裤是清一色的黑，性感得要命，舒蜜一条条叠好，脸颊发烫。

她跪在卧室衣柜边，专注认真地把衣物叠入行李箱。

裴巡斜倚在卧室门上凝望着她，大长腿微屈，清冷的双眸里泛起柔润的光泽。

人生中，有些刹那的光阴极其珍贵，那是我们向永恒借来的吉光片羽。

如果一些瞬间美好得一辈子都忘不掉，这些瞬间，就是永恒。

"好了，收拾好了，累得我腰酸背痛……"舒蜜揉着肩膀站起身。

裴巡倏忽迈步过来，舒蜜尚未说完的话语被他狠狠卷入唇齿之间。

舌头被卷吮拉扯，浓烈的只属于裴巡的气息强势地灌入她全部的感官。

"嗯……"舒蜜的鼻尖被压得死死的，无法呼吸，唇舌酥麻疼痛，好难受。

她用力捶打他的胸膛，手腕倏忽传来灸痛，他攥住她的手腕，将她的双手摁在头顶。

舒蜜只觉一阵天旋地转，整个人被他压到衣柜门上，瑟瑟发抖。

他屈着手指扯下脖间细长的黑领带，一圈一圈地绑在她手腕上，她高举过头顶的手腕肌肤一热——领带上犹带着他魅惑的体温。

"刚才没满足你，补上。"撩人的低音炮透着霸气。

舒蜜骨头都酥了，喘息着紧贴他的胸膛，绯红的小脸上汗津津的，碎发被汗粘在鬓角。她刚想说点反抗的话，唇舌就被吸住，这是从未体验过的狂暴的吻。

裴巡仿佛要把身下绵软粉红的身体，连同魂魄，狠狠地占有。

每一寸肌肤，每一处毛孔，都必须染上他裴巡的气息。

我要用尽我的万种风情，让你在将来任何不和我在一起的时候，内心都无法安宁。

戚教授忠言逆耳，舒蜜收了心，扎扎实实地学习，一堂课不落，还去影视公司实习。黎一珺在香港课业繁重，还要和裴巡一起开发新项目。三人都忙得焦头烂额。

因为在创业大赛中夺冠，裴巡的人脉圈瞬间拓宽，应酬不断，经常飞去全国各地。

越长大越发现，想要努力争取的东西太多太多，忙得连轴转，哪有时间谈情说爱？

奋斗着的单身青年深陷工作压力和微薄工资的泥淖不能自拔，根本没时间谈恋爱。

那些热恋着的情侣，见面时间越来越少，同一个城市也像异地恋，说分就分了。

食堂里，孟舫看舒蜜一边吃饭一边弄自己的公众号推送。

"女孩子那么拼干吗？毕业了你随便挑一个，跟珺哥或者巡哥结婚，多轻松！"

舒蜜搭在触摸板上的手指滑动，在网页下方点了保存，然后快速扒了口米饭。

"我这么努力，就是为了以后想出轨就出轨，想离婚就离婚！"

孟舫差点把满嘴米饭喷出来："那你这么忙，岂不是很久没有和巡哥亲亲了？"

舒蜜敲击键盘的手一顿，想起几个月前她双手被领带绑住并被摁在头顶的吻，一层薄薄的绯色升上她的脸颊："和他呀，亲一次，管一年。"

2019年1月，期末考试周，校园里挂满了各种萌萌的警示条幅。

"考试不是谈恋爱，请不要眉目传情。"

"对方拒绝作弊并向你扔了四个字——诚信考试。"

远离手机，远离宿舍，扎根图书馆。

班级群里一大波表情包袭来："高分喷雾""学霸喷雾""考试全会喷雾""蒙的全对喷雾"。

考高数前舒蜜熬了一个通宵，为了绩点拼了。考完她全身虚脱，脸色惨白地回到家，掀开被子，倒头就睡，手机在书包里振动个不停，她也没察觉。

从中午一直睡到凌晨一点，迷迷糊糊地被一阵脚步声吵醒了，舒蜜掀了掀眼皮。

卧室的灯没开，只有客厅亮着灯，灯光洒进卧室，勾勒出黎一珺棱角分明的脸。

舒蜜还以为是幻觉，合了合眼，额头倏忽被微凉的手触碰了一下。

"发这么高的烧也不找阮芯晴来帮你？你怎么这么让人操心？"

头晕晕沉沉的，耳膜一鼓一鼓的，黎一珺的声音听起来像隔了一层朦胧水雾。

"来，先喝口水，你的嘴唇都干燥起皮了。"

黎一珺叹息着坐下，把热水送到嘴边吹了吹，再扶舒蜜坐起来，把水杯送至她唇畔。

温润的水淌过干燥的喉头，明明是清水，可舒蜜觉得舌尖泛着淡淡的甜。她软软地倚在他有力的臂弯里，抬眸看着他，声音虚弱："你不是也在港大参加考试吗，怎么回来了？"

舒蜜烧得厉害，鼻息都是灼热的，扑上黎一珺风尘仆仆的脸颊，他觉得滚烫。

"翘了。从中午就给你打电话，你一直没接，打到下午四点，我实在不放心。"

舒蜜的指尖不经意地滑过黎一珺冰凉的手背，她蹙眉："你身上怎么这么冷？"

"香港很暖和，我急着赶回来，都忘了换一件厚点的外套。"

黎一珺话音未落，手掌被舒蜜抓起，他冰凉的掌心贴上舒蜜火烧般的左脸颊。

凉凉的，好舒服，就像小时候她烧得难受，他打开冰箱用勺子铲冰敷上她的额头。

他可真傻啊，用勺子铲不出冰，就拿电吹风去，对着冷冻柜里坚硬的冰吹。

她一辈子都忘不了小小少年蹲在冰箱前面拿着电吹风认真地吹冰的模样。

回忆往事，舒蜜在黎一珺怀里咯咯笑，笑了几声，没力气了，右脸贴上他的胸膛。

黎一珺大掌捧着舒蜜的脸，很庆幸没开卧室灯，她看不到他双眸里闪过的慌乱。

这个动作有没有超越兄妹的范畴？他蹙眉，一颗心被密密麻麻的不安缠绕。

巡哥这阵子在硅谷培训，忙得根本抽不出身，黎一珺不知自己是不是乘虚而入。

"我给你试试体温。"他心虚地抽回手，把怀里的舒蜜放下，打开抽屉找出体温计。

舒蜜乖乖地抬起右手胳膊，黎一珺俯身，把体温计塞到她腋下。

"饿不饿？我去给你煮一碗面条？"他把一条湿毛巾搭在舒蜜额头上。

舒蜜伸出食指勾住他的手，抿了抿唇角："别走，哥哥，我好难受，陪陪我。"

她的小脸烧得通红，眼睛湿漉漉的，仿佛要溢出水来。

他的胸口倏忽闷闷地疼，透不过气来，俯身一把将她搂入怀中，温柔地抚摸她的头发。

"你终于叫我哥哥了。对不起，我不该让你一个人孤零零的。"

小时候黎一珺一直让舒蜜叫他哥，她倔强，每次都说："你怎么不叫我姐啊？"

她第一次心甘情愿叫他哥，是七岁时的暑假。乡村老家热得睡不着，他们悄悄爬到平时晒玉米和谷子的屋顶，稍微凉快点，可是蚊虫太多了。

她困得不行，枕在他腿上睡觉，被蚊子咬了几口，气急败坏地抓。

"你等我一下。"他回房拿来她奶奶的蒲扇，给她扇风驱蚊。

还真管用。舒蜜整夜安眠，天快亮时她迷迷糊糊地醒来，看到蒲扇依然在扇动。

"你不会一晚上没睡，一直在给我扇风吧？"她看到他隐约的黑眼圈。

小小的黎一珺打了个哈欠："睡醒了？走吧，待会儿太阳出来就晒了。"

舒蜜站起身，拉住黎一珺的手腕："哥哥，今天不要你带我捉青蛙了，你去睡觉。"

那是2005年，大家都听MP3，他们一人戴一个耳机听光良的《童话》。

夏夜星辰的微光洒在溪面上，水流潺潺，萤火虫的光芒不断闪烁，宛若灵动的音符。

他最擅长拨开溪边的草丛，找寻藏匿其中的流萤，用小手捕捉那扑闪扑闪的身影。

她坐在木桥上，赤裸的小脚在溪流里扑出水花。

他给她捉萤火虫，捉得满头大汗。"给你啦，我要累死了！"他把装满萤火虫的玻璃瓶递给她。

"谢谢哥哥！"她喜滋滋地抱住玻璃瓶，笑脸被满瓶的萤火虫映得熠熠生辉。

回去的路上，MP3没电了，月光下，他拉着她的小手："那我给你唱吧。"

彼时七岁的黎一珺不会知道，那些懵懂唱出来的歌词，会贯穿他全部的人生——

"我会变成童话里你爱的那个天使，张开双手，变成翅膀守护你。

"你要相信，相信我们会像童话故事里，幸福和快乐是结局。"

2019年2月，春节，黎一珺、裴巡和舒蜜在云南的泸沽湖过年。

住的是"爱彼迎"上订的民宿，三人间，阳台上有秋千，花园里格桑花盛开。

舒蜜坐在秋千上跷着脚看泸沽湖的夕阳，黎一珺和裴巡在旁边倚栏抽烟。

"公司名字注册了吗？叫什么？"她扭头问他们。

黎一珺娴熟地吐出烟雾："君寻科技。"

"君寻？为什么没有我的名字？"舒蜜不满地嘟起嘴。

"这公司都是你的，你还纠结什么？"黎一珺纤长的手指抖落烟灰。

湖面起风了，裴巡灭了烟，摘下他脖上的围巾，一圈一圈地给舒蜜围在颈上。

他的嗓音在暖色调的夕暮之中缱绻悠长："想加进来？做了裴太太再说。"

黎一珺把烟头往烟灰缸里用力一摁："过分了啊！我什么时候同意你们在一起了？"

那晚，他们讨论公司章程讨论到深夜，舒蜜在他们低沉的声音和海浪声中安睡。

大年初一，三人驾车去泸沽湖上的里务比岛进行新年祈愿。

许愿牌、转经筒、寺庙，整座岛屿像佛祖收集凡人心愿的地方。

舒蜜在喇嘛寺前双手合十，闭目祈祷。

阳光洒在她虔诚的脸上，光洁的肌肤上，绒毛被染成圣洁的金色。

向来不爱拍照的裴巡举起单反，咔嚓一声，定格了这令人心动的瞬间。

"许了什么愿？你和巡哥一生一世？"黎一珺凑到她耳畔笑问。

舒蜜用手肘撞他："说出来就不灵验了。"

他不会懂，她最大的心愿，无关自己。

"请一定要保佑我生命中最重要的两个人——黎一珺和裴巡，一生平安喜乐。"

第十六章 ｜ 桃夭

告 白 倒 计 时

我要从所有的时代、从所有的黑夜那里、从所有的宝剑下夺回你，我要一决生死把你带走，你要屏住呼吸。

——俄罗斯诗人茨维塔耶娃

2019年10月，建国七十周年大阅兵，大国崛起，军威浩荡。

连酒吧的屏幕上都放着威武的阅兵式，黎一珺敬了屏幕一杯，仰头一饮而尽。

不少性感热辣的女孩凑过来搭讪，都被黎一珺冷脸拒绝："滚！"

调酒师眼看他喝到第五杯，忍不住腹诽：有颜任性，这么凶还有女生趋之若鹜。

手机屏幕亮起，孟舫发来微信："投资人变卦了？融资下不来怎么运营？"

紧接着又是一条："公司几个月没发工资了？员工准备把你们告上法庭？"

黎一珺颤抖的手抓起手机，翻了个面，啪的一声把屏幕压在下面："再来一杯！"

调酒师被他浑身的戾气和瘆人的目光吓得倒酒的手直哆嗦，万幸，手机振动起来。

黎一珺烦躁地掀开手机，正要关机，视线倏忽定格在屏幕上，脸色微变。

调酒师倒好酒，战战兢兢地瞥了眼屏幕上的来电显示——"巡哥"。

手机又振动了一会儿，电量耗尽，自动关机。

黎一珺仰头把第六杯威士忌喝光，血红着眼看向调酒师："借你手机用一下。"

他把他上万的手机砸到调酒师手里，再不由分说地夺走了调酒师三千块的手机。

酒吧太嘈杂，人声鼎沸，黎一珺眼尾上挑，瞪着调酒师："卫生间在哪里？"

卫生间窗外霓虹灯闪烁，抽油烟机、排气管爬满后巷墙壁，流连着几个醉鬼、几对拥吻的人。

黎一珺用调酒师的手机按下裴巡的号码，电话很快通了。

嘟嘟的声音消失，但黎一珺并未开口，裴巡也保持缄默，两人都静听彼此微弱的呼吸声。

良久，裴巡的声音低低地传来："黎一珺，我知道是你，说话。"

黎一珺握紧拳头。这次融资失败是他的错，他已经躲裴巡躲了很久。

呼吸声有些急促，裴巡敏锐地捕捉到这一丝异样："你在喝酒？"

黎一珺屏住呼吸，手指紧紧地攥住百叶窗一角。全世界最懂他的果然是裴巡。

人活一世，比遇见爱更难得的是遇见了解。人要活多久才能遇到一个懂自己的人呢？

短暂的沉默后，裴巡的语气不容置喙。

"我现在就去找你，你哪儿都不能去，等我。"

裴巡找到黎一珺的时候，黎一珺已经烂醉如泥，高大的身躯蜷缩在窄小的沙发上。

腿那么长，只能憋屈地缩着，光线暧昧，微翘的嘴角和长睫暗影显出几分落魄。

裴巡立在沙发边，敛眸，静静地看了黎一珺几秒。

调酒师正要开口，倏忽被裴巡的美貌惊得哑口无言。这具皮囊价值连城啊！

光线洒在裴巡的额头、眉眼、鼻梁和薄唇上，勾勒出绝美的侧颜，如油画般赏心悦目。

"买单。"裴巡偏了头，纤长的手指拿过调酒师手里黎一珺的手机，淡淡地开口。

调酒师回过神来，收了酒钱后说："他喝醉后，一直在反复嘟囔'对不起，巡哥'。"

裴巡浓长的睫毛微垂，目光里柔意更甚，他俯身，双臂环抱黎一珺的腰，将他抱起。

黎一珺睡得正香，下意识地伸手推开裴巡的手臂，蹙眉发出不满的哼哼声。

裴巡试了几次都被黎一珺挣脱开，耐心告罄，直接把黎一珺的手臂搭上自己的肩膀。

黎一珺整个人被拽入裴巡怀里，他被迫站立，双膝发颤，高大的身躯重重压向裴巡。

两个一米八几的男子体重相差无几，裴巡承受着黎一珺的重量，后退了一小步才站稳。

黎一珺的脸埋在裴巡的肩窝里，鼻尖蹭了蹭："巡哥，你一定对我失望了吧？"

声音低哑得几乎听不清，裴巡只觉黎一珺浓烈的酒气和灼热的鼻息熏得他喉头发紧。

调酒师关心地上前一步："请问，您需不需要我帮您抬他上车？"

"不需要。"裴巡丢下冷冰冰的三个字，用力扶住黎一珺的腰，走向酒吧大门。

副驾驶座的车门被打开，黎一珺被裴巡塞进去，双眼紧闭，歪着头瘫软在座位上。

裴巡手搭在车上喘息着，屈着手指松了松领带，探身进去给黎一珺系安全带。

黎一珺坐不稳，裴巡正在扣安全带，黎一珺的脸倏忽贴上他的背脊，双手环住他。

"巡哥，以后我听你的，什么都听你的，再也不自作主张了。"

真喜欢说醉话。裴巡掰开黎一珺的双手，用手肘抵住黎一珺的脖颈："别乱动。"

坐上驾驶座的裴巡开到半路，黎一珺开始摇头晃脑地嘟囔："水，水，水。"

裴巡瞥了他一眼，把车停到路边，挂空挡，抓起座位中间的矿泉水瓶，拧开瓶盖。

黎一珺的身体歪到车门那边去了，裴巡只能解开自己的安全带，倾身把水送过去。

他动作很轻，黎一珺喉结滚动，晶莹的水珠顺着他的薄唇流淌到下颌。

裴巡食指指腹给他擦拭水珠。黎一珺醉得太厉害，迷迷糊糊，张嘴含住裴巡的食指。

电流从指尖蹿过，裴巡眉心一蹙，抽回食指，扬起手，啪的一声打在黎一珺脸上。

这一巴掌力道很大，黎一珺脸上立刻出现鲜明的五指印，他被打得半醒，转过头。

一瞬间，两人目光相交，裴巡不确定黎一珺此刻是迷醉还是清醒。

255

黎一珺凝望着裴巡，泛红的双眸中氤氲起薄薄的泪光，声音喑哑得像一阵叹息："巡哥，你永远都不会知道，我为什么要把舒蜜让给你。"

2019年最后一天，街道上还残留着圣诞气氛：亮闪闪的树，姹紫嫣红的浪漫灯饰。

舒蜜正在礼堂参加学校元旦晚会，手机倏忽振动起来。

"快出来，我们在学校门口，我买了好多仙女棒！"微信是黎一珺发来的。

"不行啊，缺席晚会让辅导员知道了，会影响我评优的！"

"没事，你从卫生间的窗子爬出来，然后翻墙出来，辅导员不会发现的。"

墙不算太高，舒蜜没费多少工夫就爬了上去。夜幕低垂，少女骑在墙头，倏忽胆怯。

耀眼的火光映在她的瞳眸里，黎一珺挥舞着点燃的仙女棒："不敢跳？"

舒蜜没好气地瞪过去："你俩刚下飞机？西装革履地拿着仙女棒，拍韩剧啊？"

烟火暖光映得裴巡眉目纤长，阔别已久的轮廓在夜色里格外深邃，令人怦然心动。

他迈开大长腿走到墙下，仰头望向她，扬起双臂。

在电话和视频里听过再多次，也不如面对面听到时撩人："放心跳。"

异地恋伤不起。舒蜜把长发往后拢了拢，夜色里，少女的脖颈莹白泛光。

裴巡被她脖颈的那一抹白分了神，舒蜜已跳了下来，稳稳地落在他怀里。

他回来了。这一瞬，舒蜜才有了实感，不再怀疑这是梦。

这一年聚少离多，两人都忙得连轴转，她几乎要忘记他特有的勾人的荷尔蒙气息。

"抱紧我。"她化身撒娇的猫，脸贴在他左胸心脏的位置，低低地喵呜呜。

裴巡下颌抵在她发上，一手圈住她的腰，一手指尖摩挲她细腻柔滑的后颈。

舒蜜被他爱抚得心痒痒，从他胸口抬起头，瞥了黎一珺一眼。

"黎大傻，你转过身去！"

黎一珺微微挑了一下眉，指尖的仙女棒孤独地燃烧着："怎么？你俩要接吻了？"

舒蜜气得跺脚，像被踩了尾巴的猫咪，扬起声调："你转不转？"

"不转！"黎一珺歪了歪头，顽劣的少年感让她想起他也不过还是个大学生。

舒蜜恨不得一脚踹上去："你这个电灯泡能不能有点觉悟啊？"

"没有。"黎一珺西装外穿了一件卡其色长风衣，剑眉星目，身姿挺拔，笑得赖皮。

舒蜜还想跟黎一珺斗嘴，裴巡倏忽俯身，轻轻咬了咬她微翘的鼻尖，缱绻的低音炮萦绕在她耳畔："现在还不是时候。"

接下来的三个多小时，他们三人在校园里放仙女棒，和辅导员打游击，嬉笑打闹。

"那三个同学，学校里不能放烟花！"辅导员不知从何处蹿出来，厉声大喊。

舒蜜一手拿着点燃的仙女棒，一手挽住裴巡的胳膊："快跑！"

他俩跑在前面，黎一珺双手都拿着燃烧的仙女棒，紧跟在后面跑着，夜风吹拂。

伴随着他们的跑步声，仙女棒亮闪闪的光芒在夜色里如流星划过，璀璨夺目。

那一刹那，他们仿佛又回到了2016年初相识的暑假，三人在海边骑车飞驰。

在长长的一生里，为什么欢乐总是乍现就凋落？

走得最急的都是最美的时光。

终于摆脱了辅导员，舒蜜气喘吁吁，双手压在膝盖上："渴死了，买点喝的！"

裴巡和黎一珺颇有默契地同时迈步，走向旁边的自动售货机。

自动售货机里灯光明亮，货架上有一排排热牛奶和热咖啡。

黎一珺选了两杯热咖啡、一杯热牛奶，按下按钮，裴巡掏出手机扫码支付。

"又要我喝牛奶？喝腻了，我要喝咖啡。"舒蜜不满地噘嘴。

黎一珺摇晃着乳白色的牛奶，用玻璃瓶碰了碰舒蜜的脸："谁让你总是腿抽筋。"

舒蜜无奈地接过牛奶，在长椅上坐下。

黎一珺坐在舒蜜左边，裴巡坐在舒蜜右侧，两个高大英俊的男子一人一杯咖啡。

橘黄色的路灯光温柔地笼罩着长椅上的三个人。

舒蜜抿了口牛奶，仰起脖子仰望繁星闪烁的夜空，轻轻叹息一声。

"马上22岁了，要像个大人一样不动声色地生活了，不能情绪化，不能回头看。"

一绺长发从少女的脖颈滑到肩头，她仰起的下巴透着令人疼惜的倔强。

裴神幽邃的瞳眸静静地描绘着思念已久的面容，伸手将她的长发拢到肩后。

"我倒希望一直护着你做个小孩。"

舒蜜长长的睫毛在风中颤了颤，她缓缓垂下头："你在向我表白吗？"

裴巡的唇珠盈盈而动，柔意蔓延至眉梢眼角："我在向你求婚。"

舒蜜惊得薄唇微张，黎一珺的话已脱口而出："喂喂！爱护单身狗懂不懂？"

气得舒蜜一脚踢上黎一珺的小腿："你知不知道我现在很想掐死你？"

晚上11点59分，远处的天空绽放出五颜六色的烟花，终于有了跨年夜的热闹。

黎一珺掏出手机看了看时间："到时候了，我可转过身了啊！"

舒蜜看他真的转过身背对着他们，不由得笑着捶了他一拳："算你识相！"

她的脸尚未转回来，裴巡纤长的手指倏忽穿过她的长发，霸道强势地抬起她的下巴。

黎一珺背对着他们倒数："30、29、28、27……"

夜空被越来越多的烟火点亮，烟火绽放的声音如海浪，华光辉映着裴巡的俊容，他的嗓音直酥到舒蜜的骨子里："给，你想要的咖啡。"

腰肢被紧紧圈住，少女玲珑的曲线紧贴他壮硕的胸膛，鼻息交缠，舒蜜感受到久违的悸动。

他残留着咖啡香的舌尖滑入她的唇齿间，咖啡和牛奶的香浓融合在一起。

舒蜜被吻得有些缺氧，脑海里倏忽闪现出很多画面，都是他们三个人的——

最初裴巡坐在黎一珺自行车后座上的画面，复读时黎一珺隔着雕花铁门来看他们的画面。

三个人一起逛街、吃饭、坐高铁、玩游戏、放烟花、看电影、去游乐场、旅行……

"15、14、13、12、11……"

她知道，他们的人生就像榕树的树根，盘根错节地拧在一起，再也分不开了。

"8、7、6、5……"

察觉到舒蜜的走神，裴巡加重了力道，舒蜜的唇舌被吸吮得发麻，心脏扑通扑通狂跳。

她脑海里翻跹舞动的画面突然定格了，那是复读那一年的圣诞节。

漫天飞雪，她偷偷溜到操场玩雪，雪天路滑，扭伤了脚踝，正痛得不知所措，抬头就看到了裴巡。

他静立在雪中，宛如一棵青松，已默然看了她许久，头发和肩上积了一层薄薄的雪。

两人目光相交，雪花纷纷扬扬地飘落，短短几秒钟的对视，长得像一个世纪。

"3、2、1。"黎一珺倒数完，烟火声轰鸣，"新年快乐！"

裴巡极轻极慢地松开舒蜜的唇，眼底星芒闪烁，双臂紧紧圈住她："冷不冷？"

路灯将两人长长的影子交叠在一起。

黎一珺点燃最后三根仙女棒，走过来，给舒蜜和裴巡手里各塞了一根。

一簇簇小而绚烂的火光照亮三人的面容，三人把仙女棒凑在一起，形成大的光束。

"2020年，请多多指教。"

2020年11月，满城飘雪，把北京变成了北平。

躺在沙发上的裴巡微微动了动眼皮，徐徐醒转，酒店套房里，落地灯光线暧昧。

拿到B轮融资后，君寻科技向美国SEC提交了招股书，正式向IPO发起冲击。

AR游戏被认为是烧钱但有明晰商业前景和变现渠道的模式，君寻做到了行业第一。

"醒了？"黎一珺一身白衬衫，在镜前打领带，再穿上合身的深蓝西装。

他们俩昨晚熬了一宿，讨论定下了承销公司IPO交易的银行。

凌晨五点，裴巡终于撑不住睡了，黎一珺给他盖上毛毯，继续敲键盘发邮件。

窗外晨光熹微，裴巡瞥了眼手机，七点半，他起身，纤长手指夹起一支烟。

黎一珺走过来，俯身，把打火机的黄色火焰送到裴巡的烟头前，细细的烟雾腾起。

裴巡偏头吸了口烟，迈开大长腿推开阳台门，凛冽的风裹挟着细雪扑面而来。

"你睡着的时候就开始下了。"

黎一珺也点了支烟，走到阳台上，和裴巡并肩倚着栏杆，一边吞云吐雾一边赏雪。

雪花落在两人的发上、肩头和指尖，火光明灭，两人静静享受这安宁的瞬间。

"巡哥，舒蜜还有半年就毕业了，你有没有准备好向她正式求婚？"

黎一珺侧过头，一片雪花落在裴巡浓密的羽睫上，他微扬睫，雪花随之熠熠闪烁。

"别这么看着我，巡哥，我也不想看你们结婚，但是，这是她的梦想。"黎一珺纤长的手指抖落烟灰，声音轻柔，"她的梦想是，大学毕业就结婚。"

裴巡的目光闪了闪，他把烟摁灭在栏杆的积雪上，掏出手机，买了到北京的头等舱。

他把机票截图发到舒蜜的微信上，微微垂颈，在漫天飘雪中打下一行字："来北京看雪。"

细雪静静地飘洒，婚纱店的玻璃橱窗镶满了水晶，绚丽得让舒蜜双眼生疼。

黎一珺打来电话："到了吗？报上我或者巡哥的名字，设计师会带你去试婚纱。"

"你们什么意思？就派了个司机来机场接我？婚纱又是什么情况？"

"投资人突然要开会，我们也没办法，你在婚纱店等一会儿，我们马上赶过去。"

舒蜜很快就知道他们为什么这么拼了——这家店的婚纱最便宜的都超过五万人民币。

有钱人的世界她看不懂……

"请问您是裴太太还是黎太太？"

设计师妆容精致，像奢侈品店店员一般轻言细语。

舒蜜拢了拢头发："我叫舒蜜。"

裴巡和黎一珺给她选中的婚纱，是用繁复的蕾丝打造的浓浓巴洛克风格的复古纱裙，由珍珠亮片、施华洛奇水晶、蕾丝刺绣等奢华闪亮的材质进行搭配，有着超大的裙摆和头纱。如此烧钱，果然营造出了梦幻般的绝美。

舒蜜换好婚纱，站在镜前，被自己惊艳得说不出话来。

设计师轻轻推门而入："舒小姐，裴先生和黎先生来了。"

舒蜜倏忽胆怯，不敢见他们，紧张得掌心濡湿。

"舒小姐，"设计师轻声提醒，"两位先生已经迫不及待了。"

设计师送来的高跟鞋，舒蜜穿上后颤颤巍巍，她干脆蹬掉鞋，赤脚踩在厚厚的地毯上。

两个店员帮她托起长长的华丽裙摆，门缓缓打开，舒蜜浑身微微颤抖起来。

裴巡和黎一珺一身剪裁得体的西装，长身玉立，在门外静候他们的公主。

那一抹白款款而来，两人的湛墨深瞳里光影流转，长长的裙摆宛如璀璨的银河。

舒蜜深呼吸一口，提起前面洁白的婚纱，小心翼翼地一步一步走向他们。

那一瞬间，三人皆屏住了呼吸，连时光都变得轻缓。

"舒小姐，今晚您是最美的新娘。"设计师低眉顺眼，轻声赞美。

舒蜜没有绾发，长长的秀发静静垂落在纤细的腰间，她站定，胸口微微起伏。

裴巡的目光细细勾勒着她的身姿，似不忍开口打破此刻的旖旎和浪漫。

舒蜜的视线在裴巡和黎一珺之间逡巡，有些忐忑地牵动了一下裙摆，少女的嗓音怯怯的："不好看吗？"

黎一珺先回过神来，眼神复杂，他克制地蹙了蹙眉，转头看设计师和店员。

"你们先出去。"

房门被轻轻带上，偌大的室内只剩他们三人。裴巡平复了一下呼吸，迈开大长腿。

"转过身。"裴巡嗓音微哑，似在极力克制什么情绪。

舒蜜诧异地挑了挑眉，却还是乖乖转过身。

裴巡纤长微凉的手指触到她的头发，将她顺滑的头发一点点拢在掌心，露出白皙胜雪的脖颈。

头发被束上，后背的镂空设计露出少女娇嫩莹润的背脊肌肤，他的目光越发暗潮汹涌。

黎一珺递来一根水晶发簪，裴巡把发簪插入舒蜜盘起的发里。

舒蜜感受到裴巡指尖的温柔，内心的紧张和不安得到了安抚，唇角缓缓勾起。

裴巡拉住她的手腕，把她转了过来，层层叠叠的婚纱飞舞，如翩跹起舞的雪花。

她还没反应过来，左手无名指一凉，一枚雪花形钻戒戴在了她手上。

裴巡单膝跪地，目光深似大海，身后落地玻璃窗外大雪纷飞。

"嫁给我。"

2021年8月，黑色保时捷从君寻科技地下停车场驶出，汇入车流中。

"这不是去机场的方向吧？"后座的黎一珺觉察到异样。

副驾驶座上的舒蜜将视线从放在膝头的笔记本电脑屏幕上移开："怎么回事？"

"改签了机票，今天先去领个证。"裴巡修长的手指搭在方向盘上，嗓音淡淡的。

舒蜜微怔："这么突然？我的户口本呢？"

裴巡一手开车，一手从包里掏出两人叠在一起的户口本。

黎一珺挑了挑眉："不是说七夕领证吗？还有几天呢。"

裴巡薄唇微抿，不知为何，他总有一种不祥的预感："等不了了。"

"行行行，你别单手开车了，刚下了雨，路滑，小心出车祸。"舒蜜蹙眉提醒。

保时捷停在红绿灯前，一辆灰色比亚迪拐了个弯，跟了上来。

比亚迪驾驶座上，金毛嘴里叼着烟，咧嘴，露出阴狠至极的笑容。

"终于让老子逮住了，今天就同归于尽吧！"

黑色保时捷里弥漫着黄桃的香味，黎一珺捧着新鲜的黄桃切片，撕开保鲜膜。

黄桃极不耐储存，尤其七八月份采摘季，成熟的果品摘下来两三天就会坏掉。

如果一批果子里一个黄桃坏了，其他果子也会在极短时间内被传染。

所以舒蜜平时吃到的黄桃都是罐头，难得买到新鲜的黄桃。

她转头："我要吃！"

黎一珺用塑料叉子叉了一块黄桃，舒蜜半扭过身子，张嘴接住："好甜！"

"巡哥，这个时候你该说一句：'哪有你甜？'"黎一珺又叉了一块递给裴巡。

舒蜜舔了舔唇畔的黄桃汁："月底我和黎大傻过生日，我们仨去旅行吧？"

"巡哥早就安排好了，你这么喜欢看韩剧，我们就去首尔玩几天。"

黎一珺话音未落，裴巡偏了头，冷睨了他一眼。

"我错了巡哥，你准备给她惊喜的，我不该说出来！"黎一珺叉了块黄桃放嘴里。

舒蜜翻了个白眼："你的道歉能不能有点诚意？"

黎一珺叉了块黄桃堵住舒蜜的嘴："你对首尔了解吗？"

"我可是从小看韩剧长大的！景福宫、岬鸥亭、汝矣岛、梨泰院、明洞……"

黎一珺手上的黄桃切片盒被舒蜜抢了过去，他叹息："真不想给韩国贡献GDP！"

舒蜜叉了块黄桃送到裴巡嘴边，笑得卧蚕弯弯："我喂的，是不是更甜？"

"对了，去民政局领证是不是要预约？我先去官方微信公众号预约一下。"

黎一珺掏出手机，点开微信。裴巡接住舒蜜送来的黄桃，含在嘴里，不舍得咀嚼。

舒蜜正笑得甜甜的，一切看起来都那么美好惬意，未来可期。

咚的一声巨响，骤然打破了街道上有条不紊的秩序，彩色的世界顷刻间变成了黑白。

那辆突然蹿出的比亚迪，宛如一头蛮狠的野兽，直直地朝保时捷右侧撞来。

保时捷顷刻间被撞向左边的护栏，右侧副驾驶座所在的车厢深深凹陷。

嘭嘭两声，硕大的白色安全气囊弹出，可车上的三人已在黑烟中浑身鲜血地昏迷了。

黄桃散落满地，被喷溅的鲜血染得猩红。

繁忙的街道瞬间堵成长龙，不少汽车来不及刹车，连环追尾，烟雾弥漫。

路人双手发颤地打电话报警、叫救护车，很快，警笛声响起，白色救护车疾驰而来。

三人中伤得最重的舒蜜已经心脏骤停，急救人员拿出除颤器和电极贴板。

救护车内，急救人员把舒蜜胸口的鲜血擦干，一块电极贴在锁骨下面右胸上方，另一块贴在左胸外侧。

"除颤器心率分析报告，需要电击。"急救人员抬头说。

负责人当机立断："电击！"按钮按下，舒蜜的胸口开始剧烈颤动。

"颅内出血，双侧肋骨骨折，心肺挫伤，脾脏破裂，肠道挫伤，肾脏挫伤……"

"三位伤者出现了严重的失血性休克，生命危在旦夕。"

医院。

电梯门开，三副担架床被推了出来，舒蜜意识恢复，迷迷糊糊地听到声音。

"没时间了，现在只有两间空手术室，三个人只能救活两个。"

"立刻分析手术成功率！选择成功率最大的两个，紧急施救！"

"驾驶座和副驾驶座的两个因为有安全气囊保护，内脏没有损坏，存活率高。"

"那就放弃后座那一个。"

舒蜜拼命想睁开眼睛，可眼皮太沉重，她的眼珠滚了滚，最终动弹不得。

不行，不能放弃黎大傻，不能。

担架床在长长的走廊上被推动着，凌乱的脚步声中，舒蜜听到医护人员在报告数据。

"血压没有明显回升，心跳依然过快，中心静脉压高。"

"增加输血量。她失血太多了，不及时输血，做手术也救不活了。"

只要不持续输血就可以了吗？舒蜜拼尽最后一丝力气，在被子下缓缓抬起手腕。

每挪动一寸都如此艰难，她的手指缓缓爬向输血的针口，快了，快了，她的指尖越来越苍白。

脑海里，很多画面如雪花般纷至沓来。

过年时在厨房里和裴巡的初吻，那句低低哑哑的"我已经到极限了"。

高考前一天，黎一珺送的孔明灯，在夜空中那么明亮，"我永远在你身边"。

阶梯教室，裴巡用食指压住她的嘴唇："我等了21年，已经失去耐心了。"

香港回归纪念日，黎一珺在姹紫嫣红的烟花下说："放心，我会好好守护你们。"

大海，摩托艇边，海风浩荡，她和裴巡掌心相贴，十指相扣："贤妻良母。"

对不起，裴巡，我做不到了。

从2016年到2021年，这是我人生中最美好的五年。

我们相识、相知、相爱，却无法相守。

这没有什么可难过的，世界上大部分爱情都是如此。

或许你以后回忆这五年，只用三言两语就可以说完，但对我来说，这已是一生一世。

复读那年的圣诞夜，漫天飘雪，我们曾一起白头，在你眼中，我看到过永恒。

"主任，紧急情况，副驾驶座上的女士的输血管突然被拔掉了！"

人体失血的理论极限值是失血总量达到50%，此时舒蜜的脉搏消失，血压几乎测不到了。

"心脏窦性搏动停止，30秒后呼吸停止，大脑极度缺氧。"

在这种情况下，人体大脑只能坚持约5分钟。5分钟以后，大脑细胞将进入不可逆的死亡状态。

失血导致的死亡，诱因都是脑部供氧不足，进而引发大脑缺氧，最终引发脑死亡。

"只能放弃她了，紧急救治驾驶座上和后座上的伤者！"

急救部立即组成了神经、消化、骨创、呼吸等多学科医疗团队进行紧急会诊。

实施抢救的胸外科医生从黎一珺的右侧胸腔吸出了2000多毫升的积血，并为黎一珺固定肋骨，修补双肺。

心脏外科教授打开黎一珺的胸腔，迅速切开心包腔，暗红的积血像泉涌一样喷出。

大概40秒后，黎一珺的血压明显回升。

"驾驶座上的伤者呢？"心脏外科教授累得双膝发颤，他摘下绿色口罩。

"手术顺利，血压平稳，已脱离生命危险。"

2022年8月27日，中国君寻科技正式在美国纳斯达克敲钟上市，交易代码为"MIMI"，开盘价8.7美元，当天凌晨市值达36.24亿美元。

月活超8000万的君寻科技在纳斯达克的上市在国内互联网上也掀起了一场狂欢，上市直播在线观看人数超过一千万，万千少女为之疯狂。

敲钟仪式之前，君寻科技创始人兼CEO裴巡发表了简短的演讲。

在演讲中，他感谢了才华横溢的员工、独具慧眼的投资人和密切合作的伙伴。

裴巡单手插兜，一身杜嘉班纳黑西装，丝绸领，肩上有刺绣，低调而奢华。

与他并肩而立的黎一珺则是深蓝色西装，黑色亚光绑带皮鞋，星空图案腕表。

"马上就要敲钟了，请问裴总最后还想说什么？"主持人微笑着问。

裴巡的冷瞳里徐徐闪过一丝柔润的色彩，聚光灯下，他浓密纤长的睫毛被染成熠熠的白。

"生日快乐，裴太太。"

裴巡和黎一珺在北京的别墅有偌大的花园，盛夏晴天，紫色的马鞭草在微风中摇曳。

很多人乍一看会以为这是薰衣草，可马鞭草的紫色比薰衣草淡。

马鞭草的花朵是花瓣包围花蕊，呈半球状聚拢，而薰衣草的花朵如鞭炮般纤长。

裴巡修长的手指优雅地切了一口牛排，送至薄薄的唇畔，凝望着窗外蔓延的紫色。

"知道为什么种马鞭草吗？"黎一珺抿了口红酒，膝上垫着洁白的餐巾，他微眯眼，和裴巡望着同一方向，"本来想种薰衣草，可她不喜欢香气太浓烈的。"

两种花的花语很相似：倾我一生，等待爱情。

助理把快递盒送到餐桌边，毕恭毕敬地禀告："这是舒太太从厦门寄过来的快递。"

黎一珺放下酒杯，拿下餐巾。助理正准备用剪刀划开快递，黎一珺拿过剪刀。

"我来，你先出去。"他小心翼翼地拆开快递盒。

盒子里是舒蜜的旧物，有复读那年他送她的杯子，上面画着她的Q版头像。

杯子上的舒蜜还是学生头，嘴角抿着，透着少女的甜美和倔强。

黎一珺指腹轻轻摩挲着画像中少女的面庞，再迈开大长腿走到橱柜边，拉开玻璃门。

那里整整齐齐地放着黎一珺和裴巡的同款杯子，是当年黎一珺在淘宝上定做的。

他眉目温柔，嘴角噙笑，把舒蜜的杯子放在自己和裴巡的杯子中间。

"你知道为什么送杯子吗？因为送杯子，代表一辈子。"

不过是几年前的事，为何回忆起来恍若隔世？

快递盒最下面是一张2017年的高考倒计时表，表格右上角是黎一珺写的鼓励语："稳住！我们能赢！"

表上的每一天都被舒蜜用黑色中性笔涂得满满的。她一直很努力，从未虚度人生。

6月8日高考结束的那一天被舒蜜涂成了红色，是饱满的心形。

黎一珺轻轻地握住倒计时表，视线缓缓下移，倏忽难受得无法呼吸。

餐桌边的裴巡察觉到异样，一抬头便看到黎一珺蒙眬的双眸里大颗泪珠簌簌落下。

黎一珺拼命用手背擦拭泪水，不让泪水滴到那张倒计时表上。

在表的右下角，刺目的红心旁边，是舒蜜一笔一画写出来的一行字："跟黎大傻表白：我喜欢你，大学毕业了我想嫁给你。"

他突然想起13岁那年他被风筝弄得满脸自行车油污，她给他洗脸，满脸泡沫。

她笑着拍了拍他的脸："没关系啦，你有我，永远不会孤单的啦。"

结果呢？她这个骗子。

黎一珺伸手捂住嘴，强行把喉头悲伤的哽咽压了下去，泪水却怎么也止不住。

她是他心尖上永远的小姑娘，他们的关系，岂是"爱情"两个字可以形容的？

人生不过七八十年，有他们相伴，二十年漫长岁月的回忆已足够熬过余生。

风起，花园里的马鞭草腾起紫色的海浪，宛如青春岁月里那边无际的大海。

裴巡放下刀叉，一步步走向黎一珺，轻轻拥抱住他，嗓音温柔而坚定："她会醒来的。"

呼吸机嘀嘀的声音在房间内回荡，床上的舒蜜一袭白裙，长发如海藻舒展。

她脸色苍白地沉睡着，薄唇色淡如水，眉梢眼角俱是娴静安然。

房门被轻轻推开，裴巡纤长的手指间是一瓶牛奶。牛奶加热过，瓶口飘着热气。

"牛奶要记得喝，否则晚上又腿抽筋。"

他的嗓音淡淡的，把牛奶放在舒蜜床边的柜上，再徐徐倾身坐于床边木椅上。

时间一点点地过去，他纹丝不动，垂眸凝望着他乖巧温顺的睡美人。

玻璃杯里的牛奶慢慢冷却，凝起一层薄薄的奶皮，杯壁余温尚存。

"你这一觉睡得可真长，不过别担心，我的耐心很好。"

裴巡扬起手腕，指尖多了一个亮晶晶的指甲剪，手掌轻轻托起她莹白的小手。

"想睡多久都可以，我有一辈子来等你。"

橘黄色的暖光下，裴巡微垂下浓密纤长的睫毛，小心翼翼地给舒蜜修剪指甲。

"以前你总说我高冷，现在可不能嫌我啰唆。"

拇指、食指、中指、无名指、小指，左手剪完了换右手。

指甲剪剪断指甲，发出细微的咔咔声，裴巡放下指甲剪，俯身吻了吻她的指尖。

"我从来没有跟你说过那三个字，怪我。等你醒来，我每天都跟你说。"

房门被轻声叩响，黎一珺一身白衬衫立在门口："该去机场了。"

一袭黑衬衫让裴巡英挺深邃的五官越发冷峻迷人，他慢慢起身。

目光依然贪恋地留在舒蜜的脸庞上，裴巡缓缓握紧手心里她被剪下的指甲。

黎一珺迈步走到床边，微微垂颈，唇角微勾，长指轻柔地把舒蜜的长发拢至耳后。

"乖，等我们回家。"

两条笔挺的身影消失在门口，窗外紫色的马鞭草在风中疯狂舞动。

始终沉睡的少女毫无血色的眼角倏忽落下一颗晶莹的泪珠，左手无名指缓缓抬起。

手指上那颗雪花形状的钻戒顷刻间射出璀璨的光芒。

门外，和黎一珺并肩走着的裴巡倏忽停下脚步。

复读那年的圣诞夜，满天繁星，雪花纷飞，裴巡背着舒蜜走在积雪的操场上。

她的双手搭在他胸前，还不忘伸手接住飘落的雪花，脚扭伤了还笑得那么开心。

夜风呼啸，她的声音软软的："喂，你有没有喜欢的人？"

那时候有没有他并不确定，此去经年，他唯一能确定的是——

如果有一天，我明白了什么是爱情，那一定是因为你。